그 여름의 항해

THE ISLAND OF LONGING
by Anne Griffin

Copyright ⓒ Anne Griffin, 2023
Korean translation copyright ⓒ Bokbokseoga. Co., Ltd., 2025
All Rights Reserved.

Korean translation rights are arranged with C&W,
through EYA(Eric Yang Agency).

이 책의 한국어판 저작권은 EYA(Eric Yang Agency)를 통해
C&W와 독점계약한 복복서가㈜에 있습니다.
저작권법에 의해 한국 내에서 보호를 받는 저작물이므로
무단 전재 및 무단 복제를 금합니다.

The Island of Longing

그 여름의 항해

앤 그리핀 장편소설 | 허진 옮김

복복서가

일러두기

1. 주석은 모두 옮긴이 주다.
2. 본문 중 고딕체로 표기한 부분은 원서에서 이탤릭체나 대문자, 따옴표 등으로 강조한 부분이다.

애덤을 위하여,
너를 잃는 일이 절대 없기를.

차례

1부 … 9

2부 … 155

3부 … 347

에필로그 … 483

1부

그녀는 여자를 알아보았다.
분명 아는 사람이었다.

아빠의 바지 뒷주머니에는 항상 고무밴드와 옷핀이 가득 들어 있다. 언제 필요할지 몰라. 아빠는 상대방의 호기심 어린 미소, 가끔은 능글맞기까지 한 미소를 무시하며 말한다. 아빠는 그 미소를 관대하게 용서하고 부엌 창턱으로 시선을 돌려 무척 흥미로운 무언가를 발견한다. 그건 쓰지 않는 찻주전자일 때도, 우리가 페리에 타고 있는 경우라면 섬 북단을 지나면서 천 번은 봤을 케언 록일 때도 있다. 그 시선에는 더할 나위 없이 너무나도 아버지다운 묵직한 지혜가 담겨 있다. 대니 드리스콜. 일흔일곱 살의 도선 사업가로 세 자녀의 아버지이자 손주 열 명의 할아버지다. 다리는 휘고 등은 굽었다.

 아빠는 자신이 남들보다 잘 안다고 생각하는 사람을 늘 용서할 줄 알았다. 인생에서 살아남기 위해서는 종종 선을 한두 번쯤 넘을 수밖에 없다는 것을 이해했기 때문이다. 흠, 뭐 어떠냐? 아빠는 말했다. 우리 모두 살면서 한두 번은 자만심에 걸려 넘어지잖니? 절도나 살인이나 가혹행위만 아니면 괜찮지 않아?

그러나 작년에 일어난 일은 나를 변화시켰을 뿐만 아니라 아빠를, 내가 부러워하는 그 생각을 바꾸어놓았다.

사십구 년 전에 처음 만난 순간부터 나는 아빠를, 자신에게도 큰 결점이 있다는 그 확고한 믿음을 사랑했다. 내가 태어나던 순간이나 아빠를 처음 본 순간이 기억난다는 뜻은 아니다. 하지만 정말 기억한다고 할 수 있을 만큼 그렇게 느낀다. 그건 내가 웨스트 코크의 작은 섬에 있는 우리집에서 태어났다는 사실만큼이나 확실하다. 어머니 옆에 있던 패치 리건이 자기가 미리 알려주었던 것처럼 딸이라고, 귀여운 손가락 열 개랑 발가락 열 개가 다 있는, 대걸레처럼 풍성하고 까만 머리를 한 딸이라고 말해주었다. 그뒤로 내 머리카락은 어머니와 호기심 넘치는 두 오빠가 아무리 눌러도 뻗쳤다.

부모님은 나에게 로지 드리스콜이라는 이름을 지어주었다. 이십 년 후 나는 아빠처럼 페리 선장이 된다. 그로부터 이십구 년 후에는 완전히 망가진 상태로, 하지만 다시 배의 키를 잡겠다는 의지를 다지며 더블린에서 돌아온다. 여전히 한 사람의 아내이자—더블린에 있는 남편은 생각이 달랐을지도 모르겠다—어머니였지만.

어머니.

나는 섬으로 돌아가기로 결정한 중대한 순간, 이 말의 둥글둥글하고 완전한 의미 때문에 내가 그 이름을 가질 자격이 있는지 확신이 서지 않아서 떨렸다. 나에게는 아이가 둘 있다. 콜만, 애칭으로 컬리라고 부르는 아들은 스물세 살이고 더블린에 산다. 그리고 시어서. 컬리보다 두 살 위인 시어서는 어렸을 때 우리 가족이 매년 휴가철에 로어링 베이로 돌아오면 마치 할아버지와 줄로 매여 있기라도 한 것처럼 그 뒤를 졸졸 쫓아다녔다. 장화를 신고 페리의 조타실 계단을 올라가다 넘어지기도 하고 할아버지가 출항을 알리면 꺄르르 웃기도 했다.

둘 다 내 아이지만 둘 다 완전히 빼앗겼다.

팔 개월 전, 나는 길이 3.2킬로미터, 너비 1.6킬로미터의 이 작은 섬에 모여든 모든 길 잃은 이들처럼 여기로 도망쳐왔다. 섬은 늘 피난처였을 것이다. 시베리아와 아메리카의 새들이 난폭한 대서양을 피해 우리 섬의 절벽과 관목에 숨듯, 경로를 이탈한 이들이 세상에서 잠시 벗어나 완전히 낫지는 않더라도 어쨌든 달랠 수 있는 상처를 치유하는 곳. 나는 평생 이 섬을 사랑했어도 그 깨끗한 공기를 들이마시지 못하거나 해안의 파도 소리를 듣지 못하면 무너질 것 같은 느낌이 든 적은 없었다. 하지만 지금은 그랬다.

내가 스물두 살에 처음 떠난 이후로 섬은 거의 변한 게 없었다. 원래 살던 이들과 새로 온 이들이 공동체를 이루었고, 섬을 찾아오는 사람들이 가끔 우리가 쓰는 게 영어가 맞는지 의아해할 정도로 아일랜드어를 쓰던 옛 시절의 유물인 심한 후두음도 남아 있다. 초등학교가 하나 있지만 그보다 학년이 높은 아이들은 본토의 중등학교에 다녀야 한다. 그리고 교회가 하나, 술집이 하나 반 있다. 술집 하나는 항구의 퍼진스—어머니가 그 앞을 지날 때마다 지적했듯이 간판에 아포스트로피가 빠진 상태로 틀리게 적혀 있다—이고 반은 왜그테일이다. 왜그테일은 원칙적으로 늦봄에 문을 열지만, 주인이자 우리 삼촌인 마이클프랜의 기분에 따라, 또는 삼촌이 키우는 동물들을 돌보느라 정신이 없는지 아닌지에 따라 달라진다. 어쨌든 가을에 접어들면 문을 닫는다. 주요 해변은 두 곳이다. 하나는 항구 근처의 해변으로 참 창의적이게도 아일랜드어로 해변이라는 뜻의 안 트라이고, 또하나는 남동쪽의 카후나 비오그다. 그 외에도 해안 군데군데 작은 모래밭이 있지만 편안하게 눕거나 모래성을 지을 만한 규모는 아니다. 또한 섬에는 절벽, 새, 소, 양, 염소, 말, 그리고 당나귀 한 마리가 있다. 트랙터와 탑승형 잔디깎이도 있지만 드론은 순식간에 금지되었다. 본인이나 자기가 키우는 가축 외에 다른 사람이 자기 세탁물을 유심히 뜯어봐도 된다고 생각하는 사람은 아무도 없기 때문이다. 우리는 어부와 작가, 농부와 도예가, 페리 선원과 양봉업자의 섬이다. 우리는 크기도 색깔도 제각각이다. 우리는 세상에서 제일 심술궂게 굴 수도, 6월에 땅을 스치며 우리가 아일랜드에서 가장 운좋은 사람들임을 일깨워주는 부드러운 바람만큼 유쾌하고 애틋할 수도 있다.

이곳은 소음의 섬이다. 끊임없는 정적을 깨뜨리며 위안을 주는 소리들. 크리오스토어의 염소가 매애매애 우는 소리, 감미롭게 지저귀는 종달새 소리, 헤어 힐에 오르는 이들의 잡담 소리. 바로 옆에 서 있는 것처럼 또렷하게 들리는 그 목소리들이 물러났다가 밀려드는 대양의 낮고 끊임없는 소리보다 커진다. 대양은 돌출된 바위와 항구 벽의 석판을 하나하나 끌어안은 다음 우리에게 모래와 돌멩이를 선물로 남기고, 우리는 그 위를 걸어다니며 바다의 장관을 바라본다. 그리고 1.5킬로미터쯤 떨어진 곳에서부터 들려오는 자동차 엔진의 굉음도 있다. 독특하고 귀에 거슬리는 소리가 공기 중에 경쾌하게 울려퍼지면 우리는 차가 구부러진 도로를 돌아 모습을 드러내는 걸 굳이 보지 않아도 누가 오는지 안다. 우리에게는 근사한 차도 필요 없다. 왜 필요하겠는가? 우리가 달리는 도로는 오솔길보다 넓지도 않고 포트홀과 돌투성이에 구불구불하다. 이 섬에서 새로 뽑은 아우디를 몰고 다니는 사람은 바보다. 우리가 몰고 다니는 차는 진공청소기를 구경한 지 오래이고, 기분에 따라 방향지시등이 제멋대로 켜졌다 꺼졌다 하고, 트렁크를 닫으려면 밧줄이 필요하고, 끊임없이 엔진을 손봐야 한다. 차가 아무리 고통의 비명을 질러도 우리는 계속 모른 체하고, 결국 도로 한가운데 우뚝 멈춰 서면 우리가 아무리 애원하고 기도해도 차의 시동은 켜지지 않는다. 하지만 그 정도면 그 차는 이미 임무를 다한 것이다. 본토의 어떤 자동차 수리공도 생각하지 못했을 만큼 우리를 A지점에서 B지점으로 수없이 실어다주었다. 이제 나는 그런 소리들이 친숙하다, 나를 위안해주고, 안전하게 지켜준다.

여객 전용 페리는 우리의 생명줄이다. 본토에서 구매한 식료품, 금요일 저녁에 집으로 돌아오는 중등학교 학생들, 그리고 여름이면 주머니에 돈을 잔뜩 넣고 마음껏 쓸 생각으로 들어오는 손님들을 실어나른다. 여행자들은 떠날 때가 되면 머뭇거리면서 다시 오고 싶다는 마음을 가득 안고 돌아간다. 그들의 가방은 가족과 친구 들의 뱃속과 선반으로 갈 꿀과 도자기로 꽉 차 있다. 그들은 로어링 베이에서는 무슨 요일인지도 잊고 어떤 재난이 세상을 괴롭히고 있는지도 잊는다고 열변을 토할 것이다. 또 에어비앤비나 유르트*—그렇다, 우리 섬에는

---

* 천막식 집.

유르트가 세 개 있다—에 핸드폰을 두고 항구로 어슬렁어슬렁 걸어내려가서 디어미드네 가게 겸 카페에서 부두 꼭대기까지 굽이굽이 이어지는 낮은 담에 몇 시간이고 앉아 저 아래 바다에서 노는 아이들을 내려다보고, 어쩌면 다시 들어가 커피를 한 잔 더 마시거나 시간이 허락하면 퍼진스에 가서 환영의 의미로 나온 사이다를 마셨다고 이야기할 것이다.

로어링 베이는 웨스트 코크 본토에서 8킬로미터 떨어져 있다. 페리로 사십 분 걸린다. 남색과 흰색이 섞인 멋진 페리 이브니스 2호—이브니스 1호는 결국 엔진이 고장나버린 1985년까지 운항했다—는 최근에 그 어느 때보다도 잦은 태풍과 싸웠다. 운항 도중 승객은 객실 밖으로 나가 서 있거나, 돌고래떼나 그보다 작은 쇠돌고래떼를 찾느라 바다를 내다보거나, 잡담을 나누며 본토가 가까워지는 것을 지켜볼 수 없었다. 폭풍우가 정말 심할 때는 대화가 거의, 또는 아예 오가지 않는다. 섬사람들은 벤치에 누워 밀린 잠을 자고 다른 사람들은 동료 여행자들을 위해 용감하게 씩 웃는다. 그보다 운이 나쁜 사람들은 이브니스가 출렁거리는 내내 멀미에 시달리며 손마디가 하얘지도록 좌석 손잡이를 힘껏 움켜잡는다. 페리 운항 자체가 너무 위험할 때도 있다. 아빠는 기억 속의 그 어느 때보다 지난 몇 년 동안 그런 날이 더 많았다고 한다. 기후가 변했다. 그래서 섬사람들의 찬장과 냉장고는 건조식품과 고기로 잔뜩 채워져 있고, 전기가 끊길 경우에 대비해 한 집 건너 한 집마다 마당에 디젤발전기가 있다.

그러나 내가 로어링 베이에서 무엇보다 사랑하는 것은 페리의 조타실에 서서 광막한 바다를 내다보고, 파도를 가르며 배를 모는 것이다. 나는 오래전 학교를 갓 졸업했을 때처럼 조타실에 딱 맞는다. 마치 나를 위해 특별히 치수를 재서 만든 것 같다. 제어반 뒤 창가에 서 있으면 마음이 평온하다. 바로 그곳이 내가 있어야 할 자리, 어쩔 줄 모르는 내 마음과 머리가 쉴 수 있는 곳임을 알기 때문이다. 이제 배는 나에게 필수적인 존재가 되었기 때문에 내가 한때 이 배를 떠났다는 사실을 믿기 힘들다. 그때 나는 더 놀라운 운명이 나를 기다리고 있음을 알았다. 물론 내 생각이 옳았다. 그것에 대해서는 의문의 여지가 없다. 나는 사랑이라는 가장 큰 선물을 받기 위해 이 해안을 떠났다. 절대 돌아보지 않았고, 배를 다시 조종할 날을 손꼽아 기다리며 아파하지도 않았다. 잔인한 운명 때문에, 세 남자의 사랑 때문에 내가 이 배로 돌아오기 전까지는.

지난 5월에 처음 돌아와서 이브니스의 키를 잡기 전까지는 불안했다. 도로와 언덕과 들판으로 이루어진 이 섬의 단단한 땅은 내가 누구인지 진실을 마주하게 만들었다. 나는 아이가 실종되고 혼자 남겨진 엄마였다. 팔 년 전 나의 큰딸 시어셔는 운명이 그렇게 예정되어 있던 것처럼 더블린의 우리집 앞에서 사라졌다.

하지만 바다에 나가 있을 때는 딸을 잃은 상실감이 그렇게 참담하지 않았다. 오히려 시어셔가 가까이 있는 느낌이었다. 우리 둘이서 파도와 돌고래와 경주하는 것 같았다. 시어셔가 아주 가까이에, 어떤 문 안에 있어 내가 그 문을 열기만 하면 손을 넣고 끌어당겨 나의 세계로 다시 데려올 수 있을 것만 같았다. 키를 잡으면 바로 옆에서 시어셔가 느껴진다. 열일곱 살 그대로일 때도 있고 더 어릴 때도 있지만 아이는 늘 자신감이 넘친다. 검은 머리에 하얀 피부로, 미소를 지으며 학위를 따고 나서 영화계에 들어가면 항상 바다에 관한 영화를 만들겠다고 말한다.

나는 그곳에서 시어셔를 그토록 강렬하게 느끼게 될 줄 몰랐다. 다시 선장을 맡지 못하면 시름시름 앓다 죽어버릴 것 같은 기분이 들 줄도 몰랐다. 아무도 예상하지 못했다. 로어링 베이로 돌아오라고 했던 아빠도, 그렇게 하라고 격려해준 아들도, 결혼한 지 이십육 년 된, 나에게 로어링 베이로 돌아가라고 고집을 부린 남편도.

그 누구도.

자동차가 집 앞에 멈춰 섰을 때 그녀는
자전거에서 떨어질 뻔했다.
그래서 보도로 올라가야 했다.

얄궂지만 나는 로어링 베이로 돌아가고 싶은 생각이 전혀 없었다. 지난 4월의 어느 날 아침, 더블린의 집에서 핸드폰이 울려 화면을 보니 아빠의 번호였는데, 그때도 그런 생각은 전혀 떠오르지 않았다. 내가 인사를 하자마자 아빠가 허둥대며 말을 시작하더니 숨 돌릴 틈도 없이 긴 이야기를 늘어놓았다. 지난 10월 엄마가 돌아가신 뒤 혼자 지내는 것이 점점 더 힘들어진다고, 요통이 심해져서 배를 계속 몰 수 있을지 모르겠다고, 자기가 배를 포기하면 섬이 어떻게 되겠느냐고 했다. 아빠가 어떻게 해야 할까? 마이클프랜 삼촌에게 배를 넘겨야 할까? 하지만 삼촌은 기분이 괜찮은 날에는 배를 몰겠지만 그럴 기분이 아니면 아래쪽 들판에서 소들이랑 한두 시간은 앉아 있을 텐데, 그러면 본토의 로스본 부두에서 물을 뚝뚝 떨어뜨리고 있을 냉동 생선은 어떻게 되겠는가? 아니, 이제 배를 팔 때가 됐는지도 모른다. 화이트 아일랜드에 사는 남자가 관심을 보이고 있었다. 한참 전부터 그랬다. 물론 다른 방법이 없으면 그에게 임대할 수도 있다. 다른 방법이 없잖니, 안 그래? 아빠가 이렇게 묻더니 내가 이 질문의 중대함을 실감하도록 말을 멈추고 반응을 기다렸다.

아빠가 전화했을 때 나는 기분이 울적했지만 통화하려고 집 뒤쪽 안뜰로 걸음을 옮겼다. 엉망으로 웃자란 우리 정원은 애써 못 본 척하고, 대신 이웃집 지붕에 앉아 문처럼 끽끽거리는 소리를 내며 우는 갈매기들을 바라보았다. 나는 비가 오지 않을 때는 항상 밖에서 아빠의 전화를 받았다. 우리 현관문에서 블랙록 마을까지는 800미터도 채 안 됐는데, 밖으로 나가면 마을 해안을 감싼 아일랜드해에서 각종 동물의 소리가 들려왔다. 그러면 왠지 아빠와 더 가까운 느낌이 들었다.

"코디 매과이어 말하는 거예요, 아빠? 사기꾼이라면서요. 돈만 밝히지 안전하고 믿을 수 있는 서비스에는 관심도 없다고 했잖아요."

"흠, 그러면 누가 하겠냐? 미국에 있는 네 오빠들한테 전화해서 배를 맡아달라고 말해? 내가 걔들이 짓는 고층빌딩에 관심 없는 것처럼 걔들도 배에 관심이 없는데." 오빠들은 비행기에 탈 수 있는 나이가 되자마자 차례차례 미국으로 떠나 로스앤젤레스의 건축 현장에서 일자리를 구해 엄마의 마음을 아프게 했다. 그리고 당연하지만 엄마 장례식 때 외에는 거의 집에 온 적이 없었다. 엄마가 자기 장례식 때 살아 있었다면 너무 늦었다고 말했을 것이다. "여기는 배를 몰 줄 아는 사람이 없어. 너도 알겠지만 다 망쳐버릴 거야."

나는 4월의 새파란 하늘을 응시하며 사람들에 대해 그렇게 말하다니 아빠답지 않다고 생각했다. 보통 아빠는 의외로 사람들에게 관대했다.

"리엄은요? 리엄이 페리를 얼마나 탐내는지 잊으셨어요?" 나의 숙적 리엄 오 키어시는 선장이었고, 오래전부터 아빠와 일주일씩 교대로 일하고 있었다.

"그러면 나는 여기를 떠날 거야." 아빠가 말을 이었다. "리엄이 이브니스를 항구 벽에 쿵쿵 부딪치면서 신경도 안 쓰는 걸 보고만 있을 순 없으니까. 이브니스를 존중하면서 다루는 사람은 나 말고 딱 한 명밖에 없다는 걸 너나 나나 잘 알잖니. 넌 이브니스를 부두에 댈 때 달걀도 깨지지 않을 정도로 부드럽게 대니까."

아빠의 칭찬에 내가 마지못해 미소를 지었다. 하지만 미소가 떠올랐던 그 짧은 시간 동안 나는 평소 리엄과 그의 항해 능력에 대해 다정하게 말하던 아빠가 얼마나 외롭고 요통이 심하면 이렇게까지 변했을까 생각했다. 잔인한 삶이 우리 두 사람의 인내심을 바닥나게 만들어 불친절하고 걸핏하면 화내는 사람으로 바꾸어놓은 것 같았다. 아니면, 우리가 진심을 말하게 된 걸까?

"리엄은 생각이 다를 거예요, 아빠. 아무튼 모두 제쳐두고 로어링 베이로 갈 여유는 없어요. 지금 내가 돌아가길 바라고 그러시는 거라면 말이에요. 여기서…… 음, 할일이 많아요."

하지만 사실 그 순간 나는 그 정도로 급박한 일을 하나도 댈 수 없었다. 그냥 아빠의 말문을 막으려고 한 말이었다.

"글쎄, 그런 생각은 하지도 않았는데." 아빠가 아무것도 모른다는 듯이 천연덕스럽게 말했다. "하지만 네 말을 듣고 보니 나쁜 생각은 아니구나. 넌 교육과정도 전부 이수했고 티켓 만료까지는 이 년 남았으니까." 티켓은 페리 면허증을 가리키는 용어였다. 아빠의 말이 옳았다. 나는 이미 마음이 떠났는데도 그냥 놓아버리지 말라는 아빠의 권유에 따라 모든 교육과정—해양 생존, 응급처치 등—을 이수했다. 언젠가는 해놔서 다행이라고 생각할 거다. 아빠가 예언자라도 되는 것처럼 말했었다.

"여름은 어떠냐?" 아빠가 말을 이었다. "여름 동안만 와 있으면 되잖아. 딱 몇 주만. 이따금 며칠씩 쉬어주면 이 늙은이의 허리도 낫겠지. 너한테도 좋을 거고. 바로 이게 너한테 필요한 걸지도 몰라. 기분전환 말이다."

"기분전환이라고요?" 내가 따라 말했다.

"로지, 기분 상하라고 한 말은 아니야. 그냥…… 음, 그러니까…… 난 네가 걱정이다. 너랑 휴에게는 아주 힘든 시간이었으니까. 특히 작년은 더 그랬고."

나는 잠시 말문이 막혔다. 사람들이 우리 상황을 곧이곧대로 말할 때면 나는 종종 허를 찔린 기분이었다. 시어셔는 팔년 전에 실종됐지만 우리는, 아니 나는 작년에 결국 시어셔를 잃었다는 무게에 짓눌려 무너졌다. 나는 눈을 감고 고개를 떨군 채 왼쪽 뺨 안쪽에 구내염이 심해진 자리를 혀로 건드렸다.

"게다가 넌 배를 사랑하잖아, 로지. 아일랜드의 유일한 여선장. 네가 티켓을 따던 날 내가 너무 좋아서 얼마나 활짝 웃었는지 아무도 모를 거다. 생각해보지 않을래? 내 부탁은 그것뿐이다. 한두 달은 버틸 수 있겠지만 그다음에는 매과이어한테 연락해야 할 거야. 이렇게 되기를 바라진 않았는데……"

"아, 아빠." 나는 짜증스러워하며 안뜰 문으로 돌아와 거미줄이 쳐진 경첩에 기댔다. 또다른 상실을 직면해야 한다고 생각하니 견딜 수가 없었다. "다른 방법이 있지 않을까요?" 손으로 이마를 문질렀는데, 얼마나 세차게 문질렀는지 손가락끝에서 피어오르는 열기가 느껴졌다. "아빠." 내가 결국 이 말도 안 되는 딜레마에 선을 그으며 단호하게 말했다. "난 지금 그런 것까지 신경쓸 여유가 없어요."

나는 아빠가 놓아줄 줄 알았다. 걱정하지 마라, 이런 일로 널 귀찮게 하는 게 아닌데, 내가 방법을 생각해내마, 이렇게 말할 줄 알았다.

하지만 아빠는 그러지 않았다.

"로지." 아빠가 당황한 나에게 말했다. "부탁이다. 휴랑 얘기라도 해봐."

나는 그럴 생각이 전혀 없었다. 통화가 끝나자마자 안으로 다시 들어와서 정원이 내다보이게 놓인 엘L 자 소파에 핸드폰을 내던지고 종일 쳐다보지도 않겠다고 맹세했다. 섬에 대해서든 섬으로 돌아가는 것에 대해서든 아무 말도 하지 않을 것이다. 나는 다시 창밖을 바라보고, 이 방 저 방 서성이고, 신문을 보았지만 한 글자도 눈에 들어오지 않았다.

아니, 휴가 이 이야기를 들을 일은 없을 거야.

하지만 일은 그렇게 되지 않았다.

"전화 온 거 없었어?" 저녁식사를 하려고 자리에 앉았을 때 휴가 물었다. 우리가 한자리에 앉는 것 역시 드문 일이었다.

나는 시어서에 대해 말하는 줄 알고 없었다고, 늘 그렇듯 사건에 대한 새로운 소식은 없었다고 말했다.

"다른 전화는? 컬리나 장인어른은?"

내가 접시에서 시선을 들었다. 아빠가 자주 전화하는 것은 이상한 일이 아니었지만 휴가 그런 질문을 하는 것은, 그리고 내가 거기에 앉아 그의 말을 듣는 것은 드문 일이었다. 나는 순진하게도 일종의 숙명이라고, 우주의 무언가가 아빠가 무슨 부탁을 했는지 전부 말하도록 시키고 있다고 생각했다. 나만 빼고 몰래 작당했을 거라는 생각은 하지도 못하고.

"배를 다시 몬다고." 휴가 대답했다. 질문이라기보다는 진술에 가까웠다. 그때는 그 뉘앙스조차 이상하게 느껴지지 않았다. 그저 내가 아일랜드식탁에 올려놓은 키친타월로 입을 닦는 휴를 보고만 있었다. (휴는 아주 예전에, 아일랜드식탁이 유행하기 훨씬 전에 그것을 설치했다. 건축가와 결혼해서 좋은 점은 늘 유행을 앞선다는 것이었다.)

"아빠 허리가 안 좋으시대. 당신도 알다시피 엄마 일도 있었고."

휴가 키친타월을 구겨 접시 옆에 내려놓고 접시 한가운데로 고이는 빨간 소스를 매료된 것처럼 물끄러미 보았다.

"안 된다고 했어, 휴. 괜찮아. 걱정하지 마." 나는 그 말을 꺼낸 것조차 민망해 의자에서 일어났다. 양념을 얼른 찬장으로 치우고, 남은 볼로네즈 소스를 냉장고에 넣으려고 플라스틱 용기에 담고, 키친타월을 더 풀어 더러운 냄비를 닦은 뒤 뜨거운 비눗물을 가득 부어두었다.

"로지, 그거 잠깐 놔두면 안 돼?" 휴의 요청은 부드럽지만 단호했다. 내가 돌아서자 그가 손바닥으로 내 스툴을 가리키고 있었다. 당황한 나는 손을 털고 물기를 닦으려고 행주로 손을 뻗었다. 그러자 개조한 차고로 이어지는 열린 문으로 휴의 전자피아노가 슬쩍 보였다. 이 년 전, 휴가 저 피아노를 가져온 밤이 생각났다. 복도로 나갔더니 기다란 마분지상자가 난간에 기대어 놓여 있었는데, 건반을 치느라 몰입한 표정의 젊은 여자 사진이 인쇄되어 있었다. 나는 상자를 바라보다가 다시 휴를 쳐다보았다. 휴는 차에서 접이식 스툴을 가지고 와서 길쭉한 상자 옆에 놓았다. 그냥 뭔가가 필요해서. 휴가 현관 탁자 위 도자기 접시에 열쇠꾸러미를 넣으며 말했다. 그 말—뭔가가 필요해서—뿐이었고, 그 뭔가가 무엇인지 모르겠지만 지금까지 내가 그것을 못하게 만들었다는 듯이 나를 보았다. 그런 다음 상자를 들고 부엌문을 지나서 원래 차고였지만 집안에 맞지 않는 물건을 전부 모아두는 작은 방으로 갔다. 우리 집 잡동사니를 내버려두는 곳이었는데, 컬리가 공부할 때 가끔 쓰던 컴퓨터와 책상도 있었지만, 그것도 이미 몇 년 전의 일이었다. 나는 문틀에 기대서서 휴가 자신을 구해주리라 생각하는 것을 조심스럽게 꺼내 스탠드에 올리는 모습을 지켜보았다. 그가 물러서서 잠시 응시하더니 플러그를 꽂고 스툴을 펴고 건반에 처음으로 손을 올렸다. 그후 매일 밤 휴는 식사를 하고 자리를 정리하자마자 그곳으로 갔다.

나는 이번에는 아이처럼 다리 사이에 손을 끼우고 아일랜드 식탁 앞에 다시 앉아 걱정스럽게 그를 쳐다보았다. 휴의 이마를 보니 한가운데에 작고 하얀 반점이 나 있었다. 마음이 어수선할 때 생기는 저 반점은 분홍색 살갗에 둘러싸인 매끄럽고 하얀 오아시스 같았다.

"난 당신이 가야 한다고 생각해." 휴가 말했다.

나는 뭔가 혼선이 있었다고, 휴가 내 말을 못 알아들었다고 생각하며 살짝 웃었다. 이제 손이 떨리지 않아 손가락으로 대리석 표면에 원을 그리며 다시 설명할 말을 찾았지만 휴가 먼저 입을 열었다.

"너무 버거워." 거의 속삭임에 가까웠지만 나에게는 충분히 잘 들렸다. 휴는 꼿꼿하게 앉아 한때는 새까맸지만 이제 회색으로 변한 머리카락을 손으로 빠르게 빗어넘겼다. "난 안 되겠어, 로지. 난 안 돼." 그의 시선이 안뜰 문을 향했다. 그 너머에는 사랑받지 못한 정원이 봄 햇살에 흠뻑 물들어 있었다. "몇 년 동안 당신을 쫓아가려고 발버둥친 것 같아." 떨리는 목소리가 헛간으로 이어지는 돌길을 향해 호소했다. 헛간은 이제 잡초 때문에 거의 보이지 않았다. "깨어 있는 매 순간 다른 가능성을 생각해내야 했어. 다른 시각을. 시어셔를 찾을 다른 방법을. 당신은 나보다 믹에게 전화를 더 많이 했어."

믹. 시어서 사건 수사를 지휘하는 믹 멀론 경위.

"하지만……" 휴의 반응에 당황한 내가 조용히 말했다. 그는 우리가 살아내야만 하는 이 삶을 전력으로 살아가는 사람이 아니라 다른 출연진은 이미 다 외운 대본을 너무 늦게 받고 들어온 대역배우 같았다. "……난…… 난 계속 밀어붙여야 했어. 아니면 사람들이 잊을 테니까. 당신도 **알잖아.**" 이 말을 입 밖으로 내뱉자마자 나는 완전한 사실이 아님을, 적어도 지난 일 년 동안은 그렇지 않았음을 깨달았다. 하지만 그전까지는 무언가를 하고, 찾고, 묻는 것이 내 삶이었음을 부인할 수 없었다.

"알아, 알아." 휴가 눈을 감고 손으로 얼굴과 목을, 거의 쇄골까지 쓸어내렸다. "하지만 나는, 아니 **우리**는 더 못할 것 같아, 로지. 우린…… 음, 우린 힘든 시간을 보냈고, 이제는 예전의 우리가 아니야, 안 그래?"

우리가 늘 짊어진 짐에다가 어머니까지 잃은 것, 그리고 그 여파, 내가 겪은 여파—우리는 이번 생의 좌절을 받아들여야 한다, 그렇지 않은가? 우리 상황이 변하면서 나도 변할 수밖에 없었다. 한때 나는 전사였지만 예전의 나에 비하면 이제는 아무것도 아니었다.

"그렇지." 내가 조용히 동의했다.

"세상에. 끝이 없어, 안 그래?" 휴의 피로함이 아일랜드식탁을 가로질러 내 피부에 살짝 닿았다가 스며들었다. 나는 천 일 밤을 자고도 돌아누워 더 자고 싶은 기분이었다. "난 그냥······ 그냥 잠깐 쉬고 싶어. 한 번이라도 좋으니 집에 돌아와서 침묵을 느끼고 싶어."

침묵? 침묵 외에 무엇이 남았지? 나는 생각했다. 우리가 나누는 대화는 사건에 대한 실질적인 이야기밖에 없었다. 믹의 질문, 우리가 내려야 할 결정. 저녁 시간은 각자 보냈다. 그는 피아노 앞에서, 나는 거실에서, 서로의 슬픔을 감당할 수 없어 서로를 피해 각자 다른 구석으로 숨어들었다.

"포기한다는 건 아니야." 휴의 목소리가 잠시나마 중심을 찾았고 그 특유의 강한 확신이 돌아왔다. "당신은 그렇게 생각하겠지만."

"아니야. 전혀 그렇게 생각하지 않아." 하지만 휴는 내 말을 듣고 있지 않았다. 어쩌면 듣지 않는 편을 택했을지도 몰랐다.

"시어셔가 우리와 떨어져 어딘가에 있다는 사실을 한 번도 잊은 적 없어, 로지." 휴의 손가락이 안뜰 문 쪽을 찌르듯 가리켰다. 마치 시어셔가 지금까지 내내 덤불 속에 숨어 있었다는 듯이. "시어셔를 찾는 걸 절대 포기하지 않을 거야. 이건 포기하는 게 아니야. 알지? 하지만 변하기 위해서는 우리가 통제할 수 있는 무언가가 필요해."

여기 우리가, 그 무엇도 제대로 다시 붙이지 못하고 어쩔 줄 모르는 두 사람이 앉아 있었다.

"우리는 이 모든 걸 너무 다르게 봐, 안 그래?" 휴가 말을 이었다. "너무 지치는 일이야, 당신은 시어셔가—"

"그러지 마, 휴." 내가 말했다. "제발. 또 이럴 수는 없어."

나는 고개를 숙이고 어깨를 웅크린 채 말랑말랑한 내 배에 두 주먹을 얹었다. 그리고 우리가 항상 도달하는 지점을 보지 않으려고 눈을 꼭 감았다. 휴는 우리가 살아 있는 시어셔를 찾으리라는 믿음을 오래전에 포기했지만, 나는 시어셔가 저 바깥 어딘가에서 우리에게 돌아올 기회를 기다리고 있음을 알았다.

"지금 우리한테 필요한 건 잠시 떨어져 지내는 거야. 공간적으로 말이야, 로지. 우리에겐 공간이 필요해."

휴의 말을 온전히 이해하는 데 잠시 시간이 걸렸다. 나는 다시 정수리를 문지르는 그를 올려다보았다.

나는 눈치를 보며 입을 열었다. "그러니까, 당신은 내가 가기를 바라는 거야?"

"우리 둘 다에게 도움이 될지도 몰라." 휴는 자기 말이 오해를 불러일으킬 수 있음을 깨달았는지 해명하려고 노력했다. "헤어지자는 게 아니야. 그냥 잠깐이야, 잠깐 떨어져 있으면서 숨 돌릴 시간을 갖자는 거야. 당신이 그랬잖아, 여름 동안만이라고."

"그럼 컬리는?" 내가 그의 솔직함을 견디지 못하고 쏘아붙였다.

"콜만은 스물세 살이고 자기 삶이 있어. 어차피 이 집에서 살지도 않고."

"알아, 하지만 내가 자기를 버린다고 생각할 거야…… 시어셔한테 그런 것처럼."

"제발, 로지. 몇 번이나 말해야 해? 당신이 잘못한 건 하나도 없어. 나도 그렇게 생각 안 하고, **콜만도 그렇게 생각 안 해.** 당신만 그렇게 생각한다고."

휴는 나를 위로하면서 몇 번이나 그렇게 말했지만 나는 받아들일 수 없었다. 너무나 듣고 싶지만 결코 받아들일 수 없는, 결코 온전히 믿을 수 없는 말들.

"콜만은 이해할 거야. 늘 이해했잖아."

"컬리는 당신이랑 똑같아. 시어셔는 나랑 똑같고 컬리는 당신 판박이야."

"그럼 내가 가야 한다는 거야?" 잠시 침묵이 흐른 뒤 내가 다시 말했다. 그 침묵 속에서 모든 분자가, 황혼의 모든 알갱이가, 우리집 구석구석에 걸린 모든 거미줄이 휴의 대답을 기다렸다.

휴가 고개를 돌려 안뜰 문 너머의 황폐한 풍경을 한번 더 바라보았다. 그런 다음에야 그렇다는 뜻으로 고개를 끄덕였다.

조수석 창문이 내려가더니 그녀가 좋아하는
옷가게 앤젤로스에서 일하는 여자가 보였다.

그리하여 5월 초, 나는 한때 절대 떠나지 않으리라 생각했던 고향으로 마지못해 돌아왔다. 고속도로를 타고 달리는 동안 나는 몇 번이나 돌아갈 생각을 했다. 티퍼레리에서 처음 차를 세운 나는 붐비는 휴게소에 드나드는 트럭과 자동차를 보면서 조수석 문에 기대어 물을 마시고 기름진 크루아상을 먹다가 포기하고는 차에 다시 오르면 더블린으로 가는 도로를 타겠다고 결심했다. 하지만 십 분도 지나지 않아 교차로에서 멈추었고, 바로 뒤의 성급한 프리우스가 망설이는 나에게 짜증내며 경적을 울렸다. 나는 룸미러로 프리우스 운전자를 흘끔거리면서 이건 옳지 않다고 혼잣말을 했다. 이렇게 떠나는 것, 도망치는 것은 옳지 않았다. 하지만 나는 계속 나아갔다.

이니스마혼에서는 보다 작고 덜 붐비는 휴게소에 다시 들렀다. 나는 서너 번쯤 휴게소 광장으로 나가서 걸어다니다가 가끔 멈춰 서서 도로를 바라보기도 했다. 이글거리는 햇빛을 가리려고 손을 눈가로 올리는데 교회 묘지로 이어지는 거리에서 아이가 기쁨을 이기지 못해 내지르는 비명이 들려왔다. 나는 장을 보러 가거나 휴가를 떠나는 평범한 여자처럼 흥미 있는 척, 집중하는 척, 정상인 척했지만 사실은 어쩔 줄 몰랐다. 몸을 돌려 뒤를 보았다가 다시 앞으로 돌아섰고, 나 자신을 믿을 수 없어 고개를 숙였다. "이건 정말……" 반복해서 말했지만 내 행동에 딱 맞는 말을 차마 입 밖에 내지 못했다. 미친 짓이라는 말을.

나는 다시 출발해 보이어스타운, 클론래스, 클론킬을 지났다. 로스본에 도착한 나는 항구 주차장에서 시동을 켜둔 채 서서 다른 차가 나오기를 기다렸다. 차를 빼는 사람이 없으면 더블린으로 돌아가라는 신호라고 되뇌었다. 하지만 이 분도 안 돼서 어떤 남자가 차창 옆을 지나가며 지금 차를 뺀다는 의미로 자동차 키를 보여주었고, 나는 고맙다는 뜻으로 손을 흔들었다. 그런 다음 그가 구명조끼를 벗어서 뒷좌석에 던져넣고 자기 결혼식에 늦은 사람처럼 서둘러 떠나는 모습을 지켜보았다.

햇살이 내리쬐는 비교적 따뜻한 날이었지만 차에서 내린 후 나는 후디의 지퍼를 올렸다. 오후 네시 삼십분이었고, 곧 이브니스가 노 맨스 헤이븐을 돌아 남색 측면과 흰 선교船橋를 드러낼 터였다. 일단 이브니스를 보면 내가 이 일을 해야 하는지 아닌지 확실히 알게 될 것이다.

"로지? 어머, 세상에. **정말** 너구나." 내 오른쪽에서 패치 리건의 목소리가 들려왔다. "로지 드리스콜이랑 정말 비슷하네, 하지만 걔가 이맘때 여기 올 일이 뭐가 있겠어, 라고 중얼거리고 있었는데. 그러다가 한 걸음 다가와보니 진짜 너잖아. 착각할 수가 없지. 네 엄마를 쏙 빼닮았으니까."

나는 잠시 이브니스 생각에서 벗어나 사십구 년 전 내가 이 세상에 태어날 때 도와준 여자의 품에 안겼다. 패치는 80대일 텐데도 여전히 우아하고 아름다웠다. 키가 152센티미터 정도 될까? 패치는 허리, 손목, 손가락, 코, 뭐든지 다 작고 가늘었다. 나는 그녀가 몸에 걸치는 것을 전부 백화점 아동복 코너에서 살 거라고 늘 생각했지만 섬의 우체국장 리타 말로는 골웨이의 어떤 여자가 패치에게 직접 맞춤옷을 만들어준다고 했다. 각양각색의 섬사람들 사이에서 패치는 겨울 추위에 황량해진 정원에 피어난 봄의 첫 수선화처럼 눈에 띄었다. 아름다운 파도처럼 위로 휘어진 타원형 금테 안경을 쓰고 있었다.

"며칠 다녀가려고 온 거니?"

"글쎄요." 내가 패치를 놓아주며 어깨를 으쓱했다. "비슷해요."

"정말 잘됐구나." 패치가 기뻐하며 손뼉을 쳤다. "날씨도 딱 좋아. 그동안 아주 좋았어. 휴는 같이 안 왔고?"

"네, 이번에는 안 왔어요. 일하니까요."

"당연히 그렇겠지. 올해가 가기 전에는 오겠지. 아, 세상에." 다행스럽게도 패치가 자문자답으로 자신이 밀어넣은 궁지에서 나를 구해주었다. "네 차니?" 그녀가 내 차를 가리켰다.

"아, 네." 그럴 필요까지는 없었지만 나도 폭스바겐 골프를 가리키며 말했다.

"네 차가 버스 바로 앞에 있는 걸 보고, 도대체 어디 번호판인가 궁금해 죽는 줄 알았어. 더블린 차는 잘 모르거든. 다음에는 보면 알겠지. 다음번에는 버스를 탈 거 없이 클론킬 메인 스트리트에서 네 차를 불러세워서 태워달라고 하면 되겠다. 사실 버스도 싫진 않지만 말이야. 버스 기사인 팀이랑 안부를 주고받는 것도 좋거든. 혹시 팀 아니?"

나는 고개를 저었지만 패치가 고갯짓을 봤는지, 아니 숨이라도 돌렸는지 모르겠다.

"좋은 사람이야. 리버풀 출신인데, 순전히 우연의 힘으로 여기까지 오게 됐지. 짐이 많니, 로지?"

나는 쉴 틈 없이 이어지는 말에 깜짝 놀라 트렁크를 가리켰다. "여행 가방뿐이에요."

"잘됐구나. 그럼 내가 장 봐온 것 좀 옮겨줄래? 네가 보이길래 버스 정류장에 놓고 왔어."

"물론이죠." 패치를 따라가니 슈퍼밸류 슈퍼마켓 쇼핑백이 여섯 개 놓여 있었다.

"팀이 배에 실어주겠다고 했지만 좌골신경통이 도졌다길래 내가 저기 저 담장 앞에 서 있는 귀여운 여자가 도와주기로 했다고 선의의 거짓말을 했지. 그 여자가 너인 줄도 모르고 말이야, 믿어지니? 이렇게 될 운명이었어. 운명이었다고. 자, 이 봉투에는 달걀이 들어 있으니까 조심하고."

"다른 섬 사람들처럼 전화로 주문하지 그러세요?" 내가 봉투 두 개, 패치가 한 개를 들고 우리는 차가 오는지 확인한 다음 부두 쪽으로 길을 건넜다.

"빵만 사려고 들어갔는데 괜찮은 물건이 너무 많아서 못 참았지 뭐니. 그리고 어찌나 친절한지, 젊은 여직원을 나한테 붙여주더라고. 그 직원이 장 보는 걸 도와주고, 버스 정류장까지 짐을 들어주고, 같이 기다렸다 버스에 실어주기까지 했어. 하지만 내 생각엔 말이야." 패치가 잠시 멈추었다 아무것도 들지 않은 손으로 내 팔을 잡으며 말했다. "우리 섬 사람들이야말로 평생 가장 충성스러운 고객이잖니? 퀴드 프로 쿠오*지. 내가 맞게 말했나?"

---

* 라틴어로 '답례'라는 뜻.

패치가 나를 놓아주었고, 우리는 봉투를 내려놓은 다음 나머지를 가지러 돌아갔다. 짐을 다 옮긴 후 내가 자동차로 돌아가는데 패치가 따라오며 이런저런 이야기를 늘어놓았다. 내가 여행 가방과 작은 가방을 차에서 내리는 동안에도 수다는 계속되었다. 나의 만류에도 불구하고 패치는 작은 가방을 자기가 들겠다고 고집을 부렸다. 마침내 우리가 모든 물건을 챙겨 부두 안벽 앞에 섰을 때 이브니스가 도착해서 승객을 내리고 우리를 태울 준비를 마쳤다. 본토 항구와 섬 항구는 지상보다 낮은 위치에 있어 승객은 부두계단을 내려가 배에 타야 했다. 나는 패치의 오른쪽 팔꿈치를 잡고 패치는 왼손으로 난간을 잡고서 조심스럽게 내려갔다. 내가 객실에 자리를 잡고 앉자 패치는 2월에 리타가 커뮤니티센터에서 넘어져 발목을 다쳤다고 이야기해주었고, 이브니스가 부두 안벽에서 멀어지는 소리가 들렸다. 나는 이제 돌아갈 수 없다는 것을 깨달았다.

리엄은 키를 잡고 있었지만 내가 배에 타는 것을 보지 못했다. 패치는 우리 오른쪽에 앉은 젊은 커플과 잡담을 나누었는데, 나는 모르는 사람들이었다. 아빠가 리엄에게 여름 동안 내가 돌아와서 교대로 일하게 됐다고 말했을까 궁금했다. 나는 리엄이 그 말을 듣고 허공을 바라보는 모습을 상상하다 나와 비슷한 연배의 호리호리하고 키가 큰 남자가 다가오는 걸 보고 그가 지나갈 수 있게 다리를 당겼다. 남자가 패치에게 윙크했다.

"잠깐만, 이기." 패치가 양해를 구하는 의미로 젊은 여자의 팔을 살짝 두드린 다음 남자를 불렀다. "이쪽은 로지야. 우리 섬 사람이지. 대니 딸. 그리고 이쪽은 이기라고 해, 로지. 제일 최근에 들어온 사람이야. 뭐든지 잘해."

이기가 미소를 지었다. "저야말로 패치가 아니면 뭘 어떻게 해야 하는지 모르는걸요. 제가 섬에 들어온 뒤로 일을 정말 많이 소개해줬어요. 정부에서 패치를 써야 하는데. 그러면 실업은 옛말이 될 거예요."

북부 억양이지만 부드러웠다. 도니골 출신이구나. 나는 생각했다.

"로지, 난 이기를 보자마자 착한 사람이라는 걸 알았어. 내가 감이 얼마나 좋은지 알지?" 패치가 내 쪽으로 손가락을 흔들어 강조하며 말했다.

패치는 건강한 아기를 분만하도록 도와주는 일만 잘하는 것이 아니라 육감도 뛰어났는데, 누구로부터 물려받은 것이 아니라—적어도 섬사람들이 아는 한은 아니었다—혼자 그러모아 자기 것으로 만든 재능이었다. 섬사람들은 끔찍한 비극 앞에서 거미줄처럼 가느다란 한줄기 희망이 필요할 때 패치의 그 재능에 열심히 매달렸다. 시어셔가 처음 실종됐을 때 패치가 말했다. "아직 보이지는 않지만 거기 있는 건 알아, 시어셔는 오는 중이야." 패치의 말은 절대 바뀌지 않았다. 시어셔가 사라지고 나흘 후 내가 전화했을 때부터 페리에서 그녀의 옆자리에 앉을 때까지 패치의 말은 한결같았다. 나는 패치가 옳다는 것을 알았다. 세상 사람들이 뭐라고 생각하든 나는 언젠가 시어셔가 살아서 돌아올 것을, 내 품에 다시 안길 것을 알았다.

"로어링 베이에 온 지 얼마나 됐어요, 이기?" 내가 물었다.

"이제 네다섯 달 됐어요."

"디어미드네서 일해, 그리고 저 위 크리스타네 비앤비에서도 일하고—"

"써주기만 하면 어디서든 일하죠."

"그리고 수영을 아주 잘해. 아, 세상에, 새벽이 밝자마자 일어나서 파도 사이로 다이빙을 한다니까. 태어날 때부터 그런 것처럼."

"아, 이런." 칭찬에 기분이 좋아진 이기의 얼굴이 환하게 빛났다. "수영해요, 로지?"

"아, 나는…… 음, 예전에는요. 하지만 최근엔 별로 안 했어요." 사실 나는 시어셔가 사라진 이후 제대로 수영한 적이 없었다. 하지만 그전까지 우리 가족은 섬에 올 때면 바다에서 거의 살다시피 했다.

"정말요?" 이기가 눈을 크게 뜨더니 내 옆에 앉았다. "왜냐면, 섬사람들이 수영을 안 해서 깜짝 놀랐거든요. 그래서 같이 수영을 즐길 사람을 늘 찾고 있죠."

"글쎄요, 난……" 나는 그를 실망시킨 다른 사람들과 내가 다르다는 인상을 준 것을 후회했다. 평소와 다름없는 패치의 행동 덕분에 잠시 잊고 있었던, 섬에 가는 것에 대한 의구심이 갑자기 되살아났다. 나는 객실 문을 통해 저멀리 떨어진 본토를 바라보았다. 이제 빠르게 도망칠 기회는 사라져버렸다.

"난 우리가 이 사람을 놓치지 않도록 이미 탄원을 시작했어, 로지." 패치가 내 쪽으로 몸을 숙이고 팔을 잡으며 말했다. "내가 이기에게 말했지. 로어링 베이에 살러 와서 내 눈에 콩깍지를 씌워놓고 떠나는 건 용납할 수 없다고. 리엄이랑 네 아빠한테 이기 주변에 여행 가방 비슷한 거라도 보이면 절대 배에 태우지 말라고 경고해놨어."

"시간 낭비예요, 패치. 저는 짐을 간소하게 꾸려서 다니거든요, 두 사람 다 절대 눈치 못 챌 거예요."

"어차피 안 떠날 거잖아, 이기. 난 알아, 알고말고." 패치가 큭큭 웃더니 오른쪽에 앉은 여자와 다시 대화를 시작했다.

나는 섬에 도착할 무렵 크리오스토어, 아빠의 선원 필런, 그의 아내 낸시, 섬의 도예가 세라와 인사를 나눈 후였다. 내 생각과 달리 누구도 다 안다는 듯이 나를 흘끔거리고 내 영혼을 깊숙이 들여다보며 실패한 여자가 왔군, 어디서도 구원받지 못해 처음 시작한 곳으로 돌아왔어, 라고 생각하는 것 같지 않았다. 그런 생각을 했더라도 티를 내지 않았고, 그래서 나는 고마웠다. 우리는 평범한 이야기를 나누었다. 크리오스토어와는 염소 농장에 대해 이야기했고, 다른 사람들과는 휘발윳값과 어획 할당량과 가족에 대해, 어느 아이가 몇 학년인지 이야기를 나눴다. 섬사람들은 컬리와 휴의 소식을 궁금해했고, 용감하게도 시어서에 대해 묻는 사람도 한두 명 있었다. "새로운 소식은 없고?" 그들이 물었다.

"없어요." 내가 대답했고, 그것으로 끝났다. 우리는 더 기분 좋은 화제로 이야기를 돌렸다. 다들 내가 다시 선장으로 일하게 된 것을 모르는 듯했다. 아빠가 한마디도 하지 않은 것 같았다.

부두에 도착한 다음 내가 패치를 도우려고 했지만 이기가 앞질러가서 쇼핑백 여섯 개를 두 손에 똑같이 나눠 들었다. 나도 짐을 챙기고 줄을 서서 부두를 향해 돌계단을 올라갔다. 거의 다 올라가서 조타실을 올려다보니 리엄이 난간 위로 몸을 숙이고 우리 모두가 배에서 내리는 모습을 지켜보고 있었다. 만약 리엄이 내가 오는 것을 알았다면, 갑자기 몸을 쭉 뻗어 그 사실을 꽤 잘 감춘 셈이었다. 우리는 고개를 끄덕여 알은체한 다음 각자 할일을 했다.

아빠가 나를 기다리고 있었다. 나를 어찌나 꽉 끌어안는지,

나는 미처 여행 가방을 내려놓을 틈도 없이 떨어뜨렸다.

"내가 그렇게 반가워요?" 아빠가 놔주자 나는 포옹하면서 구겨진 옷을 가다듬으며 말했다.

"아, 로지. 그럼, 반갑지." 아빠는 빨개진 얼굴로 코를 훌쩍이더니 햇볕과 비바람에 거칠어진 턱 주름을 문질렀다. "자, 집으로 가자." 아빠가 내 가방으로 손을 뻗으며 말했다.

"허리 아프시잖아요, 아빠."

나는 손을 탁 쳐내고 아빠 뒤에 섰고, 절룩거리느라 생각보다 걸음이 느린 아빠를 따라 부두로 올라갔다. 그리고 택시에 오르는 패치에게 손을 흔들어 인사했다. 택시가 패치와 짐을 부두 위쪽으로 500미터 떨어진 그녀의 집 대문 앞까지 데려다줄 것이다.

"차 마시러 들러, 더 센 것도 좋고." 패치가 깔깔 웃었다.

이기도 아빠와 나보다 훨씬 빠른 걸음으로 지나쳐갔다. "아침 일곱시." 그가 지나치면서 어깨 너머로 말했다. "디어미드네 근처에서 봐요. 비가 오든 우박이 내리든 해가 나든요."

나는 웃었지만 다른 사람이 된 느낌이 들었다. 내 삶에 들어와 아무 문제 없는 척하는 배우, 사기꾼이 된 것 같았다. 맞은편에서 오는 사람들이 페리에 실려온 물건을 가지러 가느라 나를 스쳐지나가면서 외쳤다. "로지구나. 돌아왔네, 반가워."

"차는 어디에 세워놨어요?" 내가 아빠에게 물었다. "어디까지 걸어가게요?"

아빠가 오른쪽 위 부두 꼭대기에 참을성 있게 앉아 있는 포드 코르티나를 가리켰다. "이제는 부두 아래에선 후진하는 것도 힘들고 혹시 웬 멍청한 자식이 보지도 않고 차를 빼면 급정거하는 것도 힘들어서."

나는 조수석에 올랐고, 이제 아무도 듣는 사람이 없었으므로 드디어 본론을 꺼낼 수 있었다. "내가 페리를 다시 몰기로 한 걸 아무도 모르는 것 같던데요."

"그래, 기다리자 싶었지."

"내가 정말 올지 기다린 거예요? 현명하시네요. 확신이 없었거든요."

"어쨌거나 왔잖아, 그게 중요하지. 자, 그쪽 좀 보면서 누가 있으면 말해줘." 섬에서 사이드미러는 사치품이었다.

"아무도 없어요."

우리는 디어미드네 가게를 지나쳤는데, 5월인 것을 감안해도 사람이 많아 보였다.

"그래서, 어떻게 할 거예요?" 내가 물었다. "그냥 배에 올라타고서 '놀랐죠?'라고 말하면 돼요? 그게 계획이에요?"

"음, 알티이RTÉ 방송국* 〈식스 원 뉴스〉에 우리 소식을 전할

---

* Raidió Teilifís Éireann. 아일랜드 공영방송.

꼭지가 있는지 알아볼 수도 있지만, 대충 그렇게 하면 돼."

"그럼 리엄도 몰라요?"

"그 빌어먹을 자식이 상관할 일이 아니야."

아빠의 말투가 너무 날카로워서 나는 그동안 리엄을 나쁘게 말한 적이 한 번도 없는 그 사람이 맞나 싶어 고개를 돌려 아빠를 바라보았다. 어렸을 때 리엄이 자신이 고안해낸 페리 게임을 학교 운동장에서 하면서 나를 끼워주지 않았을 때에도 아빠는 리엄을 나쁘게 말하지 않았다. 페리 게임은 이브니스가 부두에 들어올 때 밧줄을 던지는 것처럼 훔친 줄넘기 줄을 체육 비품 창고에 던지는 놀이였다.

"넌 못해." 딱 한 번 내가 끼려고 했을 때 리엄이 말했다.

"음, 나도 연습해야 해. 우리 아빠 배잖아, 크면 아빠랑 같이 일해도 된댔어."

"아닐걸. 여자는 페리에서 일 못해. 너무 약하니까. 어쨌든 내가 크면 그건 내 페리가 될 거야. 네가 아니라. 우리 삼촌이 그랬어. 넌 나랑 일 못해."

리엄은 자기 아버지의 동생이자 당시 페리의 또다른 선장이었던 토미 삼촌과 함께 살았다. 리엄의 어머니는 아이를 낳다가 세상을 떠났고 알코올중독이었던 아버지도 리엄이 네 살이 된 지 얼마 안 지났을 때 세상을 떠났다. 토미는 자기 형보다는 부드러웠지만, 오 키어시 집안사람답게 매서운 면도 있었다. 그는 물고기를 잡고 배를 몰았고, 조카에게 인생이란 바다에서 최대한 많이 얻어내는 것이라고 가르쳤다.

"아니야, 아니야!" 언젠가 이브니스가 더는 우리 배가 아닐 거라는 리엄의 말을 듣고 내가 겁에 질려 외쳤다. 학교가 끝난 다음 나는 항구까지 전속력으로 달려가 아빠를 찾았다.

"괜찮아." 아빠가 내 이야기를 다 듣고 나서 말했다. 아빠는 나를 끌어안고 달래려고 애썼다. "자, 들어봐. 리엄의 엄마랑 아빠가 돌아가신 거 너도 알지. 그건 어떤 아이에게든 정말 슬픈 일이야. 그리고 그 상처 때문에 가끔 못된 말이 나오기도 해. 리엄의 잘못이 아니야."

"하지만 이브니스가 자기 배가 될 거라고 했단 말이에요." 나는 끅끅거리면서 간신히 말했다.

"그렇게 안 될 거야, 꼬마 아가씨. 아니라고 지금 확실하게 말해줄 수 있어. 그 배는 우리 거고, 앞으로도 항상 그럴 거야. 약속할게. 알았지?"

"알았어요." 나는 결국 아빠를 위해 마음을 풀었다. 아빠를 너무나 사랑했고, 아빠의 말을 의심하다니 상상할 수 없는 일이었다.

그 이후 오랫동안 나는 아빠가 그러듯 리엄을 상냥하게 대하려고 노력했지만 실패했다. 리엄은 내가 절대 자기만큼 잘하지 못할 것이고 언젠가 그 사실을 깨달을 거라며 끊임없이 나를 괴롭혔다.

이제 집으로 올라가는 차 안에서 아빠는 내 시선을 모른 척하며 내 쪽으로 고개를 돌리지 않고 도로만 쳐다보았고, 리엄을 향한 태도가 왜 바뀌었는지 전혀 드러내지 않았다.

"알았어요." 나는 더이상 캐묻지 않고 왼쪽으로 고개를 돌려 마이클프랜 삼촌의 술집을 보며 말했다. "들을 이야기가 많은 것 같네요."

아빠가 맥스 힐 위의 우리집으로 향하는 가파른 오르막에 대비해 기어를 한 단 내리다가 얼굴을 찡그렸다.

집안은 칠 개월 전 엄마 장례식 때 마지막으로 보았던 모습과 달라진 것이 하나도 없었다. 전부 엄마가 돌아가시기 전 그대로였다. 하지만 더 슬퍼 보였다. 마치 모든 색이 흐릿해진 것 같았다. 축축한 천을 며칠이나 덮어놔서 모든 것이 예전의 모습을 희미하게 암시하는 듯했다. 나는 소파에 앉은 다음 가방을 옆에 내려놓고 텅 빈 난로의 화격자부터 맞은편에 놓인 아빠 의자까지 눈으로 훑었다. 아빠의 의자는 언제나처럼 침실이 두 개 있는 위층으로 올라가는 나무 계단 밑에 놓여 있었다. 난간이 없는 계단이라 아빠는 그곳을 선반 삼아 찻잔이나 기네스 잔을, 그리고 크리스마스 아침이면 베일리스 잔을 올려두곤 했다. 지난 몇 달간 힘든 시기를 보내면서 아빠는 앉고

서기 편하게 쿠션을 여러 개 겹쳐놓아 자리를 높여야 했다. 아마도 전성기를 한참 지나 왕좌에서 물러난 섬사람들이 준 쿠션 같았다. 나는 아빠가 어두운 구석에서 불쑥 튀어나와 나를 놀랜 것처럼 급히 날카로운 숨을 들이마셨다. 외로움이, 내 삶이 한 바퀴 빙 돈 끝에 이곳으로 돌아왔다는 절망감이 또다시 엄습했다. 갑자기 여기서 여름 내내는커녕 하룻밤이라도 보낼 수 있을까 싶은 마음이 들었다.

"내일부터 시작하면 되겠다." 아빠가 부두에서는 보지 못한 지팡이를 짚고 들어왔다. 내가 생각했던 것보다 나를 마중 나오는 일이 힘들었던 모양이었다.

"페리 말이에요?"

"아니, 디어미드네 가게에서 스콘을 서빙하는 것 말이다." 아빠가 농담했다. "그래, 당연히 페리 얘기지."

"아, 알았어요."

"리엄은 이번주 근무를 끝냈고, 내일부터는 나야. 내가 옆에 있을 테니 걱정할 필요 없다."

나는 아빠를, 살짝 움직일 때마다 얼굴을 찡그리는 구부정한 남자를 쳐다보았다. 아빠의 몸은 내가 섬에 도착할 때까지 간신히 버틴 듯했고, 이제는 필사적으로 그만두고 싶어하는 것처럼 보였다.

아빠 뒤쪽에서 뒷문을 긁는 소리가 들렸다. 우리 개 어고가 들어오고 싶다는 신호를 보내고 있었다.

아빠가 미소를 지었다. "환영 위원회가 이제야 왔군." 아빠는 돌아서다가 바로 얼굴을 찡그렸다. 내가 벌떡 일어섰고, 아빠는 지팡이를 들지 않은 손으로 의자 등받이를 잡았다.

"아빠, 좀 앉으세요, 네? 어서요." 나는 아빠를 선불리 건드렸다가 상태가 악화될까봐 의자에 앉으라고 권했다. 아빠는 자신의 피난처로 조심조심 가더니 북부 항구 어귀의 바다만큼이나 깊은 한숨을 쉬었다.

"자, 됐어요." 내가 아빠 옆에 쭈그리고 앉아서 그 상황을 위로하듯 무릎을 살살 문질렀다. "내일 나 혼자서도 괜찮을 거예요. 이브니스를 내 손바닥만큼 잘 알잖아요. 아빠는 좀 쉬어야 해요. 애초에 그래서 날 부른 거 아니에요? 어고를 들여보내고 차를 내릴게요, 우리 잠깐 숨 좀 돌려요."

아빠는 너무나 슬픈 표정으로 나를 쳐다보았는데, 마치 나를 통해 두 사람을, 어머니와 시어서를 보는 것 같았다. 나는 우리가 잃은 모든 것을 끊임없이 상기시키는 내 생김새 때문에 죄책감을 느꼈다. 결국 아빠가 고개를 숙이고 지친 눈을 감더니 고개를 끄덕였다.

어머니가 없는 집에 돌아오니 힘들었다. 그날 밤 나는 침대에 누워서 어렸을 때 어머니가 사주었던 책들의 책등을 손가락으로 훑었다. 모두 예전에 내가 쓰던 방에 그대로 꽂혀 있었다. 엄마는 집안일이나 요리에 몰두하는 평범하고 전형적인 아일랜드 어머니가 아니었다. 아니, 엄마는 시간이 허락하면 먼지떨이 대신 책을 들었고, 아들 둘과 딸 하나 때문에 혼돈 그 자체인 집에 행복하게 앉아 도서관에서 빌리거나 클론킬의 자선가게에서 산 소설을 읽었다. 엄마는 자식들을 위해서만, 그리고 여윳돈이 충분할 때만 큰 서점에서 책을 샀다. 우리는 일 년에 한 번, 경기가 좋을 때는 두 번 시내로 나갔다. 엄마는 서점 문을 열면서 한도는 없다고, 마음에 드는 책은 뭐든 고르라고, 대신 굴착기와 트럭 그림만 있으면 안 되고 글도 조금 있어야 한다고 말했다. 마지막 조건은 네이선을 겨냥한 말이었다. 글을 사랑하는 엄마를 닮지 않은 둘째 오빠 네이선은 나중에 캘리포니아 최대 건설회사의 사장이 되었다. 나는 엄마가 그 소설들을 통해 나에게 열어준 세상, 원하면 언제든지 피신할 수 있었던 그 세계를 사랑했다.

나는 몸을 숙여, 침대 옆 러그에 누워서 잘 준비를 하는 어고의 흰색과 검은색으로 얼룩덜룩한 털을 쓰다듬었다.

"엄마 보고 싶다. 그렇지, 어고?"

어고가 고개를 들어 파란 눈을, 슬퍼서 살짝 처진 것이 분명한 까만 눈꺼풀을 보여주며 낑낑거렸다.

어고는 '어고노믹스'의 줄임말이다. 내가 들은 내용에 따르면, 십여 년 전 마이클프랜 삼촌이 재킷 안에 어고를 품고 문 앞으로 찾아온 날 아빠는 〈아이리시 타임스〉의 경제면을 들고 업무 영역 설계의 중요성에 대한 기사를 읽으면서 조타실을 손봐야 하나 생각하던 중이었다.

"마이티가 새끼를 낳았어." 삼촌이 당시 키우던 개 마이티의 아들을 넘겨주며 선언했다. "내가 새끼를 한 마리 주기로 했잖아. 기억나? 정말 예쁘지, 안 그래? 혈통이 아주 좋아."

"혈통? 마이클프랜, 혈통이 도대체 어디에서 온다고 생각하는 거야?"

"보호소에서 그랬어, 마이티는 혈통이 좋다고. 부견도 마찬가지래. 새끼를 밴 개를 버리다니 상상할 수 있어? 정말 그러면 안 되는 거잖아, 응?" 마이클프랜 삼촌이 꼼짝 못하는 것 가운데 하나는 동물, 특히 집 없는 개였다. 삼촌은 본토에 갈 때마다 유기견 보호소에 가지 않으려고 애써야 했는데, 보면 전부 다 데려오고 싶어졌기 때문이다. 당나귀 보호소가 문을 열었을 때 삼촌이 거의 울 뻔했던 것도 버려진 가여운 당나귀들 때문만은 아니었다. 매번 그 앞을 지나면서도 안으로 들어가면 안 되었기 때문이기도 했다. 물론 삼촌은 결국 그 안에 들어갔고, 털룰라를 데려와서 소와 양과 같이 키웠다. 털룰라는 누가 지나가면 산울타리 너머로 고개를 내밀고 얼룩덜룩한 이빨을 전부 드러내는 것을 좋아했다. 마이클프랜 삼촌은 털룰라가 미소를 짓는 거라고, 길 반대쪽에서 자라는 길고 푸른 풀을 한줌 뜯어달라고 부탁하는 나름의 방식이라고 말한다.

"우리한테 개가 생겼어." 아빠가 포치에서 들어오며 엄마에게 말했다. 마이클프랜은 형수가 그 작은 생명을 거절할까봐 거의 달아나다시피 떠났다.

"그렇구나." 엄마가 책에서 고개를 들지도 않고 말했다. "내가 안 된다고 했다는 말 안 했어, 당신?"

"소용없었어, 여보. 당신도 잘 알겠지만. 마이클프랜은 누구나 동물이 생기기 전까지는 자기가 동물을 키우고 싶어하는지 아닌지 모른다고 생각해. 그걸 가르쳐주는 게 인류에 대한, 특히 당신 같은 본토 사람들에 대한 자기 의무래."

아빠는 그것이 엄마가 감당해야 하는 결점이라도 되는 것처럼 엄마를 본토 사람이라고 부르기 좋아했다.

엄마는 책에서 시선을 들었지만 자세를 바꾸지 않음으로써 곧 다시 책으로 돌아갈 것임을 분명히 했다. "뭐라고 부를 거야?"

"전혀 모르겠어."

아빠가 의자에 앉아 무릎에 신문을 올려놓은 다음, 그 위에서 편안하게 자리를 잡으려고 애쓰는 강아지를 지켜보았다. "어고노믹스." 아빠가 이제 끝까지 읽지 못하게 된 기사를 보며 슬프게 한숨을 지었다.

"개 이름치고는 웃기네." 엄마는 그렇게 대답하고 다시 책에 집중했다.

  아빠는 웃었고, 잡종 개와 아내를 번갈아 바라보다 그렇다고 인정했다.

여자가 그녀를 손짓하며 불렀다.
빨리, 여자가 재촉했다. 빨리.

내가 돌아온 다음날, 아침식사 시간에 아빠가 지팡이를 짚고 부엌 식탁을 뱅뱅 돌면서 배를 어떻게 몰아야 하는지 계속 지시를 내렸고, 어고는 그 뒤를 열심히 따라다녔다. 나는 포리지*를 먹는 둥 마는 둥 스푼으로 젓기만 했다. 지시 사항이 많아질수록 식욕이 점차 사라져서 어고가 그날 섬 토끼를 사냥하고 나서 먹을 수 있게 어고의 그릇에 끈적끈적한 포리지를 잔뜩 부어주었다. 사실 그릇이라기보다는 대용량 플라스틱 마가린 통으로, 십 년 동안 써서 이제는 옅은 노란색으로 변색되었다.

---

* 귀리 등의 곡물에 우유나 물을 넣고 걸쭉하게 끓인 음식.

"아빠, 나도 어떻게 하는지 알아요." 아빠가 화장실까지 따라와서 잔소리를 늘어놓는 바람에 후디에 치약을 떨어뜨린 나는 결국 인내심이 바닥났다. 페리를 모는 것은 지저분한 일로 깔끔함을 유지하기 힘들지만 그래도 복귀 첫날인데 좀 깔끔하게 갈 수 없을까? 내가 흰 얼룩을 문지르며 한탄했다. 사실 나는 걱정을 가라앉히려고 애쓰는 중이었다. 아빠가 걱정할 만도 했다. 내가 이브니스를 본 것은 오래전 일이었다. 시어셔가 사라지기 전에는 아이들이 어릴 때 여름휴가를 보내러 왔다가 가끔 다른 사람 대신 며칠 페리를 본 적도 있지만 이번에는 달랐다. 모든 것이 달랐다.

걱정하지 말라는 내 말에도 아빠는 예전에 우리 가족이 섬에 왔을 때 쓰려고 내가 사둔 지프차까지 따라왔다. 지프차에 시동을 걸자 요란한 소리가 났지만 아빠는 멈추지 않았다.

"이제 그만하시면 안 돼요, 아빠?" 나는 신경이 곤두섰지만 최대한 예의바르게 물었다. 아빠는 열려 있는 운전석 문 앞에 서 있었다. "들어가서 좀 쉬세요."

"첫 출항만이라도 내가 따라갈까보다."

"아빠, 그 얘긴 끝났잖아요. 아빠 허리가 못 견뎌요. 그리고 이브니스를 거쳐간 선장 가운데 내가 최고였다고 아빠 입으로 말했잖아요."

"그거야 당연하지. 하지만 이 일은 아무리 조심해도 지나치지 않아. 그러니까 내가 사과할 일은 아니지."

"있잖아요, 아빠. 내가 사랑하는 거 아시죠. 하지만 차 문에서 손을 떼지 않으면, 지금 바로 로스본으로 페리를 몰고 가서 더블린으로 돌아갈 거예요."

아빠가 문틀에서 손을 떼고 살짝 물러섰다. 나는 그렇게 모질게 말할 생각이 아니라 가볍게 얘기하고 싶었는데 너무 초조해서 삐딱하게 말하고 말았다. 내가 얼른 마음을 가라앉히고 미소를 지었다.

"아빠, 정말 하나도 안 잊어버렸어요. 진짜예요. 그리고 조금이라도 자신이 없어지면 이브니스를 항구 벽에서 몰고 나가기 전에 바로 아빠한테 전화할게요, 알겠죠? 게다가 필런이 있잖아요, 네? 필런만큼 뛰어난 선원은 없다고 항상 말씀하셨으면서. 필런이 잘 보좌해줄 거예요. 아빠도 알잖아요."

우리를 여기까지 이끈 모든 것의 무게 때문에 공기가 가라앉았다. 우리 둘 다 각자 원했던 것보다 훨씬 빨리 지쳤다.

"참, 필런은 안다." 아빠가 말했다. "네가 돌아온다고 필런한테만 말했어."

"어제 들어오면서 만났을 때는 아무 말씀도 안 하던데요."

"필런한테는 목숨도 믿고 맡길 수 있지."

"그거 봐요. 그러니까 우린 괜찮을 거예요. 필런하고 제가 이브니스를 잘 돌볼게요."

"이브니스만 걱정돼서 이러는 게 아니야." 아빠가 다 안다는 눈빛으로 나를 쓱 쳐다보았다. "그럼 가봐." 아빠가 차 문을 탁 닫더니 한 손을 들어 인사했다.

이브니스호 앞에 도착하니 필런이 이미 나를 기다리고 있었다.

"선장." 그가 나를 부르더니 내가 지프차에서 내려 다가가자 경례했다. "돌아와서 기쁘구나."

"고마워요, 필런." 내가 고개 숙여 인사했다. "아빠가 아저씨한테만 비밀을 털어놨다고 하던데, 영영 돌아온 건 아니에요, 아시죠? 여름 동안만 여기 있을 거예요."

우리는 이미 부두계단을 내려가서 페리 승강장의 빗장을 열었다가 다시 닫은 후 조타실로 올라가고 있었다.

"하루든, 여름 한철이든, 평생이든 나한테는 중요하지 않아. 널 봐서 반가울 뿐이야."

나는 조타실 문을 열고 잠시 서서 제어반을 바라보다 스툴에 털썩 앉았다. "필런, 솔직히 전 돌아오게 될 줄 전혀 몰랐어요. 제 인생이 이렇게 굴러갈 거라고는 생각 못했어요."

"어렵다는 건 알아, 알지. 하지만 로지, 인생은 참 신기하게도 가려고 한 적도 없는 곳으로 우리를 보내거든. 그러니까 내 말은, 내가 노르웨이에 피오르 크루즈를 타러 갈 줄 누가 생각이나 했겠냐는 거야. 그런데 은퇴한 후 9월에 크루즈를 타려고 예약했어. 그게 낸시의 생각이라는 걸 덧붙여야겠지만."

필런이 여행을 생각하며 한숨을 쉬었는데, 좋다는 건지 싫다는 건지 알 수 없었다. 그가 주머니에 손을 깊이 찔러넣고 동전을 짤그랑거렸다.

"선장, 잘할 거야." 필런이 생각을 떨치고 다시 말했다. "운항은 문제없을 거야. 이번 여름에 너한테서 눈을 떼지 않겠다고 캡틴한테 약속했어. 캡틴의 허리가 다 낫고 네가 집으로 돌아가기 전까지는 은퇴하지 않겠다고." **캡틴**은 선원들이 아빠를 부르는 호칭으로 이렇게 오랫동안 이 섬을 위해 일한 것에 대한 존경의 표시였다. 물론 리엄은 예외였다. 아빠가 거의 평생에 걸쳐 그를 편들어주었지만 리엄은 한 번도 캡틴이라는 말을 입 밖에 내지 않았다. "자, 이제 뭘 해야 하는지 알지? 엔진오일이랑 냉각수, 엔진 구동 벨트를 점검하고 다 끝나면 경적을 울려서 우리가 준비됐다고 온 세상에 알리는 거야." 필런이 팔꿈치로 내 갈비뼈를 쿡쿡 찔렀다. "어때?"

"좋아요." 내가 마지못해 미소를 지으며 말했다.

"그럼 됐어. 시작하자고. 뻔뻔한 퍼걸은 기다려도 소용없어. 걘 아슬아슬하게 오는 걸 좋아하거든." 퍼걸은 필런의 사촌으로, 나이는 필런의 삼분의 일 정도로 스물다섯 살도 안 됐고 적어도 배에서 일할 때의 직업 정신은 그의 반밖에 안 됐다. 퍼걸은 쉬는 주에 돌보는 프리지아 젖소—컬리는 다섯 살 때 삼촌의 소들을 지나쳐가다 프리징* 소라고 부르면서 마이클프랜 할아버지가 소에게 외투를 주면 되지 않느냐고 했었다—를 위해 직업 정신을 아껴두었다. 그의 삶은 그렇게 단순했다. 퍼걸은 소를 칠 돈을 벌기 위해 배에서 일하는 것이었다.

삼십 분 만에 모든 점검을 끝내고, 선원들이 각자의 위치에 자리잡고, 승객도 모두 승선하자 마침내 내가 여기에 하러 온 일을 해야 할 시간이 되었다. 숨을 들이마시고 키를 돌리자 이브니스가 살아났다. 가르릉거리는 익숙한 소리, 낮게 울리는 이브니스의 목소리가 나를 반겼다. 나는 웃었다. 내가 이브니스의 심장에 서서 세상을 향해 크게 소리치는 그 생명력과 힘을 느끼는 것을 얼마나 사랑했는지 잊고 있었다. 다시 살게 되리라고는 생각도 하지 않았던 옛 삶의 일들이었다.

"이브니스는 정말 아름답지 않아?" 필런이 내 어깨를 툭툭 치면서 말했다. "로지, 괜찮으면 난 둘만 남겨두고 가볼게. 밧줄이 저절로 풀어지지는 않으니까."

"당연하죠." 내가 기운차게 대답했다. 나는 어제 이 배의 객실에 들어섰던 여자와 전혀 다른 사람이었다. 고개를 돌려 조타실에서 나가는 필런의 얼굴을 보면 미소가 떠올라 있을 것

---

* freezing. '얼어붙을 듯한'이라는 뜻.

이라고 확신했다. 어쩌면 아빠에게 모든 것이 순조롭다는 문자를 보내려고 핸드폰으로 손을 뻗고 있을지도 몰랐다. 그 순간 나는 정말 팔 년 만에 행복에 가장 가까운 감정을 느꼈다. 수위계와 온도계를 톡톡 치고 오른쪽의 선박 내비게이션으로 시선을 돌렸다가 왼쪽의 레이더로 옮겼다. 준비가 됐는지 확인하는 내내 모든 기기의 모습과 감촉이 익숙하게 되살아났다. 나는 무의식중에 살짝 미소를 지으며 항구를 벗어난 다음 전속력으로 달려 탁 트인 바다로 나갔다. 퍼걸이 와서 승객 수를 알려주었고, 곧 나는 머시어 관제소에 보고했다. 관제소 사람들은 내가 돌아왔다는 소식을 이미 알고 있었고 나의 귀환을 환영해주었다. 나는 일지를 기록한 다음 VHF의 일기예보에 귀를 기울이면서 GPS를 확인했다. 하나도 잊지 않았다. 이브니스를 몰고 깊은 바다를 지나며 이브니스가 파도 위로 우리를 싣고 가도록 내버려두었다. 나는 스무 살로 돌아갔고, 바람에 흩날려 정돈되지 않은 머리카락처럼 가벼웠다.

내가 로스본까지 남은 해리를 역산하는 동안 시어셔가 거기 함께 있었다. 내 상상 속에서 살아 있는 시어셔, 여섯 살 때 여름휴가중 아빠 대신 이브니스를 모는 나를 보며 깜짝 놀라고 즐거워하는 시어셔.

"엄마." 우리가 항구를 벗어난 뒤 조타실에서 휴의 품에 안겨 있던 시어셔가 말했다. "소피네 엄마는 자동차 운전밖에 못해요. 그런데 엄마는 배도 운전할 줄 아네요." 놀라서 높아진 목소리였고, 이것이 얼마나 보기 드문 일인지 이제야 완전히 이해했다는 듯 손바닥을 위로 한 채 팔을 벌렸다. 시어셔가 갑자기 몸을 숙여 내 목을 끌어안는 바람에 휴가 아이를 떨어뜨릴 뻔했다. 나는 배의 운항 상황에서 눈을 떼지 않은 채 딸의 관심을 최대한 오래 즐겼지만, 결국 우리의 안전을 위해 시어셔를 품에서 떼어내야 했다.

나는 시어셔가 처음 묻는 것처럼 모든 질문에 다시 답했다.

"이건 뭐하는 거예요?" 시어셔가 손가락으로 자동 선박 식별 장치를 가리켰다.

"다른 배들한테 우리가 여기 있다고 알려주는 장치야, 서로 부딪치지 않게."

"이거 눌러도 돼요?"

"안 돼! 그냥 놔둬, 우리가 어디로 가는지 알려면 GPS가 제대로 작동해야 해."

"우리가 돌고래를 치면 어떻게 돼요?"

"그런 일은 없을 거야. 돌고래는 아주 똑똑하거든."

"'헤이븐'이 뭐예요?" 우리가 노 맨스 헤이븐을 돌 때 시어셔가 물었다.

"안전한 곳이라는 뜻이야. 네가 바다에 빠질 경우 그 위로 올라가 있으면 돼. 하지만 바위가 뾰족뾰족해서 이브니스가 널 구하러 왔을 무렵에는 엉덩이가 아주 따가울 수도 있어. 그래서 노 맨스 헤이븐이라고 부르는 거야."

나는 여전히 시어셔의 뺨의 굴곡을 따라, 통통한 얼굴을 살짝 덮은 머리카락을 만질 수 있을 것 같았다.

"잘 봐." 나는 시어셔에게 말한 다음 로스본 항구로 이브니스를 몰고 들어갔다. 어떤 승객도 덜컹거림을 느끼지 않게 이브니스를 부드럽게 세우는 흥분을 팔 년 만에 처음으로 느꼈다. 키를 돌리고, 기어를 내리고, 엔진출력을 줄여 퍼걸이 배 옆으로 던진 고무 타이어에 이브니스가 닿는 것이 느껴질 때까지 조금씩 배를 움직였다.

"오, 예!" 시어셔가 내 솜씨를 보고 외쳤다. 나는 휴에게서 시어셔를 받아안아 머리카락 냄새를 맡았던 순간을 다시 떠올렸다. 나는 너무 크게 웃음을 터뜨리는 바람에 당황해서 손으로 입을 막고 필런이 달려오지 않는지 문을 돌아봐야 했다.

조타실 밖으로 나가 난간 위로 몸을 숙이자 기분이 너무 상쾌해서 나는 배에서 내리는 사람들, 항해를 시작할 때에는 닫힌 조타실 문 뒤에 숨어서 피했던 사람들에게 손을 흔들었다.

"돌아와서 정말 기뻐, 선장."

"거기 서 있으니 아주 대단해 보이는데."

"해적 여왕이군."

다들 한마디씩 던졌다.

로어링 베이로 돌아가는 여정도 비슷했다. 항구로 들어가자마자 당장 다시 배를 돌려 출항할 수도 있을 것 같았다. 나는 절대 멈추지도, 포기하지도 않고 그렇게 계속 왕복하면서 육지에서의 삶을 회피한 채 이곳에서 키를 잡고 상상 속에 머물며 남은 평생을 보낼 수 있었다. 그러나 다음 항해까지 한 시간의 휴식 시간이 있었다. 나는 이브니스를 완전히 정박한 후 필런을 따라 나가는 대신 제어반을 닦고 조타실을 쓸기 시작했다. 그곳을 떠나기가 두려웠다. 되찾은 것을 전부 잃을까봐 두려웠다. 시어서 때문이기도 하지만 나 때문이기도 했다. 저 바깥의 뭍으로 올라가면 나를 되찾은 느낌, 이브니스의 조타실에 서 있을 때 피부로 느껴지는 그 행복감이 산산조각날 게 분명했다.

필런이 유리세정제로 조타실 문의 유리를 닦는 나를 지켜보고 있었다. "음, 깨끗하기만 한데."

"뭐라고요? 완전 더럽잖아요. 조타실에서는 밖이 잘 보여야 해요."

"휴식 시간이야." 필런이 몸을 돌리고 옆으로 비켜서더니 오른손으로 나가는 길을 가리켰다.

"난 괜찮아요. 아저씨나 다녀오세요."

"내가 캡틴한테 말했어—"

"여길 제대로 치워야 해요."

"기다리고 있어."

"누가 기다려요?"

"네 아버지. 디어미드네 가게에 있어."

큰 창을 내다보니 아니나 다를까 저 너머 벤치에 앉아 있는 아빠의 백발이 보였다. 아빠는 우리 쪽을 보고 있었다. 그리고 손목시계를 확인하더니 다시 이브니스를 바라보았다.

필런이 내 손에 들린 걸레와 스프레이를 빼앗아 스툴에 내려놓았다.

"가자." 필런이 구슬렸다. "이제 괜찮아. 넌 괜찮을 거야."

"무알코올 음료로 건배하면서 오늘을 기념해야 할 것 같았지." 우리가 다가가자 아빠가 말했다. 머그잔이 세 개 있는데 차 두 잔과 핫초코 한 잔이었고, 햄토마토샌드위치가 에트나호* 승조원을 전부 먹일 수 있을 정도로 산더미같이 쌓여 있었다.

"예전에도 이랬는데, 캡틴." 자리에 앉은 뒤 필런이 내가 열여섯 살 때를 회상하며 말했다. 당시 나는 배에서 두 사람과 일했는데, 여기에서 항구를 내려다보며 쉬곤 했다. 그랬다, 그때 우리는 이브니스에 더 가까운 방파제 쪽에 있었지만 이제는 나이가 들었기 때문에 이곳으로, 화장실도 가깝고 디어미

---

* 아일랜드의 해군 순찰선.

드네 앞에 모인 사람들과도 가까우면서 비교적 편한 나무 벤치에 앉았다.

"왜 집에서 쉬시지 않고요?" 내가 물었다.

아빠는 내 질문을 못 들은 척했다. "음. 한번도 떠난 적 없는 기분이더냐?"

"비슷해요." 내가 멋쩍게 웃으며 대답했다.

"로지 같은 선장도 없어, 대니. 우린 항상 로지가 최고라고 말했지."

필런과 아빠가 나를 축하하며 머그잔을 들었다. 쑥스러웠지만 나도 잔을 들었다.

"최고라고요? 그래요?" 내 뒤에서 익숙한 목소리가 물으며 우리의 건배를 방해했다. 리엄이었다. 테이블 밑에 숨어 있거나 디어미드네 가게에 몰래 들어와서, 또는 해변 방파제 너머에 쭈그리고 앉아서 그날 아침 나를 지켜보기라도 한 것 같았다. "로지." 리엄이 말했다. "돌아왔네, 반가워."

내가 그의 표정을 확인하려고 올려다보았지만 비꼬는 웃음도, 찌푸린 표정도 없었다.

"잘 지냈어, 리엄?" 나는 리엄과 악수를 나누며 예전의 앙숙 관계를 이어나가기 위해서가 아니라 평화를 위해 왔다는 것을 보여주려고 미소를 지었다.

"이보다 더 잘 지낼 수는 없지. 돌아왔구나, 그래."

"맞아."

"페리도 몰고. 대니 아저씨한테 그런 말은 전혀 못 들었는데."

아빠는 리엄의 시선을 무시하고 오른편의 바다만 물끄러미 바라보았다.

"테리사랑 애들은 어떻게 지내?" 내가 화제를 바꾸었다.

리엄의 아내 테리사는 초등학교 교장이었는데, 나는 기업계가 인재를 잃었다고 늘 생각했다. 테리사는 리머릭의 대학가에서 시험 기간에 도서관에서 공부하느라 스트레스에 시달리는 학생들에게 스파 편의점의 샌드위치를 배달하는 작지만 기발한 사업을 했다. 티퍼레리 출신인 테리사는 휴와 내가 데이트하던 무렵 리엄에게 푹 빠져 있었다. 두 사람의 아들 라르와 폴은 아직 10대로 학교에 다니고 있었다.

"다 괜찮아, 별일 없어."

"애들은 여전히 페리에서 일하고 싶어해?" 대담한 질문이었는지도 모르지만 나는 전에 없이 활발하게 리엄과 대화를 나누고 있었다. 내가 정말 원하면 잘할 수 있다는 것을 깨달았다.

"말도 마. 학교만 끝났다 하면 배에 같이 타. 내가 허락만 하면 매일 종일토록 페리에서 보낼 거야."

"누가 생각나지 않아? 우리도 똑같았잖아. 너랑 토미 아저씨, 나랑 아빠 말이야." 나는 엄청 노력하고 있었다.

토미는 오래전 조카가 스물한 살이 되어 자격을 갖추자 선장을 그만두었다.

"당연히 생각나지."

그것으로 끝이었다. 그가 나를 너무 빨리 차단한다는 느낌이 들었다. 리엄이 우리가 같은 것을 원하며 함께 자란 시절을 같이 회상했다면 우리는 늘 적대적이고 경쟁하던 과거의 관계를 보다 밝고 행복하게 그릴 수 있었을 것이다. 하지만 리엄은 그러는 대신 이브니스를 쳐다보았고, 마침내 내가 아까 예상했던 진지한 시선이 나오면서 5월의 하루가 지금까지 간신히 유지시키던 따스함이 살짝 식어버렸다.

"그래, 말해봐. 영영 돌아온 거야, 아니면 오늘 아침에 갑자기 향수가 치솟아서 한번 돌아보기로 한 거야?"

내가 오래 있지 않을 거라고 안심시키려 입을 여는데, 누군가가 끼어들었다.

"로지는 내가 불러서 온 거다, 리엄." 아빠가 단호하게 말했다. "너도 알겠지만 허리 때문에. 난 좀 쉬어야 해. 힘든 한 해를 보냈기 때문에 로지가 날 도우러 온 거야. 내가 필요 없다고 할 때까지 있을 거야."

아빠한테 필요 없을 때까지? 나는 그러기로 한 적이 없었지만 리엄 앞에서 그 이야기를 꺼낼 정도로 눈치가 없지는 않았다. 리엄은 땅만 뚫어져라 내려다보면서 고개를 끄덕이고 신발

밑창으로 땅을 문질렀다. "그렇군요." 그는 이렇게만 말했다.

아빠는 미세한 표정의 변화를 읽으려는 것처럼 리엄을 뚫어져라 쳐다보았다. 리엄은 순순한 태도로 귀를 잡아당기며 고개를 숙인 채 살짝 미소를 지었는데, 우리에게 보여주려고 웃은 것 같지는 않았다.

"그렇게 말씀하신다면야, 뭐." 마침내 리엄이 아빠의 눈을 보며 말했다. "확실히 힘든 한 해였죠."

필런이 기침하더니 손으로 입을 막았다.

어떻게 생각해도 어머니가 돌아가신 것에 대한 이야기였지만 리엄의 말투는 뭔가 다른 것을, 나는 짐작도 할 수 없는 것을 넌지시 비치고 있었다. 결국 리엄은 그 이야기를 그만두고 나에게 말했다.

"네가 안부를 묻더라고 테리사한테 전할게, 로지."

"그래, 부탁해."

그런 다음 리엄은 떠났다. 뭔가에 골몰해서 고개를 숙인 채 언덕을 올라가는 동안 한 번도 돌아보지 않았다.

내가 두 사람 쪽으로 고개를 돌리자 필런은 샌드위치를 먹으면서 내 시선을 열심히 피했다. 아빠의 시선은 이브니스에 고정되어 있었다.

"멋진 재회였네요." 내가 빈정거리며 말했다.

"리엄이 그렇지, 뭐." 아빠가 대답했다. "자기가 성에 사는 왕인 줄 알잖아. 누가 자기 영토를 침범하는 걸 좋아하지 않아."

어쩌면 조금 더 캐물어야 했을지도, 그 순간을 놓치지 않고 파고들어야 했을지도 모르지만 나는 그러지 않았다. 그런다고 달라졌을까? 내가 여기서 지낼 기간에 대해 아빠가 한 말을 따지는 것이 더 급선무였다.

"아빠, 내가 8월 말까지, 늦어도 9월 초까지만 있다 가는 건 아시죠? 아빠 허리가 완전히 낫지 않아도요. 여름 동안만 여기서 지내기로 휴랑 약속했어요."

"안다. 나도 그렇게 말하지 않았니?"

"네, 하지만 리엄한테는 아빠가 필요 없다고 할 때까지—"

"내가 리엄한테 한 말은 신경쓸 거 없다. 그 정도는 알잖아? 가끔은 어떤 말과 태도로 권위를 세워야 할 필요가 있어."

나는 아빠의 눈빛이 흔들리는지 지켜봤지만 조금도 흐트러지지 않았다. "그렇군요." 나는 마음이 풀렸다. "그냥 확실히 해두려고요."

"그래." 아빠가 이야기를 끝냈다. "이제 어서 마셔. 네가 식어빠진 핫초코를 얼마나 싫어하는지 다 아는데."

"샌드위치 먹을 사람?" 필런이 우리 사이에 놓인 샌드위치 산을 들어올렸다.

나는 샌드위치를 하나 집어 접시에 놓은 다음 미지근해진 핫초코 첫 모금을 마셨다. 아직 남아 있는 부드러운 따스함을 느끼려고 꿀꺽꿀꺽 삼켰다. 아빠가 속내를 다 털어놓지 않았다는 생각을, 8월이 되면 싸워야 할지도 모른다는 생각을 떨칠 수 없었다.

급한 일 같아서 그녀는 자전거를 내팽개쳐두고
무슨 일인지 알아보러
자동차로 달려갈 수밖에 없었다.

5월 내내 나는 이브니스에 탈 때 외에는 불안하고 자신이 없었다. 그래서 웬만하면 사람들을 피했다. 아빠는 허리가 심하게 아프지 않을 때면 같이 디어미드네 가게에 스콘을 먹으러 가자고 권했지만, 나는 꿈쩍하지 않았다. 나는 대화를 나눌 기운이 없었다. 밤이면 사람들로 제일 북적이는 퍼진스도 피했다. 진정한 교류 상대라고는 아빠와 가끔 들르는 삼촌이 전부였다. 나는 섬에 들어온 이후 패치도 찾아가지 않았다. 길에서 사람들을 만나면 잠시 멈춰 서서 잡담을 나누었는데, 페리 이야기나 내가 다시 키를 잡게 된 이야기를 할 때는 즐거웠지만 그러고 나면 물 한 방울 없이 말라버린 여름 정원의 물통처럼 의지가 증발해버렸다. 나는 아빠의 저녁식사를 차려야 한다는 핑계로 미소를 짓고 손을 흔들며 서둘러 자리를 떠났다. 웃기는 일이었다. 내가 아빠를 위해 준비하는 식사는 별다른 것도 없고 급히 차려낸 것일 때가 많았다. 주로 디어미드네 가게에서 사 온 냉동 생선과 통조림 콩이었다.

"만찬이구나." 그런데도 아빠는 배를 문지르며 그렇게 말했다.

"아무렴요." 나는 코웃음을 치고 부엌 창문 밖으로 긴 여름 저녁이 본토를 물들이는 광경을 바라보며 휴와 컬리는 어떻게 지낼까 생각했다.

나는 일하거나 잠을 이루려고 애쓸 때만 빼고는 쉬지 않고 섬을 걸어다녔다. 이른 아침, 늦은 밤, 게으른 여름 오후의 한낮을 가리지 않고 섬 구석구석을 다니면서 한번도 가보지 않은 절벽 끝에도 가보고, 한번도 내려가보지 않은 가파른 기슭을 옆걸음으로 내려가다 벼랑 끝에 다다르면 멈췄다. 가만히 앉아 있을 수가 없었다. **황소 조심** 표지판이 달린 울타리 대문을 뛰어넘었다. 이 섬의 유일한 황소는 800미터쯤 떨어진 크리오스토어의 땅에 있다는 걸 잘 알았기 때문이다.

너무 많이 생각하지 않으려고 애쓰며 내 마음을 피해 다녔지만 어쩔 수 없이 생각이 많아졌다. 그러면 핸드폰을 보면서 휴를 생각했고, 내가 용기를 내서 전화하면 어떤 대화가 이어질지 상상했다. 아니, 대화를 나누고 싶었다. 바로 여기 로어링 베이에서 사랑에 빠졌던 남자의 목소리를 듣고 싶었다. 나를 다른 세상으로 데려간 남자. 그는 나를 사랑했고 나 역시 그를 너무나 사랑했기 때문에 무슨 일이 있어도 우리 사랑은 변하지 않으리라 생각했다. 하지만 내가 용기를 내서 전화할 때마다 전화를 받는 사람은 항상 나에게 가라고 말한 남자였다. 지치고 망가진 남자. 하지만 그 시간을 버텨내고 시간이 흐르면 예전의 우리로 돌아갈 수 있다는 듯, 우리는 통화 시간을 늘리려고 애썼다. 나는 배에 탔을 때 시어서가 곁에 있는 상상을 한다고 말하고 싶었지만 그가 이해하지 못할까봐 걱정했고, 다시 시작될 말싸움을 견딜 자신이 없었다. 우리는 어색한 침묵의 달인이었다. 길어지는 침묵을 깨뜨리는 "자"와 "글쎄" 같은 말. 나는 날씨가 어떠냐고, 이미 아들과 통화를 한 뒤라도 컬리에게 소식 온 건 없었느냐고, 일은 어떠냐고, 출퇴근 길에 자전거전용도로가 더 생겼느냐고 물었다. 우리는 더 중요한 일, 예를 들면 사건에 대해서도 이야기했다. 진전은 없어? 믹한테 연락 안 왔어? 크고 작은 일들이 우리 사이의 틈을 메웠고, 우리는 아직 남편과 아내로서 소통하고 있다고 할 수 있었다. 나는 전화를 끊고 나서 이제 전화하지 않겠다고, 다시는 우리 두 사람이 이런 긴장을 겪게 하지 않겠다고 맹세했다. 하지만 또다른 날이 밝고 다시 절벽 끝에서 길 잃은 기분이 들어 우리가 한때 누렸던 단단한 땅이 주는 위안이 간절해지면 나는 다시 전화를 걸었다.

컬리에게는 더 자주 전화했다. 컬리는 니나와 함께 살았는데, 니나를 진심을 다해 너무나 열렬히 사랑했기 때문에 컬리가 언젠가 찾아올 그 사랑의 끝을 감당해야 할 걸 생각하면 나도 마음이 아파 얼굴이 찌푸려졌다. 컬리는 시어셔가 두 사람을 맺어주었다고 늘 말했다. 컬리와 니나는 학창 시절부터 알던 친구였는데, 시어셔가 실종되던 날 니나는 컬리를 찾아내 손을 잡았고 그뒤로 그 손을 놓지 않았다. 두 사람은 더블린 시내 중심지의 개집 크기만한 침실 하나짜리 타운하우스에 살고 있다. 나는 전단지와 포스터를 가져다놓으러 그 집에 여러 번 갔었다. 많은 사람들이 더는 소용없다고 생각하게 된 이후로도 우리는 한참 동안 "이 소녀를 보셨습니까?"라고 적힌 전단지를 가로등 기둥에 일일이 붙이고, 게시판마다 꽂아놓고, 붐비는 거리에서 경계심을 드러내는 사람들에게 나누어주었다. 니나는 컬리만큼이나 사려 깊고 상냥한 아이라 나는 두 사람이 자신을 제대로 보살피지 않을까봐 걱정이다. 컬리와 니나는 금요일 밤마다 사이먼 커뮤니티에서 더블린의 노숙자들에게 음식을 배달하는 자원봉사를 한다. 니나는 환경 자선단체에서 일하고 컬리는 도심지역에서 청소년 지도사로 일한다. 두 사람은 행복하게 지내고, 아이는 원하지 않는다. 둘이서만 지내고 싶어한다.

내가 핸드폰을 바짝 대고 열심히 귀를 기울이는 동안 컬리는 자신이 돌보는 청소년에 대해, 특히 걱정되는 아이들, 연락이 끊길 듯한 아이들에 대해 이야기했다. 컬리가 집으로 찾아가서 청소년 클럽에 다시 나오라고 설득하면 꺼지라고 내뱉지만 이 주 뒤면 다시 찾아오는 아이들이었다. 컬리는 그런 아이들을 제일 사랑했다. 매주 꾸준히 오는 아이들을 그만큼 사랑하지 않는 것에 죄책감을 느꼈지만 어쩔 수 없었다. 컬리가 이 일을 하는 것은 그런 아이들 때문이었다. 그런 다음 컬리는 핸드폰을 니나에게 넘겼고, 니나는 환경문제가 심각하다면서 해수면이 상승하고 있는데 섬에 살아도 괜찮은 거냐고 물었다. 내가 웃으면서 너도 섬에 살고 있잖아, 라고 말하면 니나는 맞다고, 우리 모두 다 끝장이라고 말했다. 그런 다음 내게 안부를 물었다.

이런 통화가 다 끝나면 나는 매기에게 전화를 걸었다.

시어셔와 동갑이자 2000년에 킬라니의 별장에서 실종된 클레어의 엄마 매기 버거. 매기와 나는 아이들 때문에 만나게 되었지만 다른 상황이었다 해도 매기와 친구가 되었으리라 믿는다. 매기는 두려움이 없다. 타협을 모르는 더블린 사람이다. 우리는 서로의 사건을 비교하기만 한 것이 아니라 우리 딸들이 어떤 사람이었는지, 어떤 생각을 했는지, 얼마나 감탄을 자아내고 또 우리를 미치게 만들었는지 이야기했다.

"아니, 로지, 솔직히 말해서 당신이 봤어야 해. 파자마 차림으로 집에서 나가더니 정말 용감하게도 쓰레기 수거원한테 '빌어먹을 쓰레기통 내려놔요'라고 했다니까. 나 진짜 죽는 줄 알았어. 아니, 죽었다니까. 두려움 따위는 튕겨내버리는 그런 아이였어. 어디서 그런 애가 나왔는지 모르겠어."

"아, 매기." 내가 웃느라 흘린 눈물을 닦으며 말했다. "한번은 시어셔가 아트센터에서 연극을 했거든. 그런데 엄청 화가 난 거야. 연출가한테 연기가 아니라 무대미술을 맡고 싶다고 했는데 연출가가 '연극이 어떻게 굴러가는지 이해하려면 그 안으로 들어가서 직접 겪고, 연기하고, 관객에게 이야기해야 해', 뭐 그런 식으로 말을 한 거야. 그날 밤 시어셔가 불같이 화를 내면서 돌아왔어. 자기 방 문을 쾅 닫더니 안 나오더라고. 나는 어떻게 해야 하나 싶어 위층으로 올라가서 방문을 두드리고 괜찮으냐고, 내가 해줄 게 있느냐고 아주 다정하게 물었어. 그랬더니 시어셔가 '아뇨, 괜찮아요. 대사를 외우는 중이에요'라고 쏘아붙이더라고. 그래서 아, 배역을 맡기로 했구나, 다 잘될 거야, 하고 생각했지. 시어셔는 사흘 내내 밤마다 대사를 외웠어. 학교에서 돌아오자마자 샌드위치를 만들어서 자기 방으로 들어갔지. 시어셔가 방에서 서성이는 동안 나는 부엌 천장을 올려다보면서 먹을 게 모자라지는 않을까, 잠을 자기는 할까, 방문 앞에 물을 한 잔 가져다놓을까 생각하면서 마음을 졸였어. 당신이라도 그랬을 거야. 어쨌든, 사흘 후 아트센터 연극 수업이 있는 금요일이 되었고, 시어셔는 학교에서 곧장 센터로 갔어. 시어셔가 평소보다 귀가가 늦길래 나는 큰일이다, 뭐가 크게 잘못됐나보다 싶어서 걱정했지. 어쨌거나 시어셔가 마침내 들어왔길래 내가 최대한 무심하게 물었어. '그래, 아무 문제 없었어?' 그랬더니 시어셔가 '네, 안 하기로 했어요'라고 대답하더라고. 그래서 내가 말했지. '지금까지 애쓴 건 다 어떻게 하고?' 시어셔가 대답했어. '어떻게 됐냐면요, 대사를 다 외우고 센터에 가서 연출 선생님 앞에서 연기를 했어요. 자기 대사를 전부 외워온 사람은 아무도, 진짜 아무도 없었는데 난 다 외워서 사람들을 아주 지루하게 만들었어요. 연출 선생님은 맨 앞줄에 앉아서 입을 벌리고 내 대사에 귀를 기울였어요. 그러니까, 진짜로 열심히 들었어요. 내가 대사를 다 끝내자 선생님이 일어나 박수를 치면서 다른 애들을 돌아보고 말했어요. ′봤지, 이게 바로 연기야.′ 그래서 내가 말했죠. ′좋아요. 그럼 이제 연기를 어떻게 하는지 알았으니까 세트 일 주실 거죠?′ 연출 선생님이 깔깔 웃다가 딱 멈추더니 나한테 와서 악수를 청하고는 좋다고 했어요. 그래서 이제 세트 일을 하기로 했어요. 저녁 뭐예요? 배고파 죽을 것 같아요.′ 이제 내가 입을 벌릴 차례였지만 겨우 라사냐라고만 말했어. 하지만 내내 생각했지, 넌 도대체 누구니, 어떻게 그렇게 똑똑하니?"

나는 매기와 이런 이야기를 한 시간도 할 수 있었고, 같은 이야기를 아무리 반복해 들어도 지겹지 않았다.

6월 초의 어느 날, 나는 평소처럼 늦은 밤에 쏘다니다 마이클프랜 삼촌의 술집에 들어갔다. 섬에서 지낸 지 꼬박 한 달이 지났는데, 바다에 나가면 생생하게 살아나고 땅에서는 어찌할 바를 몰랐다. 나는 열한시가 다 됐을 무렵 왜그테일을 지나치다가 아직 열려 있는 것이 신기해서 삼촌과 수다나 떨까 하고 안으로 들어갔다. 하지만 삼촌은 없었다. 대신 내가 당연히 퇴짜놓을 일을 제안했던, 바다 수영을 즐기는 이기가 서빙을 하고 있었다. 나는 망설였지만 이기가 벌써 내 쪽으로 오고 있었기에 돌아나갈 수가 없었다. 나는 어쩔 수 없이 돌아오긴 했어도 무례한 섬사람은 아니었으므로 문에서 가장 가까운 스툴에 앉았다.

"로지, 드디어 왔군요." 그가 몇 날 몇 주 동안 나를 기다렸다는 듯이 말했다.

우리는 페리에서 처음 만난 이후 대화를 나눈 적이 없었다. 이른 아침 항구에서 바쁘게 걸어가다 이기가 수영하는 모습을 본 적은 있지만 걸음을 멈추고 이야기를 나눈 적은 없었다.

"뭘 드릴까요?" 빨리 뭔가를 대접하고 싶다는 듯 이기의 손가락이 카운터를 가볍게 두드렸다.

"모르겠어요. 아마도 커피?" 나는 커피를 마시지 않았지만 왠지 평소에 마시는 핫초코보다 그게 나을 것 같았다. 무슨 이유에선지 이 남자가 나를 어떻게 생각하는지가 중요하게 느껴졌고, 왠지 그는 커피를 좋아할 것 같았다.

"아. 흐음, 부끄럽지만 우리가 가진 건 이게 전부예요."

이기가 카운터 밑으로 손을 뻗어 인스턴트커피 병을 꺼냈다.

"혹시 디카페인가요?" 늦은 밤이었기 때문에 좋은 선택이 아닐지도 모른다는 생각이 들었다. 내 불면증은 도움이 필요 없었다. 혼자서도 이미 능숙했다.

이기가 나를 보고, 커피 병을 보았다. "난 사람들이 디카페인을 선택하는 게 슬퍼요. 내 마음대로 판단하려는 건 아니지만, 이왕 커피를 마실 생각이면 회피할 게 아니라 정면돌파해야죠. 하지만 솔직히 이건 디카페인이나 마찬가지일 거예요." 이기가 너무나 실망스러운 표정으로 커피 병을 보았기 때문에 나는 웃음이 나왔다. "미안해요." 그가 바텐더로 돌아와서 말했다. "내가 결정할 문제는 아니죠."

재미있어진 나는 거절하지 않기로 했다. "그럼 한잔 마실게요."

그러고 나서 우리는 길지는 않았지만 남은 시간 동안 별다른 이야기를 나누지 않았다. 나는 서둘러 커피를 마시고 맥스힐의 집으로 돌아가지 않는 나에게 놀랐다. 나는 이기가 말한 것처럼 끔찍한 음료를 홀짝였고, 그가 바에서 신속하지만 우아하게 움직이며 다른 손님들을 상대하는 모습을 보면서 마음이 차분해졌다. 밤이 깊어지면서 손님도 점차 줄어들었다. 마른 편인 이기는 자연스러워 보였다. 튀어나온 골반뼈에 걸려 흘러내리지 않는 듯한 카키색 반바지 뒷주머니에 책이 꽂혀 있었다. 하지만 거꾸로여서 제목은 보이지 않았다.

이기는 가끔 내가 앉아 있는 바 끝자리로 와서 잔을 가리켰다. 나는 계속 거절하다 승낙했고, 그러자 이기가 다시 물을 끓였다.

마지막 손님이 나간 뒤에도 나는 움직일 생각을 하지 않았지만 이기는 신경쓰지 않고 가게를 정리하기 시작했다. 내가 그의 엉덩이를 가리키며 물었다. "뭐 읽어요?"

이기는 주머니에 책이 들어 있어서 깜짝 놀란 것처럼 꺼내 카운터에 올려놓았다.

"저녁에 조용히 읽으려고 했죠." 그가 셀로판테이프를 붙여놓은 『더버빌가의 테스』 책등을 손가락끝으로 가볍게 쓸었다. "하지만 당신 같은 손님이 계속 들어와서 인스턴트커피 같은 걸 주문하는 바람에."

내가 미소를 지었다.

"책 좋아해요?" 이기가 물었다.

"예전만큼은 아니에요. 하지만 당신은 그래 보이네요." 내가 토머스 하디의 책을 가리켰다.

"맞아요. 글을 조금 쓰기도 하고요."

이기는 이런 말을 할 때 사람들이 비웃을까 걱정하지 않았는데, 내가 좋아하게 된 면 중 하나가 그런 성격이었다.

"대단한 글은 아니지만 정신을 맑게 만드는 데에는 충분해요. 숨쉴 시간을 주거든요."

"여기는 맑은 공기가 충분하니 하루종일 숨쉴 수 있는 거 아니에요?"

"그런 거랑은 달라요. 글을 쓰면서 무아지경에 빠지면 노력하지 않아도 쉽게 숨이 쉬어지거든요. 책을 읽다보면 글을 잘 쓰는 법을 끊임없이 배우게 돼요. 작가가 문장을 구성하는 방식이나 일상에서 내가 알아차리지 못했던 무언가를 뽑아내는 것을 보면 모든 것이 크리스털처럼 깨끗하게 보이는 느낌이 들어요. 그러고 나서 걸어다니다보면 자갈이나 잡초, 버려진 콜라 병에도 새로운 관심이 생겨요. 나한테는 그게 명상이에요."

"세상에, 우리 엄마가 당신을 만났다면 정말 좋아했을 거예요." 나는 손가락에 은반지를 끼고 평생 선크림은 한 번도 바른 적이 없다고 장담할 수 있을 만큼 까맣게 피부가 탄 그를 끌어안고 싶은 충동이 너무 강해서 고개를 숙이고 내 앞의 잔 두 개를 물끄러미 봐야 했다. 이 낯선 인물이 엄마를 너무나 또렷하게 되살려냈다.

"아, 그 유명한 이비 말이군요. 내가 두 달 늦게 오는 바람에 못 만났어요. 하지만 이비를 기리기 위해 도서관에 단 현판은 마음에 들더라고요."

어머니는 섬 도서관의 사서였다. 내가 다섯 살 때쯤 엄마는 새로 임명된 경찰관처럼 열심히 연체 도서를 단속하기 시작했고, 사서로 일한 삼십 년 동안 그 열정은 결코 꺼지지 않았다. 어머니는 은퇴하고 십일 년 뒤에 세상을 떠났는데, 돌아가시기 전까지 거의 매일 자원봉사를 했다. 후임 사서인 다시는 엄마만한 문학 애호가는 아니었지만, 엄마는 그녀가 아주 열심이라는 것만은 인정했다. 나는 다시가 자신이 요령을 익히는 동안 전임 사서가 얼쩡거리지 않게 하려고 그처럼 열심히 한 게 아닐까 종종 생각했지만 절대 입 밖에 내지는 않았다. 하지만 도서관 개편과 재단장을 기념해 일주일 전에 열린 작은 행사를 계획한 사람은 바로 인내심이 대단한 다시였다. 도서관은 소박한 이동식 건물로 항구에 위치해 있었는데, 겨울 동안 재단장했다. 지붕도 새로 하고, 물이 새는 부분도 고치고, 책꽂이도 교체하고, 커튼과 러그 등도 바꿔서 내가 어렸을 때 있었던 납작해진 주황색 빈백이 마침내 사라졌다. 아빠는 현판식에서 리본을 잘라달라는 요청을 받았다. 현판에는 이렇게 적혀 있었다.

아직도 여러분에게 책을 반납하라고 말하고 싶을,

그립고 사랑하는 이비를 기리며

 기념사도 있었다. 나는 울음이 터질까봐 귀를 기울이지 않고 새 홈통에서 떨어지는 물이 일부러 이동식 건물 구석에 놓아둔 제라늄 화분으로 떨어지는 모습을 보았다. 우리는 도서관에 찾아오는 사람들의 발길 때문에 한 번도 무성하게 자라지 못한 작은 반원형 풀밭에 서서 아빠의 말을 들었는데, 아빠는 애썼지만 결국 끝내지 못했다. 마이클프랜 삼촌이 아빠를 구하러 나섰다. 삼촌은 엄마 같은 본토 사람은 없었다고, 엄마 덕분에 우리 섬 사람들이 마음도 머리도 자라고 최고의 독서 취향을 갖게 되었다고 말했다. 그리고 자신은 학교에 다닐 때 책을 싫어했지만 앤 타일러의 신작을 손꼽아 기다리는 사람이 되었다고도 말했다. 이 말에 환호와 갈채, 함성이 터져나왔다.
 "나도 앤 타일러를 정말 좋아해요." 이기가 『더버빌가의 테스』를 주머니에 다시 넣고 카운터를 마저 닦으며 말을 이었다. "타일러는 뛰어난 유머로 평범한 일상생활을 포착하기 때문에 읽다보면 자꾸 웃음이 나와요. 속으로 조용히 키득거리는 게 아니라 홍소를 터뜨린다니까요."
 이기는 정말로 "홍소"라고 말했다. 나는 지금까지 이 섬에서 그 단어를 소리 내서 말한 사람이 과연 있을까 싶었다. 그러자 다시 미소가 떠올랐고, 엄마가 바로 내 옆에 앉아서 그 말을 들었으면 좋았을 거라는 생각이 들었다.

"개관식에서 당신을 못 봤는데." 내가 말했다. "하긴, 사실은 누가 있는지 신경쓰지 못했어요. 좀 정신이 없었거든요."

"뭐, 책이랑 관련된 일이었으니까요. 뒤쪽에 있었어요."

"음, 도니골에서 왔나봐요?"

"네, 당신은 대니를 도와서 배를 몰기 위해 더블린에서 왔고요." 이기가 나를 흘깃 보았다.

"배 말이죠, 네. 배 때문에 도우러 왔어요."

빈정거리는 목소리가 튀어나와서 나도 깜짝 놀랐다. 내가 여기에 온 것이 사실은 내 삶을, 결혼생활을, 너덜너덜해진 내 마음을 다잡기 위해서라는 것을 잠시나마 인정한 셈이었다. 그러자 곧 눈시울이 시큰거렸다. 나는 솟아나려는 눈물을 신음으로 지워버리고 헛기침한 다음 더는 묻지 말라고 부탁하듯 어색한 미소를 지었다.

이기는 나에게 허락을 구한 다음 내 잔을 가져가서 그날 마지막으로 돌릴 식기세척기에 넣었다. 나는 이기가 금전등록기에 이어 바 뒤쪽 선반에 줄지어 늘어선 술병을 밝히던 조명을 끄는 모습을 지켜보았다. 그런 다음 그가 카운터를 빙 돌아 와서 내 왼쪽 스툴에 앉았다.

"로지, 당신은 어떤지 모르지만 내가 여기 온 건 다시 차분하게 숨쉬는 법을 배우기 위해서예요. 그게 다예요. 수수께끼 같은 건 아무것도 없어요. 우리 모두 각자의 짐이 있잖아요, 안 그래요? 내가 아는 건 내 짐이 아주 무겁다는 거예요."

이기가 남긴 공백을 식기세척기의 물소리가 채우고 또 채웠다. 마음이 무척 아팠다. 나는 이 남자가 내 안으로 들어와서 주변을 꼼꼼히 둘러보고 내가 어떤 사람인지 알아차렸다는 느낌이 들었지만 모른 체하려고 애썼다. 꼭 예전의 휴 같았다. 우리가 처음 만났을 때, 그리고 우리 둘 다 사랑했던 삶을 함께하는 내내 휴가 그랬다. 나는 그 공감을, 다정한 이해와 상냥한 연대감을 분명하게 느꼈다. 나는 기억을 떨쳐내기 위해 눈을 깜빡거렸고, 이 남자를 내가 그토록 사랑했던 사람과 똑같다고 생각한 것 때문에 당황했다. 잠시 후 이기가 자리에서 일어나 주머니에서 열쇠꾸러미를 꺼냈다. 그가 내 옆을 지나가다 내 어깨에 가만히 손을 올렸다.

"자, 가요." 이기가 말했다. "당신 삼촌이 내가 근무시간이 끝난 뒤에도 일한다고 오해하기 전에 가게 문을 잠그는 게 좋겠어요."

나는 스툴에서 일어나 그를 따라갔다.

"난 여전히 가요." 차가운 밤공기 속에서 이기가 열쇠로 문을 잠그며 말했다.

"간다고요?" 나는 몸을 떨었다. 몸에 남아 있던 왜그테일의 열기가 사라졌다.

"수영하러요. 매일 아침 같은 시간, 같은 곳에서 해요. 같이 수영할 사람을 아직도 찾고 있는데."

나는 미소를 지었지만 아무런 약속도 하지 않았다.

"도움이 돼요."

"난 오래전에 포기했어요."

"우리 모두 그랬잖아요? 누구나 어머니의 자궁 속에서는 수영선수였지만 세상에 나오면서 다 잊은 것처럼 보이잖아요."

"그런 거 말고요."

"일찍 일어나잖아요. 말도 안 되게 이른 시간에 들판이나 길을 돌아다니는 거 봤어요. 나랑 같이 수영하러 가는 건 어때요? 아니면 그냥 바위에 앉아서 내 접영 실력을 구경해도 좋고요. 패치를 위해서 보통은 접영을 해요, 제일 좋아하는 올림픽 종목이라고 해서. 그렇다고 내가 밤에 퍼진스에서 일한 다음 월요일 아침에 얼음처럼 차가운 바다에서 접영을 하는 것을 권하는 건 아니지만요."

내가 살짝 웃었다.

"어때요? 난 항상 거기 있어요. 그러니 아무 말도 하지 않고 누군가와 있고 싶으면 와요."

"모르겠어요. 봐서요."

"난 '봐서요'라는 말에 강한데. 정말로 오면 내가 커피를 대접할게요, 진짜 커피로요. 오늘 마신 가짜 커피 말고."

"아침 일곱시에 이 근처에서 말이에요? 커피를 어디서 사려고요?"

"아." 이기가 자기 코를 톡톡 치며 말했다. "선장님, 그건 당신이 풀어야 할 수수께끼랍니다."

이기는 손을 흔들며 떠났다. 나는 그를 잠시 지켜보다 맥스힐로 향하는 길을 올라가기 시작했다. 얼굴 가득 미소를 띠고, 종아리근육에 부담이 가지 않도록 발끝에 힘을 주고 힘차게 내디뎠다.

무슨 일이에요?
그녀가 여자와 운전석에 앉은 남자를
자세히 보려고 조수석 창문으로
몸을 숙이며 물었다.

나는 이 남자를 조금 더 알고 싶어서 사흘 뒤 이기를 찾아갔다. 지프를 세웠을 때 그는 이미 항구를 가로질러 힘차게 헤엄치고 있었다. 핸드폰을 보니 정확히 아침 일곱시였으므로 그날 이기가 일찍 나온 것이 분명했다. 나는 작은 보트램프* 옆에 위치한 디어미드네 가게 뒤쪽의 평평한 바위에 앉았다. 이기는 이곳에 수건과 옷을 놔두었는데, 아이들이 아직 어렸을 때 우리 가족 역시 여름휴가를 와서 바다에 들어가기 전 소지품을 놔두던 곳이었다. 이기의 말이 맞았다. 그는 전혀 힘들이지 않고 물살을 가르는 강인한 수영선수였다. 이기는 매끄럽

---

* 배를 땅에서 물로, 또는 물에서 땅으로 이동시키는 경사로.

게 팔을 저었고, 갑작스러운 움직임이나 군더더기 동작도 없었다. 그를 지켜보고 있으니 최면에 걸리는 기분이었고, 항구가 워낙 넓어서 헤엄쳐 돌아오는 그를 오래도록 넋을 잃고 지켜볼 수 있어서 기뻤다.

이기는 바다에서 나오며 나를 보지 못했거나, 봤어도 유난스럽게 굴지 않았다. 그는 작별 인사를 하듯이 바다를 돌아보더니 양손으로 머리를 쓸었다. 마침내 이기가 올라오면서 내게 수건을 던져달라고 소리쳤다. 마치 내가 있을 줄 알았다는 듯한 태도였다.

"음." 그가 앉으면서 말했다. "패치가 좋아했을 거예요."

이기와 내가 고개를 돌려 그녀의 집을 쳐다보니 위층 창가에 쌍안경을 든 패치가 얼핏 보였다. 우리가 손을 흔들자 그녀도 손을 흔들었다.

"차가워요?"

"5월보다는 확실히 따뜻해요."

"발트해답네요."

"네. 하지만 근사하죠."

그의 머리가 수건 밑으로 잠시 사라졌고, 이기가 수건을 맹렬하게 문질렀다.

"있잖아요." 다시 나타난 이기가 말했다. "보통은 수영을 해야 커피를 대접하지만 당신은 예외로 해줄게요. 다른 사람은 안 봐주는데."

"다른 사람이라고요?" 내가 자취를 감춘 수영선수들을 찾아 주변을 둘러보며 미소를 지었다.

"그냥 날을 잘 골랐다고요." 이기가 벌떡 일어나 허리에 수건을 둘렀다. "갈까요?" 그가 이미 내 지프를 향해 걸어가면서 물었다.

몇 분 뒤 우리는 이기가 빌린 침실 하나짜리 집의 평평한 지붕에 앉아 있었다. 지붕 끝에 걸터앉은 우리의 발이 달랑거렸고, 우리는 그저 바다만 바라보았다. 본토는 보이지 않고 끝없이 펼쳐진 광활한 바다뿐이었다.

그때는 몰랐지만 나중에 알고 보니 이기가 여름에 다양한 일을 하면서 돈을 버는 것은 겨울 동안 먹고살기 위해서만이 아니라—그는 스스로 정직하게 벌지 않은 돈은 받고 싶지 않다며 보조금을 거절했다—자신이 유일하게 탐닉하는 커피를 마시기 위해서였다. 이기는 순전한 사랑을 담아 커피를 갈고, 집중과 헌신을 다해서 로어링 베이로 오기 전부터 쓰던 꽃무늬 도자기 에스프레소 잔에 따랐다. 그는 공정무역 유기농 커피콩을 포기하느니 종일 포리지만 먹겠다고 할 정도였다.

이기가 사각 나무 쟁반에 그 섬세한 잔을 담아 조심조심 사다리를 올라왔다. 사다리는 마이클프랜 삼촌에게 이 섬의 특징인 장기 영구 임대로 빌린 것이 분명했는데, 그 말은 돌려받으려면 주인이 직접 찾아다녀야 한다는 뜻이었다. 독일인과 일부 잉글랜드인의 경우에는 주인에게 재깍 돌려주었기 때문에 주인은 그 효율성과 배려에 할말을 잃었지만.

"와아." 그 첫날 아침에 이기가 내려준 커피의 풍성한 씁쓸함을 맛보고 내가 살짝 콜록거리며 말했다.

"맛있죠?"

"네, 확실히…… 진하네요."

"당연하죠."

"음, 할말이 있는데 난 사실 커피를 안 마셔요. 저번에 왜그테일에서 내가 왜 커피를 달라고 했는지 모르겠어요."

"마음에 드네요." 이기가 활짝 웃었다. "평소에 마시지 않는 걸 주문하다니 기백이 있는데요."

"음, 정말 그랬는지는 모르겠어요."

"자, 이런 커피는 점점 좋아지는 거예요. 시간만 투자하면 돼요. 커피를 한 모금씩 음미하면서 입에 잠시 머금어봐요." 이기가 격려하듯 고개를 끄덕였다.

"그렇군요. 아, 지금 그렇게 해보라는 거죠."

나는 이기가 시키는 대로 커피를 입에 머금었다. 그 자극적인 맛이 너무 예리해서 재채기가 나올 것 같았다. 이기가 삼키라는 뜻으로 손을 우아하게 젓자 나는 안도하며 커피를 삼켰다. 그가 기대에 찬 눈으로 나를 보았다.

"으음. 맛있네요." 내가 말했다.

"진심이 안 느껴지는데요, 로지. 하지만 난 당신을 포기하지 않을 거예요. 바다 수영이랑 똑같아요. 꾸준한 노력이 필요하죠." 이기가 눈을 감고 자기 잔에 담긴 커피를 한 모금 마셨다.

"난 사실 차랑 핫초코만 좋아해요." 내가 부끄러워하며 고백했다. 아주 당황스러웠지만 솔직해야 할 것 같았다.

내 고백을 듣고 커피 한 방울이 그의 입에서 탈출했다. 이기가 커피를 삼키고 입을 닦았다.

"뭐야, 열 살짜리 아이예요? 아뇨, 난 받아들일 수 없어요. 당신은 구제불능이지만 이제 내가 책임질게요. 내가 당신을 당신에게서 구해줄게요, 로지. 약속해요. 핫초코는 그만 보내줘요. 그건 과거의 유물이라고요."

이 남자가 나를 보살피고 고쳐주겠다는 이야기를 들으니 행복했다. "알았어요, 그럼." 나는 정말 열 살짜리 아이가 된 것처럼 기뻐서 발을 흔들며 순순히 따랐다.

그뒤 이기와의 아침 시간은 정해진 일과가 되어 사실상 여름 내내 나는 거의 매일 이기와 함께했지만 그의 사연을 굳이 묻지는 않았다. 그가 조금씩 내비치는 이야기를 듣지 않았다는 뜻은 아니다. 내가 파악한 얼마 안 되는 정보에 따르면, 내가 실종된 아이의 엄마라면 이기는 실종된 아빠였다. 물론 나 역시 어떤 면에서는 실종된 엄마라고 할 수 있었다. 이기에게는 다 큰 자녀가 셋 있는데, 스무 살인 막내는 이기의 전부인 해나와 도니골에서 같이 살았다. 나머지 두 자녀는 멀리 오스트레일리아 퍼스와 네덜란드 암스테르담에 살았다. 손녀도 하나 있지만 이기는 절대 만나지 않겠다고 했다. 그는 이유를 설명하지 않았고 나도 묻지 않았다. 하지만 그런 이야기가 나오면 이기는 견딜 수 없다는 듯 시선을 돌렸다. 섬사람 누구도 무슨 사연인지 몰랐다. 아, 몇 가지 떠도는 추측은 있었다. 이기의 외도, 부인의 외도, 두 사람 모두의 외도, 술, 약물, 안 나온 이야기가 없었다. 하지만 나는 그런 이야기를 즐기지 않았고 어쩌다 술집이나 가게 앞에 모인 사람들 사이에서 대화가 그런 쪽으로 흘러가면 그냥 자리를 피했다. 여름이 다가오면서 나는 가끔 아빠와 저녁에 맥주를 마시러 술집에 가기도 했고, 이제는 가게 앞에서 사람들을 마주쳐도 도망가지 않았다.

이기는 나에게 시어셔 이야기를 직접적으로 묻지 않았다. 나는 내가 하고 싶을 때 시어셔에 대해 이야기했고, 그는 귀를 기울이다 웃긴 이야기면 웃고 슬픈 이야기면 나를 안아주었다. 하지만 내가 늘 시어셔 이야기를 하고 싶었던 것은 아니었다. 나는 이기와 함께하면 젊어진 기분이 들고 오래전에 잃어버린 무언가를 되찾은 것 같아서 좋았다. 한때, 삶이 아직 나를 아프게 할 시간이 없었을 때에는 휴와 함께 있을 때 그랬다. 이기와 나는 아무런 사연도 없는 것처럼 서로의 곁에 존재했고, 둘 다 무언가를 잃은 적이 없는 것처럼 웃었다. 비가 그치고 그의 집 지붕에 앉아 이기가 사랑하는 커피를 마시며 바다를 바라볼 때 특히 그랬다. 가끔 변덕이 나면 협곡 도로가 잘 보이는 반대쪽으로 자리를 옮겨 굽은 도로에서 서로를 보지 못한 자동차 두 대가 다가가는 것을 보며 누가 먼저 후진할지 내기했다. 진 사람이 다음 커피를 내려야 했다. 나는 커피를 점점 좋아하게 되었다.

7월이 되자 우리만의 정해진 일과가 생겼다. 거의 매일 아침 여섯시 오십오분, 내가 차가 없는 이기를 태워 항구에 데려다주었다. 나는 같이 수영하지 않았다. 처음에는 안 했다. 이기가 엄청 부추겼지만 소용없었다. 나는 계속 고개를 저었고, 바위에 앉아 이기가 항구를 가로질러 부두까지 헤엄쳐갔다가 돌아오는 모습을 지켜보았다.

"당신은 자기가 뭘 놓치고 있는지 몰라요." 이기가 바다에서 나오며 외쳤다.

보통 나는 그가 보트램프를 조심조심 올라올 때 수건만 던져주었다.

하지만 한번은 그냥 넘어가지 않고 대꾸했다. 7월 16일, 시어셔가 실종된 지 팔 년째 되는 날이었다.

"알아요." 내가 말했다. "내가 뭘 놓치고 있는지 정확히 알지만 신경 안 써요."

이기는 당황했음에도 내 옆에 앉아 발을 닦고 샌들을 신었다. 하지만 더는 자세히 묻지 않았다. 그는 내가 원하면 이야기하리라는 것을 알았고, 그날 나는 이야기를 계속하고 싶었다.

"휴가철에 아이들을 데리고 오면 매일 여기서 수영했어요. 우리는 매년 한 달 정도를 여기서 보냈죠. 매일 아침 아이들이 제일 먼저 하는 말은 '우리 항구 몇시에 가요?'였어요. 음, 시어서가 떠나던 해에도 걘 다른 열일곱 살 애들이랑 다르게 여전히 우리랑 같이 휴가를 가고 싶은 눈치였어요. 고등학교 졸업시험을 막 끝내고 녹초가 된 상태였죠. 시어서는 태양이 내리쬐는 바다에 들어가 그냥 눈을 감고 누워 있고 싶다는 이야기만 했어요. 출발하려면 아직 멀었는데 짐을 미리 싸면서요. 이 주나 남았는데 자기 방 바닥에 여행 가방을 펼쳐놓았어요. 벌써 옷이 세 벌이나 들어 있었죠. 세상에, 내가 시어서 방에 드나들다 몇 번이나 가방에 걸려 넘어졌는지 몰라요. 누구 하나 목이 부러지기 전에 방 한가운데에 펼쳐놓은 가방을 벽 쪽으로 치우라고 했죠. 그런 말은 하지 말걸 그랬나봐요." 기억이 떠올라 내가 미소를 지었다. "있잖아요, 시어서는 더블린에서도 시포인트랑 포티 풋에서 헤엄쳤지만 여긴 뭔가 다르다고 항상 말했어요. 왠지 특별하다고."

한때 나와 컬리, 시어서가 카누를 자주 탔던 항구 어귀 너머의 짙고 광막한 바다가 강렬하고 유혹적으로 보였다.

"사실 난 수영을 잘해요. 세 살 때부터 아빠한테 배웠거든요. 아빠는 날 웨스트 코크 최고의 수영선수로 만들겠다고 했어요. 솔직히 말하면 진짜 그렇게 됐다고 생각해요. 내가 아이들에게, 컬리와 시어셔에게 수영을 가르쳤어요. 우리끼리는 수영으로 통했죠. 우리 셋은 수영 때문에 끈끈해졌어요. 우리 셋 다 수영을 정말 사랑했고요. 휴는 우리랑 같이 바다에 들어가서 철벅거리긴 했지만 물을 별로 좋아하지 않았죠. 대신 열심히 우리를 챙겨줬어요. 우리가 카후나 비오그에 가면 샌드위치를 만들어주고, 여기에 오면 디어미드네 가게에 가서 먹을 걸 사다주고. 그에게는 수영이 맞지 않았지만 우리 셋이 타고난 수영선수인 걸 좋아했죠."

바다가 들어오라고 나를 부르는 것처럼 바위 밑에서 철썩거렸다.

"나는 그때 이후로 수영을 하지 않았어요. 음, 그런 식으로, 즐기기 위해서는 말이에요. 페리 때문에 어쩔 수 없이 안전 훈련 같은 건 했지만. 이제 다른 방식으로는 수영할 수가 없어요. 중간쯤 가다 아마 놓아버릴 거예요. 물이 나를 쓸어가게 놔두겠죠. 묵직한 내 마음 때문에 가라앉아버릴 거예요. 아직은 안 돼요. 시어셔가 어디 있는지 알 때까지는. 그래서 내가 수영을 안 하는 거예요."

나는 슬프고 부끄러운 마음을 이기지 못해 계속 옴지락거리는 손을 빤히 보면서 그의 대답을 기다렸다.

"그렇군요." 마침내 이기가 말했다. "알았어요. 이제 다시는 멍청한 소리 하지 않을게요." 묻지도 않고, 부추기지도 않고, 파고들지도 않고 그냥 받아들이는 것이 너무나 이기다웠다.

"아니, 나는 진짜 괜찮아요." 나는 티슈를 찾으려고 주머니를 뒤졌다. "난…… 음, 그냥 당신한테 알려주고 싶었어요, 그뿐이에요. 그만 권하라는 말이 아니에요. 난 당신이 수영하는 게 좋아요, 나한테 수영하라고 잔소리하는 것도 좋고. 행복해지거든요. 나는 여기 평화롭게 앉아 있는 게 좋아요, 그 빌어먹을 공허함을 채울 수 있으니까. 이런, 커피 마실 시간이 한참 지났겠어요." 나는 자리에서 일어나 다시 지프를 향해 걸어갔다. 이기를 기다리지는 않았지만 멀지 않은 곳에서 그가 뒤따라올 것을 알았다.

시어서의 실종일이었기 때문에 휴가 그날 밤 메시지를 남겼다. 나는 핸드폰이 울리는 것을 보았고 화면에 뜬 그의 이름도 읽었다. 하지만 받을 수가 없었다. 다른 날도 아닌 그날은 말을 하려고, 텅 빈 공간을 채우려고 노력할 수 없었다.

"로지." 결국 내가 용기를 그러모아 음성메시지를 확인하자 휴가 조용히 말했다. "난……" 그런 다음 긴 침묵이 흘렀다. 휴가 전화를 끊은 줄 알고 나도 끊으려고 하는 순간 그의 목소리가 이어졌다. "오늘 당신 목소리가 듣고 싶었어." 휴가 한숨을 쉬더니 살짝 웃었다. "그리고 들었지. 나한테 메시지를 남겨달라고 말하는 당신 목소리를 들었으니까 충분해. 너무 바보 같은가? 다시 전화할 필요 없어. 이게 다야. 잘 지내."

나는 다시 전화를 걸지 않았다. 휴의 말이 옳았다, 그것으로 충분했다.

아빠의 허리가 점점 호전되었다. 아빠가 장담했듯 배를 몰지 않은 것이 효과가 있었다. 섬의 간호사이자 디어미드와 오 년째 파트너로 지내는 스티브가 아빠에게 가벼운 요가 동작 몇 가지를 가르쳐주고 시간이 나면 아침에 십오 분 동안 같이 요가를 했다. 두 사람이 거실에서 요가를 하면 나는 집에 없는 것처럼 조용히 부엌에서 아침식사를 했고, 어고는 열린 문을 향해 고개를 들고 아빠가 창문을 향해 활자세를 취할 때마다 귀를 쫑긋 세웠다. 몇 주가 지나자 아빠는 내가 온라인으로 주문해준 요가 매트 위에서 상당한 진전을 보였고, 이제 '앉은 아기 자세'와 '반나비 자세'에 열중했다. 아빠는 코어를 처음 발견한 사람처럼 나한테 자꾸 코어에 신경쓰라고 말했다. 아빠가 고집불통 딸 외에 다른 무언가에 관심을 쏟는 모습이 보기 좋았다.

7월 말쯤 우리는 아침마다 부두로 산책을 나갔는데, 지팡이 없이 나갈 때도 많았다. 디어미드네 가게에서 먹는 아침식사라는 보상은 항상 큰 도움이 되었다. 날씨 때문에 산책을 못 해도 아빠는 디어미드네에서 아침을 먹는 일정은 꼬박꼬박 지켰다. 천둥 치는 어느 아침, 우리가 디어미드네에 아침식사를 하러 갔더니 패치와 마이클프랜 삼촌이 와 있었다. 두 사람은 관광객들이 비가 그치기를 기다리며 침대에 틀어박혀 있는 동안 얼른 와서 커피와 스콘을 먹어야겠다고 각각 생각했던 것이다. 두 사람은 테이블을 하나씩 차지하고 앉아 잡담을 나누고 있었다. 나는 섬사람들의 그런 점이 좋았다. 우리는 가게가 붐비지 않으면 각자 테이블을 차지하고 자리를 넘어 즐겁게 대화를 나눴다.

"아름다운 날이야." 우리가 들어가자 마이클프랜 삼촌이 잔을 들며 인사했다.

이기가 카운터 뒤에서 감자칼을 휘두르다 우리를 보고 칼로 자기 머리를 가리켰다. 카운터는 큰 반원형으로, 여름 극성수기에는 직원 두세 명이 금전등록기와 커피머신을 동시에 다룰 수 있을 만큼 넓었다.

"말해봐요, 패치." 우리가 들어가면서 잠시 끊어진 대화를 이기가 이어갔다. "예를 들어 내 어마어마한 재산을 디어미드의 사업에 투자하면 큰돈을 벌 수 있을까요?"

디어미드는 이기 옆에 서서 우레 같은 폭우를 견디는 천장을 걱정스럽게 올려다보았다. "분명히 말하지만 여기 무너지고 말 거야."

"디어미드, 평소 먹던 거 두 잔이랑 스콘 두 개 부탁하네." 아빠가 주인의 걱정을 무시하고 말했다.

"음, 글쎄, 이기." 패치가 대답했다. "내가 주식시장을 잘 몰라서 그런 질문에 뭐라고 답해야 할지 모르겠네. 그런 건 대니한테 물어봐."

"나한테?" 아빠가 패치의 왼쪽 테이블에 앉으며 재미있다는 듯이 물었다. 나는 디어미드가 건넨 스콘을 가져갔다. 디어미드는 내 핫초코와 아빠가 마실 차를 만들기 시작했다.

"내가 잘 아는 건 임신부의 뱃속에 든 아이가 아들인지 딸인지, 아니면 누가……" 패치가 망설이면서 절대 정의할 수 없다고 나에게 종종 말했던 것을 정의하지 않으면서도 설명할 수 있는 적당한 말을 찾으려 애썼다. "……당신 **주변**에 있는지, 그런 거야. 영적으로 말이야."

"정확히 해두자면 말이야, 이기." 디어미드가 끼어들었다. 그는 카운터를 빙 돌아나와 김이 모락모락 나는 흰색 머그잔 두 개를 우리에게 가져다주면서 자신에게 전혀 주목하지 않는 주방 직원에게 말했다. "지금 딱히 투자자를 찾고 있진 않아. 나 혼자서도 여길 아주 잘 꾸려나가고 있거든. 나한테는 감자를 열한시까지 다 깎는 게 더 중요한데. 당신이 괜찮다면 말이야." 디어미드가 건물 뒤쪽 주방 문을 가리키며 말했지만 이기는 못 들은 체했다.

"아시죠, 패치. 난 이제 애들도 다 키웠어요." 이기가 실망한 척 고개를 저었다. "그러니까 내 말은, 내가 젊음의 초상처럼 보이는 건 알지만 쉰세 살이나 먹었다고요." 그가 양손으로 자기 몸통을 쓸며 우리 앞에서 아도니스 같은 자신의 몸을 뽐냈다. "네, 알아요. 믿어져요? 수영 덕분이죠."

"빌어먹을 비가 그치지 않으면 우리도 곧 여기서 수영하게 될 거야."

디어미드가 다시 한번 위를 올려다보았고, 그의 미간에 깊은 주름이 잡혔다.

"디어미드, 이렇게 말해도 될지 모르겠지만 오늘 상당히 긴장한 것 같은데." 마이클프랜 삼촌이 말했다.

"왜 아니겠어요, 어마어마한 폭우가 내 가게를 위협하면서 손님이 오는 것도 방해하고 있잖아요." 디어미드는 카운터 바깥쪽에 힘없이 몸을 기대고 가게 문에 달린 유리창으로 거리를 내다보았지만 새로운 손님이 올 기미는 없었다.

"우리가 왔잖아요." 내가 높은 목소리로 경쾌하게 말했다. 이 멋진 사람들과 함께라는 것이 정말 뿌듯했다.

"돈을 펑펑 쓰는 손님 말이야, 스테이크랑 와인을 시키는 사람들. 차랑 스콘 같은 거 말고." 디어미드가 우리를 가리켰다.

"기분 나쁘라고 한 말은 아니에요, 대니."

"기분 안 나빠."

"어, 네, 저도 기분 안 나빠요, 디어미드. 고맙네요." 내가 기분 나쁜 척하며 덧붙였다.

패치가 일어나더니 춤이라도 출 것처럼 디어미드의 양손을 잡는 바람에 그가 깜짝 놀랐다. 디어미드는 네 살이었던 컬리가 바로 이 가게에서 킷캣을 훔치다가 나한테 걸렸을 때처럼 초조해 보였다. 패치가 그의 눈을 들여다보았다.

"스텔라 때문이야, 디어미드? 그래?"

"스텔라요?"

"그래, 느껴져. 뭔가 잘못된 게 느껴져. 스텔라가 아파?" 패치가 이런 식으로 깜짝 놀랄 말을 하는 것을 내가 얼마나 많이 봤을까?

"음, 사실은요." 디어미드가 인정했다. "스텔라가 안 먹어요. 오늘 아침은 아예 안 먹었고 어제 저녁은 반밖에 안 먹었어요."

스텔라는 디어미드와 스티브가 키우는 스코티시 하일랜드 테리어였다.

"그럴 줄 알았어!" 마이클프랜 삼촌이 말했다. "어제 지나가면서 봤는데 좀 안 좋아 보이더라고. 평소에는 내가 늘 주머니에 넣어 다니는 간식을 달라고 대문 앞에서 조르는데, 어제는 나를 처음 보는 것처럼 고개를 돌리더라고."

"테드 보이드한테 갔다 오는 게 좋겠어." 패치가 디어미드의 손을 꽉 잡으며 말했다. "그냥 검사만 해봐. 조심하는 차원에서. 그러면 별일 아니라고 다들 안심할 수 있잖아, 응?"

"하지만 오늘 일을 봐줄 직원이 없어요. 나랑 이기뿐이에요. 스티브는 근무중이고."

"내가 데려갈게." 마이클프랜 삼촌이 클론킬의 동물병원에 갈 기회를 놓칠세라 적극적으로 나섰다. 삼촌은 본토에 갈 때마다 동물병원에 들러서 잡담을 나누고, 누가 왔나 일일이 확인했다. 사람이 아니라 동물 말이다.

다들 디어미드의 대답을 기다리는 동안 긴장된 침묵이 흘렀고, 그가 머뭇머뭇 말했다.

"음…… 그럼 그렇게 해주세요."

"잘했어, 디어미드." 패치가 말했다. "손님이 없을 때 얼른 가서 스텔라 짐 챙겨서 데려와. 그동안 여기는 우리가 알아서 할게."

"알았어요." 디어미드가 걱정스럽게 말하며 앞치마를 벗어서 이기에게 주었고, 이기가 격려의 미소를 지었다.

"감자." 디어미드가 권위를 약간 되살리며 말했다.

"걱정하지 마세요, 사장님."

디어미드가 떠나기 전에 패치가 그를 끌어안고 자기가 다 안다고, 전부 다 잘될 거라고 말했다. 사실 그랬다. 내가 아주 잘 알듯이 패치는 절대 틀리는 법이 없었으니까.

그 순간 나는 되찾은 이 삶이, 이곳 사람들이 내 마음속에서 커지고 있다는 것을 깨달았다. 한때는 사람들을 피해 숨으려 애쓰고 나를 불러세우지 못하도록 어린 시절에 쓰던 방에 틀어박히거나 그들의 사유지를 피해 다녔지만, 이제 나는 이런 순간을 즐기려고 사람들을 찾아다녔다.

나는 혼자 미소를 지으며 해안이 내려다보이는 왼쪽의 작은 창문으로 시선을 옮겼다. 아주 넓은 창턱에 섬의 예술가들이 만든 판매용 작품과 도자기가 놓여 있었다. 창밖으로 리엄이 이브니스를 정박시키는 것이 보였다. 십 분도 지나지 않아—그사이에 이기와 마이클프랜 삼촌, 패치가 대화를 시작했지만 나는 신경쓰지 않았고, 아빠는 가끔 자기 의견을 큰 소리로 말하면서 크림과 잼을 바른 스콘을 다 먹었지만 나는 아직 스콘에 손도 대지 않았다—리엄이 걸어들어왔다.

"차 부탁해요, 이기." 리엄이 고개를 끄덕여 모두에게 인사하면서 말했다.

"우유 살짝 넣어서 말이죠." 이기가 이미 머그잔에 티백을 넣고 김이 나는 물을 부으면서 확인했다.

"네, 그렇게요." 리엄이 카운터를 등지고 돌아서서 그 위에 팔꿈치를 올린 채 우리를 보았다. "날이 거칠어요."

"그렇군." 아빠가 동의했다. "들어올 때 힘들었나?"

"잘 아시잖아요. 제가 못하는 건 없어요."

리엄이 그 자리의 모든 사람들에게 실력을 인정받으려고 좌중을 둘러보는데 아빠가 아니꼽다는 듯 살짝 웃으며 나를 슬쩍 보았다. 리엄은 자신이 얼마나 대단한 선장인지 세상에 알릴 기회를 절대 놓치지 않았다. 기회가 생기면 반드시 써먹었다.

"승객이 줄었어요, 대니." 리엄은 이기가 건네준 머그잔을 들고 성큼성큼 우리 테이블 옆으로 와서 섰다.

"비 때문이겠지, 리엄. 오늘은 승객이 별로 없지만, 늘 그랬듯 다시 늘어날 거야."

"그렇게 말씀하신다면 그렇겠죠, 대니."

리엄은 입안을 델까 걱정되지도 않는지 차를 한 모금 꿀꺽 마셨다. 그런 다음 한숨을 쉬고 차가 아니라 그날의 첫 맥주라도 되는 것처럼 내려다보았다. "이게 필요했어."

"사실은 말이야, 리엄." 아빠가 못마땅한 기색을 완전히 떨치지 않은 채 말했다. "우리 로지가 페리 승객을 늘릴 아주 좋은 아이디어를 냈지 뭐냐. 안 그러냐, 로지?"

예상하지 못한 말이었다. 나는 왜 내가 희생양이 되어야 하는지 생각하며 아빠를 보았다.

"음, 뭐 대단한 건 아니죠." 나는 지난 몇 달 동안 아빠에게 했던 수많은 제안이 별거 아닌 것처럼 말했다.

"무슨 소리냐, 로지. 너무 겸손해하지 말고 나한테 자세히 얘기해줬던 해설 뭐 어쩌고에 대해 리엄한테도 말해줘."

리엄이 나를 뚫어져라 바라보았다. 차였다면 헤드라이트를 켠 상태 같았을 것이다.

"음…… 여름 관광객을 상대로 섬의 랜드마크에 대한 해설을 들려주면 좋지 않을까 해서. 케언 록, 셸리섬, 판로 등대 같은 데 말이야. 관광객한테는 흥미로울지도 모르잖아. 뱃삯에 대한 보너스로."

"**해설**이라고? 정말 진심이에요, 대니? 큰돈은 안 될 거 같은데."

아빠는 별다른 반응 없이 차를 한 모금 더 마셨다.

"아무튼," 리엄이 자신을 무시하는 아빠를 무시하며 말을 이었다. "우리 일은 승객을 즐겁게 해주는 게 아니라 안전하게 나르는 건 줄 알았는데요. 섬사람들은 금방 지겨워할 거예요. 자기가 어딜 가는지, 빌어먹을 바위가 바다 어디에 튀어나와 있는지 다 정확히 알잖아요?"

"난 안 지겨울 거 같은데요." 카운터에서 감자 껍질을 벗기던 이기가 외쳤다. 내가 모르는 사이에 그가 주방으로 가서 커다란 솥에 가득 담긴 감자를 가져온 모양이었다.

이기가 바로 옆에 있었다면 나는 그에게 키스해주었을 것이다.

"어때?" 나는 기뻤다. "몇 달 정도는 섬사람들도 신경 안 쓸 거야. 네가 그렇게 걱정하는 승객 수가 늘어날지도 모르고. 관광객이 많아지면 돈도 많이 들어오잖아. 우리 섬에 그걸 싫어할 사람은 없을걸. 테리사도 카드를 사는 사람이 많아지면 기뻐할 거고." 테리사가 대학 시절에 보여주었던 사업가 정신은 사라지지 않았다. 그녀는 교장일 뿐 아니라 겨울에는 우리 섬의 자생화를 말려서 카드를 만들었고, 여름이 되면 바로 이 가게에서 카드를 팔았다. 아름다운 카드였다. 리엄에게 말할 생각은 없었지만 나도 지난달에 여러 장 사서 컬리와 니나와 매기, 심지어 휴한테까지 보냈다.

"여름이 거의 끝났는데 이제 와서 뭐하러 그런 수고를 해?"

"음, 내년을 위해서라도. 그러니까, 내가 섬을 떠나기 전에 녹음해서 다 준비해놓으면 넌 버튼만 누르면 돼."

"아, 정말 근사할 것 같은데?" 카운터에서 패치가 끼어들었다. "그런 방식으로 우리와 늘 함께하면, 네가 섬에 남아 있는 느낌이 들 거야."

리엄이 패치의 말에 잠시 고개를 돌렸지만 곧바로 나를 다시 바라보았다. "그럼 확실히 **돌아간다는** 거지, 로지? 계속 남아 있는 게 아니라?"

나는 아빠를 보았다. 아빠는 내가 걱정했던 대로 지난주만 해도 조금만 더 있으라고, 한두 주도 좋고 나만 좋으면 그보다 더 있어도 좋다고 여러 번 말했다. 나는 처음에는 싫다고 했다. 나중에는 "아빠, 그 얘기는 이미 했잖아요"라고 말했다. 마지막에는 그냥 아무 말도 못 들은 것처럼 굴었다. 여름이 지나면서 적어도 아빠가 나를 걱정스러운 얼굴로 흘끔거리지 않았기 때문에 기뻤다. 나 역시 이기와의 우정과 이브니스 덕분에 내가 잘 지내고 있다는 것을 알았다. 나의 하루하루는 조금 더 규칙적으로 변했고, 서성이거나 한숨을 쉬거나 이마를 문지르는 일이 줄어들었다. 나는 우리가 예상했던 것보다 빨리 이곳의 틀에 맞춰지고 생활 방식에 적응했다. 그래도 나는 8월 말에는 더블린으로, 휴에게로 돌아가겠다고 기회가 생길 때마다 아빠에게 말했다. 휴와 나 사이에 문제가 있긴 하지만 푹 쉬고 나면 같이 새로운 길을 만들어낼 것이고, 그러면 내가 예전과는 달리 휴나 우리 관계에 상처 입히는 일 없이 시어셔를 다시 찾아다닐 수 있다고. 기분이 괜찮은 날이면 나는 순진하게도 정말로 전부 가능하다고 생각했다. 적어도 함께 노력은 해봐야 했다.

아니, 나는 결단코 돌아갈 것이다.

내가 돌아간다고 말할 때마다 아빠는 슬퍼했지만, 〈서던 사운드〉의 헤드라인을 한번 더 읽거나 어고의 밥그릇이 비지 않았나 확인하면서 속내를 숨기려 했다. 나는 마음을 다잡지 않으면 아빠가 실망하는 모습에 내 의지가 약해질 수 있다는 걸 알았기 때문에 당장 해야 할 일을 찾았다.

"로지가 낸 대단한 아이디어는 그것만이 아니야, 리엄." 내가 대답하기도 전에 아빠가 말을 이었다. "다른 배에 투자해서 밤에 판로 등대에 다녀오는 투어도 만들자는구나."

내가 그 아이디어를 낸 것은 맞았다. 하지만 아빠가 너무 열성적으로 말해서 깜짝 놀랐다. 아빠의 허리가 아직 좋지 않던 초여름의 어느 날 밤 내가 그 이야기를 꺼내자 아빠는 내가 이브니스를 저인망어선과 바꾸기라도 한 듯 화를 내면서 배 한 척만으로도 걱정할 게 많은데 또다른 배는 짐이 될 뿐이라고 했었다.

"투어라고요! 그거 참 좋은 생각이네요." 리엄의 웃음에 불쾌감이 살짝 배어 있었다. "너 전문가가 다 됐구나, 로지. 여기까지 와서 우리한테 이래라저래라 하다니, 응? 전부 더블린에서 배운 거야?"

"리엄." 나는 지친 목소리로 말했다. "난 그냥 도우려는 거야."

"아, 그래? 내가 운항을 맡은 날 네가 먼저 와서 페리를 점검한 것도 그냥 도우려고 한 거였어? 내 일은 내가 할 수 있다는 생각은 안 들어?"

아빠가 나에게 그러지 말라고 경고했었다, 하지만 섬으로 돌아오고 처음 몇 주 동안 이런저런 생각을 피하려고 애쓰느라 밤잠을 이루지 못하던 나는 다섯시에 일어나서 바쁘게 움직이려고, 뭐든 좋으니 무언가로 내 인생의 빈 공간을 채우려고 했다. 그래서 내 당번이 아닌데도 페리의 엔진오일과 냉각수를 확인하고 화장실을 청소하고 객실을 쓸었다. 하지만 최근 몇 주 동안은 놀라울 정도로 밤새 푹 잤기 때문에 그 일들을 하지 않았다.

"네가 생각하는 그런 게 아니야, 리엄―"

"그래, 늘 그랬던 것처럼 뭐가 됐든 기어이 네가 먼저 하고 나한테 잘난 척하는 게 아니란 말이지?"

"세상에, 리엄. 그만 좀 해. 빌어먹을 삼십 년 전 일이잖아. 내가 티켓을 먼저 딴 게 내 잘못은 아니라고."

"정말? 하지만 타이밍이 아주 기가 막히잖아, 안 그래?"

열일곱 살 때, 리엄이 졸업시험을 마친 후 스코틀랜드로 가서 이 년 동안 대형 페리의 선원으로 일하는 동안 나는 섬에 남았다. 아빠가 내게 정말 선장이 되고 싶으면 다른 페리에서도 일해보는 것이 좋다고 제안해서 나는 이 년 동안 골웨이의 섬을 다니는 연락선에서 중간중간 일했다. 리엄이 그랬듯, 여자는 뱃일에 관심이 없고 그 일에 필요한 근력과 지혜도 없다고 철석같이 믿는 남자 동료들은 재미있어했다. 마치 남자여야만 이런 일을 할 수 있다는 듯한 태도를 보였다. 하지만 나는 그런 사람들의 시선에는 아랑곳하지 않고 남자 못지않게 침로針路를 바꾸고 배를 조종했을 뿐 아니라 밤에는 열심히 공부해서 면허에 필요한 시험을 차례차례 통과했다. 나는 갓 스무 살이 됐을 때 섬으로 돌아와서 감독관이 입회한 가운데 이브니스를 몰았고, 최종 합격했다. 마이클프랜 삼촌이 합격을 축하하기 위해 왜그테일을 열었다. 리엄은 아주 가끔 고향에 돌아왔는데, 의도한 것은 아니었지만 축하파티가 그의 휴가와 겹쳤다. 그러나 리엄이 섬에 머무는 동안 나는 그의 그림자도 보지 못했다. 그날 리엄은 왜그테일에 공짜 술을 마시러 오지도 않았다. 리엄이 휴가가 끝나자 내가 모는 페리 대신 토미 삼촌의 어선을 타고 본토로 갔다는 이야기를 나중에 들었다.

"그거 알아, 로지?" 내가 그의 비웃음에 대답하지 못하자 리엄이 덧붙였다. "여기서 너랑 상관없는 일을 들쑤시고 다닐 게 아니라 더블린에서 해야 할 일을 챙겨야 할 것 같은데."

패치가 가슴에 한 손을 올리고 숨을 헉 들이마셨다. 이기가 감자칼을 손에 쥔 채 카운터를 돌아나왔지만 마이클프랜 삼촌이 그의 팔을 잡고 말렸다. 삼촌에게 잡히는 바람에 이기는 조금 주춤했지만 두 사람 모두 한 발 앞으로 나서며 경계심을 풀지 않았다.

"세상에, 리엄. 그만해." 아빠였다.

나는 한계에 다다랐다. 내가 벌떡 일어나는 바람에 의자가 쓰러졌다. 나는 두 걸음 다가가 리엄의 눈을 들여다보았다.

"여기서든 더블린에서든 감히 내 인생에 대해 함부로 말하지 마, 리엄. 넌 판단할 권리가 없어. 내 말 알아들어?"

팔 년 전 시어셔의 실종 소식이 섬까지 전해졌을 때 리엄이 나에게 문자메시지를 보냈다. 처음 있는 일이었다. 유감이라고, 테리사와 함께 시어셔가 무사히 돌아오기를 기도하겠다고 했다. 나는 단순하지만 진심을 담아 고맙다고 답장했다. 나는 그날 우리 사이가 변했다고 생각했다. 하지만 아니었다. 나는 이 자리에서 깨달았다. 리엄은 내가 돌아온 것이 너무 싫어 나에게 상처를 주려고 무엇이든, 시어셔까지도 이용하려 했다.

리엄은 아무 대답도 하지 않았다. 그리고 마치 내가 아무 말도 하지 않은 것처럼, 내가 거기 존재하지도 않는 것처럼 근처 테이블에 잔을 내려놓았다. "대니." 그가 말했다. "잊지 마세요. 난 이 배의 선장으로 고용됐고, 늘 그랬듯이 그게 내 일이에요. 하지만 아저씨나 다른 누구를 위해 무리할 생각은 없어요."

그런 다음 성큼성큼 문밖으로 걸어나갔다.

모두가 나를 바라보았다. 나는 분노를 가라앉히고 빨라진 심장박동과 떨리는 손을 진정시키려고 애쓰며 쓰러진 의자를 세웠다. 하지만 문이 곧바로 다시 열렸고, 나는 2라운드에 대비하며 얼른 일어섰다.

"준비됐어." 디어미드가 당황하고 슬픈 표정의 스텔라를 안고 걸어들어왔다. "이 아가씨는 이제 갈 준비가 됐어요. 마이클프랜, 서두르면 리엄의 다음 배를 탈 수 있을 거예요."

에이미 때문에. 여자가 말했다.
내 친구 에이미 말이에요?
그녀가 영문을 모른 채 대답했다.

5월 초의 시작은 삐그덕거렸지만 8월 말이 되자 나는 고향 집에 적응했고, 밤이면 아빠와 말없이 함께하는 시간이 좋았다.

"오늘밤에는 텔레비전에 볼만한 프로그램이 없어." 아빠는 그렇게 말하곤 했다. "이런데 내가 왜 시청료를 내는지 모르겠다. 카드 게임이나 할까? 포티파이브 어떠냐?"

"어젯밤에 그렇게 크게 지고도 다시 도전하고 싶으시다면요." 나는 설거지를 하려고 싱크대에 뜨거운 물을 채우면서 아빠를 종종 놀렸다.

"나는 너를 꾀어내려고 시간을 투자하는 중이야. 지폐가 나올 때까지 버틸 거다. 때가 되면 너도 다 알게 될 거다."

우리는 10센트와 20센트짜리 동전을 걸고 카드 게임을 했고, 가끔은 대담하게 50센트도 걸었지만 아직 지폐까지는 나오지 않았다. 아빠는 마침내 지폐가 나오면 로어링 베이의 역사에 기록될 일이라도 되는 듯 말했다.

"아빠는 바보예요, 바보." 내가 킥킥 웃으며 손으로 뜨거운 물을 저어 거품을 잔뜩 만들었다.

마이클프랜 삼촌이 와서 같이 할 때도 있었는데, 더 좋은 건 삼촌과 필런 둘 다 낄 때였다. 세 사람이 나를 위해 미리 짠 것처럼 지금까지 수도 없이 들은 페리와 바다 이야기를 하느라 더없이 느린 포티파이브 게임이 되었다. 나는 뒤로 기대앉아 가끔 눈을 감고 세 사람이 중얼거리는 소리, 한 사람이 다른 사람에게 반박하면서 갑작스럽게 일어나는 소동, 멋진 추억을 회상하다 믿을 수 없다는 듯 짓는 가벼운 웃음, 오랜 망각의 심연에서 꺼낸 귀한 이야기에 귀를 기울였다.

"방금 이야기를 지어낸 거지?" 필런은 이렇게 말하곤 했다.

"내 입장은 그렇다는 거야." 마이클프랜 삼촌은 본토에서 말 한 마리를 저인망어선에 태워오는 내내 말 곁에 서서 전쟁 노래가 아니라 사랑 노래라도 되는 것처럼 국가를 불러주었다고 했다.

"그날 날씨를 봤어야 하는데. 세상에, 그날 밤 누가 대죄라도 지었는지 날씨가 정말 사나웠어. 나는 목이 말라붙을 것 같았지만 계속 노래를 불러줬지. 다행히 항구 입구에 도착할 때까지 말이야."

그러고 나면 우리는 또 한 잔의 차를 마셨고, 다시 카드 패를 돌렸다.

"이브니스가 고장났을 때 기억나?" 아빠가 1974년 이브니스 1호에 생겼던 일을 꺼냈다. "바다 한가운데에 멈췄는데 무슨 짓을 해도 시동이 안 켜졌지, 아직 새 배였는데. 결국 로스본으로 견인했고, 나는 그날 밤 배를 지키느라 네 엄마가 만든 저녁식사를 놓쳤어. 필런, 내 아내가 대니 주니어를 시켜 자네의 작은 어선으로 식사를 들려 보냈던 거 기억나? 접시를 차곡차곡 쌓아서 보자기로 쌌지. 그 정도로 속상하고 걱정됐어, 배가 애완용 양이라도 되는 것처럼 마음이 쓰였지. 배를 점검했지만 뭐가 잘못됐는지 알 수가 없었어. 그러다가 밤에 자네가 나를 두고 집으로 돌아가기 직전에 내가 다시 시동을 걸었더니 아무 일도 없었다는 듯이 가르릉거리는 소리를 내며 시동이 걸렸잖아. 그날 밤도 그러더니 그후로도 이브니스는 나를 여러 번 거짓말쟁이로 만들었어. 하지만 그게 뭐 대수인가. 전혀 신경쓰지 않았어. 중요한 건 좋은 것만이 아니라 싫은 것도 받아들이는 거 아니겠어? 하지만 좋을 때는 정말 무엇도 이브니스에 비할 바가 아니었지."

나는 더블린으로 떠나기 일주일 전에 처음으로 이기와 함께 수영을 했다. 그럴 계획은 아니었다. 이기가 나를 등진 채 만을 반쯤 가로질렀을 때 무언가가 나에게 가라고, 샌들을 벗어 던지고 뛰어들라고 말했다. 그래서 나는 그렇게 했다. 옷을 입은 채 눈을 감고 물속으로 가라앉았고, 숨이 찰 때까지 그 상태로 가만히 바닷물에 몸을 내맡겼다. 이제 됐다는 느낌이 들어 부드럽게 물 위로 올라갔더니, 맞은편에 도착한 이기가 손을 흔들어 인사하려고 평소 내가 앉는 곳을 향해 고개를 돌리는 모습이 보였다. 나는 이기가 나를 찾아내기 전에 다시 잠수했다. 물속에서 팔을 쭉 뻗고 발을 움직여 앞으로 나아갔다. 나는 수영을 했고, 한때 두려워했던 것과 달리 내 마음은 내가 가라앉게 두지 않았다. 나는 나를 짓누르던 짐을 완전히 벗어던지고 바위 위를 미끄러지듯 지나고 흔들리는 해초를 스쳐 지나갔다.

돌아온 이기는 물에 푹 젖은 나를 보고도 늘 그렇듯 대수롭지 않게 대했고, 자신의 수건을 내 몸에 둘러주었다.

"좀 젖었네요." 이기가 내 턱을 가리키며 미소를 짓는 바람에 나도 미소를 지었고, 결국 우리는 더없이 따뜻한 웃음을 터뜨렸다.

나중에 우리는 지붕에 앉아 마지막 커피를 마시며 광활한 수평선을 바라보았다. 나는 그의 옷을 빌려 입었다. 이기가 내 어깨를 툭 치며 물었다. "난 이제 누구랑 수영하죠?"

나는 아무 대답도 하지 못했다.

그날 밤 아빠가 내게 정말 집으로 돌아갈 생각이냐고 물었다.
"여기서 잘 지내고 있잖아? 처음에는 힘들었던 거 알아, 하지만 지금 널 봐라. 네가 이렇게 잘 지내는 모습은 정말 오랜만인데, 로지. 휴는 신경 안 쓸 거야. 내가 얘기해도 되고."
"이미 결정된 거잖아요, 아빠. 휴한테도 이미 말했고요."
이기와 수영한 날 오후, 해냈다는 마음에 들뜬 나는 그게 다 괜찮아질 거라는 징조라고 굳게 믿으며 휴에게 전화를 걸었다. 그리고 다음 토요일에 더블린으로 돌아가겠다고 말했다.
"아빠 허리도 좋아졌고, 음…… 나도 좀 나아졌어." 나는 이 한마디가 모든 것을 설명한다는 듯이 말했다.
"그래." 휴가 목을 가다듬었다. "그래서, 몇시에 도착해? 음식을 좀 시켜놓을까 아니면…… 난 몇시에 집에 갈지 모르겠어. 일이 밀려서 주말 내내 일해야 하는데—"
"아냐, 아냐, 신경쓰지 마." 나는 살짝 기운이 빠졌지만 티 내고 싶지 않았다. "어차피 몇시에 도착할지 아직 몰라. 아니야, 가는 길에 먹을게."
집으로 돌아가도 요란한 축하는 받지 못할 것이다, 그것만큼은 분명했다. 그래도 나는 시어셔를 위해, 우리를 위해 노력해야 한다고 생각했다.

그날 저녁 나는 아빠가 더는 강권하지 않기를 바라며 미소를 지었다. 아빠가 부엌을 가로질러와서 내 이마에 입맞췄다. "알았다." 아빠가 속삭였다. "알았어."

사고가 났어. 바로 저 위 도로에서.
네가 자전거를 타고 지나가길래
아빠한테 널 쫓아가자고 했어.
우리가 그애한테 데려다줄게.
여자가 말했다.

다음 주말, 더블린에 돌아온 나는 너무 일찍 도착한 손님처럼 집을 둘러보았다. 그러다가 소파에 앉아 휴가 집으로 돌아와서 내 마음을 편안하게 보듬어주기를 기다렸다.

 그런 일은 생기지 않았다.

 "왔네." 내가 그를 맞이하러 현관 앞으로 갔을 때 휴가 말했다.

 "왔어."

 우리는 긴장한 채 서로의 뺨에 입을 맞추었다.

 "오는 길은 어땠어?" 휴가 자전거 헬멧을 벗으며 나를 돌아서 지나갔다. 나는 다용도실로 향하는 그를 뒤따라가 부엌에 멈춰 선 다음 평소처럼 하나하나 말했다. 얼마나 시간이 걸렸는지도, 잭 린치 터널에서 길이 얼마나 많이 막혔는지도, 그리고 끔찍한 순환도로에서 잠시 멈춰 휴식을 취했다는 것도 모두. 휴가 사이클 장비를 벗는 다용도실의 반쯤 닫힌 문을 향해 이 모든 이야기를 했다.

"애썼네." 휴가 말했다. 그는 다용도실에서 나와 주머니에 손을 넣은 채 발뒤꿈치로 섰다 발끝으로 섰다 하며 몸을 앞뒤로 흔들었다.

"오늘은 어땠어?" 내가 물었다.

"아주 좋았어."

"다행이네."

더이상 할말이 없는 듯해 나는 하품을 했다. 솔직히 진짜 하품은 아니었다.

"그래, 물론이지." 휴가 말했다. "당신 피곤하겠다."

"먼 길을 오느라 힘들긴 해."

"내가…… 음, 침대 정리를 안 해놨어. 당신이 어떻게 하고 싶을지 몰라서."

"지금은 컬리 방을 쓸까 하는데, 어때?" 내가 집을 비운 사개월 동안 휴는 작년에 쓰던 손님방에서 계속 생활한 것 같았다. 우리 방에는 우리가 함께였던 과거의 유물만 남아 있을 뿐 우리가 없었다.

"그래, 당신 하고 싶은 대로 해."

나는 침대에 씌울 시트를 찾으러 건조실로 갔고, 소리 없이 울면서 시트를 밀고 당긴 끝에 결국 착착 개어둔 시트를 꺼냈다. 로어링 베이에 있을 때는 그토록 돌아오고 싶은 집이었는데 지금은 그렇지 않았다. 우리에게 맞지도 않는 집에서 내가 돌아와 불안해하는 남편과 함께 있기 싫었다.

"시간." 내가 컬리의 싱글 침대 모서리에 시트를 끼워넣으며 혼잣말을 했다. "시간이 필요한 것뿐이야. 이걸 견뎌내야 해. 다른 사람이 아니라 시어서를 위해서라도."

정말이지 우리는 제자리를 찾으려고 무척 애썼다. 그다음 주 내내 서로를 다시 이어붙이고 고치려고 정말 노력했다.

내가 돌아온 다음날인 일요일, 휴는 내가 외국인이고 자기가 나에게 먹을 것을 제공할 책임이 있다는 듯 같이 장을 보러 가자고 고집을 피웠다. 그는 나에게 온갖 것을 보여주고, 기대에 찬 표정으로 내가 먹어본 적도 없는 음식을 권했다. 우리는 통로를 돌아다니면서 둘 중 누구한테도 필요하지 않은 물건을 카트에 넣으며 할 수 있다고, 열두 달 동안 숙성시킨 세라노 햄 한 팩만 있으면 다시 함께할 수 있다고 우리 스스로에게 증명하려 애썼다. 쇼핑이 끝난 뒤 휴는 나를 데리고 내가 예전에 가장 좋아했던 동네 식당 리프로 갔다. 우리는 휴가 나에게 떠나달라고 말한 적이 없는 것처럼 농어를 먹고 화이트와인을 마셨다. 할말이 없어지면 서로를 바라보며 미소 지었고, 휴는 운하와 가까운데 인구밀도가 높고 서비스 시설이 부족한 도심에 건물을 설계하는 일이 얼마나 복잡한지 이야기하며 대화의 공백을 메웠다. 그가 내게 배를 다시 몰아보니 어땠느냐고 물었다.

"괜찮았어." 내가 대답했다. 괜찮았다고, 그렇게만 말했다. 정말 어떤 느낌이었는지 자세히 설명하고 싶었지만, 휴가 왜 돌아왔느냐고 할까봐 말하고 싶은 충동을 억눌렀다.

나는 불면증이 다시 생겼다는 말도 하지 않았다. 어젯밤 컬리의 침대에 앉아 섬과 페리를 떠나면서 잃은 것—시어서와 가까이 있는 듯한 느낌, 차분해진 호흡, 내 심장이 만족스럽게 가르랑거리는 소리—을 떠올렸다는 말도 하지 않았다.

"좋아 보여, 로지."

휴의 말에 나는 깜짝 놀랐다. 그런 말을 할 거라고 예상하지 못했다. 하지만 휴의 수줍은 미소가 그 말이 진심임을 알려주었다.

"당신도 그래." 완벽한 순간이었고, 나는 휴의 칭찬에 용기를 내서 대답했다. 어쩌면 시작은 어색했지만 아직 괜찮을지도 몰랐다. 나도 진심이었다. 휴는 내가 집에 돌아온 뒤 처음으로 진짜 편안해 보였다. "피아노는 어떻게 돼가고 있어?" 내가 물었다.

"음, 〈블루 라이츠 온 더 런웨이〉를 거의 끝까지 칠 수 있게 됐어. 앨범 말고 노래."

"와, 대단하네."

"응, 재미있었어."

다시 대화가 멈췄다. 우리가 잠깐 편안했던 순간은 흘러가 버렸고, 휴는 내가 없는 시간 동안 잘 지냈다는 말이 얼마나 기분 나쁘게 들릴 수 있는지 깨달은 듯했다. 그가 아주 열심히, 빠르게 먹기 시작했다.

나는 얼른 화제를 돌려서 빈 공간을 메꿔 우리를 구하려고 애썼다. 어차피 나도 휴의 부재에서 행복을 발견했었다.

"그래서 던 리어리에 가서 항구에 내 일자리가 아직 있나 알아볼까 해." 던 리어리의 페리 매표소는 내가 더블린에서 처음이자 유일하게 다녔던 직장이다. 나는 시어셔가 실종되고 나서 몇 년 동안 휴직과 복직을 반복한 끝에 일 년 전 퇴사했다. 복직은 즉흥적으로 떠오른 생각이었다. 이 말을 하기 전까지는 생각하지도 않던 일인데 휴가 찬성할 것 같았다.

휴가 좋은 생각이라는 의미로 재빨리 고개를 끄덕이며 농어와 이탈리안 베이비 포테이토를 지나치게 크게 한입 넣고 씹었다.

"시도는 해봐야겠다 싶어서." 나는 휴의 긍정적인 반응에 들떠 말을 이어나갔다. "다시 할 수 있을지도 몰라." 하지만 다음 말에서 너무 멀리 가버렸다. "그리고 믹에게 전화해봐야겠어. 뭘 해야 하는지 알아보게."

우리가 할 수 있는 것을 나는 얼마나 잘못 판단하고 있었던 걸까. 마법이 풀리면서 사슬처럼 엮여 있던 희망이 요란한 소리를 내며 바닥에 떨어진 것 같았다.

마침내 입에 든 음식을 삼킨 휴가 나이프와 포크를 잠시 그대로 들고 있다가 조심스럽게, 소리 없이 접시에 내려놓았다.

"하지만 예전처럼은 안 돼, 로지. 당신도 알잖아. 당신이 온 데를 쫓아다닐 순 없어. 난 못 견뎌. 다시는 안 돼."

불쑥 분노가 솟구쳤다. 마법이 얼마나 빨리 풀린 것일까. 갑자기 4월에 부엌 아일랜드식탁에 앉아 나에게 떠나라고 말하던 휴의 모습밖에 보이지 않았다.

"그냥 손놓고 아무것도 안 할 수는 없어, 휴. 설마 나한테 작년처럼 집에 앉아 벽만 쳐다보라는 말은 아니지." 겨드랑이에서 땀이 나고 뱃속이 타는 듯했다.

"당신은 신경쇠약이었잖아, 로지. 좀 여유를 가져. 좀 쉬어야 한다고."

"내가 빌어먹을 신경쇠약이었다는 거 잘 알아, 휴. 아주 고맙네."

"괜찮아." 휴가 천천히 말했다. "숨을 들이마셔봐. 지금까지 잘해왔잖아. 난 당신이 얼마나 잘했는지 알아. 그러니 이제 와서 망치지 마."

"아, 그래? 당신이 안다고? 얼굴만 쓱 보면 내가 거기서 어떻게 지냈는지 다 안다고? 당신한테 쫓겨나서 얼마나 힘들었는지 당신은 몰라. 당신이 내가 떠나길 바란다는 게 얼마나 견디기 힘들었는데. 제길, 당신은 나랑 통화도 못했잖아."

내가 일어서자 냅킨이 바닥으로 떨어졌다.

"로지, 제발. 앉아."

나는 가고 싶었다. 신경쇠약에 걸렸을 때 그랬던 것처럼 뛰쳐나가고 싶었다. 하지만 그때 기억을 떠올리자 마음이 약해져 쓸쓸하게 다시 앉을 수밖에 없었다. 휴가 내 손을 잡으려고 테이블 위로 손을 뻗었지만 나는 손을 내밀지 않고 가만히 있었고, 결국 그는 손을 거두고 마지막 남은 와인을 마셨다.

"우리가 어쩌다 이렇게 됐는지 모르겠어, 로지." 휴가 테이블에 잔을 내려놓고 물끄러미 바라보았다.

"그러게." 나는 서글픈 목소리로 동의했다. 낭만적인 저녁은 끝났다. 둘 중 누구도 그것을 구하려는 의지가 없었다. "나도 모르겠어."

이제 어떻게 해야 하는지 생각하는 가운데 그 순간이 지나갔고, 결국 휴가 웨이터를 불러 계산서를 요청했다. 예전에 늘 그랬듯이―팔짱을 끼고, 약간 취해서 우리 인생에 있었던 이런저런 일을 이야기하고 웃으며―집까지 2킬로미터 정도를 걸어가는 대신 내가 택시를 잡았다. 우리는 말없이 앉아 우리가 더는 이해하지 못하는 세상이 창밖으로 빠르게 지나가는 모습을 각자의 자리에서 바라보았다.

다음날도, 그다음날도 긴장된 분위기는 여전했고, 위안을 찾으려는 노력은 성과를 거두지 못했다. 화요일, 나는 녹초가 되었다. 수요일에는 밤새 뒤척이다 오후까지 자고 일어나 해안을 산책했다. 담장과 울타리를 넘다 너무 높으면 포기하고 교외의 오솔길을 돌아다녔지만 해안에서 멀리 벗어나지는 않았다. 저멀리 수평선 위의 거대한 유조선을 바라보며 몇 시간씩 걸었다. 휴가 집에 와서 피아노를 치고 있거나 다행히 이미 잠자리에 들었을 시간이 되어서야 집으로 돌아왔다. 하지만 집에는 불이 하나도 켜져 있지 않았다. 밤 열시였지만 휴는 아직 귀가 전이었다.

금요일에 컬리가 찾아왔다. 나는 아들을 보고 반가워서 소란을 떨며 질문을 퍼부었지만 컬리는 날카로운 면도날처럼 내가 그러는 이유를 꿰뚫어보았다. "행복해 보이지 않아요, 엄마."

"무슨 소리야?" 내가 억지웃음을 지었다. 컬리에게 이렇게 해야 한다는 게 싫었다. 컬리는 이런 멍청한 대우를 받아야 하는 아이가 아니었다.

"음, 내 생각이 틀렸으면 그렇다고 말해줘요. 섬에서 지낸 시간이 엄마한테 도움이 된 줄 알았어요."

"그럼, 도움이 됐지. 푹 쉬었고 이제 준비됐어." 나는 거짓말을 했다.

"준비됐다고요? 무슨 준비가 돼요?"

"음…… 평범한 삶으로 돌아갈 준비."

"평범한 삶이 뭔데요?" 우리는 거실에 서 있었다. 아니, 나는 거실을 돌아다니며 쿠션을 두드리고 소파 팔걸이를 닦았고, 컬리는 문간에 서서 그 모습을 지켜보았다.

"사실은 엄마가 돌아와서 깜짝 놀랐어요. 솔직히 안 오실 줄 알았거든요."

나는 하던 일을 멈추고 무슨 소리냐는 듯 컬리를 보았다.

"엄마, 극복하기 위해 해야 하는 걸 하세요. 그러려면 이 집에서 살 수 없다고 해도 말이에요."

뭘 극복한다는 거니? 나는 묻고 싶었다. 열다섯 살 때부터 수많은 일을 겪으면서도 남다르게 다정한 사람으로 커준 컬리에게. 그런데 컬리가 나의 얇디얇은 방어막을 뚫어버렸다.

"네 말이 맞아. 내가 뭘 하고 있는지 모르겠어, 컬리. 이젠 정말 모르겠어. 어쨌거나 이곳이나 우리 가족, 네 아빠, 너에 대해서는 정말……" 내 목소리가 너무나 가느다랗게 들렸다. 마치 하루종일 말하느라 침이, 호흡이, 의지가 바닥난 것 같았다.

"엄마, 내 말 좀 들어보세요. 엄마가 날 위해 무언가를 할 필요는 없어요. 난 괜찮아요. 나랑 니나는 아주 잘 지내요."

"하지만 누나는? 시어서는 나한테 실망했을 거야." 내가 시어서를 위해 전화 한 통 하지 않은 지 얼마나 오래되었는지 생각하자 너무 부끄러웠다.

"정확히 어떻게 말이에요?"

"난 여기 있어야 해." 나는 '여기'가 어디를 가리키는지 컬리가 모른다는 듯 몸을 돌려 거실을 가리켰다. "더 열심히 노력해야지. 경찰한테 다시 이야기도 하고. 예전처럼 TV랑 라디오에도 다시 나갈 거야. 어딘가에 시어서가 있다고, 아직 도움이 필요하다고 사람들에게 알려야 해."

나는 이렇게 말하면서도 사실 컬리가 나에게 당장 방송에 나가라고 하면 패닉에 빠지리란 사실을 잘 알았다. 지난 일요일 밤 저녁식사를 하면서 휴에게 항변하긴 했지만, 아이를 앗아간 세상을 상대로 전쟁을 벌였던 팔 년 전의 여자는 어쩔 줄 몰라하며 불안에 떠는 지금의 나와 100만 킬로미터는 떨어진 사람 같았다.

"엄마—"

"아니, 들어봐. 예전에는 내가 깨어 있는 매 순간 우리가 해야 할 일을 차근차근 했잖아. 하원의원, 경찰 간부, 전화상담센터 등등 연락해야 할 곳에 전부 전화를 돌렸다고. 라디오와 TV 인터뷰가 줄을 섰었어. 지금은? 엄마 좀 봐. 내가 〈프라임 타임〉에 나가도 될 것 같니? 아침에 머리만 빗을 수 있어도 기적이야."

"엄마, 그건—"

"여기 돌아오니까 내가 시어셔를 실망시켰다는 생각이 들어. 나는 그 빌어먹을 섬에 숨어 있기만 했어. 실종된 딸을 찾아야 한다는 사실을 모른 척했다고."

"엄마. 들어봐요."

컬리의 목소리가 커지는 바람에 나는 깜짝 놀라 말을 멈췄다. 컬리답지 않은 행동이었다.

"난 이미 누나를 잃었어요. 엄마까지 잃고 싶지 않아요."

불쌍한 아들은 이미 나를 잃었다는 사실을 몰랐다. 나는 몸은 여기에 있어도 마음은 그렇지 않다는 걸 깨달았다. 내가 상상했던 시어셔의 수많은 삶 가운데 한 장면처럼 나는 외국의 도시 풍경이 내다보이는 어느 아파트 창가에서 시어셔 곁에 서 있었다. 나는 **컬리** 곁에 있어야 했지만 실제로는 그렇지 못했다.

"엄마, 그러니까 내 말은, 엄마가 계속 예전처럼 지냈다면 우리가 엄마를 잃었을 거라는 뜻이에요. 정말이지 거의 그럴 뻔했다고요. 우리는 엄마를 잃고 싶지 않았어요. 아빠도, 할아버지도, 나도요."

나는 내가 겪은 신경쇠약에 대해, 엄마 장례식이 끝나고 병원에서 보낸 시간에 대해 생각하고 싶지 않았다. 나는 컬리가 다른 이야기를 하면 좋겠다고 생각하며 카펫만 뚫어져라 바라보았다.

"제일 중요한 게 뭔지 알아요, 엄마? 우리 삶은 오래전에 평범함을 벗어났어요. 엄마 스스로에게, 그리고 우리에게 강요하지 마세요. 로어링 베이로 돌아가세요. 아빠랑 같은 침대에서 잘 필요도 없고 같은 집, 같은 도시, 같은 땅에서 살 필요도 없어요. 우리는 교외의 행복한 가정이 아니에요. 우리를 그런 틀에 맞추려고 노력할 필요 없어요. 시어셔가 실종되면서 우리 길은 바뀌었어요."

컬리는 어쩌면 이렇게 현명할까? 신기했다. 컬리의 뺨을 한 손으로 감싸고 다른 쪽 뺨에 입을 맞췄다. 그런 다음 컬리를 감싸안는데 내 마음은 6킬로미터 떨어진 사무실로, 휴에게로 향했다. 아마 그는 자기 책상 앞에 앉아 컴퓨터는 외면한 채 바다가 내려다보이는 창밖을 응시하고 있을 것이다. 의자 팔걸이에 팔꿈치를 걸치고 손가락으로 자기 입술을 톡톡 치면서 저녁 작업을 얼마나 더 늘려야 퇴근 시간을 늦출 수 있을까 생각하고 있을 것이다.

그날 밤 휴가 마침내 집으로 돌아왔을 때 나는 현관에서 그를 맞이했다. 휴가 자전거 헬멧을 벗기도 전에 그를 끌어안았다. 그런 다음 다시 떠나겠다고 그의 귀에 속삭였다. 휴는 반대하지 않고 내 손을 잡아 손깍지를 끼었다가 나를 놓아주었다. 나는 위층으로 올라가서 가방을 쌌고, 남는 침대에 앉아 아침이 밝을 때까지 기다렸다 차에 짐을 싣고 남서쪽을 향해 출발했다. 나는 다시 한번 휴에게서, 한때 그가 없으면 한 걸음도 내딛지 못하고 숨도 쉬지 못하리라 생각했던 남자에게서 멀어졌다.

2부

아니 난……
그녀는 엄마에게 설명할 시간이 있을까 생각하며
집을 돌아보았다.

내가 휴를 처음 만난 것은 열여섯 살이었던 1984년이었다. 휴는 열일곱 살이었고 디어미드네 가게에 일하러 왔었다. 당시 가게의 여름 직원 가운데 주인만큼 핫초코를 제대로 만드는 사람은 아무도 없었다. 나는 휴가 오기 훨씬 전부터 이 문제에 대해 디어미드와 이야기했다. 당시 나는 주말에만 페리에서 일하다가 삼 개월 동안 이브니스에서 종일 일할 때였다. 그해 5월 나는 토요일마다 디어미드에게 핫초코를 직접 만들어달라고 졸랐다. 그는 주방에서 나오며 이렇게 말하곤 했다.

"내가 너한테 완벽한 핫초코를 만들어주는 것 말고 다른 할일이 있다는 생각은 안 드니, 로지?"

"직원 교육을 제대로 못 시키는 게 내 잘못은 아니잖아요,

디어미드."

디어미드는 당시 20대 후반으로, 코크시에서 고향으로 돌아와 어머니의 가게 겸 카페를 물려받았다.

"그렇게 못 만들진 않아."

"아, 그렇게 못 만들거든요. 래스킬리에서 온 여자는 가망이 없어요. 지난번에는 핫초코가 아니라 아이스초코였다고요. 그런데 그 사람 어디 갔어요? 최근에 안 보이던데."

나는 디어미드 뒤를 졸졸 따라갔다. 그는 배 아래 꽉 묶은 앞치마 끈에 달린 마른행주에 손을 닦고 가게 앞쪽으로 갔다. 아직 초여름이었기 때문에 한두 자리만 차 있었다.

"갔어. 집에 급한 일이 생겼대. 바닷가에서 글을 쓰며 보내려던 여름은 시작하기도 전에 증발해버렸어. 저기 크노르 스톡 큐브* 옆에서 전화를 받자마자 울음을 터뜨리더라."

"차라리 잘됐네요."

나는 디어미드가 냉장고에서 우유를 꺼내 머그잔에 따르고 전자레인지에 넣으면서 그녀의 빈자리를 어떻게 메울까 생각하느라 내 말을 듣지 않는다는 것을 알았다. 하지만 그는 일이 잘 풀리지 않는 상황에 익숙했다. 사람들은 긴 근무시간을 견디고 일의 속도를 따라갈 수 있다고 생각하지만 절대 못한다

---

* 육수를 낼 때 쓰는 사각형 모양의 고형 조미료.

는 것을, 숙식을 제공받아도 불가능하다는 것을 금세 깨달았다. 긴 산책과 창의적인 생활이라는 이상은 순식간에 사라지고 사람들 앞에는 극도의 피로와 퍼진스 바에서 늦은 밤까지 마시는 날들이라는 현실이 놓여 있었다. 게다가 다들 섬에서 일하고 싶어하지 않았다. 디어미드는 직원을 찾기 위해 항상 그물을 넓게 던져야 했다. 본토의 친척에게 전화해서 용돈이 필요한 손자가 없는지 묻거나 코크시 부두에서 푸드트럭을 할 때 알았던 친구들에게 전화했다. 디어미드는 이런 사람을 찾았다. 자신처럼 가게 주인과 카페 주인 노릇을 동시에 하면서 관광객에게 미소를 지으며 수제 스콘을 대접하고, 몰려드는 아이들에게 크리오스토어의 염소젖 아이스크림을 파는 사람, 그러다가 매끄럽게 역할을 바꿔 게살오픈샌드위치와 해물 차우더, 와인 한 잔으로 구성된 런치 메뉴를 서빙하면서 동시에 패치가 〈아이리시 타임스〉와 달걀 여섯 개를 잘 받았는지 확인할 수 있는 사람. 정신없는 하루가 저무는 저녁에는 디어미드의 연어 앙크루트*와 스테이크나 피자를 내놓고, 마지막 손님이 집으로 돌아가면 물이 흥건해지지 않게 주의하면서 주방과 가게 바닥을 물걸레로 닦은 뒤 마침내 디어미드가 여름 동안 빌려준 방으로 돌아가 싱글 침대에 쓰러져 누울 수 있는 사

---

* 연어를 패이스트리로 감싸서 오븐에 구운 요리.

람. 디어미드는 그런 사람을 찾기가 쉽지 않다는 것을 알았다.

"비결을 가르쳐주면 내가 직접 만들게요." 내가 제안했다. "그러면 정신없이 바쁜 여름에 내가 괴롭힐 일도 없잖아요."

"아, 그래."

"신경써야 할 까다로운 섬사람이 하나 줄어든다고 생각해보세요."

나는 디어미드가 우유, 전자레인지, 크림, 그리고 내가 본 것 가운데 가장 작은 전동 거품기로 뜨겁고 부드러운, 그 유명한 핫초코를 만들어내는 모습을 지켜보았다.

"아무나 주방에 들일 수는 없어, 로지. 그러다가 크게 혼나."

"누구한테요? 경찰이요? 그만한 일로 아저씨를 체포하려고 여기까지 특별 출장을 올 것 같진 않은데요."

"보건 기준이라는 게 있어. 그리고 어쨌거나 나는 우리 섬 전체를 생각해야 해. 다들 주방에 들어와서 자기 걸 만들려고 할걸?" 디어미드가 카운터 밑에서 마시멜로 깡통을 꺼내 뚜껑을 열고 내 쪽으로 기울였다. "두 개? 세 개?"

"네 개요. 그럼 날 고용하면 되잖아요. 내가 선원들의 주문을 담당할게요. 우리가 카운터 앞에서 어슬렁거리지 않으면 가게가 어수선해 보이지도 않을 거예요. 나만 슬쩍 들어올게요. 아빠랑 필런 아저씨는 차만 마시는데 필런 아저씨는 블랙으로 마셔요. 핫초코를 만들 줄 알면 티백 몇 개 담그는 거야 당연히 할 수 있죠. 게다가 선원들은 여기 줄을 서서 기다릴 시간이 없어요. 우리 서비스의 효율성이 섬 전체에 얼마나 중요한데요. 나 혼자 살짝 들어왔다 나가도 아무도 모를 거예요."

"직접 만들어도 할인은 안 돼, 로지."

"알아요." 내가 할인을 요구할 거라고 디어미드가 생각했다는 것이 약간 화가 났지만 곧 풀렸다. "하지만 한 달에 공짜 핫초코 한 잔 정도는 괜찮죠? 그러면 보건 감독관이 찾아와도 내가 직원 비슷한 사람이라고 할 수 있잖아요."

나는 씩 웃으며 디어미드가 건네준 머그잔을 받아 첫 모금을 마셨다. 그가 솔깃해하는 게, 적어도 재미있어한다는 게 보였다. 디어미드가 카운터에 몸을 기댔고 나는 크림이 듬뿍 든 부드러운 핫초코를 마시며 행복감에 한숨을 내쉬었다.

"네가 쉬고 토미랑 그 무리가 일하는 주에는?" 그들은 내가 "쓰레기 팀"이라고 부르는 다른 선원들인데, 아빠는 내가 그렇게 부르면 화를 냈다. 토미 오 키어시, 리엄의 손위 사촌인 이아몬 오 키어시와 셰이머스 오 키어시, 나처럼 주말에만 일하는 리엄이었다. "이아몬이 그 더러운 손으로 주방에 들어오는 건 안 돼. 그 손이 어디 들어갔다 나왔을지 누가 알겠어. 내가 볼 때마다 귀를 파고 있더라고. 그렇게 가려우면 매카서 선생님한테 가보라고 그렇게 말했는데 듣지도 않고."

"그 팀은 줄 서는 거 좋아해요." 내가 미소를 지었다. 방금 전까지 페리는 신속성이 중요하고 선원들이 디어미드의 고객에게 방해가 되어서는 안 된다고 주장하던 내가 내 논리에 방금 어마어마한 흠집을 냈다는 사실을 우리 둘 다 알았다. "그 팀에서 불평이 나오면 내가 알아서 할게요."

"핫초코가 조금 덜 뜨거운 게 싫다는 이유만으로 이 모든 걸 감당할 가치가 있는 거야?"

"당연하죠."

6월 말에 디어미드 팔촌의 친구의 아들인 휴 던이 우리 섬에 왔을 때 나는 페리 선원으로 종일 일하고 있었고 핫초코를 만드는 일에도 무척 능숙해졌다. 나는 열한시에 승객들이 하선하자마자 페리에서 내려 가게 화장실로 달려갔고, 손을 빡빡 문질러 씻은 다음 카운터 뒤로 슬쩍 들어가서 직원들 사이를 요리조리 누볐다. 시간을 불필요하게 낭비하지 않으려고 돈은 주초에 미리 냈다.

"로지." 휴가 처음 근무한 날 디어미드가 말했다. "얘는 휴라고 해. 휴, 얘는 로지야. 휴는 8월까지 우리 일을 도와주려고 더블린에서 왔어."

우리는 서로 고개를 끄덕여 인사했다. 아빠가 클론킬 오설리번 슈퍼마켓 카운터에서 일하는 엄마를 처음 만났을 때와 달리 우리 사이에 특별한 무언가가 지나가지는 않았다. 아빠는 엄마를 처음 본 다음날 동네 공원에서 나팔수선화를 한 다발 꺾어 물이 뚝뚝 떨어지는 채로 엄마에게 선물했다. 아니, 우리의 시작은 차분했다는 설명이 제일 잘 어울렸다.

"자, 휴. 애는 신경 안 써도 돼. 로지는 핫초코를 직접 만드는 걸 좋아하거든." 디어미드가 눈썹을 치켜올렸다. "그냥 내버려두고 돈만 잊지 말고 받아."

"아, 그렇군요." 휴가 늘 가지고 다니던 작은 공책에 뭐라 적으며 말했다. 나중에 알고 보니 무슨 이유에선지 가격표가 붙어 있지 않은 와인의 가격, 창고 비밀번호, 그레이비 가루의 위치―그날 아침 한 손님이 물어봤는데 못 찾았다―를 세세히 적은 공책이었다.

휴가 공책에서 시선을 들었다. "얼마예요?"

"뭐가?"

"핫초코요."

"아, 1파운드야."

휴가 공책에 적었다.

디어미드가 나를 보며 눈을 찡긋했다. 나를 감시할 뛰어난 직원을 찾았다는 뜻인지, 내가 널 위해서 누굴 데려왔는지 봐, 검은 머리에 파란 눈을 가진 미남이야라는 뜻인지 알 수 없었다. 어느 쪽이 됐든 나는 빈정거리는 미소로 대답한 다음, 이 진지하고 성실한 남자애가 잘해낼지 모르겠다고 생각하며 내가 마실 핫초코를 마저 만들었다. 하지만 걱정할 필요가 없었다.

나는 오전 휴식 시간에 휴가 일하는 카운터 뒤로 들어가서 내 할일을 했다.

"로지." 휴는 보통 이렇게 말했다.

"휴." 내가 대답했다.

"오늘 선원들은 어때?"

"아, 좋아."

"음, 잘됐네."

대체로 그게 전부였다. 하지만 나는 머그잔 세 개를 삼각형 모양으로 잡고 등으로 가게 문을 밀고 나가다가 휴가 공책을 꺼내 뭔가 표시하는 것을 보았다. 아마 핫초코 한 잔과 차 두 잔이라고 적는 것 같았다. 완벽한 직원이었다. 아빠와 필런이 앉아 있는 자리에 거의 다 왔을 때, 나는 이 가게에서 일한 지 얼마 되지도 않은 사람한테 감시당한다는 생각에 속이 부글부글 끓었다. 마치 내가 의심스럽다는 듯이. 도대체 자기가 뭔데? 이 세상 끝자락까지 찾아온 더블린 사람—그런 게 의심스럽지 않다면 뭐가 의심스러운지 모르겠다.

아빠와 필런은 항상 부두 바로 위의 낮은 담에 앉았다. 사람들이 급히 우리를 찾을 경우 이브니스가 잘 보이는 자리라 좋아했다. 우리 뒤쪽으로 부두에서 섬 중심부로 곧장 이어지는 도롯가에는 패치의 집이 있고 건널목 맞은편에는 퍼진스

바가 있었는데, 오전 그 시간에는 아직 영업을 하지 않았다. 대화는 대부분 그날의 날씨나 우리가 실어나르는 승객에 대한 것이었다.

휴가 오고 한 달쯤 지났을 때였다. 우리가 바로 그 자리에서 차와 핫초코를 마시고 있는데 어떤 형체가 아주 가까이에 있는 게 느껴졌다. 나는 고개를 들지 않았다. 항구는 더운 여름에 이 섬에서 가장 붐비는 곳이었고, 우리는 제일 끝에 앉았지만 항상 누군가가 와서 우리처럼 항구를 내다보거나, 아이가 쫓아오기를 기다리거나, 휴식 시간을 방해해서 미안하지만 다음 배는 몇시에 오는지 물었다.

"으음, 로지?" 나는 눈부신 햇살 때문에 손차양을 하고 고개를 든 후에야 앞에 서 있는 휴를 겨우 알아보았다. "방해해서 미안해." 그가 조심스러운 목소리로 말했다. "그동안 네가 가져간 핫초코랑 차 값을 적어놨는데……"

"응." 내가 말했다. "알고 있었어."

옆에서 아빠가 필런의 갈비뼈를 세게 쿡쿡 찌르는 것이 느껴졌다. 이 남자애의 용기와 그가 곧 돌려받을 매서운 말을 생각하며 재미있어하는 것이 분명했다. 필런이 꼬았던 다리를 풀며 헛기침을 하더니 다시 반대쪽으로 꼬았다. 내 눈에 보이지 않게 항구 왼쪽으로 고개를 돌렸지만 나는 필런이 웃고 있다는 것을 알았다. 내가 다시 휴에게 고개를 돌리자 아빠는 머그잔을 지나치게 오래 입술에 댄 채 웃음을 감췄다.

"그래서?" 마침내 내가 물었다. 이글거리는 태양을 더는 견딜 수 없어서 이번에는 시선을 들지 않고 오른쪽 낮은 담장 앞의 공터를 바라보았다. 이것을 옆에 앉으라는 뜻으로 받아들인 휴는 내가 가게에 갔던 날짜와 가져간 음료를 적어둔 공책을 꺼냈다. 전부 다 적혀 있었다. 6월 25일 핫초코 한 잔과 차 두 잔, 6월 26일 등등. 휴는 성실했다, 그 점만큼은 인정해야 했다. 잘못 짚긴 했지만 겁이 없고 성실했다.

"그러니까, 보면 알겠지만 내가 다 적어놨어." 휴는 사람들을 향해 "들으시오"라고 외치는 타운 크라이어*처럼 공책을 내밀었다. "그런데 착오가 있는 것 같아."

"착오?" 나는 휴가 현명하게도 조금 떨어져 앉으며 생긴 작은 공간에 잔을 내려놓고 팔짱을 꼈다. 그러자 아빠와 필런이 다시 자세를 바꾸었다. "어떤 점에서?" 나에게는 비장의 카드가 있었고, 이 남자의 뻔뻔함을 비난하면서 내던질 만반의 준비가 되어 있었다. 디어미드가 깜빡 잊고 말하지 않았겠지만 나도 직원이나 다름없다고, 한 달에 핫초코 한 잔은 공짜라고 분명히 합의했으므로 이 더블린 남자가 작성한 손익계산서에 그것을 반영해야 한다고 말이다.

---

* 예전에 관청의 공고를 마을에서 외치고 다니던 관리.

"음, 말하기 조금 그런데―"

"아니, 그러지 말고 말해." 내가 말을 잘랐다. "참, 우리 섬까지 이렇게 변한 줄은 몰랐네. 더블린에서는 돈 한푼에도 벌벌 떤다는 걸 알았지만 우리는 그런 사소한 일에는 크게 신경 안 쓰거든. 하지만 이제부터 그렇게 하겠다면 할 수 없지 뭐." 나는 화를 내며 주머니에서 5파운드 지폐 한 장과 필요도 없는 립밤, 티슈 한 장, 1파운드짜리 동전 두 개를 차례로 꺼냈다. 동전 하나가 담 가장자리에서 뱅그르르 돌다 모래 해변으로 떨어질 뻔했지만 감시관 나리가 손바닥으로 탁 쳐서 멈췄다. "얼마야?" 내가 물었다. 나는 두 번 다시 카운터 뒤로 들어가지 않겠다고, 대신 매일 아침 핫초코를 싸오겠다고 결심했다. 하지만 엄마의 커다란 소스용 거품기나 포크로는 디어미드의 작은 전동 기계처럼 거품을 만들 수 없었기 때문에 남은 여름 동안 미지근한 밀크초코밖에 못 마실 거라고 생각하자 슬퍼졌다.

바로 그때 휴가 활짝 웃었다. "아냐, 우리가 돈을 돌려줘야 해. 네가 돈을 더 냈더라고. 내가 궁금했던 건, 차액을 계속 적립해두는 게 좋은지, 아니면 지금 돌려주는 게 좋은지, 그거야."

이제 아빠는 캑캑거리며 웃고 있었다. 손이 닿는 거리였다면 분명 휴의 어깨를 세게 쳤겠지만 그러는 대신 몸을 숙이고 잔을 들어 휴의 용기에 건배했다.

"아, 세상에. 자네 골로 가는 줄 알았는데, 오히려 진정한 영웅의 자리를 차지했군." 아빠가 다시 웃더니 감탄하며 고개를 저었다. "착오라니, 아주 좋았어."

휴의 뒤쪽을 쳐다보니 디어미드 역시 가게 문 앞에 서서 웃고 있었다. 이 남자애는 자신이 뭘 하고 있는지 정확히 알고서 진지한 표정으로 장부를 들고 아빠 바로 옆에 앉아 있는 내게 다가왔던 것이다. 내가 완전히 속았다.

"디어미드는 내 손에 죽었어." 나는 소지품을 주머니에 도로 집어넣으며 말했지만 금세 마음을 풀고 미소를 지었다. "대신 이번 달에는 두 잔 공짜라고 전해줘."

"그럴게." 휴는 이렇게 대답하고 자리에서 일어나 가게로 돌아가더니 디어미드와 하이파이브를 했다.

휴의 용기에 감탄할 수밖에 없었다. 겨우 열일곱 살인데, 섬의 물정도 모르면서 목숨을 걸고 디어미드가 시키는 대로 하다니. 하지만 나중에 알고 보니 전부 휴의 생각이었다. 그는 내가 장난을 좋아할 것이라고 생각했다. 내가 디어미드네 가게에 드나들면서 주변 사람과 농담을 주고받거나 장난치는 것을 보았기 때문이다. 그리고 어쨌든 본인의 말에 따르면 약간 지루했다고 한다.

"지루하다고?" 다음주 목요일 밤 열시, 같이 항구 벽에 앉아 있을 때 내가 물었다. 이번에는 퍼진스에서 사온 맥주 파인트

잔을 손에 들고 있었다. "디어미드네 가게에서 일하는데 어떻게 지루할 수가 있지. 그것도 여름에 말이야. 숨쉴 틈도 없을 텐데."

나는 네이선 오빠와 그 친구들을 만나러 술집으로 가는 길이었는데, 휴가 거기 혼자 앉아 어두워진 바다를 바라보고 있었다. 건축대학을 졸업하자마자 대니얼을 따라 미국으로 가게 된 네이선이 섬을 떠나기 몇 주 전이었다. 나는 잠시 걸음을 멈추고 휴와 이야기를 나누다가 맥주를 사겠다고 제안했다. 나는 아직 미성년자였으므로 네이선이 사다주어야 했지만.

"어, 아니, 그런 식으로 지루하다는 뜻은 아니야. 머릿속으로 다른 뭔가를 해야 하는데라고 생각하는 지루함에 가까워. 식빵이랑 즉석 수프를 팔다보면 내면이 조금씩 죽어가는 느낌이 들거든."

"그래서 날 희생양으로 삼아서 분위기를 바꿔보려고 했구나."

"음, 널 좀더 알고 싶어서 서먹한 분위기를 깨려고 그랬어. 넌 워낙 금방 들어왔다 나가니까 네가 나를 보게 만들려면 큰 건수가 필요하다고 생각했어."

"아." 단순히 지루해서 그런 것이 아님을 깨닫고 내가 말했다.

우리는 그의 솔직한 고백에 적응하려 애쓰며 술을 마셨다.

"하지만 정말 모르겠는 건 말이야." 10대였던 우리 둘 다 새로운 영역에 들어갔다는 것을 깨닫고 당황스러워지려는 순간 휴가 화제를 돌렸다. "이렇게 더운데 네가 핫초코를 매일 마신다는 거야. 여름에 뱅쇼를 마시는 거나 마찬가지잖아."

"음, 나는 뱅쇼를 마셔본 적이 없어서 모르지만 왜 특정 음료를 특정 계절에만 마셔야 하는 건지 모르겠어. 왜 전통 때문에 자기가 좋아하는 걸 포기해야 해?"

휴가 고개를 돌려 나를 보았다. 내가 전통에 순응하지 않는 것에 큰 인상을 받은 것 같았다. "흐음. 마음에 드는데."

휴가 턱을 들고 나를 보자 뱃속이 찌르르한 느낌이었다. 나는 손을 뻗어 휴의 살짝 팬 턱을 만지고 싶은 충동이 들었다. 나는 당황한 나머지, 손가락이 제멋대로 움직이지 않도록 잔을 꼭 쥐고 이리저리 자세를 바꾸었다.

"로지, 그래서 넌 앞으로 뭘 할 생각이야?"

"페리를 몰 거야." 내가 이브니스를 가리켰다.

"정말? 여름에만 일하는 거 아니었어?"

"지금은 그렇지만 면허를 따면 안 그럴 거야. 왜? 뭐가 그렇게 놀라워?"

"글쎄, 응, 내 말은…… 내 주변에는 보통 그런 일을 하려는 사람이 없는 것 같아서. 하지만 대단해. 이 페리만 몰고 싶은 거야, 아니면 다른 데서 더 큰 배를 몰 생각이야?"

"아, 아니야. 여기서. 내가 원하는 건 오직 이브니스뿐이야."

"그럼 세계를 여행하고 싶어서 그러는 건 아니구나? 솔직히 네가 일하려는 업계에서는 꽤 쉬운 일일 텐데."

나는 내가 원하기만 하면 세계 어디에서든 더 큰 페리의 선장이 될 수 있다는 생각을 했었다. 그것도 아주 여러 번. 하지만 수에즈운하에서 유조선을 모는 나를 상상할 때마다, 아니 그냥 아일랜드해를 건너는 상상을 할 때마다 그건 아니라는 느낌이 들었다.

"응." 내가 대답했다. "난 이브니스면 돼."

"하지만 겨울에는 정말 조용할 텐데. 나라면 이 섬에서 일 년 내내 살 수 있을지 모르겠어."

"다른 곳이라고 그렇게 대단하진 않아."

"많이 가본 것처럼 말하네."

"아니야, 멍청아. 자기가 행복한지 아닌지는 자기가 아니까 그렇지. 굳이 바꿀 이유가 어디 있어?"

"음, 그렇네." 하지만 휴는 그렇게 믿는 것 같지 않았다.

"자, 말해봐. 그래서, 넌 더블린으로는 부족해?"

"아니, 네 말이 맞아. 난 더블린이 좋아. 도시에 살아보지 않으면 뭘 놓치고 있는지 알 수 없어. 그러니까 내 말은, 전부 다 있으니까. 영화관, 나이트클럽—"

"우리 섬에서도 밤에 놀 수 있어!" 내가 퍼진스를 가리켰다.

"그래, 최고지." 휴가 웃었다.

"그럼 넌 왜 여기 온 거야? 거기서 순진한 사람들이나 속이지?"

"그게, 더블린 사람들은 잘 안 속거든. 그런 건 여기서나 통해."

"칭찬을 참 잘하네."

휴가 다시 웃음을 터뜨리고 맥주를 한 모금 마셨다. "솔직히 네 꿈에 비하면 내가 하고 싶은 일은 별로 흥미롭지 않아. 난 건축가가 돼서 더블린의 큰 회사에서 일하거나 사무실을 내고 싶어. 두고 보면 알겠지. 더블린대학교에서 건축을 공부하고 싶어. 학비가 필요해서 여기 온 거야."

"더블린대학교 건축학과라고? 목표가 높네."

"두고 봐야지. 거기가 편리하거든. 우리집은 블랙록에 있고 아빠가 대학교 경비원이라 학비도 감면받을 수 있어."

"블랙록? 상류층이네."

"아아, 너도 그러는구나. 거기 사는 사람은 전부 돈이 많다고 생각하네. 우린 아니야. 공영주택단지에 살아."

"거기 공영주택이 있는지 몰랐어."

"몇 군데 있어. 하지만 진짜 커다란 주택이 있는 사유지 뒤에 안 보이게 숨겨놨지. 우리는 밤에 주변이 어두워져야만 나갈 수 있어. 사실은 여기도 특별 비자를 받아서 온 거야."

"음, 하층민을 아무나 받아줄 순 없으니까."

"그렇겠지. 그러니까, 그 이유를 알겠다고. 이 섬의 주민들이 얼마나 고상한지 몰고 다니는 차만 봐도 딱 나오잖아."

휴가 몸을 돌려 담 바로 앞에 세워진 필런의 닛산 자동차 보닛에 손을 얹었다. 녹색 차였지만 보닛은 검정, 운전석 문은 빨강이고 창문이 안 닫혔다. 겨울이 되기 전에 고쳐야겠지만 일단 지금은 빗물이 들이치지 않게 투명한 플라스틱 판을 테이프로 붙여놓은 상태였다.

"아니, 그래도 모르겠어. 사랑하는 더블린과 친구들을 다 놔두고 여기에서 여름을 지내러 왔잖아. 돈 때문만은 아닐 것 같은데?"

"그래? 다른 이유가 있을 것 같아? 그냥 기회가 돼서 온 거야. 요즘 더블린에서 일을 구하기가 얼마나 힘든지 알아? 게다가 친구들은 내가 돌아가면 그대로 있을 텐데, 뭐. 그렇게 보고 싶진 않아."

"와, 인기도 많은가 봐."

휴가 빈 맥주잔을 허벅지 사이에 내려놓고 손으로 잔의 윗부분을 감싸쥐더니 잔 테두리에 닿은 엄지손가락을 내려다보았다. "사실 같이 어울리는 친구가 그렇게 많진 않아." 그는 고개를 들더니 어둠이 내려앉는 가운데 퍼진스와 디어미드의 불빛으로 환해진 바다를 바라보았다. 우리 뒤로 왼쪽에는 퍼진스가, 오른쪽에는 밤늦게 저녁식사를 하는 손님들로 붐비는 디어미드네 가게가 있었다. "한두 명 정도야. 하지만 걔들도 나랑 비슷해. 원할 때는 같이 어울리지만 서로에게 각자의 공간을 줘. 누구나 자신만의 시간이 필요하니까. 사실 난 내성적이야."

"아, 그러셔. 그렇게 내성적인 사람이 생판 모르는 사람한테 장난을 칠 것 같진 않은데."

"알면 깜짝 놀랄걸. 우리는 진짜 이상한 족속이거든. 내성적이라도 사람을 좋아하고, 맞아, 가끔 다른 사람이랑 어울리기도 해. 하지만 거리를 두어야 할 때가 있어. 가끔 혼자서 다른 것도 보고 나만의 시간을 보내야 할 때가 필요하다고. 이상한 건 아니야. 그냥 내 모습일 뿐이지."

이런 솔직함이, 겨우 열일곱 살인데 자신이 어떤 사람이고 무엇이 자신을 움직이는지 아는 것이, 게다가 조금도 부끄러워하지 않고 솔직하게 말하는 능력이 바로 휴라는 사람의 특징이었다. 메뉴판에 실린 요리처럼 자신을 드러내고 모든 성분과 알레르기 유발 요소를 공개하면서 내가 그를 정말 원하는지 아닌지 결정하게 해주었다.

"한 잔 더?" 휴가 빈 잔을 들어 보이며 물었다. 단순하고 편안한 그 분위기 속에서 우리는 서로를 바라보았다. 그리고 우리가 어디로 향하는지, 어떤 미래를 만들어가는지 안다는 듯 미소를 지었다.

"물론이지." 내가 잔을 건네며 대답하자 휴가 낮은 담 너머로 풀쩍 내려가 바를 향해 걸어갔다.

나는 그날 밤 내내, 그리고 그해 여름 내내 휴가 일이 없는 밤마다 그와 함께 앉아 있었다.

당장 가야 해.
여자가 그녀를 보며 말했다.
타, 얼른.

마이클프랜 삼촌이 마음이 내켜서 술집 문을 여는 모습이 누군가에게 포착되면 기분좋은 남풍처럼 순식간에 소식이 퍼졌다. 금세 사람들이 몰려들어 카운터 앞 스툴에 앉았고, 가끔은 차 한잔과 삼촌이 바 뒤에 두는 보라색 캐드버리 스낵을 먹으면서 토요일 오후를 즐길 새로운 장소가 생겼다는 즐거움을 만끽했다.

헤어 힐 기슭에 자리한 왜그테일에서는 협곡이 내려다보였다. 협곡에는 학교와 교회, 집이 있었고, 자생 조류와 외래 조류가 안전한 곳을 찾아 대서양 자락에 자리잡은 이 고요하고 아늑한 피난처를 찾아올 뿐 거의 아무 일도 일어나지 않았다. 마이클프랜 삼촌은 여름에도 불을 피웠다. 누구나 햇볕이 내리쬘 때 실내에 있어서는 안 된다고 굳게 믿었기 때문이다(쌀쌀한 초봄에도 마찬가지였지만 그때는 사람들을 설득하기 어려웠다). 맥주가 아무리 시원해도 땀을 쏟게 하는 열기 속에 앉아 있고 싶지 않은 손님들은 곧 삼촌이 협곡 끝 도롯가에 세워놓은 담벼락에 북적북적 모여앉아 새들이 날아다니는 모습을 바라보았고, 그러면 마이클프랜 삼촌은 무척 기뻐했다.

"이번에는 웬일로 마음이 동했어?" 필런은 마이클프랜 삼촌이 하고많은 날들 가운데 왜 하필 그날을, 휴와 내가 만난 지 육 년째 되는 1990년 4월 14일을 택해 가게 문을 열었는지 궁금해했다.

"사실은 나도 전혀 몰라. 아침에 일어나서 평소처럼 피델마가 준 달걀을 먹는데 문득 문을 열어야겠다는 생각이 들더라고. 오늘 문을 열면 좋은 일이 생길 것 같아서 이렇게 왔지. 기다리는 중이야."

"로또가 되려나?" 필런이 물었다. "디어미드네 들러서 복권이라도 사."

"아니, 아니야. 그보다 조금 더 특별한 일 같아. 요즘 가끔 보인다는 그 유라시아 후투티를 발견하거나 뭐 그런 걸 거야. 패치가 그러는데 어젯밤에 자기 집 마당에 왔었대. 후투티를 볼 수 있으면 정말 좋을 텐데." 삼촌이 희망에 부풀어 말했다.

하지만 횡재도 새도 아니었다. 그 특별한 일은 바로 나의 약혼이었다.

나는 이브니스와 로어링 베이에서 나를 떼어놓을 힘을 가진 사람과 사랑에 빠질 거라고는 생각도 하지 못했다. 하지만 그렇게 되었다.

휴는 섬에서 여름 한철을 보내는 것으로 충분하다고 말했지만 우리가 만난 첫해 크리스마스에 섬으로 돌아와 비어 있던 오빠들의 방에서 지냈다. 다음해 여름, 내가 드디어 학교를 졸업하고 골웨이의 배에서 일할 때는 다른 사람들과 같이 쓰는 초라한 집으로 나를 찾아왔다. 내가 면허를 땄을 때 휴는 박사과정을 마무리하고 더블린의 회사에서 인턴으로 일하며 일이 없는 주말이면 섬으로 찾아왔다. 나도 더블린으로 갔고, 휴가 없어도 그의 방에서 잤다. 그의 부모님 로버트와 어설라는 로어링 베이보다 훨씬 개방적인 더블린 출신이었지만, 휴의 말에 따르면 방을 같이 쓰는 문제에 대해서는 그리 개방적이지 않았다. 그래서 내가 가면 어설라가 소파에 휴의 잠자리를 만들어주었다. 휴가 자기만큼 깔끔하게 잠자리를 만들지 못할 거라고 생각했기 때문이다.

휴는 나에게 더블린을, 술집과 식당과 영화관을 구경시켜주며 즐거워했다. 나는 서점도 한두 군데 데려다달라고 부탁했고, 집에 돌아가서 엄마한테 서점이 얼마나 큰지 흥분해서 이야기했다. 우리는 몽크스타운의 시포인트까지 걸어가서 바다가 주조한 바위에 앉아 조용히 모든 것에 대한 이야기를 나누면서 다른 세상 속으로 깊이깊이 빠져들었다. 그래서 짧은 며칠이 끝나면 영원히 헤어지는 기분이 들었다.

"정말 멋지지 않아?" 휴가 만 건너편의 호스를 보며 말했고, 나는 그의 의도를 정확히 알았기에 미소를 지었다. 내가 자기뿐만 아니라 더블린과도 사랑에 빠질 수 있다고 설득하려는 것이었다.

나는 미소를 지으며 고개를 끄덕였지만, 그가 바라는 것만큼 확신에 차 보이지 않았는지 휴는 솔직히 넌 아무것도 몰라, 라고 말하듯 한숨을 쉬었다.

우리는 육 년째 서로를 만나기 위해 이 나라를 힘들게 가로지르고 있었다. 끝도 없이 작별하느라 마음이 아플 뿐 아니라 지쳤다. 휴는 나에게 더블린으로 오라고 몇 번이나 말했다.

"하지만 왜 나야?" 내가 말했다. "네가 오면 안 돼?"

우리는 거실 소파에 앉아 드라마 〈모스 경위〉를 보면서, 휴의 직장 동료들이 맥주를 마시기로 한 모턴의 도니브룩에 갈지 스틸로건에서 심야 영화를 볼지 고민하던 참이었다.

"좋아, 그럼 말해봐." 휴가 말했다. "클론킬에 건축회사가 몇 개나 있어?"

"하지만 항상 개인 사무실을 내고 싶다고 했잖아. 클론킬에 차리면 어때?"

"그래, 하지만 우선 나를 증명해야 해. 제일 먼저 나한테. 안 그래? 내가 커완 사무실에서 일한다는 사실이 중요한 거라고—거물이잖아. 거기에서 따라갈 수 있으면 나 혼자서도 할 수 있다는 뜻이야. '도널 오 쇼네시'처럼 생계를 위해 부업으로 농사까지 짓고 싶지는 않아. 요즘 거기에 건축가한테 돈을 주고 주택을 설계할 만큼 부자가 있겠어? 그리고 미리 말하는데, 나는 아일랜드 시골에서 선호하는 단층 주택 설계에는 관심 없어. 그런 일에는 건축가가 필요하지도 않아. 건축업자라면 자면서도 할 수 있는 일이거든."

나는 대답하지 않고 〈모스 경위〉로 다시 시선을 돌렸지만 이미 내용을 완전히 놓쳐버렸다.

"더블린에 뭐가 많은지 알아?" 휴가 내 갈비뼈를 살짝 찌르며 물었다.

"그 얘긴 그만 좀 해."

"바다. 바다가 아주 많지. 그리고 페리도 있어. 거대한 페리."

"관심 없어."

"음, 그럼 어떻게 하자는 거야?"

"그 얘기 그만하면 안 돼?" 나는 피곤해서 머리를 소파에 기대고 꼼짝하지 않았다.

"알았어, 하지만 내 말이 맞다는 거 알잖아. 여기서는 우리 둘 다 원하는 걸 할 수 있어. 거기로 가면 난 어부가 돼야 하는데, 이건 죽이기 위한 게 아니라 창조하기 위한 거야." 휴가 나를 향해 손가락을 흔들며 말했다.

이런 대화가 끝없이 이어질 수도 있었지만 휴는 할머니가 돌아가시자 더는 말을 꺼내지 않았다. 팻 할머니가 2월에 세상을 떠나고 몇 달 동안 유산을 정리하던 삼형제는 깜짝 놀랐다. 비상금 15만 파운드를 찾아냈는데 아무도 그 출처를 몰랐던 것이다. 그녀는 세 아들에게 각각 3만 파운드, 세 손주에게 각각 2만 파운드를 남겼다. 휴는 이 돈으로 그가 자기 인생이라고 부르는 것을 시작할 수 있었다.

그렇게 해서 내가 스물두 살이던 1990년 4월 14일, 둘이 마이클프랜 삼촌의 바에 앉아 있을 때 휴가 나를 향해 고개를 돌리고 말했다. "결혼해줘."

"뭐?" 대답이 내가 의도한 것보다 큰 소리로 곧장 튀어나오는 바람에 바 전체가 조용해졌다. 나는 맥주를 마시다가 뚝 멈춘 탓에 턱을 타고 흘러내린 맥주를 닦으며 휴의 대답을 기다렸다.

"결혼해달라고. 우리가 더블린에서 살 수 있을지 알아볼 기회를 주면 좋겠어. 너한테 이상적인 계획이 아니라는 건 알지만 우리한테 다른 방법이 없잖아. 나한테 오 년만 줘. 그때까지도 네게 옳은 선택이라는 확신을 주지 못하면 여기로 올게. 그리고 꼭 그래야만 한다면 농사라도 지을게. 하지만 부디 나와 결혼해줘. 너 없이 지내는 고통에서 날 구해줘. 난 매일, 매 순간 네가 내 옆에 있으면 좋겠어, 로지 드리스콜. 그게 다야."

나는 이게 실제 상황인지 믿을 수가 없어서 곁눈질했다.

"나 진지해, 로지."

결국 우리는 결단을 내려야 하는 순간에 이르렀다. 나는 너무나 사랑했던, 그래서 그토록 노력했던 섬 생활을 포기한다고 생각하자 다시 한번 공황에 빠졌다. 이미 늦었다는 것을 잘 알면서도 다른 방법을, 더블린과 이곳을 오가며 숨가쁘게 사는 것을 재빨리 생각해보았다. 하지만 내가 아무리 간절히 원해도 실현 가능한 대안이 없었다. 더블린을 택하거나, 나를 그어느 때보다도 행복하게 만들어준 남자를 잃거나, 둘 중 하나였다. 나는 절대 휴를 잃을 수 없었다. 그를 사랑했다. 내 검은 머리카락 끝부터 말도 안 되게 작은 발의 커다란 엄지발가락 끝까지 전부 휴의 것이었다. 함께할 수만 있다면 나는 그를 위해 무엇이든 하고 어디든 따라갈 생각이었다.

"좋아." 내가 수줍게 웃으며 대답하자 바 전체가 참고 있던 숨을 내쉬었다. 사람들이 환호성을 질렀다. 휴도 웃고 나도 웃었고, 그가 두 손으로 내 얼굴을 부드럽게 잡아당겨 입을 맞췄다.

삼촌이 온 섬에 전화를 돌리기라도 했는지 다들 축하해주러 왔다. 전혀 모르는 사람들이 우리를 축하하며 모두에게 술을 샀다. 이 기쁜 순간에 끼어들지 않을 수 없었던 탐조인들이었다. 생각해보면 매년 이곳에 오지만 문 닫힌 모습만 보다가 마침내 문을 연 왜그테일을 보았으니 그들이 더 운이 좋았던 것일지도 모른다. 나는 그날 밤 탐조인들의 관찰일지에 우리의 약혼이 특별히 언급되었을 거라 생각하고 싶다.

부모님도 와서 내 약혼자가 된 휴와 악수하고 나를 끌어안았다. 아빠가 휴에게 물었다. "섬 생활에 어떻게 적응할 생각인가? 여기서 여름을 몇 번 보내긴 했지만 겨울은 다를 텐데. 겨울이 아주 혹독하거든. 바람에 살이 에는 것 같지."

"아…… 그렇군요." 휴가 당황하며 대답했다. "음, 사실 저희는 더블린에서 좀 살아볼까 해요. 거기서 어떻게 지낼 수 있나 한번 보려고요."

나는 이게 내가 원하는 것이라며 아빠를 안심시키려고 살짝 미소를 지었지만 그 순간 보고야 말았다. 휴가 섬에 처음 온 이후 지난 몇 년간 아빠가 두려워하던 일이 드디어 일어났다는 슬픔이, 우리가 함께했던 삶이 바뀌려 한다는 데서 느끼는 슬픔이 아빠 얼굴에 떠올랐던 것이다. 당시에는 리엄과 나 둘이서 교대로 이브니스를 몰았다. 아빠는 젊은 선장들에게 배를 맡기고 물러나 관리자 역할을 했다. 이제 아빠가 다시 리엄과 함께 배를 몰아야 할 터였다.

"그래야지, 휴. 그냥 농담이었어." 아빠가 휴의 무릎을 툭툭 치며 실망감을 능숙하게 감추었고, 그래서 나는 고마웠다. "맥주나 더 마시면서 이제 우리랑 결혼으로 이어질 가족에 대해 이야기해주겠나? 그 백만장자 할머니가 특히 궁금하군. 하늘에서 편히 쉬시길."

잠시 후 리엄까지 와서 내가 곧 떠난다는 사실에 무척 기뻐하며 잔을 들었다. "음, 이런 날이 올 줄은 생각도 못했어." 그가 쟁반 가득 술잔을 담아오더니 간이 걱정스러워 사람들이 아직 마시지 않은 수많은 잔 옆에 내려놓았다. 당시 리머릭에서 공부중이었지만 주말 동안 다니러 온 테리사가 그의 옆에 서 있었는데, 내가 보기에는 리엄이 너무 좋아하는 티를 내서 약간 부끄러워하는 것 같았다.

"정말 친절하구나, 리엄." 아빠가 고갯짓으로 쟁반을 가리키며 말했고, 나는 마지못해 미소를 지었다.

리엄이 휴와 악수를 나누었다. 휴는 우리의 역사를 잘 알았다. 내가 쏟아내는 이야기를 몇 년 동안이나 들었기 때문에 우리 사이에 흐르는 저류를 이해했다. 그럼에도 두 사람은 늘 잘 지냈다. 나는 육 년 전 우리의 로맨스가 공식화된 순간부터 리엄이 휴에게서 무엇을 보았는지 알았다. 드디어 나를 멀리 데려갈 남자. 그때까지 얼마 안 되는 인생에서 나는 끈적거리는 스티커, 그에게 달라붙은 갈퀴덩굴 씨앗 같은 것이었다. 리엄은 아무리 애를 써도 나를 떼어내지 못했다. 그런데 귀찮은 나를 해결할 방법이, 자신이 손가락 하나 까딱할 필요 없이 내가 혼자 만들어낸 해결책이 눈앞에 있었던 것이다.

리엄은 나와도 악수했지만 휴의 손을 잡아 흔들 때의 강도에 비하면 그다지 힘을 주지 않았다.

"음, 그럼 둘이서 이 섬에 정착할 거야, 아니면 더블린에 정착할 거야?" 리엄이 전혀 부끄러운 기색 없이 휴에게 물었다.

"더블린." 휴가 대답하면서 나에게 대꾸하지 말라고 간청하듯 탁자 밑으로 내 무릎에 손을 올렸다.

"뭐 더블린 정도면 나쁘지 않지." 리엄이 어찌나 환하게 미소를 짓는지 입술이 팽팽해질 정도였다. "며칠 여유가 생길 때마다 테리사는 항상 더블린에 가고 싶어해, 그렇지?" 신중한 테리사가 살짝 미소를 지으며 리엄의 팔에 손을 올렸다. 내 눈에는 애정 표현이라기보다 말리는 것처럼 보였다. "테리사는 그래프턴 스트리트를 진짜 좋아해. 그 길의 양쪽 인도를 하루에 열 번은 오르락내리락 걸어다닌다니까. 그러고 나면 난 완전 녹초가 돼."

"그래, 한번 살아봐야지." 아빠가 일어서면서 끼어들었다. "리엄, 사실 네가 여기 온 김에 할말이 좀 있는데." 아빠가 리엄을 우리에게서 떼어놓으며 당시의 아빠답게 긴장감 넘치는 상황을 아주 품위 있게 해결했다. 아빠는 바에 서서 리엄, 마이클프랜 삼촌과 대화를 나누었다.

"음." 테리사가 약간 부끄러운 듯 우리를 돌아보며 말했다. "난 이만 가볼게. 다시 한번 축하해."

"곧 너랑 리엄 차례야." 내가 화해를 청하듯이 미소를 지으며 대답했다.

"아." 테리사가 웃었다. "두고 봐야지." 그녀가 우리를 두고 아빠와 리엄이 서 있는 카운터로 갔다.

휴는 다음날 마지막 배로 떠났다. 근무중이던 리엄이 특별히 휴와 이야기를 나누려고 조타실에서 내려왔다. 나는 두 사람이 이야기하며 같이 웃는 모습을 지켜보았다. 손목시계를 확인하더니 돌아서서 계단을 두 단씩 올라간 리엄이 부두에 서 있는 나를 보고 윙크했다. 리엄은 나에게 윙크한 적이 한 번도 없었다. 그 바람에 하마터면 나는 마음을 바꿀 뻔했다.

다음날 나는 엄마를 보러 도서관에 들렀다. 나는 '어린이 코너'의 빈백 두 개 가운데 하나에 널브러졌다. 몇 년 동안 기억도 못할 만큼 수없이 고치고, 커버를 바꾸고, 원래 들어 있던 속이 납작해지면 더 채워넣은 것이었다.

"무슨 일이니, 로지?" 엄마가 사서 데스크 뒤에서 물었다. "오늘 행복에 들떠 있을 줄 알았는데."

나는 너무 우울해서 한숨을 쉬었고, 엄마가 모든 섬사람의 도서 대출 카드를 정리하는 모습을 지켜보았다. 훨씬 어렸을 때는 가끔 내가 엄마 대신 카드를 정리하곤 했다. 나는 대출 카드를 알파벳순으로 정리해 정해진 칸에 넣고 대출 기간이 한참 지난 책은 무엇인지, 누가 연체했는지 알아맞히는 것을 좋아했다. 도서 연체라는 범죄와의 싸움에서 빼놓을 수 없는 조수가 된 기분이었다.

"패치. 또야." 불쌍한 엄마가 당혹해했다. "내가 몇 번이나 말했는데. 매번 이 주라고 이야기하는데, 그러면 아주 순진무구한 미소를 지으면서 간다니까. 내가 직접 가서 받아오지 않으면 그 책은 두 번 다시 못 보는 거야."

"그게 도서관 사서 일이에요? 내 말은, 본토에서는 안 그러는 것 같아서요." 시간이 흐르면서 나는 섬사람들의 도서 대출 습관을 단속하는 엄마 일에 심드렁해졌다.

"여긴 본토가 아니잖아, 로지. 내가 흔해빠진 사서도 아니고."

"네, 확실히 그렇죠."

"네가 내 일 처리 방식이 잘못됐다는 듯이 말하는 것도 달갑지 않아. 규칙은 규칙이야. 이 주. 몇 킬로미터씩 걸어와서 대출을 연장해야 하는 것도 아니잖아, 안 그래? 전화 한 통만 하면 되는데. 책은 모두의 것이야."

"알아요, 내 말은 그냥—"

"음, 그냥 하지 마, 로지."

나는 다시 진지해졌고, 마침내 오전 내내 마음속에 품고 있던 말을 꺼냈다. "옳은 선택이겠죠? 내가 더블린으로 가는 거요."

엄마가 소중한 대출 카드를 잠시 내려놓고는 미소를 지으며 나를 찬찬히 살펴보았다. 그 미소를 보니 어렸을 때 참석했던 크리스마스 자정 미사가 떠올랐다. 나는 엄마의 팔 밑에 딱 붙어서 따뜻하고 부드러운 가슴에 머리를 기대고 합창단의 노랫소리를 들었는데, 아무리 눈을 뜨고 있으려고 애써도 눈꺼풀이 점점 내려왔다. 사랑이 넘치고 더없이 안전한 순간이었다.

"사랑인 거 아니야, 로지? 그러니까 내 말은, 지금까지 몇 년 동안 네가 우리를 속인 건 아니잖아?"

"당연하죠." 나는 의심받는 것 같아 기분이 약간 상했다.

"음, 그럼 그걸로 된 거 아닐까. 네 일이 아무리 즐거워도, 엄마 아빠가 아무리 좋고 우리를 떠나는 것이 아무리 힘들어도 네 마음이 하는 말을 따라야 해. 휴는 좋은 사람이야. 그건 엄마가 딸의 결혼 상대에게 바라는 아주 훌륭한 면이지."

나는 이동식 건물 천장을 향해 솟아 있는 내 무릎을 보았다. 어머니는 지난 태풍의 빗물이 아직 천장에 고여 있다고, 조치를 취하지 않으면 조만간 물이 쏟아져서 엄마의 소중한 책들이 전부 젖을 거라고 굳게 믿었다.

"휴가 때 오면 되잖아. 우린 아무 데도 안 가. 난 여기서 사람들이 꽉 끌어안고 안 놔주는 책을 빼앗으려 애쓰고 있을 거야." 엄마가 미소를 지으며 자리에서 일어나 데스크를 빙 둘러 나오더니 내 앞에 쪼그려앉아 내 손을 잡았다. 엄마 무릎에서 뚝 소리가 났다.

"나한테는 보여." 엄마가 말했다. "네가 휴랑 같이 있을 때 네 눈에서 그 표정이 보여. 내가 아는 표정이야. 나도 네 아빠가 옆에 있을 때 그런 표정을 자주 지어서 네 할머니가 놀리곤 했어. 할머니는 네 아빠가 시내를 산책하자며 나를 데리러 오는 날 아침에, 네 아빠가 우리집 문을 두드리기도 전에, 심지어는 배를 타기도 전에 내 얼굴에서 그 표정이 나온다고 하셨지. 난 그 표정이 어디서 오는지 알아. 그 표정을, 그 인력을 무시하는 건 시간 낭비야. 도시에서는 일주일이나 기다릴 필요 없이 원하는 걸 원하는 때 얻을 수 있는데 내가 여기로 오고 싶었겠니?"

"하지만 휴가 여기로 오면요?" 나는 그것이 허황된 꿈이 아니라 진짜 가능한 일인 것처럼 물었다.

"휴가 그러고 싶대?" 엄마가 내 손을 놓고 다른 빈백을 끌어당겼다. 우리는 빈백을 마주보게 놓고 텅 빈 도서관에서 무릎이 닿을락 말락 한 거리에서 마주보고 앉았다. 배가 들어올 시간이었기 때문에 곧 도서관에 사람이 북적거릴 터였다.

"아뇨." 내가 실망하며 말했다. "여기서 십 년에 한 번쯤 누군가 지을까 말까 한 주택을 설계하면서 먹고살 수 있을지 모르겠다고 했어요."

"아."

"어차피 휴한테는 없어요. 그게, 그…… 이 섬과 **연결된** 느낌이요."

"음, 나도 그런 느낌이 바로 생기지는 않았어. 처음 왔을 때는 몇 년 동안 본토를 보면서 나에게는 집이었던 곳으로 돌아가고 싶은 생각밖에 없었지. 여기에서의 삶이 누구에게나 맞는 건 아니야."

"하지만 엄마한테는 결국 그런 느낌이 생겼잖아요, 그렇죠?"

"물론이지. 하지만 모두가 그렇게 되는 건 아니야. 어쨌든 우리의 일부는 늘 우리가 시작한 곳에 존재해. 거기가 어디든지. 그래도 괜찮아, 원래 그런 거니까. 너도 더블린에 가면 그렇게 될 거야. 하지만 내가 그랬던 것처럼 너도 더블린에 익숙해질 거고, 그곳을 사랑하게 될 거야."

나도 그러고 싶었다. 쉽게 사랑에 빠진 것처럼 쉽게 그 도시에 마음을 붙이고 싶었다.

"하지만……" 내가 말꼬리를 흐렸다. 부끄러워서 문장을 끝낼 수가 없었다.

"하지만 뭐, 로지? 자, 털어놔. 결혼식장에서가 아니라 지금 다 정리해야 해."

"어, 그게, 음. 내가 가면 리엄이 전부 다 가지겠죠, 응? 어렸을 때 리엄이 말한 것처럼요."

"리엄? 리엄 때문에 이러는 거야?"

엄마를 보기가 너무 부끄러웠던 나는 엄마의 오른쪽 책장에서 깔끔하게 정렬된 책들 사이로 튀어나온 양장본 도서를 발견하고는 벌떡 일어나서 제자리에 밀어넣고 싶은 충동을 느꼈다. 그렇게 하지는 않았지만 그 비뚤어진 존재가 손톱 밑에 낀 모래알처럼 내 머릿속에 남았다.

"로지, 진지하게 말하는데 걔가 네 인생을 좌지우지하게 두지 마."

"걔가 내 인생을 좌지우지하는 게 아니에요." 나는 리엄이 나에게 그렇게 큰 영향을 준다고 생각하는 엄마한테 화가 났다. "걔가 이브니스를 독차지하고 함부로 대할 걸 생각하니 견딜 수 없을 뿐이에요. 리엄은 배에 전혀 신경 안 써요, 아시잖아요. 걔가 원하는 건 힘이에요."

"내 말 들어봐, 로지." 엄마가 몸을 살짝 숙였다. "넌 아버지가 아직 여기 계시다는 걸 잊고 있어. 아버지가 이브니스의 주인이야."

"난 이브니스를 사랑해요, 엄마. 정말 사랑해요. 난 이브니스를 몰기 위해 태어났어요. 그런데 이브니스를 두고 간다니 생각만 해도 가슴이 아파요. 진짜 떠날 때가 되면 어떤 기분이 들까요?"

엄마는 바로 대답하지 않았다. 침묵이 흐르는 가운데 나는 코를 훌쩍거렸고 엄마는 안쓰러워하는 표정으로 나를 보며 내 무릎을 쓰다듬었다.

"있잖아, 할머니 댁에 내가 키우던 개가 있었어." 마침내 엄마가 입을 열었다. "샌디. 아아, 난 샌디를 사랑했단다. 샌디는 아름답고 똑똑하고 행복했어. 나한테는 가장 친한 친구였지. 물론 누알라 도런에게는 말하지 않았지만—걔가 알았으면 두 번 다시 나한테 말도 안 걸었을 거야—정말 그랬단다. 난 샌디랑 함께라면 몇 시간이든 들판을 걸어다닐 수 있었어. 오설리번에서 일하던 열일곱 살 때 일을 끝내고 집으로 가면서도 네 할머니의 요리가 아니라 샌디만 생각했어. 너도 잘 아는 것처럼 할머니가 코크에서 제일가는 요리사였는데도 말이야. 네 아빠를 만나 사랑에 빠져 여기 와서 살기로 했을 때 나는 심장이 부서지는 줄 알았어. 샌디를 데려가도 되느냐고 물어볼까 생각도 했지만 샌디는 내 개가 아니었어. 할머니의 개였고, 그래서 물어볼 수 없었어. 할머니가 샌디를 기꺼이 줬을 테니까. 그건 불공평하잖아. 하지만 난 여기 와야 했어. 나한테 무슨 선택지가 있었겠니? 난 물이 뚝뚝 떨어지는 수선화를 몰래 꺾어다가 내 계산대의 컨베이어벨트를 다 적시는 그 남자를 사랑했어. 너도 알지만 아빠는 아직도 매년 봄이면 수선화를 꺾어다 주고, 정신 나간 사람처럼 나랑 왈츠를 추면서 부엌 식탁을 빙빙 돌지. 난 네 아빠 없이 코크에 머물면 내 심장이 더 크게 부서지리란 사실을 알았고, 내가 결혼을 포기하고 사랑받지 못하는 노처녀가 되면 그 원망 때문에 샌디에 대한 사랑이 줄어들까봐 걱정했어. 그래서 둘 다 가질 수 있는 온갖 방법을 생각했지만 결국 내 예상대로 됐어. 샌디를 떠나 여기서 네 아빠와 삶을 꾸렸지. 집에 돌아갈 때마다 샌디를 만났고, 그걸로 충분했단다. 내가 인생에서 원하던 두 가지를, 샌디와 네 아빠를 얻었어. 비율은 달랐지만 말이야. 내가 하고 싶은 말은, 이브니스는 여전히 네 거라는 거야. 이브니스는 여기 있을 거고, 넌 원할 때마다 이브니스를 몰 수 있어. 중요한 건 너에게 휴가 생긴다는 거야. 로지, 그게 제일 중요하단다."

"와." 나는 한 번도 만나지 못한 샌디를 생각했다. 그리고 이브니스와 지금만큼 많은 시간을 보낼 순 없어도 완전히 포기할 필요는 없다는 사실을 받아들이려고 애썼다. "샌디 일은 저도 가슴이 아파요." 나는 조금 더 가까이 다가앉아 아까 엄마가 나에게 그랬던 것처럼 엄마 무릎을 다정하게 어루만졌다. "난 엄마가 개를 길렀는지도 몰랐어요."

"네가 태어나기 한참 전에 죽었으니까."

"우린 엄마가 개를 안 좋아한다고만 생각했어요. 그래서 삼촌이 보호소에서 개를 데려오라고 할 때마다 안 된다고 한 줄 알았어요."

"샌디를 대신할 개는 없단다. 어떤 개도 샌디를 따라갈 순 없어. 난 너무 실망했을 거고, 그건 그 강아지한테도 불공평했을 거야. 게다가 난 너희를 키우느라 정말 바빴거든."

"알겠어요." 정말 그랬다. 이브니스 같은 배는 절대 없었다, 나에게는 그랬다.

"자." 잠시 말없이 생각에 잠겨 있던 엄마가 말했다. "이제 어떠니?"

나는 어정쩡하게 고개를 끄덕였다. "괜찮아요. 아니, 적어도 괜찮아질 것 같아요."

"시간이 필요하단다." 엄마가 빈백에서 몸을 일으키려고 애쓰며 신음을 냈다. "시간이 지나면 다 괜찮아질 거야. 엄마가 약속할게."

나는 미소를 지었다. 마음이 완전히 풀리지는 않았지만 결국에는 그렇게 될 거라는 느낌이 들었다. 나는 자리에서 일어나 비어져나온 책을 제대로 꽂고 엄마를 끌어안은 다음 냉기로 가득한 바깥으로 나갔다. 마침 리엄이 모는 이브니스가 항구로 들어오는 모습이 보였다. 리엄이 이브니스를 차지하는 것이 여전히 마음 아팠지만 어머니의 말을 믿어야 했다. 그래서 나는 고개를 돌리고 집으로 돌아갔다.

그날 저녁 우리는 엄마의 시그니처 요리인 셰퍼즈파이를 먹었다. 내가 제일 좋아하는 음식이었는데, 사실 섬사람 모두가 좋아했다. 엄마는 누가 아프거나 세상을 떠났다는 소식이 들리면 이 유명한 요리를 만들어서 가져다주었다. 가끔 사람들은 파이를 먹으려고 나쁜 소식을 꾸며내기도 했다. 염소를 치는 크리오스토어는 그가 제일 아끼는 염소 제럴딘이 죽었다고 엄마가 착각했는데도 굳이 오해를 바로잡지 않았다. 나중에 본인의 주장에 따르면, 아니라고 말하려 했는데 엄마가 셰퍼즈파이를 가져다주겠다고 하자 말이 안 나왔다고 한다.

아빠는 김이 모락모락 나는 파이를 포크로 찌르면서 뭔가 자백하려는 사람처럼 나를 흘끔 봤다가 다시 고개를 숙였다. 마침내 아빠가 목을 가다듬더니 파이 첫 조각을 든 채 입을 열었다. "로지, 네가 휴와 떠나지만 당연히 이브니스는 항상 네 거라는 말을 하고 싶었다. 이브니스는 네가 올 때마다 이 섬에서 널 기다리고 있을 거야. 네가 이브니스를 사랑하는 거 안다. 그 사실은 절대 달라지지 않을 거야. 이브니스가 태웠던 가장 훌륭한 선장은 너라는 사실도 마찬가지고. 우리는 네가 떠나서 슬프지만 네가 돌아올 때마다 기쁠 거고, 이브니스도 그럴 거다. 이브니스는 네 거야, 로지. 무엇도, 누구도 그 사실을 바꿀 수 없어. 약속하마."

내가 아까 거실에 앉아 난롯불을 바라보는 동안 두 사람이 부엌에서 저녁식사를 준비하며 조용히 나누었던 대화 내용을 이제야 알아차렸다. 엄마도 그걸 눈치챘는지 약간 쑥스러운 듯 미소를 지었다. 나는 자리에서 일어나 아빠를 끌어안고 엄마와 아빠가, 이브니스가 항상 내 옆에 있어줘서 고맙다고 말했다. 그 바람에 아빠는 파이 첫입을 조금 더 미루어야 했다.

이 사람은 우리 아빠야. 나는 타라라고 해.
던 리어리의 앤젤로스에서
종종 응대하던 여자가 말했다.
아, 그렇구나. 나는 시어셔야.

나는 몇 주 후 로어링 베이를 떠났다. 우리와 함께 페리를 타고 본토로 나온 마이클프랜 삼촌과 아빠는 내 짐, 그리고 엄마가 평생 모아둔 것으로 마침내 빛을 발할 기회를 얻은 수건과 커튼과 베개와 쿠션과 주전자와 깃털 이불과 커틀러리와 빗자루를 휴의 차에 싣는 제일 좋은 방법을 두고 언쟁을 벌였다. 휴와 나는 두 사람을 내버려둔 채 부두 안벽에 기대어 서 있었다. 짐을 다 싣고 나자 휴는 더블린으로 가는 내내 룸미러가 아니라 사이드미러를 봐야 했다.

휴와 나는 그의 할머니가 살았던 던 리어리 옆동네인 글래스툴의 연립주택으로 곧장 갔다. 우리는 작은 침실 두 개에 아래층에는 부엌 겸 거실이 있고, 뒤쪽에 샤워실이 달린 그 집을 헐값으로 구매하고 절차를 밟는 중이었다. 예쁘면서도 어두컴컴하고 수리할 데가 많은 집이었다. 나는 스스로를 인테리어 디자이너라고 생각한 적이 없었지만 페인트칠, 천갈이, 커튼과 러그 등 집을 편안하게 만들기 위해 할 수 있는 모든 외형적인 것에 신경을 쏟으며 섬과 부모님, 이브니스를 두고 떠나왔다는 사실을 잊었다. 그것이, 다른 일로 머리를 채우는 것이 내가 내린 처방이었다.

일주일도 안 돼서 나는 던 리어리 페리 터미널의 매표소에 일자리도 얻었다. 마음에 들었다. 우리 팀이 좋았다. 로저, 빌리, 도러시, 딤프나는 좋은 사람들이었다. 나는 그들과 웃고 잡담을 나누면서 내가 알던 모든 것과 헤어졌다는 사실을 잊을 수 있었다. 일이 끝난 뒤 캐번에서 마시는 술 한잔, 음악, 크리스마스 파티, 그리고 세월이 흐르면서 약혼 파티, 결혼식, 세례식이 내 삶을 채웠고, 고향을 향한 조용한 갈망은 스르르 사라졌다. 정확히 엄마가 예측한 대로였다.

페리 선장들은 나와 잡담을 나누다가 내가 선장이었다는 사실을 알게 되면 가끔 조타실을 구경시켜주기도 했다. 하지만 딱히 배를 몰고 싶지는 않았다. 엄마가 다른 개를 키우지 않은 것과 같은 이유에서였다. 내가 정말 사랑하는 페리는 한 척뿐이었다. 하지만 밤이면 바다를, 실크처럼 매끄럽다가도 순식간에 거품을 부글거리며 격분하는 바다를 꿈꾸었다. 이브니스의 키를 잡고 선 나의 뱃속은 흥분으로 요동쳤고, 상상력을 동원해서 손가락끝으로 수평선을 쓸면 저멀리 바다와 하늘 사이의 그 부드러운 만족감이 느껴졌다. 잠에서 깨도 눈을 뜨지 않고 그 순수한 행복을 잠시 되찾으려 했지만 그 순간은 결코 돌아오지 않았다. 하지만 그뒤로 몇 시간을 정신없이 보내는 동안 그 꿈이 안겨준 흥분이 남아 차가 밀려도, 또 페리 출항이 늦어져서 불만에 찬 고객들이 창구 앞으로 찾아와도 평온함을 유지할 수 있었다.

나는 오전 근무를 할 때는 날씨와 상관없이 늘 바깥에서 십오 분 동안 휴식 시간을 가졌다. 그러면 그날 같이 근무하는 동료가 창문을 두드리며 안으로 들어오라고 손짓하거나, 비가 오는 날이면 나의 정신 나간 행동에 다정하게 웃음을 터뜨렸다. 하지만 동료들이 아무리 들어오라고 해도 나는 그대로 낮은 담에 둘러싸여 앉아서 머그잔을 들고 바다가 나에게 돌려주는 것을 들이마셨다. 그리고 회전의자로 돌아가 앉기 전에 바다에게 시간을 내줘서 고맙다고, 잘 지내라고 인사한 후 그날 파도를 넘는 사람들을 너무 많이 데려가지는 말라고 부탁했다.

내가 로어링 베이를 떠나고 일 년 뒤 우리는 결혼식을 올렸다. 등기소에서 간단하게 식을 올리고 글래스툴의 식당에서 가족끼리 점심식사를 했다. 신혼여행은 없었다. 대신 그 돈을 집에 투자해서 아래층 화장실과 부엌을 바꾸었고, 위층은 휴의 기발한 설계에 따라 아주 작은 샤워실과 더불어 싱글 침대 하나와 요람이 들어갈 만한 공간을 만들었다. 내가 스물세 살에 임신을 했기 때문이다.

우리는 아이를 가지려고 일부러 노력하지는 않았지만 그렇다고 조심하지도 않았다. 그저 자연의 섭리를 따랐다. 그 이후의 시간은 정말 좋았다, 기대로 충만한 구 개월이었다. 나는 딸을 만날 생각에 신이 났다. 검진을 받으러 갔을 때 성별을 물어본 것은 아니었다. 그럴 필요가 없었다. 패치가 이미 딸이라고 말해주었기 때문이다. 나는 딸이 어떻게 생겼을지, 나를 닮은 부분과 휴를 닮은 부분은 어디일지, 아무도 닮지 않은 부분은 어디일지 궁금했다.

1992년 마침내 딸이 울음을 터뜨리며 우리 삶에 들어왔을 때 내가 산파에게 "이렇게 파란 게 정상이에요?"라고 물었던 기억이 난다. 하지만 아무도 대답하지 않고 얼른 아기를 왼쪽 테이블로 데려갔고, 휴가 나에게 등을 돌린 채 아이를 보고 있어서 나에게는 보이지 않았다. 숨이 막힐 듯한 침묵이 방안을 가득 메웠다. 그런 다음 그 소리가, 찌르는 듯한 첫울음이 들리자 나는 눈을 감고 미소를 지었다. 산파들이 아기를 나에게 데려왔다. 담요에 싸인 아기가 내 윗옷 속으로 들어왔고, 내 품에 안겨 잠들었다. 피가 다 닦이지 않은 머리는 무겁고 부풀어 보였고, 통통한 눈꺼풀은 감히 그녀를 깨우는 무례한 세상에 반항하듯 꽉 감겨 있었다. 고개를 들어보니 휴가 우리 둘을 보며 울고 있었다. 내가 그에게 윙크했고, 휴는 아기 머리에 조심스레 손을 얹고 몸을 숙이더니 내 머리에 자기 머리를 가져다댔다.

어둠이 내려앉는 것을 언제 처음 깨달았는지 정확히 말하기는 힘들다. 어쩌면 바로 그때, 경막외마취가 풀리기 시작했을 때였는지도 모른다. 나는 시어셔가 젖을 제대로 물지 않아 속이 상해 울었고, 휴의 남동생 엘리가 새로 태어난 조카를 만나러 도시를 가로질러 찾아왔지만 마음이 너무 산란해서 그를 만날 수 없었다. 하지만 그러는 게 정상이라고 스스로에게 말했다. 그러나 집으로 돌아가도 좋다는 말을 들은 날, 그러고 싶지 않다는 사실을 깨달았다. 나는 뭘 어떻게 해야 하는지 아는 전문가의 돌봄을 받으며 계속 아늑하게 지내고 싶었다. 공황이 너무나 깊고 강렬하게 파고들었다. 옷을 갈아입고 퇴원 준비를 마친 다음 시어셔를 이미 카시트에 앉혔는데, 나는 병원 침대에 앉아서 할 수 있다고 마음을 다잡아야 했다. 무서웠다. 순수하고 단순하게 정말, 정말 겁에 질렸다.

집에서도 상황은 마찬가지였다. 나는 하나부터 열까지 잘못하고 있다는 끊임없는 공황에 시달렸다. 앵앵 우는 자그마한 존재에 당황해 혼자 어쩔 줄 몰랐다. 잠잘 때만 요구를 멈추는 살아 있는 존재. 나는 이제 내 성경이 된 육아서가 시키는 대로 정오부터 두시까지 유아차에 아기를 태우고 글래스툴 마을과 바닷가를 돌아다녔다. 나는 집으로 돌아가서 소파에 기어올라가 잠에 빠져들고 싶었다. 하지만 우리집 현관문 앞에 도착하면 아무리 조심조심 멈춰도 아기가 잠에서 깨어 다시 젖을 보챘다. 그런가 하면 아직 잘 시간이 아닌데 아기가 놀이 매트에서 자려고 하면 내가 얼른 안아올렸다. 정해진 시간이 아닐 때 자면 밤새 푹 자지 않는다고 육아서에서 경고했기 때문이다. 나는 그때 확실히 버릇을 들이지 않으면 아이가 열두 살이 되어서도 취침 시간에 안 잘 거라고 생각했다.

아치형으로 매달린 폭신폭신한 장난감의 날개며 코가 바삭바삭 짤랑짤랑 소리를 내고, 그 아래 놀이 매트에서 아기가 말썽도 부리지 않고 만족스럽게 손발을 차며 놀 때에도 나는 혹시나 끔찍한 사고가 일어날까봐 눈을 부릅뜨고 있었다. 나는 그저 멍하니 허공을 쳐다볼 수 있게 아기에게 울거나 찡찡대지 말라고 부탁했다. 일종의 휴식이야, 내가 스스로에게 말했다. 어느 정도 시간이 지나면 시선은 어느덧 시계로 가 있었고, 나는 휴가 집으로 돌아올 때까지 몇 시간 몇 분이 남았는지 꼽았다. 그러나 휴의 프로젝트, 그의 약속은 아주 불규칙했고, 휴도 젊고 그의 사업도 초창기 단계였기 때문에 일이 있으면 무조건 해야 했다. 따라서 그가 정확히 언제 올지 가늠할 수 없었다. 몇 년이 지난 후에야 휴가 의지하고 믿을 만한 사람들이 생겼다. 그전까지는 휴가 일찍 와서 열쇠로 문을 열지도 모른다는 바람, 어쩌면 오늘은 다섯시까지 집에 올지도 모른다는 바람이 절망, 공황, 순전한 광기로 변하는 나날이 계속되었다. 잘 시간이 되면 나는 아기 요람 옆의 우리 침대에 널브러져 눈물로 베개를 적시며 음정도 맞지 않는 노래를 부르다가 까무룩 잠에 빠져들었고, 아기가 나의 침묵에 항의하는 소리에, 또는 운이 좋으면 휴가 내 어깨에 손을 올리고 귓가에 "안녕"이라고 속삭이는 소리에 깼다.

시어셔가 태어난 지 육 주가 지난 어느 날 아침, 나는 부엌 바닥에 앉아 휴에게 출근하지 말라고 애원했다. 요구도 제안도 아닌 애원이었다, 울면서 애원했다. 휴는 뭔가 크게 잘못되었음을 드디어 깨달은 듯 겁에 질린 표정이었다. 그는 시어셔를 안고 우뚝 선 채 대답할 말을 찾지 못했다. 바닥에 쪼그리고 앉아 나와 시어셔를 끌어안고 내 머리에 손을 올리더니 자고 일어난 지 얼마 안 돼 뻣뻣하고 헝클어진 머리를 쓰다듬었다.

"엄마한테 전화할게." 휴가 말했다. 시어머니 어설라의 집은 이십 분도 안 걸리는 거리에 있었다.

하지만 나는 고개를 저으며 숙였고, 순식간에 눈물이 차오르는 게 느껴졌다. 나는 어설라가 오는 걸 바라지 않았다. 어설라는 우리집을 치우려 할 테고, 자기가 아들들을 키울 때 썼던 믿을 만한 방법이 무엇인지 이야기해주려 할 것이다. 도우려는 마음에서 하는 말이겠지만, 나는 세상 사람 다 하는 일을 너만 얼마나 못하는지 봐라고 말하는 내 머릿속의 목소리를 견뎌야 할 것이다. 내가 못하는 일을 어설라가 하는 동안 나는 그녀에게 차와 샌드위치를 끝없이 대접해야 할 테고, 하루가 끝났을 때 나나 그녀에게 빵칼이 꽂혀 있지 않을지 자신할 수 없었다. 내가 원하는 것은 우리 엄마가 와서 시어셔를 먹이고, 기저귀를 갈고, 목욕시키고, 자장가를 불러주는 동안 나는 잠시 눈을 붙이는 것이었다. 하지만 엄마가 지금 당장 배를 타고 히치하이킹으로 코크시까지 가서 기차를 탄다 해도—엄마는 본토에서 운전을 잘 못했다—저녁이나 돼야 올 텐데, 그 당시에는 그 시간이 일 년처럼 느껴졌다.

내가 고개를 젓고 또 젓자 머리카락이 흘러내려 내 수치심을 감추었다.

"알았어, 로지." 휴가 손목시계를 다시 확인하며 말했다. 그가 보통 집을 나서는 일곱시 반은 이미 지났다. "회의가 아홉시 반이니까 아홉시, 아니 아홉시 십오분까지 내가 집에 있을게. 어차피 동료들도 항상 늦게 와. 알겠지? 그동안 당신은 샤워하고 삼십 분 정도 더 누워 있어. 나랑 시어셔는 괜찮을 거야."

휴가 계단 앞까지 부축해주었다. 나는 난간에 무겁게 몸을 기대고 한 단 한 단 천천히 올라가면서 한 번도 돌아보지 않았다. 그런 다음 고분고분 샤워를 하며 깨끗한 얼굴과 기름기 없는 머리카락이 어떻게든 나를 더 나은 엄마로, 아이와 함께하고 싶은 엄마로 만들어주기를 간절히 바랐다. 나는 베개에 수건을 깔고 누웠고, 휴의 베개로 얼굴을 덮어 아래층에서 아이를 어르는 그의 높고 행복한 목소리를 차단했다.

나중에, 한 시간 정도 지났을 무렵 휴가 나를 깨우며 귓가에 속삭였다. "로지, 나 가야 해. 시어서는 잠들었어."

나는 고개를 돌려 아기 요람을 쳐다보지도 않았다.

"공중보건간호사 매브한테 전화했어. 오늘 들를 거야." 나는 휴가 그녀의 이름을 기억하고 전화번호를 찾아냈을 뿐 아니라 아홉시 십오분도 안 된 시각에 통화했다는 데 놀랐다. 나에게는 없고 휴만이 가진 마법 같은 그 힘은 뭐였을까? "장모님한테도 전화했어. 내일 오신대, 알았지? 지원군이 오고 있어."

나는 엄마가 곧 온다는 말에 기뻐해야 마땅했다. 조금 전까지만 해도 그것만 바라지 않았던가? 하지만 시어서를 사랑해야 하는데 그러지 않는 나를 보고, 내가 끔찍한 엄마인 것을 보고 엄마가 어떻게 반응할지 생각하자 두려웠다. 엄마는 이런 딸을 보며 뭐라고 생각할까? 나는 휴에게 미소 지으려고 애쓰면서, 눈을 감고 이마에 입맞춤을 받으면서 내가 나를 미워하는 만큼 엄마도 나를 미워할 것이라고 굳게 믿었다.

공중보건간호사는 무척 엄했다. 목소리가 아니라 겉모습이 그랬다. 뾰족한 코와 광대뼈. 짧게 자른 검은 머리에 짧은 회색 재킷, 검정색 상의와 바지, 내가 싫어하는 은색 스터드가 박힌 앵클부츠 차림이었다. 하지만 그녀는 자기만의 방식으로 친절하게 시어셔의 몸무게와 키를 재는 등 돌봐주었다. 몇 주 전에도 쟀는데 왜 또 재는지 이유를 알 수 없었다.

"자, 이제 엄마 차례야." 간호사가 시어셔를 어르고는 놀이매트에 내려놓았다. 꼭 더 큰 저울을 꺼내서 나에게 금속판에 올라가 몸을 동그랗게 말라고 한 다음 무게를 읽고 표를 보면서 내가 평균인지 평균 이상이나 이하인지—나는 분명 평균 이하였을 것이다—확인할 것만 같았다.

"어떻게 지내요?" 의례적인 질문 같았다. 내가 제정신이 아니라고 휴가 이미 전화로 말했을 텐데. 그걸 몰랐다면 왜 이렇게 빨리 왔겠는가?

"난…… 난 별로 안 좋아요."

"그렇군요. 생리를 다시 시작했나요?"

나는 영문을 몰라 간호사를 쳐다보았다. 그런 건 까맣게 잊고 있었다. 나중에 그 어느 때보다 더욱 끔찍하게 돌아올 그 지독한 경험, 강낭콩만한 덩어리가 쏟아져서 가끔은 탐폰에다 별도로 생리대를 두 개씩 해야 할 날들.

"아니요." 나는 그렇게 대답했다가 다시 생각해보았다. "어쩌면 했을지도 모르지만, 모르겠어요."

"음, 벌써 피가 나왔어요?" 간호사는 내가 생리를 한다는 게 뭔지 다 잊었다는 듯이 알려주었다.

"아니요."

"아마 곧 다시 시작할 거예요. 호르몬이 불안정한 것 같아요. 임신 때와 마찬가지로 이 시기가 육체적으로는 가장 힘들 수 있어요."

나는 임신했을 때 너무 행복했다고 말하고 싶었다. 생리도 없고 아프지도 않고, 정말 좋았다. 평생 그렇게 건강한 기분이 든 적은 없었다. 모든 것이 아주 좋았다. 임신 기간 중 마지막 삼 개월은 물론 피곤했지만 다른 여자들이 말하는 것만큼은 아니었다. 사실 나만 이렇게 만족스럽다는 것이 다른 여자들 입장에서는 너무 이상하고 불공평하게 여겨질까봐 다른 사람들이, 특히 태교 수업을 같이 듣는 여자들이 나를 미워하지 않도록 나는 힘든 점을 과장하고 해안에 올라온 고래 같다는 둥 그 시기의 임부에게 기대되는 용어를 써가며 피곤함을 표현했다. 물론 나는 피곤했지만 약간 그런 정도였다. 나는 내 안에서 자라는 자그마한 아기가 너무 사랑스러워, 불룩한 배를 끌어안고 마음속으로든 소리를 내어서든 아기에게 말을 걸었다. 두 육체가 하나가 되어 공명하고 서로 무척 사랑했다. 하지만 아기가 태어나자 모든 것이 바뀌었다. 나는 아기가 내 몸에서 떠난 것이 슬퍼 점차 줄어드는 배를 톡톡 치곤 했다. 뱃속에 든 내용물이나 내장의 움직임이 느껴질 때면 이제 그것이 아기가 팔다리를 펴거나 내 둥근 배에 등을 꾹 눌러서 그런 것이 아니라는 사실을 슬퍼했다.

"아기 아빠 말로는 썩 잘 지내지 못한다면서요." 매브가 마침내 당연한 사실을 시인하며 말을 이었다.

"네." 나도 인정했다. "어떻게 해야 아기를 행복하게 해줄 수 있는지 모르겠어요."

"아기는 먹이고 사랑해주고 재워주고 씻겨주면 행복해해요. 그러면 방긋 웃을걸요."

시어서를 바라보니 아이는 눈앞에 있는 것에 집중한 채 분홍색 입술을 내밀고 작은 몸을 흔들며 자전거를 타는 것처럼 신나게 다리를 움직이고 있었다.

"이제 우리는 연결되어 있지 않아요." 내가 슬퍼하며 배에 손을 얹었다. "어쩌면 연결된 적이 아예 없었는데 내가 그렇게 상상한 건지도 몰라요."

"잠은 좀 자요?"

"아이가 밤에 젖을 많이 먹어요."

"그러면 아직도 직접 수유해요?"

"아니요." 이 부분도 부끄러웠다. 이 주까지는 어떻게든 젖을 먹였는데 너무 아파서 발가락을 구부려가며 참다 결국 시어서를 떼어놓아야 했다. 아기는 엉엉 울었다. "하지만 유축은 하고 있어요."

"아기의 일과는 일정한 편인가요?"

"네. 여기 이 책이 있어요." 나는 순간적으로 제목이 생각나지 않아 책을 찾아 주변을 둘러보았다. 여기저기 귀퉁이가 접힌 책이 늘 근처에 있었다.

"신경쓰지 말아요." 간호사가 책을 찾으려는 나를 만류했다. 그녀가 몸을 앞으로 숙이고 기도하려는 듯, 아니면 적어도 내 문제를 완벽히 정리해줄 극도로 중요한 무언가를 알려주려는 듯 자기 무릎을 꽉 잡았다. "자, 내가 젊은 엄마 모두에게 하는 말을 들려줄게요. 빌어먹을 책은 갖다 버려요. 당신은 완벽하지 않아요. 나도 완벽하지 않았어요. 내가 만난 어떤 엄마도 완벽하지 않아요. 우리가 잘못하고 있다고 끊임없이 말하는 책은 필요 없어요."

"하지만…… 나한테는 그것밖에 없어요."

"말도 안 되는 소리. 당신한테는 당신이 있잖아요. 당신은 스스로의 가장 큰 조력자이자 아기의 가장 위대한 영웅이에요." 간호사가 시어서를 가리켰다. 아기는 다시 자고 있었는데, 문제의 책이 제안한 시간표에는 없는 잠이었다. "아기를 보세요. 아주 무럭무럭 자라고 있어요. 만족하고 있어요. 당신은 아주 잘하고 있어요."

나는 간호사가 너무나 잘못 알고 있어서 깜짝 놀랐다. 난 결코 영웅이 아니었다.

"내가 아기를 데려가면 어떨 것 같아요?" 간호사가 말을 이었다. "내가 아기를 안고 저 문으로 걸어나가서 다시는 돌려주지 않으면 말이에요. 그러면 기분이 어떨 것 같아요? 분명 가슴이 찢어지겠죠. 내 말이 틀렸나요?"

간호사는 나를 설득했다는 듯, 아주 능숙하게 코너로 몰아서 목숨을 다해 아기를 사랑한다고 인정하게 만들었다는 듯 자신만만한 표정이었다.

"데려가라고 할 거예요."

나는 시선을 돌려 벽난로 위에 놓인 출산 축하 카드를, 특히 부리에 분홍색 아기띠를 문 황새 그림 카드를 보았다. 정말 진심이었다. 내가 그녀의 눈을 보면서 말했다면 간호사는 평범한 사람을 상대하는 것이 아님을, 처음으로 엄마가 되어서 지쳐버린 흔해빠진 경우가 아님을 알았을 것이다. 그녀가 상대하는 것은 악마, 자기 아이를 사랑하는 법을 전혀 모르는 잔인한 여자였다.

바로 거기서 십칠 년 뒤 우리에게 일어날 모든 일의 씨앗이 뿌려졌다. 바로 거기에 그것이, 그 조각이, 작은 도토리가, 우리 미래의 시작이 있었다. 그 누구도 탓할 수 없었다. 바로 나였다. 내가 시어셔를 데려가라고 했다.

매브가 나를 멍하니 보았다. 그럴 줄 알았다. 나는 그런 시선을 받아 마땅했다. 하지만 그녀의 말은 나를 깜짝 놀랬다. "당신이 만나보면 좋을 사람이 있어요. 나처럼 간호사인데, 산후우울증을 앓는 엄마를 전문적으로 상담해요. 우리 지역에 헬렌이 있어서 얼마나 다행인지 몰라요. 우리 나라에 그런 상담을 하는 사람은 헬렌뿐이거든요. 바로 당신에게 필요한 사람인 것 같네요. 가서 만나볼래요? 하지만 만나러 가려면 아기를 돌봐줄 사람이 있어야 하는데. 낮에 아기를 봐줄 사람이 있나요?"

"내일 엄마가 코크에서 오실 거예요."

"잘됐네요. 제가 사무실에 돌아가자마자 헬렌에게 연락할게요. 헬렌이 전화할 거예요."

간호사는 이렇게 말하고 가방을 싸서 떠났다. 그리고 가기 전에 문 앞에 서서 이것은 자연스럽고 전혀 부끄러운 일이 아니라고 말했다. 우리 육체에는 우리를 해칠 힘이 있다고, 가끔은 불친절하다고, 하지만 시간이 지나면 그 역시 나을 수 있다고 했다.

"나중에 완경 때 한번 보세요. 그것도 만만찮게 즐거울 테니까." 매브는 이렇게 말하고 돌아서서 길 아래쪽에 세워둔 차로 걸어갔다.

내 몸이 정신을 차리기까지 지긋지긋한 시간이 걸렸다.

나는 꼬박 일 년 동안 그렇게 지내면서 헬렌과 여러 차례 상담했다. 어머니는 처음 왔을 때 이 주 동안 머물렀고, 나중에 세 번 더 와서 나와 시어셔를 돌봐주었다. 그리고 시어셔가 이가 나고 걸음마를 할 즈음 나는 다시 아이와 사랑에 빠졌다. 시어셔의 말문이 트이자 내 사랑은 더욱 깊숙이 파고들어 핏줄과 모세혈관을 감싸고 뼛속 깊이 스며들고 모근에까지 자리 잡고는 두 번 다시 나를 떠나지 않았다.

컬리를 낳았을 때는 별다른 산후우울증을 겪지 않았다. 어둠이 어른거렸지만 압도적이지는 않았다. 휴도 그랬지만 나 역시 그것을 물리칠 준비가, 아니 그 어둠을 보살피고 달래서 보낼 준비가 되어 있었다. 나는 그 작은 아기를 보자마자 사랑할 수 있어서 마음이 놓였다.

하지만 내가 시어셔와 함께 갔던 그 어두운 곳이 지금까지도 나를 괴롭힌다. 그때는 어쩔 수 없었다고 아무리 스스로를 달래보아도 그 생각이 내 머릿속에 숨어 있었던 것은 사실이고, 그래서 가끔 나는 하던 일을 멈추고 내가 딸이 사라지기를 바랐었다는 생각에 눈을 꼭 감는다.

차가 출발할 때 그녀는 뒤쪽 차창으로
땅바닥에 내팽개쳐진 자전거를 보았다.
집 위층 창문을 올려다보자 왠지 불안했다.
어디서 사고가 났다고요?
그녀가 부녀를 향해 고개를 돌리며 물었다.

시어셔와 컬리가 어렸을 때 우리는 여름마다 섬에 갔다. 보통은 한 달, 때로는 더 오래 머물렀는데, 나는 그 시간이 정말 좋았다. 오후에 로스본에서 출발하는 페리를 타기 위해 휴는 아침 여섯시에 일어나서 우리를 차에 태우고 짐과 식료품, 내가 엄마 아빠에게 주려고 산 선물, 양동이와 삽, 지난해 무사히 살아남아 맥스 힐의 부모님 집에서 하늘 높이 올라갈 준비가 된 연을 실었다. 휴는 진행중인 대형 프로젝트가 없을 때에도 일주일밖에 못 쉬었지만, 우리 세 사람은 섬에 최대한 오래 머물렀다.

우리는 로어링 베이에서 매일 놀러 다녔는데 특히 카후나 비오그 해변에 자주 갔다. 시어셔와 컬리는 그곳에서 모래성

만드는 것을 좋아했다. 두 아이는 바다와 경주를 하며, 바닷물이 밀려들어와 허물어버리기 전에 요새를 짓겠다고 말했다. 요새에 물이 들어차면 아이들은 비명을 지르고 웃으며 춤을 췄고, 힘들게 지은 요새가 바닷물에 쓸려나가는 모습을 지켜보았다. 그런 다음에는 수영과 탐험 시간이었고, 둘은 해변을 둘러싼 높다란 바위 위로 뛰어올라갔다.

"물이 어떻게 움직이는지 봐요, 아빠." 높은 바위에 올라갔다 아래쪽에 생기는 작은 소용돌이를 처음 본 날 시어셔가 휴에게 소리쳤다. 그때 시어셔는 여덟아홉 살쯤이었고 우리는 해변 오른쪽 바위 꼭대기에 앉아 바다를 보고 있었다.

"왜 저런 거예요?" 시어셔가 납작 엎드린 채 고개를 내밀어 아래쪽의 작은 소용돌이를 지켜보았다. 바다가 두 바위 사이에 작은 틈을 내려고 애쓰느라 늘 작고 신기한 동그라미가 생겼다. 나도 어렸을 때 자주 보았는데 그 존재를 잊고 있었다.

"좁은 틈 사이로 들어오려고 그러는 거야. 보이니?" 시어셔가 휴의 손가락이 가리키는 쪽을 보았다. "조심해." 시어셔가 바위에서 몸을 조금 더 내밀자 휴가 시어셔의 수영복 등 부분을 잡았다. "물살은 아주 빠른데 틈이 너무 좁아서 뱅뱅 도는 거야."

나는 아이들이 떨어져서 다칠까봐 까맣고 매끈한 바위에 못 올라가게 했지만, 해가 지나면서 결국 말리기를 포기했다. 아이들은 수도 없이 다쳤다. 손과 무릎이 까지고 머리를 부딪혔지만 다행히 어디 부러지거나 하지는 않았다. 그런 사소한 상처 정도로는 두려움을 모르는 두 아이를 제지할 수 없었다. 그래서 나는 아이들을 말리는 것을 포기하고, 대신 큰 사고라도 막자는 생각에 같이 올라갔다. 하지만 막상 그럴 때는 아이들이 넘어지는 일이 거의 없었다.

"매일 여기 오고 싶어요." 시어셔가 나를 향해 고개를 살짝 돌리고 물에 젖어 얼굴에 리본처럼 달라붙은 검은 머리카락을 떼어내며 말했다.

"그래서, 이제 디어미드네 가기 싫다는 거야?"

아이들은 이른 아침에 디어미드네에서 헤엄치는 것을 좋아했다. 가끔 만조일 때 발이 젖을까봐 보트램프에 생긴 물웅덩이를 피해 전속력으로 맨 아래까지 달려가 바다에 풍덩 뛰어들었다. 휴와 나는 그 모습을 즐겁게 바라보았다.

"아, 아니요. 그것도 하고 싶어요. 하지만 거기 갔다가 여기 오고 싶어요."

"나도. 나도 여기 매일 오고 싶어." 컬리가 말했다. 시어셔가 태어나고 이 년 뒤에 컬리가 태어났기 때문에 우리는 글래스툴의 작은 집에서 이사해야 했다. 아직 30대도 안 된 젊은 부부—나는 스물여덟, 휴는 스물아홉이었다—가 담보대출을 받아 블랙록에 침실 네 개짜리 낡은 단독주택을 살 수 있다는 것이 얼마나 운좋은 일인지 나는 잘 알았다. 휴의 친구들은 대부분 여전히 침실 하나짜리 아파트에 세 들어 살았다. 하지만 휴의 사업이 아주 잘 풀리고 있었던데다 글래스툴의 집을 좋은 가격에 팔았기 때문에 우리는 주택을 구입할 수 있었다.

"저기에 막대기 던지고 싶어." 컬리가 소리쳤다. 이제 컬리도 누나 옆에 엎드려서 소용돌이를 내려다보고 있었다. 휴와 나는 아이들이 가장자리로 더 가까이 갈까봐 아이들의 수영복을 붙잡고 있었다.

"아니야, 너무 멀어. 안 닿을 거야." 내가 설명했다.

"아휴." 컬리는 자기 엄마에게 크게 실망한 표정이었다.

"여기 바위는 너무 높고 저기 물은 너무 깊어." 휴가 말했다. "다음에 카약을 타고 얼마나 가까이 갈 수 있나 가보자. 좋지?" 작년에 아빠가 해변에 만들어놓은 철제 헛간에 2인용 카약이 두 대 있었다.

"야호! 지금 가요."

"아니, 오늘은 안 돼." 내가 못된 엄마처럼 끼어들었다. "엄마는 오늘 오후에 페리에서 할아버지를 도와야 해. 할머니는 너희 둘을 도서관에 데려가고 싶다고 하셨고."

"카누 타요, 엄마. 제발요." 컬리가 다시 일어나서 내 옆구리에 딱 붙어 겨드랑이 밑으로 작은 머리를 집어넣고 흔들었다. "아빠가 태워주면 되잖아요."

"어, 바다에 나가려면 엄마를 기다리는 게 좋을 것 같은데."
휴는 바다에서는 서툴렀기 때문에 바다에 나갈 때는 내가 있어야 한다고 늘 주장했다.

"안 돼, 꼬맹아." 내가 컬리의 머리카락을 문지르며 마지막으로 말했다. 컬리는 내 목소리 톤을, 딱 오 분만 더요, 라고 졸라도 절대 받아들이지 않을 때의 목소리를 알았다. "시간 없어."

"엄마 말 들었지, 컬리. 다음에 타면 돼." 시어셔가 옆으로 누워 우리를 보면서 엄한 누나 같은 목소리로 말했다. 나는 그 목소리를 들을 때마다 지나치게 엄격하지 않으면서 걱정하는 기색이 느껴져 늘 놀라면서도 자랑스러웠다. 시어셔가 일어나서 컬리의 손을 잡으려 했지만 컬리는 뿌리치고 자기 배에 손을 딱 붙였다. "약속할게, 응?" 시어셔가 이렇게 덧붙이고 기다리자 컬리가 마지못해 고개를 끄덕이고 시어셔의 손을 잡았다.

"그리고 할머니가 그러시는데 도서관에 우리가 읽을 새 책이 들어왔대." 시어셔가 말을 이었다. "빈백에 앉아서 내가 책 읽어줄게."

컬리가 햇살 때문에 눈을 가늘게 뜨고 시어셔를 올려다보았다. "그러고 나서 아이스크림 먹을 거야?"

"집에 가서 돈이 얼마나 있는지 세보자, 좋지?"

두 아이는 휴와 나를 놔두고 달려가 요리조리 바위를 타고 내려가더니 도로로 올라가서 지프에 도착했다. 두 아이는 친구였다. 늘 완벽한 한 쌍이었다. 그리고 세월이 지나서 부루퉁하고 짜증을 내고 잠자리에 들지 않으려 할 때도 완벽한 한 쌍이었다. 우리 역시 아이들이 잠들기 삼십 분 전까지는 한시도 걱정을 쉴 수 없었다. 두 아이는 채소를 싫어하고 정리정돈을 못하고, 공상에 빠지고, 건성으로 부엌 바닥을 쓰는 특유의 능력을 발휘할 때도 완벽한 한 쌍이었다. 문을 쾅 닫고, 욕을 하고, 열 살이 지난 뒤로 부모님의 의견을 절대 못 참을 때도 완벽한 한 쌍이었다.

휴와 나는 아이들을 쫓아가면서도 이제는 큰일이 닥칠까봐 걱정하지 않았다.

"애들이 여기를 정말 좋아하네." 휴가 말했다. 여름마다 서로 하는 이야기였다.

"응, 아이들한테는 천국이지."

"예전에 여기서 일할 때는 잘 몰랐어. 당신 관심을 끌려고 계속 오면서도 이 섬의 마법 같은 힘을 제대로 이해 못했어."

"내 관심을 끌려고 했다고?" 내가 웃었다. "내가 당신이 잡으려고 애쓰는 고객이라도 되는 것처럼 말하네."

"음, 글쎄, 매력적인 남자가 나타나서 당신을 채갈 수도 있었으니까."

"여기서?"

"나도 여기서 만났잖아. 여기에 온 멋진 남자한테 당신이 반하지 말라는 법이 있어?"

"이제는 스스로를 멋진 사람이라고 하는 거야? 귀엽기도 해라." 내가 엄지와 검지로 그의 뺨을 꼬집어 흔들었다. "아무튼, 나라면 걱정 안 했을 거야. 누구나 이 섬의 주문에 걸려드는 건 아니니까. 게다가 당신은 나한테 현혹됐고, 중요한 건 그게 전부야, 미남 아저씨."

휴가 나를 끌어당기며 미소를 지었다. "그리워? 그러니까, 음, 섬으로 돌아올까 생각한 적 있어?"

"글쎄." 나는 이런 이야기가 나온 것이 재미있어서 웃었다. 생각해보면 놀랍지만 그전까지는 한 번도 그런 이야기를 하지 않았다. "더블린에서 오 년이 지나도 일이 잘 안 풀리면 섬으로 돌아오겠다고 당신이 약속했지만 내가 아무 말 안 한 거 알지."

"맞아, 당신이 여길 떠나는 게 쉽지 않았는데."

나는 곧장 대답하지 않았다. 그 세월 내내 바다에 대한 꿈을 꾸었다고, 또는 페리 선교로 복귀하는 꿈을 꾸었다고 휴에게 한 번도 말하지 않았다. 일부러 숨긴 것은 아니었다. 그저 그것이 내 마음을 그렇게까지 짓누르지는 않았기 때문에 이야기할 필요성을 느끼지 못했다. 그것은 우리가 어린아이들을 키우며 살아가는 정신없는 일상에 방해받지 않는 나만의 조용한 생각이었다. 그러나 휴가 묻자 이별이 정말 힘들었던 그때가 다시 떠올랐다.

"그래, 맞아. 쉽진 않았지." 내가 대답했다. "하지만 지금 날 봐. 난 더블린을 사랑해. 당신이 돈을 준다고 해도 이 섬으로 완전히 돌아오진 않을 거야. 그러니까 내 말은, 응, 계산대 앞에 줄을 서서 기다리는 동안 이 섬의 평화로움과 고요함을 생각할 때가 있긴 해. 하지만 난 어느새 집에 돌아가 있거나 당신이랑 애들이랑 같이 더블린의 숲을 걷고 있고, 그러면 아무렇지도 않아. 씻어낸 듯이 잊어버려."

휴가 나를 놔주었고 우리는 계속 걸었다.

"하지만 이브니스 말이야, 이브니스를 몰 때가 그립지 않아?"

"가끔은 그리워. 하지만 일 년에 몇 번 모는 것으로도 충분해. 그러면 다 채워져. 나는 언제든지 우리 가족을 택할 거야."

휴가 약간 의심스러운 표정을 지었다. 내 말을 믿지 않는 눈치였다.

"왜?" 내가 물었다.

"몰라. 가끔 나 때문에 당신이 너무 많은 것을 포기한 게 아닌가 하는 생각이 들어서."

나는 다시 걸음을 멈추고 그의 팔에 손을 얹었다. "아니야, 휴. 나는 기꺼이 떠난 거야, 당신도 알지? 옳은 결정이었어. 난 지금의 나를 사랑해. 지금의 우리를 사랑하고, 심지어 던 리어리의 그 지긋지긋한 매표소에서 일하는 것도 사랑해. 그래, 여름에 여기 돌아오는 것도, 페리에서 일하는 것도 아주 좋아. 그렇다고 항상 돌아오고 싶다는 뜻은 아니야. 난 당신이 필요하고 우리 아이들이 필요해. 바구니에 넘칠 듯이 쌓인 빨래랑 물이 잘 안 내려가는 1층 화장실이랑 심지어 땀에 젖은 당신 사이클복마저 좋아. 내 말 믿지?"

휴가 웃었다. "땀에 젖은 사이클복까지 사랑할 순 없을 것 같은데."

"그래, 그건 아니겠다." 내가 인정했다.

"그러면 작은 별장은 어때? 여름에 여기 머무는 동안 우리가 다 같이 지낼 집을 얻자. 내가 은퇴하고 나면 당신이 여기서 가끔 몇 달씩 지내자고 날 설득할지도 모르잖아. 나는 항상 여름 별장을 꿈꿨거든. 사실 내가 생각한 건 아말피 해안이지만 당신을 위해서라면 지중해의 태양 정도는 포기할 수 있어."

"와, 고마워."

나는 여름 낮인데도 살짝 불만스러운 듯 출렁이는 바다를 보면서 그의 제안에 대해 생각했다. "아니, 나는 엄마 아빠가 계신 집으로 오는 게 좋아. 아이들도 좋아하고. 나는 아이들이 할머니 할아버지랑 이렇게 친하게 지내면 좋겠어. 가끔 같이 살면서 서로를 짜증나게 만들고, 귀찮게 하고, 수없이 끌어안고 간지럽히고 일상적인 모든 일을 같이하는 거 말이야. 지금 우린 완벽해, 아무것도 바꾸고 싶지 않아. 나는 늙어서 오줌을 지릴 때까지 블랙록에서, 당신 곁에서 살 거야."

"내가 참 복이 많네."

나는 고개를 돌려 휴에게 키스했다. 지프에 도착했을 때 아이들은 인내심을 발휘하며 우리를 기다리는 중이었다. 시어셔는 할머니와 나중에 무슨 아이스크림을 사 먹을지 벌써부터 이야기하고 있었다.

차가 그녀의 집에서 우회전해 멀어질 때
남동생이 걸어오는 모습이 보였다.
그녀가 손을 흔들었지만 동생은 보지 못했다.
그녀는 동생을 돌아보며
언제 저렇게 키가 컸을까 생각했다.

시어셔는 열다섯 살 때 휴가 좋아하는 영화와 내가 좋아하는 영화, 그리고 호평받거나 논쟁적인 평이 있는 영화 목록을 만들었다. 목록 만드는 걸 좋아했던 시어셔는 공책을 사서 정리했다. 돈이 충분할 때는 가죽 장정 공책을 사고 아니면 천으로 감싼 공책을 샀는데, 우리가 휴가 때 스코틀랜드로 캠핑 여행을 갔다 산 체크무늬 공책도 그중 하나였다. 물론 2유로 균일가 상점에서 용돈으로 산 저렴한 공책도 있었다. 우리는 아이들을 제대로 된 꼬마 일꾼처럼 취급하며 용돈을 임금이라고 불렀는데, 대부분 내가 시켜야 하긴 했지만 아이들은 식기세척기의 그릇을 꺼내 정리하거나 청소기를 돌렸다. 산타 할아버지는 늘 시어셔가 부탁한 더 큰 선물들 사이에 멋진 공책을 하나 끼워넣는 노련함을 잊지 않았다. 시어셔는 공책을 앞뒤로 살피고, 손으로 재질을 만져보고, 잠금장치나 버튼이나 긴 고무밴드를 풀어서 마침내 펼친 다음 페이지를 넘겨보고 냄새를 맡았다가 조심스럽게 다시 닫고 미소를 지었다.

시어셔는 목록에 있는 영화를 차례차례 전부 보는 중이었는데, 혼자서 볼 때도 있고 가족과 같이 볼 때도 있었다. 컬리를 설득할 경우 우리 넷이 거실에서 보내는 그 시간이 가장 행복한 때였다. 휴는 상당히 큰돈을 주고 산, 젊은 더블린 가구 디자이너가 만든 호화로운 회전의자에 앉고 나와 컬리는 소파에 앉았다. 그리고 리모컨을 손에 들고 오프닝크레디트에서 멈춘 화면 앞에 서서 영화가 시작하기 전 평소처럼 우리에게 지시를 내리는 시어셔의 말에 귀기울였다.

"영화가 나오는 동안은 질문 금지예요." 그건 특히 나에게 하는 말이었는데, 내가 늘 영화 내용을 이해하지 못했기 때문이다. "앞부분을 놓치면 먼저 저한테 영화를 멈춰달라고 하세요, 그다음에 논의할 거예요." 내가 '내 탓이오'라는 뜻으로 고개를 끄덕였고, 보통 휴는 나를 보고 싱글싱글 웃으면서 자책하지 말라는 뜻으로 윙크했다.

"잠깐 멈추고 화장실에 가는 건 괜찮지만 되도록이면 동시에 가요." 우리집에는 화장실이 세 개인데 어떻게 동시에 가라는 걸까?

"핸드폰 보는 것도 금지예요." 이 말은 확실히 휴를 겨냥한 것이었는데, 그러면 휴가 경례를 하고 일어나서 복도 테이블에 핸드폰을 올려놓았다. 나는 종종 휴가 지나갈 때 다 이해한다는 듯이 그의 손을 쓸었다. 나는 그것이 휴에게 얼마나 힘든 일인지 알았다. 그는 사업에서 잠시라도 손을 놓을 수 없는 상황이었는데도 아주 대단한 우리 딸을 위해 핸드폰을 포기했고, 나는 그런 휴를 사랑했다. 가끔 휴는 핸드폰을 놓고 돌아오면서 내 머리에 입을 맞추고 자기 자리에 앉았다.

"영화가 반쯤 지나면 잠깐 멈추고 쉬어도 되지만, 다시 말하고 싶은데 화장실 갈 때 쉬는 것도 같이 하면 안 돼요?"

"그리고 한숨도 금지야." 이것은 컬리에게 하는 말이었다. 컬리의 한숨은 아주 다양했고, 자신이 "완전 시시한" 영화를 보겠다고 말하는 크나큰 실수를 저질렀다는 것을 깨달았을 때 보란듯이 한숨을 쉬곤 했다. "영화가 마음에 안 들면 그냥 나가."

"그리고 만약에 초인종이 울려도 안 나가는 거예요. 이 규칙들 외의 경우에는 자리에서 일어나면 안 돼요."

우리 모두 이 제안에는 바로 찬성했다. 그렇게 밤늦은 시간에 초인종을 누르는 것은 대개 반려묘 레이먼드를 찾는 낸시 리틀턴이었다. 그럴 때 나가면 한 시간쯤 낸시를 따라다니면서 높은 목소리로 "야옹야옹"하며 동네 정원을 돌아다녀야 한다는 뜻이었고, 결국 낸시가 달려와서 "꼬마 장난꾸러기" 레이먼드가 내내 건조실에 있었다고 알려주는 것으로 끝나곤 했다.

물론 우리는 규칙을 늘 어기고 소곤소곤 언쟁을 벌였고, 마침내 영화가 끝나면 우리의 장녀가 영화의 "흐름"과 카메라 움직임, 인물 전개를 요약했다. 시어셔가 요약을 마친 후 나가고 기진맥진한 동생이 따라 나가면(컬리가 그때까지 남아 있었다면 말이다. 보통 컬리는 마지막 크레디트가 올라가기 시작하면 도망쳤다) 휴가 옆에 와서 앉아 나를 끌어안으며 말했다. "와, 우리가 쟤를 낳았다니."

사고가 어디서 났는데?
차를 다시 오른쪽으로 꺾을 때 그녀가 물었다.

내가 시어서를 마지막으로 본 것은 2009년 7월 16일 목요일 오후 두시 이십분이었다. 컬리의 방에서 창문 밖으로 시어서가 우리집 앞 도로를 따라 자전거를 타고 오는 모습을 보았다. 나는 컬리의 알람 시계를 흘깃 보고 혼자 킥킥 웃으며 저녁이 시어서가 제일 좋아하는 맥앤드치즈라 시간 맞춰 오나보다 생각했다. 사실은 훨씬 늦게 올 줄 알았는데. 나는 더 생각하지 않고 그냥 이 방 저 방 돌아다니며 빨랫감을 모았다. 빨랫감을 한 아름 들고 계단을 내려가면 시어서가 있을 거라 생각했다.

내가 복도를 지나 부엌으로 들어가면서 인사했지만 대답이 없었다. 다용도실에서 세탁기를 돌리던 나는 밖에서 시어서가 자전거를 치우는 소리가 나지 않아 이상하다고 생각했다. 세탁기가 돌아가기 시작할 때 드디어 현관문이 열렸다.

"머리는 좀 어때?" 내가 시어셔를 맞이하러 가면서 말했다. 아까 던 리어리로 갈 때 두통이 있다고 했었다.

하지만 시어셔가 아니라 컬리였다.

"내 머리는 아무렇지도 않아요, 엄마. 엄마 머리는요?"

"미안." 내가 웃었다. "누나인 줄 알았어. 네 머리는 정말 늘 그렇듯 아름답구나." 내가 손을 뻗어 컬리의 머리카락을 헝클어뜨린 다음 재빨리 끌어안았다가 떨어졌다. 열다섯 살짜리 남자애가 포옹을 늘 좋아하는 것은 아니었기 때문이다. "밖에서 누나 봤니?"

"시어셔요? 아뇨. 자전거는 있던데요, 그냥 땅바닥에 눕혀져 있어요." 컬리는 누나가 사실 얼마나 무책임한 사람인지 완벽한 증거를 찾았다는 듯이 장난스럽게 말했다.

"정말?"

내가 현관문을 열고 내다보았지만 자전거는 보이지 않았다.

"산울타리 뒤에 있어요." 컬리가 핸드폰으로 그쪽 방향을 가리켰다.

밖으로 나가자 컬리가 말한 곳에 자전거가 있었다. 옆으로 내팽개쳐진 채로.

"이상하네." 내가 컬리에게 들리도록 소리 내서 말했다. 컬리는 복도에서 문자메시지를 보내고 있었다. "캐시디네 집에 갔나봐." 하지만 평소 시어셔는 그렇게 하지 않았다. "내가 넣어놔야겠다."

"흐음? 뭐라고요?" 컬리가 마침내 고개를 들었다.

"내가 넣어놔야겠다고."

"아, 네. 그죠."

"걱정하지 마, 아들. 엄마가 아무리 노쇠해도 이 정도는 할 수 있어." 나는 이미 자전거를 세워 진입로로 끌고 가는 중이었다.

"엄마, 제가 할게요." 컬리가 핸드폰을 주머니에 넣고 나와서 과장된 몸짓으로 자전거를 넘겨받더니 뒷문으로 끌고 들어갔다.

나는 시어셔의 목소리가 들리기를 기대하며 돌아보았지만 블랙록으로 가는 큰길을 지나는 자동차들 외에는 아무 소리도 들리지 않았다.

네시가 되자 조금씩 걱정이 되기 시작했다. 나는 시어셔에게 문자메시지를 보냈지만 답이 없었다. 전화를 걸었지만 전화기가 꺼져 있거나 전파가 닿지 않는다는 메시지만 흘러나왔다. 나는 컬리의 방문을 두드렸다.

"시어셔랑 연락했니?"

"아니요." 컬리는 나를 돌아보지도 않고 엑스박스에만 집중했다.

"이상하네. 누나한테 전화 좀 걸어볼래? 전파가 닿지 않는다는 말만 나와."

"음, 내가 걸어도 똑같을 것 같은데요." 컬리가 드디어 고개를 돌리고 나를 보면서 시어셔에게 전화를 걸었다. "봤죠?" 컬리가 어깨를 으쓱하고 전화를 끊었다. "똑같아요."

"시어셔랑 뭐 다른 얘기 한 건 없니? 오늘 아침 누나가 나가기 전에. 오늘 던 리어리에 간다는 거 외에 다른 말은 없었지?"

"아뇨. 난 누나가 던 리어리에 가는 것도 몰랐어요. 일어나 보니 집에 아무도 없었어요."

내가 페리 터미널 일을 쉬는 드문 날이었다. 그 시간에 나는 머리를 하러 가느라 집을 비웠다. 긴 생머리는 관리할 게 없어서 미용실에 거의 가지 않았는데, 휴가 생일 선물로 준 상품권의 사용 기한이 거의 끝나가고 있었다.

"시어셔가 나가기 전에 너한테 갔었나 했지. 기분이 별로 안 좋았거든. 나랑 싸우고 화를 내면서 거실을 나갔어."

"어?"

"별거 아니었어, 그냥 시시한 일로. 내가 던 리어리까지 태워다줄 수가 없었거든, 그뿐이야. 시어셔가 좀 불만스러워했지만."

"음, 나 같으면 걱정 안 하겠어요. 분명 아무 일도 없을 거예요. 빛이 최적이어서 그 순간을 포착해야 했겠죠." 컬리가 시어셔의 말투를 놀리는 모습에 나도 마지못해 미소를 지었다.

"아니, 그게 아니야. 카메라는 집에 있어. 확인했어." 내가 고갯짓으로 시어셔의 방을 가리켰다. "옆집에 있나 가볼까봐."

"그러세요, 엄마." 컬리가 과장된 미국식 억양으로 말하면서 아무 걱정 없이 환하게 웃더니 다시 화면 쪽으로 의자를 돌렸다.

우리집은 막다른 골목에 모여 있는 다섯 채 가운데 세번째라 딱 중간에 위치해 양옆에 두 집씩 있다. 온도계를 떠올리면 된다. 집이 없고 나무가 늘어선 길쭉한 도로를 따라가면 그 끝에 단독주택 다섯 채가 각각 조금씩 떨어진 채 원을 그리며 서 있다. 여름 나뭇잎을 무성하게 피운 오크나무가 일렬로 늘어서 있고, 보도 가장자리의 풀밭에는 꽃이 피어 있다. 작고 조용한 동네로, 이웃들은 대체로 서로에게 간섭하지 않지만 크리스마스 때가 되면 돌아가며 작은 파티를 열어 일 년 동안 무슨 일이 있었는지 대화를 나누었다. 적어도 예전에는 그랬다. 하지만 2009년에 멈추었고, 그때 이후로 크리스마스 파티는 열리지 않았다.

이웃 사람들은 시어셔를 보지 못했다. 캐시디네, 리틀턴네, 오헤이건네, 라이스네 모두 내가 바랐던 것과 달리 시어셔가 오지 않았다고 말했다. 시어셔가 자전거를 타고 오는 모습도 보지 못했다. 나는 특히 낸시 리틀턴에게 화가 났다. 그 여자는 보통 동네에서 무슨 일이 벌어지는지 다 알았다. 자기 집 레이스 커튼을 끊임없이 들춰보았기 때문이다. 그런데 왜 하필 그때, 그녀가 도움이 될 수 있는 그 유일한 순간 창밖을 보지 않았을까? 낸시는 나를 빤히 보면서 "미안해, 로지"라고 말했다.

"걱정하지 마세요." 나는 점점 커지는 불안감을 드러내지 않으려 애쓰며 이웃들에게 말했다.

하지만 노라 캐시디가 눈치챘다. 그녀는 진입로 끝까지 나를 바래다주었고 나는 자전거가 있었던 곳을 손가락으로 가리켰다. 컬리와 나는 아무것도 모른 채 자전거를 안으로 들여놓았다. 나중에 자전거의 위치와 그것이 눕혀진 모습이 증거로 필요하리란 사실을 깨닫지 못하고.

노라가 내 어깨를 꽉 잡고 이멜다와 루이즈에게 물어보겠다고 약속했다. 두 사람은 그녀의 대학생 딸들로 여름 동안 아르바이트를 하고 있었는데, 한 시간쯤 전에 들어왔다고 했다. 그 이야기를 듣고 나는 그날 처음으로 뱃속에서 진정한 공포가 요동치는 것을 느꼈다.

"정말 고마워요." 내가 억지로 미소를 지으며 말했다. 나는 최대한 빨리 돌아가서 시어셔에게 다시 전화를 걸고 싶었다.

다섯시, 나는 휴에게 문자메시지로 시어셔한테 연락이 없었는지 물었다. 자전거나 그런 이야기는 자세히 하지 않고 그냥 쾌활하게 "여보, 뭐하는 중이야?" 같은 분위기로 메시지를 보냈다. 정신없이 바쁜 날 쓸데없이 휴의 마음을 어지럽히고 싶지 않았다. 시어셔가 나한테 화가 나서 아빠한테 대신 연락해 어디 있는지 말했을지도 모른다고 생각했다. 아니. 휴가 딱 한 마디짜리 답장을 보냈다. 그가 회의중이거나 바빠서 더 길게 보내지 못한다는 확실한 신호였다.

나는 컬리에게 우리 블록 끝까지, 아니면 블랙록 마을까지 시어셔를 찾으러 가겠다고 말했다. 그리고 시어셔한테 계속 전화를 걸어보라고, 단짝인 에이미랑 같이 있을지도 모르니 에이미에게도 전화해보라고 말했다.

컬리가 내 말을 듣자마자 뒤를 돌아보았다. "엄마, 설마 진짜로 걱정하는 거예요?"

"뭔가 좀 이상해, 컬리. 섣부른 생각일지도 모르지만 지금까지 시어셔가 이런 적이 한 번도 없었잖아."

컬리는 내가 과민반응한다는 생각을 버리지 못한 채 어깨를 으쓱했다. 하지만 나는 컬리에게도 이미 작은 의심의 씨앗이 심어졌음을 알 수 있었다.

"알았어요. 계속 연락해볼게요. 십오 분이 지나도 안 오면 에이미한테 연락할게요. 됐죠?"

나는 고개를 끄덕이고 컬리의 방문을 닫은 다음 집을 나섰다.

시어서는 에이미와 같이 있지 않았다. 내가 마을과 해변을 돌아봤지만 아무 소득도 없이 집으로 돌아왔을 때 컬리는 계단에 앉아 나를 기다리고 있었다.

"에이미도 누나가 어디 있는지 전혀 모르겠대요." 컬리가 확인해주었다. "아까 던 리어리에서 만나긴 했는데, 같이 커피 마시고 한 시간쯤 가게를 구경하다 에이미는 자기 엄마 전화를 받고 집으로 왔대요. 에이미가 이웃 사람의 아이들을 봐주는 일을 하는데, 쌍둥이를 봐달라는 연락이었대요."

"그래, 이제 됐어." 내가 말했다. "아빠한테 전화해야겠다."

"심호흡하고 천천히 말해봐." 드디어 전화를 받은 휴가 내게 말했다. 여섯시 반이었다. 휴가 나보고 방금 한 말을 다시 해보라고 말했다. 시어서의 자전거가 어디 있었다고?

"땅바닥에, 우리 대문 바로 앞에 눕혀져 있었어." 나는 복도를 서성거렸고, 컬리는 여전히 계단에 앉아 뭔가 알 것 같은 사람이 떠오르는 대로 문자메시지를 보내고 있었다. 시어서가 사라진 지 몇 시간이 지났다.

"시어서가 자전거를 타고 언덕을 올라왔어?"

"응. 음, 아니. 그건 아니야." 나는 세탁기를 돌리느라 늦게 나가봤다고 말하며 죄책감을 느꼈다. 나는 계속 서성이다 걸음을 멈추고 컬리가 시어서의 자전거를 발견했다고 설명했다.

"그런데 자전거를 챙겨 들어오지도 않았대?"

"세상에. 휴. 그건 중요하지 않아."

컬리가 자신에 대해 뭐라고 한다는 걸 본능적으로 알아차렸는지 고개를 들었다.

"그래서, 컬리는 블랙록에서 오는 길에 시어셔를 못 봤대?"

"응. 이미 말했잖아. 그리고 당신도 시어셔를 알잖아, 보통은 연락을 해. 이웃집에도 다 찾아가봤어. 그런데 아무도 못 봤대. 휴. 시어셔가 사라졌다고."

"시어셔의 친구들은? 시오랑 에이미. 또 한 명은 이름이 뭐였더라, 그 머리 긴 애."

"컬리? 머리가 이런 애 있잖아, 개한테 문자 보냈니?" 나는 머리 위로 동그라미를 그리며, 구불구불한 머리를 늘 포니테일로 높이 묶는 남자애를 떠올리려 애썼다.

"로스요? 네. 모른대요." 컬리가 소용없다는 듯이 핸드폰을 들었다.

"다들 아무것도 모른대. 휴. 에이미가 던 리어리에서 시어셔를 만났는데 괜찮았대. 이상한 거 없었대, 평소랑 똑같았대."

"시어셔가 자전거를 타고 집으로 가는 걸 봤대?"

"컬? 시어셔가 자전거 타고 집으로 가는 걸 에이미가 봤다고 말했니?"

"아, 맞다. 잠깐만요."

"너희는 왜 전화를 안 하니? 왜 다들 문자메시지만 보내는 거야? 컬리가 지금 에이미한테 문자 보내고 있어. 잠깐, 기다려, 휴. 당신은 내가 자전거를 탄 시어셔를 못 봤다고 생각하는 거야? 지금 그 말이야? 내가 봤어. 확실히 시어셔였어."

"아니야, 로지. 난 그게 아니라…… 있잖아, 나도 무슨 일인지 모르겠어. 그래서 그냥 물어보는 거야, 바보 같은 질문이라도." 그런 다음 자기 말을 완벽하게 증명하듯이 덧붙였다. "전화는 해봤어?"

"천 번은 했어. 전화기를 꺼놨거나, 모르겠어, 배터리가 다 됐나봐."

"그래, 알았어." 휴가 말했다. "집으로 갈게."

휴가 저녁 여덟시 전에 던 설계사무소의 책상 앞을 떠나는 것은 드문 일이었다. 아이들과 나는 우리끼리 저녁식사를 하는 것에 이미 익숙했다. 휴가 걱정하지 말라고 말하면 좋겠다는 마음이 들었다. 그가 그렇게 말하기만 하면 모든 것이 괜찮아지고 시어셔가 문 앞에 나타날 것처럼. 하지만 휴가 일찍 퇴근한다는 말을 들으니 마음이 약해졌고, 계단 맨 아랫단에 앉아 어느새 그에게 생각도 할 수 없는 질문을 하고 있었다.

"휴, 경찰서에 전화할까?"

"경찰서? 젠장. 일단…… 일단 집에 가서 같이 생각해보자, 알았지? 지금 나왔어."

휴가 이웃집을 다시 찾아갔고, 시간이 있는 사람들과 함께 여기저기 찾아다녔다. 나는 집에서 기다리기로 했고, 금방이라도 시어셔가 열쇠로 문을 열고 들어오기를 바라며 복도를 서성였다. 휴가 시어셔의 이름을 부르며 거리를 뛰어다니고, 지나가는 사람의 팔꿈치를 붙잡고 자기 핸드폰 화면을 정신없이 가리키며 혹시 시어셔를 봤느냐고 묻는 장면이 떠올랐다. 컬리는 노라, 데클런 캐시디와 차를 타고 더 멀리 나가 부터스타운, 스틸로건, 레오파즈타운을 돌아보았다.

여덟시 삼십분경 두 팀이 몇 분의 간격을 두고 빈손으로 돌아왔다. 그 시간까지 못 찾으면 신고하기로 했었다. 컬리는 복도 바닥에 쪼그려앉았고 나는 벽에 기대어 서서 몸을 지탱했다. 휴가 다이얼을 돌렸다.

"여보세요. 네, 실종 신고를 하고 싶은데요."

믹 멀론 경위가 여경과 함께 열시에 찾아왔는데, 그날 밤 이후로 본 적 없는 여경의 이름은 생각나지 않는다. 그녀는 제복 차림이고 멀론은 진회색 양복에 흰 셔츠, 남색 타이의 평복 차림이었다. 멀론은 키가 크고 몸이 단단해서 무엇도, 누구도 그를 쓰러뜨리지 못할 것 같았다. 우리보다 열 살 정도 많아 보였다. 추측건대 50대 같았다. 여경은 20대 후반이었다.

"자." 멀론이 창가에 놓인 휴의 회전의자에 앉아 가슴주머니에서 검은 수첩을 꺼내며 말했다. 여경은 시어셔가 영화를 볼 때 주로 차지하는 자리에 앉았다. "따님인 시어셔가 살짝 걱정을 끼치고 있군요."

나는 과잉보호하는 부모가 소동을 피운다는 듯한 뉘앙스가 마음에 들지 않았고, 휴 역시 그런 것 같았다.

"살짝 걱정을 끼치는 게 아니에요. 지금 몇 시간째 실종 상태입니다. 그러니 엄청나게 걱정할 만하지 않습니까?"

"죄송합니다, 단어를 잘못 선택했군요." 멀론 경위는 더는 불쾌한 말이 나오지 않도록 목을 가다듬듯 끙 하고 신음했다. "우리가 이 일을 심각하게 받아들이지 않았다면 여기 오지도 않았을 겁니다. 그것만큼은 확실하게 말씀드리죠, 던 씨."

휴와 나는 경위의 맞은편 소파에 앉아 아무 말도 하지 않았다. 컬리는 커피 테이블 앞 작은 스툴에 앉아 있었다. 겁에 질린 아들은 다리를 떨면서 엄지가 새빨개지도록 물어뜯었다. 휴와 나는 우리끼리 경찰을 만날까 생각하기도 했지만 우리가 뭔가를 깜빡할지도 몰랐으므로 다른 사람이 보충 설명을 할 수 있도록 셋이 같이 있기로 결론을 내렸다.

"지금까지 이런 적이 한 번도 없었습니까? 갑자기 몇 시간 동안 연락도 없이 나간다든가 하는 일 말입니다. 사람들은 잘 인정하지 않지만 생각보다 흔한 일이거든요."

"없어요." 휴와 내가 동시에 말했다. "늦으면 항상 문자를 보내거나 전화했어요." 내가 계속 말했다. "항상요. 그래서 너무 이상한 거예요. 그러니까 제 말은, 모든 일에는 처음이 있다는 건 알지만 이건…… 이건 정말 시어셔답지 않아요."

"좋습니다, 우리가 아는 것부터 시작해보죠." 당시 믹은 무척 사무적이고 감정을 거의 드러내지 않았다. 하지만 이후 몇 년이 지나면서 태도가 바뀌어 상황이 힘들어질 때마다 우리에게 얼마든지 시간을 내주곤 했다. "전화로 말씀하신 내용에 따르면 오늘 오후 두시 이십분에 시어셔를 마지막으로 보셨다고요."

"네, 맞아요." 내가 말했다. "저 앞 도로에서 자전거 타고 오는 걸 봤어요. 그전에는 던 리어리에 쇼핑하러 갔었고요."

"확실히 시어셔였습니까? 시어셔의 친구는 아니었나요? 요즘 여자애들은 비슷비슷해 보여서요."

"아니에요." 내가 그의 눈과 코 주변의 건조하고 붉은 피부를 바라보며 쏘아붙였다.

내 마음속에는 그 아이가 시어셔였다는 사실에 한 치의 의심도 없었다. 특정 나이대의 여자애들이 전부 비슷하진 않아 이 멍청한 남자야, 라고 쏘아붙이고 싶었다. 하지만 우리에게 필요한 사람이었기 때문에 꾹 참았다.

"엉뚱한 곳에서 시작하지 않도록 확실히 해두어야 합니다,

던 부인. 시어셔라고 말씀하셨지만 다른 사람이, 예를 들어 시어셔의 친구가 무슨 이유에서든 자전거를 타고 집에 오고 시어셔는 내내 던 리어리에 있었을 수도 있지 않을까요?"

"딸의 친구는 대부분 남자애예요. 여자애였다면 에이미일 텐데, 에이미는 금발이고요." 나는 점점 초조해졌다. "그리고 던 부인이 아니라 로지라고 불러주세요." 그가 나를 너무 공식적인 호칭으로 불러서 이 끔찍한 느낌이 너무나 진짜 같았다.

믹과 나는 시작이 썩 좋지 않았지만 시간이 지나면서 완전히 바뀌었다.

"로지." 그가 고개를 끄덕이고 미소를 지으며 말했다. 믹은 정말 멋진 미소를 가지고 있었다. 적대적인 상황에서도 흔들림 없이 친절하고 천천히 사라지는 미소였다. "기분을 상하게 하거나 저에게 하신 말씀을 의심하려는 뜻은 아니었습니다. 단지 상황을 최대한 똑바로 파악해야 해서 그런 것뿐입니다. 시어셔를 위해 이해해주세요."

그러자 그의 멍청함과 건조한 피부에 대해 속으로 했던 생각이 부끄러워졌다. 나는 그에게 아내가 있을까, 아이가 있을까, 밤에 집으로 돌아가면 아이들을 원하는 것보다 더 꽉 끌어안아줄까 궁금했다. 어쩌면 나 역시 아이들을 찾아주기 바라는 절박하고 가슴 찢어지는 부모를 매일같이 만나면 저렇게 지친 표정이 될지도 몰랐다. 나중에 알았지만 믹은 이런 일의 전문가였고, 담당한 사건 가운데 해결하지 못한 아이들의 사진을 지갑에 넣어 다녔다.

"물론이죠." 내가 휴를 보며 대답했다. 휴는 자기 앞에 놓인 차갑게 식은 밀크티보다 더 창백해 보였다.

"괜찮아, 당신은 잘하고 있어." 그가 내 손을 잡으며 안심시켰다. "당신이 본 자전거 탄 아이가 시어셔였다는 거 알아. 우린 당신을 믿어."

"혹시 말이에요." 여경이 끼어들었다. "시어셔와 자주 연락하는 지인들의 연락처부터 시작하면 어떨까요?" 그녀가 허락을 구하듯 믹을 보았다.

믹이 고개를 살짝 끄덕이고 잠시 뜸을 들이더니 다시 말했다. "이 시점에서 꼭 말씀드리고 싶은 것은, 우리가 여러분께 여쭤보는 질문과 작성을 요청하는 목록은 기록용이라는 겁니다. 대부분의 경우에는 실종자가 스스로 돌아옵니다. 우리는 해야 할 일을 하는 것뿐이니 양해해주시기 바랍니다. 만약 이 일이 오해나 뭐 그런 것이 아니라면 재빨리 대응해야 하니까요. 괜찮으시죠?"

나는 곧 돌아올 가능성이 크다는 말을 듣자 마음이 가라앉았다.

컬리가 즉시 핸드폰을 꺼내더니 자기가 아는 이름과 전화번호를 적을 종이를 찾으려고 일어났다.

"그리고 시어셔에게 핸드폰이 있다면 맨 위에 번호를 적어주시겠어요?" 믹이 다시 말했다. "또 시어셔가 던 리어리에서 들렀을 가능성이 높은 가게 이름도 적어주시고요. 상황이 바뀌지 않으면 며칠 동안 가게와 사무실을 전부 찾아가겠지만, 어디에 갔는지 확실히 알면 좋으니까요."

컬리가 커피 테이블 앞에 다시 앉아 마지막 지시를 잘 이해하지 못하겠다는 표정으로 고개를 끄덕였다.

"이리 줘, 가게는 내가 적을게." 내가 컬리에게 펜과 종이를 달라고 했다. "시어셔가 바닥에 늘어놓는 쇼핑백을 봐서 대충 알아."

"뭘 입고 있었는지 말씀해주시겠습니까?" 믹이 수첩에 세부 사항을 적으려고 펜을 들었다.

"까만 레깅스에 아무 무늬도 없는 후디였어요." 이미 목록을 적기 시작한 내가 고개를 들고 말했다. "흰색 아디다스 러닝화를 신었고 목걸이를 했어요. 스마일리 은 목걸이요."

우리가 지난 3월 시어셔의 열일곱번째 생일 때 선물한 것이었다. 시어셔는 두 살 때부터 줄곧 잘 웃었기 때문에 우리끼리 농담으로 스마일러라고 불렀다. "스마일러 오네." "스마일러 어디 있어?" 휴는 저녁에 현관문을 들어설 때 시어셔가 아직 잠들어 있지 않으면 이렇게 불렀다. 우리는 시어셔가 목걸이 선물을 재미있다고 생각할 줄은 알았지만 그렇게까지 좋아하면서 항상 하고 다닐 줄은 몰랐다.

"좋습니다. 아까 전화로 머리는 길고 까맣고 눈은 파란색이라고 하셨지요. 점 같은 건 없습니까?"

"네, 하지만 작은 흉터가 있어요. 바로 여기, 아주 작아요." 내가 펜으로 이마의 헤어라인 가운데를 가리켰다. "어렸을 때 넘어졌는데 그게…… 그게…… 언제였는지 기억이 안 나요." 시어셔가 어쩌다 넘어졌는지 오래전부터 잊고 있었다는 사실에 눈물이 차올랐다. 전에는 별로 신경쓰이지 않았지만 이제는 마음에 걸렸다. "휴, 기억나? 당신은 알아?" 내가 물었다. 점점 당혹스러워졌다.

"로지, 괜찮아. 꼭 아실 필요는 없을 거야—"

"네, 전혀 상관없습니다. 저희한테는 별로 중요하지 않아요." 믹이 끼어들었다. "그냥 혹시 저희가—"

"모니카가 알 거예요." 나는 두 사람이 아무 말도 안 했다는 듯이 무시했다. 모니카는 시어셔가 어렸을 때 다닌 어린이집 원장이었다.

"로지, 왜 그래." 휴가 내 어깨를 감싸고 위로하며 마음을 가라앉혀주었다. "괜찮아, 자. 이러지 마, 괜찮아."

나는 그의 품에 안겨 그 무시무시한 순간으로 돌아가려고 애썼다. 나는 시어셔가 넘어진 걸 보고 몸을 숙여 아이를 일으킨 뒤 안아주면서 우리 아기, 놀랐겠구나, 라고 말했을 것이다. 나는 아이가 진정할 때까지 입을 맞추며 달랜 것을 기억하고 싶었다. 내 어깨에 기댄 시어셔의 작은 머리를 떠올리고 싶었지만 떠오르지 않았다. 그러다가 컬리가 겁을 먹고 얼굴이 하얗게 질려 나를 보고 있다는 것을 깨달았다. 그것만으로도 휴의 품에서 떨어져 눈과 코를 닦고 작은 목소리로 사과한 다음 다시 가게 목록을 적기에 충분했다.

"사과하지 않으셔도 돼요, 로지." 믹이 말했다.

"차 한잔하시죠." 여경이 분위기를 바꾸려고 씩씩하게 제안하더니 어느새 자리에서 일어나 부엌으로 향했다.

믹이 다시 미소를 지었다. "힘든 건 알지만 두 분이 괜찮으시면 계속하겠습니다. 몇 가지만 더 여쭤보면 됩니다. 많이 알수록 좋으니까요. 최대한 빨리 끝내겠습니다."

"물론이죠." 휴가 대답했다.

"머리를 묶었나요, 풀었나요?"

"풀었어요." 나는 코를 훌쩍였다. "그게 더 편하거든요, 음, 헬멧을 쓰니까요."

"차를 보셨습니까? 못 보던 차, 아니면 밴이요. 창밖을 봤을 때 말입니다, 로지."

나는 시어셔가 아주 좋아하는 던 리어리 쇼핑센터의 옷가게 이름 '앤젤로스'를 적다 고개를 들었다. "아니요, 아무것도 못 봤어요. 컬리, 블랙록에서 걸어올 때 뭐 봤니?"

"주변에 신경을 안 썼어요." 컬리는 아까 마을에서 집으로 걸어오면서 지나가는 모든 차와 운전자와 번호판을 주의깊게 보지 않은 것이 잘못인 것처럼 믹을 흘끔거렸다.

"걱정하지 마, 이웃 사람들이 뭔가 봤을지도 몰라."

"아쉽지만 못 봤답니다." 휴가 대답했다. "로지랑 제가 물어 봤어요."

"아무튼 이웃분들과 이야기를 나누고 싶군요. 제가 가서 인사를 드려서 나쁠 건 없죠."

나는 컬리가 전화번호를 적도록 종이를 넘겨주면서 믹이 지금까지 시어서가 곧 돌아올 거라고 우리를 안심시켰지만 자신도 전혀 믿지 않는 것이 아닐까, 그래서 이웃을 만나려는 것이 아닐까 생각했다. 여기 자주 오게 될 테니 인사를 해두려고. 그러자 다시 초조해졌다.

"자, 차 드세요." 여경이 찬장 깊숙이에서 꺼낸 티포트, 머그잔, 설탕 그릇, 내가 한 번도 쓴 적이 없으므로 그릇 스스로도 자신의 쓰임새가 뭔지 모를 밀크 저그를 쟁반에 담아 가져왔다. 그녀가 머그잔 다섯 개에 차를 따라서 나눠주었다. 나는 억지로 한 모금 마셨을 뿐 그뒤로는 손도 안 댔던 것 같다.

"있잖아요." 믹이 내 생각을 읽은 것처럼 말을 이었다. "단순한 사건일 수도 있어요, 여러분이 모르는 시어서의 친구가 잠깐 들러서 거절할 수 없는 제안을 했을지도 모르죠." 그가

2부 259

입을 꾹 다문 채 미소를 지었고, 희망을 주려는 듯이 눈썹을 치켜올렸다. 나는 시어셔의 친구 가운데 운전을 하기는커녕 차를 가진 아이도 없다는 사실을 잘 알았지만 그 희망을 양손으로 꽉 붙잡고 매달렸다. 어떤 친구가 막 운전을 배워서 아버지 차를 빌려 탔을 가능성도 있지 않을까? 그래, 정말 그럴 가능성이 있었고, 나는 구명보트가 필요했다. 나와 마찬가지였던 휴가 내 손을 꼭 쥐더니 믹 멀론의 말에 희망을 품고 그렇다는 뜻으로 고개를 끄덕였다.

"하지만 자전거 말인데요." 그때 휴가 말했다. "그러니까 제 말은, 자전거를 눕혀놓은 것 말이에요. 서두른 느낌이 들어서요. 산울타리에 기대어놓거나 진입로 담에 세워놓을 시간도 없었다는 건데, 특별한 일이 있지 않고서야 누가 자전거를 바닥에 던져놓겠어요?"

"특별한 사람이거나요." 컬리가 커피 테이블에서 고개를 들었다. 그러면서도 자기 말에 스스로 놀란 것 같았다. "음, 경위님이 말씀하신 것처럼 누가 와서 누나가 놀랐을지도 몰라요."

"만나는 사람이 있었니?" 믹이 고개를 숙여 목록을 보며 물었다. "거기 적힌 애들 중에서 말이야. 테일러나 로스―아니면 거기 그 이름은 뭐지?"

"대런이요."

"그래. 그애들 중에서?"

"글쎄요." 내가 설마 하는 마음에 휴와 컬리를 번갈아 보았다. "우리가 아는 한은 없어요. 아마 에이미가 알려줄 수 있을 거예요. 식구들끼리 가깝긴 하지만 우리가 모르는 게 분명 있을 거예요. 컬, 너한테 무슨 말 한 적 없지?"

"네, 없어요."

"거기 적힌 친구들과의 사이에 아무 문제도 없었습니까? 싸워서 마음이 상했거나 그런 적은요?"

없어요. 우리는 낙심하며 대답했다. 이 남자가 시어셔를 찾기 위해 정확히 무엇을 해야 할지, 어디에서부터 시작할지 알 수 있도록 무슨 말이라도 해주면 좋겠다는 생각이 들었다.

"다만." 내가 그날 저녁 휴가 돌아왔을 때 했던 말을 초조하게 되풀이했다. "시어셔가 던 리어리에 가기 전에 우리가, 시어셔와 제가 말다툼을 했어요."

네 사람이 일제히 나를 보았고, 믹과 여경은 드디어 뭔가 나오는군, 이라는 표정을 지었다.

"대단한 말다툼은 아니었습니다." 남편은 그 자리에 없었지만 내 말을 곧이곧대로 믿고 나를 변호했다.

"아주 단순하고 가장 무해한 일이 연쇄반응을 일으킬 때가 많습니다." 멀론이 말했다. "우리한테 전부 다 알려주시는 게 중요해요. 계속하세요, 로지."

"태워다달라고 했어요. 그게 다예요." 내가 의자에 앉은 채 자세를 바꾸고 아까 있었던 일을 떠올리며 눈을 감았다.

차를 태워다달라니 시어셔답지 않았다. 시어셔는 휴처럼 어디든 자전거를 타고 다녔다.

"하지만 머리가 아프단 말이에요." 내가 막히는 도로에서 자동차에 앉아 있는 것을 더 좋아하는 네 남동생을 닮아가나 보다고 재미있다는 듯이 말하자 시어셔가 그렇게 대답했다.

사실 나는 시어셔가 엄살을 부린다고 생각했다. 전날 밤 아래층에서 새벽까지 몰래 영화 보는 소리를 들었기 때문이다.

"너무 늦게 잠들지 않는 게 도움이 될 텐데." 내가 엄마들만이 하는 방식으로, 발가락을 밟아버리고 싶을 만큼 얄밉게 말했다. "게다가 두통에는 자전거를 타고 신선한 바람을 쐬는 게 제일 좋아." 그때 이후로 매일매일 그렇게 말한 나 자신을 얼마나 미워했는지 모른다. 내가 땅에 묻히고 그 말에 생명을 준 성대와 혀에서 벌레들이 잔치를 벌일 때까지 나는 평생 나 자신을 미워할 것이다.

"알았어요." 시어셔가 말했다. "알았어요. 그럼 태워다주지 마세요, 자전거 타고 갈게요. 하지만 나한테 무슨 일이 생기면 전부 엄마 탓이에요."

시어셔가 쿵쾅거리며 다용도실로 가서 뒷문을 열었고, 나는 시어셔를 따라가며 말했다. "오늘 저녁은 네가 제일 좋아하는 맥앤드치즈니까 늦지 마."

시어셔가 자전거를 끌고 쿵쾅거리며 뒤쪽 대문으로 나가는 모습을 지켜보는데, 결연했던 내 마음이 시어셔가 끙끙거릴 때마다 조금씩 누그러졌다.

"아, 알았어." 결국 시어셔가 얼마나 화가 났는지 깨닫고 내가 말했다. 미용실 예약 시간에 조금 늦으면 되지, 나는 생각했다. 이번 한 번은 애니가 용서해줄 거야. "태워다줄게."

나는 뒷문을 열어둔 채 시어셔를 따라 길로 나갔다. 하지만 시어셔는 내 말을 못 들었는지, 아니면 못 들은 척하기로 했는지 나가버렸고, 뒤쪽 대문을 열어둔 채 페달에 한 발을 올리고 반대쪽 다리를 넘겨 자전거에 올라타더니 진입로를 지나 도로로 나갔다. 그렇게 우리의 인생은 영영 바뀌었다.

나는 몰랐지만 믹에게 무슨 일이 있었는지 설명하는 내내 눈물이 계속 흘러 티셔츠 옷깃을 적셨다. 나는 피부가 축축한 것을 느끼고서야 눈물이 흐르고 있음을 깨달았다.

"미안해요." 나는 그들에게, 누구보다도 시어셔에게 속삭였다. 나는 고개를 숙였고 휴가 내 손을 잡았다.

"시어셔가 그렇게 날카로웠던 것이 단순히 두통 때문이었을까요, 로지?" 믹이 한순간도 허투루 낭비하지 않고 나를 압박하며 물었다. "시어셔가 오늘 던 리어리에 가야만 했던 또다른 이유는 없을까요?"

"글쎄요, 없어요. 내가 아는 한 시어셔를 괴롭히는 문제는 없었어요."

"다른 분들도 마찬가지인가요?" 믹이 우리 가족을 한 사람씩 차례로 쳐다보았다. 나는 우리 셋 모두 더는 할말이 없다는 죄책감에 사로잡혀 있지 않을까 생각했다. 우리는 고개를 저었다.

경위가 자기 수첩을 살펴보더니 커피 테이블에 놓인 컬리의 목록으로 손을 뻗었다. 그런 다음 목록을 확인하고 종이를 접어 수첩과 함께 안쪽 가슴주머니에 넣었다.

"사진이 필요할 겁니다. 최대한 많이요."

휴와 컬리가 사진을 찾기 시작했고, 사진첩과 현상해두었지만 아직 정리하지 않은 두툼한 봉투를 가지고 왔다.

"표정이 다양할수록 좋습니다. 우리가 시어셔를 알아볼 수 있게요." 믹이 말했다. 그가 시어셔의 일생을 살펴보는 동안 내가 그를 빤히 바라보았다. "그리고 그 방향으로 진행해야 할 경우 배포할 사진을 골라야 합니다. 가능하면 그 목걸이를 한 사진으로요."

휴와 컬리가 최근 사진을 찾느라 각자의 핸드폰과 내 핸드폰을 살펴보는 동안 나는 이제 우리가 그런 가족이 되는 걸까 생각했다. 딸의 사진이 전단지와 우유갑과 버스와 버스 정류장에 도배되는 가족. 휴 역시 같은 생각을 하는지 핸드폰 화면을 넘기다가 동작을 멈췄다.

"이걸 가져가도 될까요?" 믹이 사진 뭉치를 집어들었다.

"물론입니다." 휴가 대답했다. 약간 목을 가다듬은 다음에야 목소리를 다시 낼 수 있었다.

"한 장씩밖에 없는 건 아니지, 휴?" 나는 또다시 당황했고, 그가 그렇다고 할 경우 시어셔의 사진을 집어들려고 손을 내밀었다.

"걱정하지 마, 여보. 더 뽑을 수 있어."

나는 마지못해 손을 내렸지만 믹이 쌓아놓은 사진에서 눈을 뗄 수 없었다. 시어셔가 다시 사라지는 듯한 느낌이 들었다. 믹은 퀼리와 휴가 핸드폰에서 찾은 사진을 유심히 보고 몇 장 고르더니 자기 번호로 보내달라고 했다.

"좋습니다. 지금으로선 필요한 걸 다 얻은 것 같네요." 그가 사진 뭉치를 트럼프 카드처럼 커피 테이블에 톡톡 쳐서 정리했다. 나는 믹이 사진을 연락처 목록과 같이 안주머니에 넣는 것을 지켜보았다. "이웃분들을 만나보겠습니다. 기억이 아직 생생할 때 더 많은 정보를 얻는 게 좋으니까요."

"같이 가시죠. 제가 소개해드리겠습니다." 휴가 말했다.

"아니, 아니, 괜찮습니다. 그냥 계세요. 이제 다 됐습니다."

젊은 경찰이 자리에서 일어나 믹을 따라 거실 문으로 향했다. 믹이 걸음을 멈추더니 우리를 향해 돌아섰고, 바지 주머니에 손을 넣어 지갑을 꺼냈다.

"내일 아침에 제일 먼저 연락드리겠습니다. 뭐든 새로운 소식이 있으면 언제든 연락주세요. 제 명함입니다. 이게 직통번호예요. 이 번호로 연락이 안 되면 핸드폰으로 전화하세요. 제가 전화를 받지 않으면 메시지를 남기시고요. 그리고 잊지 마세요." 그가 마지막으로 말했다. "보통 집으로 돌아오는 경우가 더 많습니다."

현관문이 닫히고 셋만 남자 우리는 다시 핸드폰을 확인하고, 창밖을 내다보고, 현관문 소리가 들리지 않는지 귀를 기울였다. 내가 원하는 것은 시어서를 끌어안고 너무 많은 일에 대해 미안하다고 말하는 것뿐이었다. 고작 생후 육 주밖에 안 된 시어서를 데려가라고 했던 것, 아까 차를 태워다달라고 했는데 태워다주지 않은 것에 대해. 남은 평생 언제라도 어디든지 데려다주겠다고 말하고 싶었다. 늘 준비되어 있을 거라고, 시어서가 무슨 말을 해도 두 번 다시 의문을 제기하지 않겠다고.

별로 안 멀어. 여자가 대답했다.
바로 저 위야.

그때부터 휴는 순전한 결단력과 확고한 절박함으로 하루하루를 헤쳐나갔다. 경찰과 긴밀히 협력하며 자원봉사단을 꾸려 시어셔의 핸드폰이나 가방, 뭐든 사건의 단서가 될 수 있는 물건을 찾아 블랙록과 던 리어리 사이뿐만 아니라 그 너머까지 샅샅이 훑었다.

모두 다 왔다. 엄마, 아빠, 마이클프랜 삼촌, 휴의 부모님과 남동생 엘리, 친척 아저씨들, 직장 동료들, 컬리의 친구들, 같은 학교 학생들과 교사들, 우리 이웃, 내 직장 동료 빌리와 로저, 내가 아이들을 등하교시키며 사귄 친구들, 그 가족들, 그 이웃들, 멀리 위클로에서까지 찾아온 모르는 사람들, 벨파스트에서 여기까지 와준 어떤 남자. 그들이 이 지역의 모든 도로

와 골목길, 막다른 길을 찾아다녔다. 우리집에서 500미터도 안 떨어진 장로교회가 수색 본부가 되었고, 사람들이 워킹화와 러닝화와 반바지와 티셔츠, 때로 일기예보가 나쁘면 바람막이 점퍼와 트랙슈트를 입고 교회에서 쏟아져나왔다. 엘리가 그날 각자 어느 지역을 수색할지 설명했다. 휴는 동생이 주도하는 것이 낫다고 말했다. 한 발짝 떨어져 있는 사람이 늘 좀더 분별 있고 덜 감정적이라면서. 휴의 건축업계 동료들이 만들어준 대축척 지도를 이용해서 엘리가 각 지역을 설명했다. 사람들은 각각 A, B, C, D, E 등등 하나의 그룹에 배치되었다. O그룹까지 조직된 날도 있었던 것 같다. 각 그룹은 열 명으로 구성되고 리더가 한 명씩 있었는데, 우리 가족이나 우리를 아주 잘 아는 사람이었다.

자원봉사자들을 상대하는 것은 나보다 휴가 나았다. 휴는 그들에게 말이라도 할 수 있었지만 나는 너무 큰 충격을 받아 말도 못하는 엄마였다. 어떤 사람들은 나에게 와서 인사하며 동정했고, 어떤 사람들은 나를 피했다. 누가 그들을 탓할 수 있을까? 나는 힘내라는 말은커녕 미소도 짓지 못했다. 하지만 노력은 했다. 매일 브리핑 직전에 휴와 내가 손을 잡고 지도 옆에 서 있었고, 나는 이렇게 시간을 내서 시어셔가 돌아오도록 도와주시다니, 이게 얼마나 큰 의미를 갖는지 모르실 거예요, 이런 비슷한 말을 했다. 적어도 내가 늘 하려던 말은 그랬다. 하지만 말을 하다 가끔은 눈물이 나서, 가끔은 나에게 남은 것이 하나도 없어서, 말을 끝까지 할 에너지가 없어서 중간에 멈추었다. 나는 내 허리를 꽉 끌어안는 휴의 팔을 느끼고 고개를 떨구었고, 그가 대신 말을 끝맺었다.

얼마나 많은 것을 받았는지, 전혀 모르는 사람들이 얼마나 많은 것을 주었는지 모른다.

나는 한발 물러서서 이 조직이 활발하게 굴러가는 것을 보며 내 세포 하나하나가 그 사람들의 일부가 될 수 있기를 바랐다. 외부인, 도와주러 온 사람, 버려진 테스코 쇼핑백을 일일이 들춰보고 길가에서 텅 빈 감자칩 봉지와 클럽 오렌지 병을 들쑤시고 집집마다 전단지를 나눠주면서 시어셔라는 여자아이에 대한 단서를 찾으려고 최선을, 정말 진심으로 최선을 다하는 사람이 되고 싶었다.

나는 나이고 싶지 않았다.

수색대는 복도에서 나눠주는 점심 도시락을 받은 다음 무리를 지어 나갔다. 누구였는지 기억나지 않지만 슈퍼밸류 슈퍼마켓에서 일하는 누군가가 생수와 묵직한 마분지상자에 든 과일을 기부했다. 그 무더운 여름 아침마다 바나나 냄새가 둥둥 떠다녀서 속이 메슥거렸다. 나는 지금까지도 바나나를 못 먹는다. 지역 가게에서 기부를 받지 못하면 샌드위치를 만들었다. 그게 내 일이었다. 엄마와 나는 새벽이 밝아올 무렵 일어나 빵에 버터를 발랐다. 필요한 비용은 휴와 내가 모두 부담했다. 자원봉사자들은 리더를 따라 얌전히 길을 건너 밴이나 자동차를 타고 떠났고, 강당은 소란스러운 침묵에 빠졌다.

나흘 동안의 노력이 성과를 거두지 못하고 닷새째 되던 날 아침, 봉사자들이 출발하는 순간 나는 갑자기 숨을 쉴 수 없었다. 허리를 꺾고 마라톤이라도 뛴 것처럼 격렬하게 들썩거렸고, 내가 바닥에 완전히 쓰러지기 직전에 엄마가 간신히 나를 붙잡았다.

"아, 로지." 엄마가 나를 일으켜 자리에 앉히며 말했다. 엄마는 내 등을 연신 문질러주었고, 나는 그 손길이 멈추지 않기를 바랐다. 엄마는 나를 차에 태운 다음 초조해하며 멈췄다 출발했다 하면서 집까지 얼마 안 되는 거리를 갔다. 집에서는 누군가가 늘 기다리고 있었다. 보통 이웃 사람 가운데 하나였는데, 시어셔가 올 경우에 대비해 아는 사람이 늘 기다리고 있어야 한다고 내가 고집을 피웠다.

나는 견딜 수가 없었다. 이번에는 성과가 있을까 생각하며 강당에서 초조하게 기다리다 한 팀 한 팀 아무 성과도 없이 마호가니 문으로 차례차례 들어오는 모습을 지켜보고 있노라면 실망보다 더한 느낌이 들었다. 심장이 시드는 느낌, 심장 속의 피와 박동이 전부 사라지는 느낌이었다.

시어셔가 실종되고 얼마 지나지 않아 네이선과 대니얼이 미국에서 돌아왔다. 우리를 돕기 위해 이제 어른이 된 아들과 딸까지 데려왔다. 당시의 어떤 순간은 아주 뚜렷하게 남아 있는데 어떤 순간은 그렇지 않은 것이 너무 이상하다. 예를 들어 어느 날 밤 대니얼이 더블린 시내에서 전단을 나눠주고 돌아왔을 때의 메마른 손이 그렇다. 대니얼은 건조한 손 때문에 늘 고생했다. 더운 날씨, 추운 날씨, 심지어는 공기 자체가―바람이 부는 날은 특히 더했다―대니얼의 살갗을 벌겋고 갈라지게 만드는 것 같았다.

"세상에, 대니얼." 내가 손을 뻗어 오빠의 거친 손을 어루만졌다.

"로지, 난 평생 건설 현장에서 일한 사람이야. 방법을 알아. 괜찮아." 대니얼이 손을 빼려 했지만 나는 딱딱하고 거친 손을 꼭 잡고 놓지 않았다.

"바를 거 있어?"

"아니, 난―"

"핸드크림 있어." 내가 계단을 가리켰다. 위층 어딘가에 도움이 될 만한 것이 분명히 있었다.

"아, 신경쓰지 마. 더 심할 때도 많아." 하지만 나는 대니얼의 말을 듣지 않고 위층으로 올라가 화장대에서 거의 열어보지도 않은 크림 병을 찾아냈다. 그리고 자리로 돌아와 대니얼이 계속 괜찮다고 하는데도 살짝 갈라진 부분에 노란 크림을 아주 조심스럽게 발랐다. 빨간 손가락에 크림이 묻어 번들거렸다.

"곧 마를 거야. 진짜야, 대니얼. 그리고 향도 없어. 전부 천연 성분이야, 밀랍 같은 거."

"밀랍이라고? 정말?" 대니얼이 번들거리는 손을 들자 나는 오빠가 휴에게 빌려 입은 레인코트에 손을 문질러 닦을지도 모른다고 생각했다. 폭풍우 예보가 있었는데 우리가 사는 동부 해안까지 몰려올 경우에 대비해 빌려준 것이었다.

"필요하면 난방을 틀어줄게."

"난방? 8월에? 그게 무슨 천인공노할 신성모독이야. 됐어, 이제 괜찮아. 대신 내가 우리 둘이 마실 차를 내려볼까?"

대니얼은 부엌으로 가기 전에 나를 꼭 끌어안고 아주 잘하고 있다고 위로해주었다. "너도 알지, 우리가 꼭 찾을 거야." 대니얼이 내 귀에 속삭였고, 나는 대니얼의 가슴에 손을 얹고 심장박동을 느꼈다.

어둠이 내려앉고 또다시 수색이 끝났지만 가방도 핸드폰도 아무 흔적도 찾지 못했을 때면 휴와 나는 거실에 앉아 왜 시어서가 떠나기로 했을까 다시 한번 생각했다. 우리는 왜 우리 딸을 잃은 걸까? 우리는 머릿속을 맴돌던 추측을 아주 당연하다는 듯 두서없이 입에 올렸고, 속으로만 하던 생각을 밖으로 쏟아냈다. 시어셔가 정말 그 정도로 우리에게 화가 난 걸까? 내가 물었다. 우리는 겨우 몇 시간 잠들었다 깨어나, 휴가 데임 스트리트 건물을 대대적으로 재설계하는 것처럼 우리 삶에 일어난 큰 변화 때문에 그런 일이 생긴 건지 이야기하기도 했다. 휴의 근무시간이 길어져서, 아니면 내가 일이랑 결혼했느냐고 투덜거려서 시어셔가 떠났을까? 아니면 시험, 그 빌어먹을 졸업시험 때문이었을까? 중압감이 너무 심했던 걸까? 아니면 애정 문제였을까? 우리가 아는 한 그런 관계는 없었지만…… 10대는 비밀이 많다, 그렇지 않은가? 부모의 시선을 피해 자기 삶을 만들어나가려 하는 법이고, 또 그러는 것이 옳다. 온갖 생각이 우리 머릿속에서, 그리고 우리 대화 속에서 되풀이되었고 우리가 한 일과 하지 않은 일에 대해, 물어본 것과 묻지 않은 것에 대해 계속 자책했다. 우리가 시어셔를 위해 결정한 것이 그애를 잘못된 길로 내몰았을지도 몰랐다.

휴는 관련된 사람들의 목록을 만들고 전부 기록했다. 그에게는 공책이 하나 있었다. 그는 책등이 빨갛고 표지가 딱딱한 까만 공책에 전부 적어놓았다. 급하게 필요할 때를 대비해 모든 자원봉사자의 명단. 모든 경찰의 명단과 그들의 전화번호와 직위, 근무지, 우리 이야기에 귀기울이는 모든 언론인의 명단. 들어본 적 있는 실종자 단체 명단. 각자 역할을 해준 모든 자원봉사자 명단. 휴는 밤에 집으로 돌아오면 페이지를 넘기며 그날 알게 된 사실을 전부 검토했고, 또다른 페이지에 아직 못한 일을 적었다. 공책 표지 안쪽에는 중요한 전화번호를 적어놓았는데 믹의 번호가 제일 위에 있었다. 그리고 그 근처에 730이라는 숫자가 적혀 있었다. 짙은 파란색 잉크로 동그라미를 쳐놓아서 종이가 볼록하게 살짝 올라왔다. 동그라미를 여러 번 진하게 쳐놓은 것을 보니 한참 생각한 것이 분명했다.

"이게 뭐야, 휴?" 어느 날 저녁 내가 물었다. 그날도 수색대를 조직하고 길거리를 돌아다니느라 녹초가 된 휴는 회전의자에 앉아 텔레비전을 보고 있었다.

그는 난로 위 선반에 올려놨던 안경을 다시 쓰더니 내가 예상했던 것보다 오랫동안 숫자를 바라보았다. "아무것도 아니야."

휴가 나에게 공책을 돌려주고 안경을 다시 벗었다.

"음, 중요한 것 같은데. 동그라미를 이렇게 많이 쳐놨잖아."

"아무것도 아니라니까." 휴의 목소리에 짜증이 묻어났지만 금세 누그러졌다. "적어도 우리한테 의미 있는 건 아니야."

"왜 그래, 휴."

그는 아무 말도 하지 않았고, 프로그램이 정말로 흥미롭다는 듯 텔레비전만 쳐다보았다.

"제발, 휴." 나는 대답을 기다리며 조용히 말했다. 휴가 내

쪽을 쳐다보았지만 나를 보는 것은 아니었다. 그의 시선이 잠시 머문 곳은 책등이 빨간 그 공책이었다.

"그건…… 그건 1950년 이후 아일랜드에서 아직 찾지 못한 실종자의 수야."

나는 잠시 후에야 그의 말을 완전히 이해했다. 그 잠깐 사이에 열이 오르고 눈이 따끔거렸다.

"아, 그렇구나. 이렇게 많아?" 나는 손가락으로 종이의 움푹 들어간 자국을 따라갔다. "시어셔도 포함된 거야? 이제 다들 그렇게 생각하는 거야? 시어셔도 그중 하나라고?"

"그러지 마, 로지. 스스로를 괴롭히지 마."

"음, 당신은 그런 거잖아. 동그라미를 얼마나 많이 쳤는지 봐." 내가 증거로 그 공책을 내밀었다. 나는 휴가 뭔가 더 말하길 기다렸지만 아무 말도 나오지 않았다. 그래서 차마 물을 수 없었던 질문을 던졌다. "휴, 당신도 시어셔가 돌아오지 않을 거라고 생각해?"

"로지, 제발. 이래서 우리한테 좋을 게 없어. 이건 그냥 숫자일 뿐이야, 세상에. 맞는 숫자인지도 알 수 없어. 그 절반일 수도 있고." 내 질문을 회피하던 그의 태도는 시어셔가 돌아오지 않을지도 모른다는 의심이 처음으로 우리 삶에 들어왔다는 것을 보여주는 증거였다.

"그래서, 이 사람들은 결국 못 찾았대?"

"로지." 휴가 화를 내며 한숨을 쉬었다.

그 순간 나는 일어섰고, 공책이 바닥에 떨어졌다. 나는 휴를 볼 수가 없어서 거실을 나와 계단을 올라간 뒤 시어셔의 방문을 열었다. 나는 시어셔의 물건들 사이에 서 있었고, 그뒤 팔 년 동안 아무도, 심지어는 휴조차도 그 방을 건드리지 못하게 했다. 휴는 가끔 물건을 일부 정리해서 다락에 넣어야 하지 않겠느냐고 말했다. 나는 그 방에 서서 시어셔에게 제발 실종된 730명 가운데 하나가 되지 말라고, 제발, 제발 집에 돌아오라고 애원하고 또 애원했다.

한 달 동안의 열성적인 수색이 끝난 후 강당은 다시 교회의 것이 되었고, 우리를 돕던 사람들은 사라졌다. 사람들이 더이상 찾지 않으려 한 것은 아니었다. 모든 지역을, 경찰에서 가능성이 있다고 생각한 곳의 수색을 모두 끝냈기 때문이었다. 더는 추적할 단서가 없었다.

경찰은 시어셔가 아일랜드를 떠나지 않았다고 공식적으로 확인해주었다. 시어셔의 여권은 아이 방에 그대로 있었다. 공항과 항구의 시시티브이 카메라에서 아무것도 나오지 않았다. 나처럼 페리 매표소에서 일하는 직원들에게 시어셔의 사진을 보여주면, 그들은 고개를 젓고 어깨를 으쓱하며 매일 자기들 앞을 지나치는 수천 명 가운데 하나일 수도 있다고 말했다.

"하지만 들키지 않고 국경을 건너는 사람들도 있어요. 우리 모두 알잖아요." 내가 말했다. 시어셔가 사라지고 한 달 뒤, 믹이 우리와 마주앉아 진행 상황을 알려줄 때였다. "위조는요? 그것도 가능하지 않나요?"

"무엇이든 가능해요, 로지." 그가 대답했다. "하지만 시어셔가 그렇게까지 해서 피해야 할 게 뭐였을까요?"

나는 아무 대답도 할 수 없었다.

우리는 공식적으로 막다른 길에 도달한 것 같았다.

그뒤 몇 달 동안 휴와 나는 〈크라임콜〉 〈아일랜드 에이엠〉 등 수많은 라디오프로그램에 출연했고, 레이 다시, 조 더피, 팻 케니 같은 진행자를 만났다. 우리는 다시 한번 시어셔에게 집으로 돌아오라고 호소했고, 휴의 말처럼 사건에 대한 관심을 다시 불러일으킬 수 있다면 아주 사소한 것이라도 좋으니 누구든 정보를 제공해달라고 호소했다. 여전히 나는 휴가 주도하도록 내버려두고 진행자가 나에게 직접 질문할 때만 대답했다. 그러면서도 나의 낮은 목소리가 전파를 타고 전달될 수 있을지 자신이 없었다.

그후 우리는 응원하는 사람들로부터 수백 통의 편지를 받았다. 봉투에 아주 간단한 주소만 적어도 우리집에 도착했다.

더블린, 시어셔 던의 부모님.

모르는 사람들이 우리를 위해 기도하고, 우리의 건강을 빌어주었다. 심지어 어떤 사람들은 시어셔인 척하기도 했다. 더블린 소인이 찍혔었지만, 가짜 시어셔가 칼로와 러시아와 천국에서 우리에게 편지를 보내 자신은 예수님을 위해 행복하게 일하고 있다고 말했다.

하지만 그 모든 편지에도 불구하고, 경찰이 작성한 500통의 설문조사에도 불구하고 성과는 없었다. 내 딸이 어느 쪽으로 사라졌는지 알려주는 작은 속삭임 하나도, 빵 부스러기 하나도, 뒤집힌 돌멩이 하나도 없었다.

아빠가 길을 알아.
지프로 우리를 거기까지 태워다주실 거야.
그런데 에이미를 본 거 맞지?
에이미는 괜찮아?

시어셔가 사라지고 두 달이 지난 8월 즈음이었을 것이다. 휴와 컬리, 나, 우리 셋만 집에 있었다. 우리는 이제 믹이 예전만큼 자주 찾아오지 않고 다른 가족이 늘 곁에 있어주지 않는 삶에 익숙해지는 중이었다. 이제는 우리 셋뿐이었다. 블랙록 로드에 차가 몰려들려면 아직 한참 남은 이른 아침이었다.

"있잖아요, 나도 시어셔랑 싸웠었어요." 아일랜드식탁 앞에서 컬리가 불쑥 말했다. "엄마 아빠한테 말하지 않았지만요."

"무슨 싸움?" 내가 안뜰 문 앞에서 얼른 돌아보았다. 나는 찻잔을 들고 정원을 바라보고 있었지만 무언가를 자세히 보고 있던 것은 아니었다. 거기 사파리 공원이 있었다 해도 아무 감흥이 없었을 것이다.

휴가 〈데일리 미러〉를 꼼꼼히 읽다 말고—그는 매일 각종 신문을 일일이 보면서 새로운 소식이 없는지, 우리가 아직 모르는 무언가를 경찰이 언론에 흘리지 않았는지 확인하곤 했다—무슨 소리인지 모르겠다는 듯 얼굴을 찌푸리며 컬리를 쳐다보았다.

"아니, 아니에요." 컬리가 우리 머릿속에 어떤 생각이 스치는지 깨닫고 손을 저었다. "솔직히 그리 대단한 건 아니었어요, 대충 화해도 했고요. 그러니까, 그날 우리는 영화를 보기로 하고 각자 디브이디를 하나씩 빌리고 팝콘이랑 뭐 그런 걸 사러 블랙록에 있는 엑스트라비전 대여점에 갔어요. 나는 한오 초 만에 〈런어웨이〉를 골랐는데 시어셔는 끝도 없이 디브이디 뒷면을 읽으면서 제작자랑 감독이랑 시나리오작가를 확인하는 거예요. 누나가 어떤지 아시잖아요. 결국은 〈사랑도 통역이 되나요〉를 골랐죠. 그런데 집에 왔더니 가게에서 반나절은 써놓고 자기 영화를 먼저 틀겠다는 거예요. 내가 너무 화가 나서 시어셔한테 디브이디 케이스를 던졌죠. 그때 누나가 열림 버튼을 누르려고 몸을 숙이지 않았으면 머리에 맞았을 거예요. 시어셔가 발끈 화를 내길래 내가 미안하다고, 영화 먼저 틀어도 된다고 하니까 시어셔도 기분을 풀었어요. 하지만 내가 그때 누나를 맞혔으면 어떻게 됐을까 상상해요. 그러면 바뀌었을지도 모르는데."

"무슨 말이니?" 휴가 물었다.

"음, 나는 삶이란 전부 우연의 연속이 아닐까 생각해왔어요. 그러니까, 누나가 디브이디 케이스에 맞아 응급실에 가야 했다면, 상처를 꿰매야 했다면 어떻게 됐을까요? 그러면 뭔가 바뀌었겠죠? 예를 들면, 어쩌면 응급실에서 종일 기다리다 지쳐서 일주일 동안 아무 데도 못 갔을지도 몰라요. 또 머리에 커다란 반창고를 붙이고 너무 아파서, 아니면 너무 창피해서 던리어리에 안 갔을지도 몰라요. 모르시겠어요? 당시 그 일이 생기기 전까지 우리가 했던 행동 하나하나가 전부 그 일에 영향을 준 거예요."

"아, 컬리." 휴가 구깃구깃해진 신문을 덮더니 깔끔하게 접힌 채 자기 차례를 기다리는 다른 신문 위에 툭 던졌다. "말도 안 되는 이야기야. 이미 벌어진 일을 우리가 어떻게 하겠니." 그가 대리석 아일랜드식탁 위로 몸을 숙이고 신문 더미 양옆을 손바닥으로 짚었다. "그렇게 생각하지 마. 누구에게도 도움이 안 돼."

"알겠어요. 하지만." 컬리가 방어적인 태도로 어깨를 으쓱했다. "그냥, 모르겠어요, 원인과 결과죠."

"그래, 음. 거기까지 가지는 말자, 컬리."

말도 안 된다는 듯한 휴의 말투 때문에 내가 끼어들었다. "하지만 컬리 말이 맞긴 하잖아, 휴? 둘이서 싸운 거 말고. 그 얘기가 아니라 내가 시어셔랑 싸운 것 말이야. 솔직히 인정하자, 내가 시어셔를 태워다줬으면 이런 일은 일어나지 않았을 거야."

"또 이러지 마. 당신은 딸을 그렇게 몰라?"

나도 휴 못지않게 짜증이 치솟았다. "물론 아주 잘 알아, 휴." 나는 문 쪽에서 그에게로 다가갔다.

"정말? 음, 그러면 둘이서 말다툼했다는 이유만으로 우리한테 이런 짓을 하지 않으리라는 것도 알겠네. 대단한 싸움도 아니었잖아. 생각해봐, 말다툼했다가 그냥 기분이 풀린 적이 얼마나 많아? 우리도 다 그랬잖아."

못 보던 반응이었다. 휴는 이런 말을 한 적이 없었다. 시어셔가 떠난 이유를 생각하며 이야기를 나눌 때 이렇게 내 말을 막은 적은 없었다. 무언가가 변했다.

"하지만 만약에 그때는 시어셔가—"

"만약에 뭐? 당신이 안 태워다줘서 가출했다고?"

"하지만—"

"아니, 이제 그만해. 로지, 말이 안 되는 거 알잖아. 인터뷰하면서 시어셔한테 돌아오라고 호소하는 건 헛짓거리야."

휴는 지친 듯 고개를 저었고, 깔끔하게 쌓아둔 신문 더미를 집어들었다가 식탁에 탕 내려놓는 바람에 컬리와 나는 깜짝 놀랐다. "이런 일이 생긴 건 그날 아침 우리가 현관문을 열기 전에 세 번 빙빙 돌지 않아서도 아니고, 엉뚱한 양말을 신어서도 아니고, 그날 어느 순간 서로에게 상냥하게 굴지 않아서도 아니야. 말도 안 돼. 그런 건 사건이랑 아무 관계도 없다고. 내가 왜 이렇게 확신하는지 알아? 우리가 지금 여기서 이야기하는 사람은 시어셔니까. 이런 일이 계속되고 시간이 흘러도 시어셔가 돌아오지 않을수록 나는 그냥…… 음, 시어셔답지 않다는 걸 그냥 알아. 생각해봐, 시어셔를 본 사람이 아무도 없어. 시어셔가 믿는 사람 가운데 연락을 받은 사람이 하나도 없다고. 말도 안 되는 일이야." 휴가 슬프고 지친 파란 눈으로 나를 올려다보며 말했다. "시어셔가 돌아오지 못하게 누가 막고 있는 거야."

나는 손으로 귀를 막고 고개를 저었다. "아니야." 내가 말했다. "아니야." 나는 다시 안뜰 문 쪽으로 몸을 돌렸다. 내가 감당할 수 없는 말이었다. 나는 아직 이것이 시어셔의 선택이라고 믿어야 했다.

"하지만 그 사람이 시어셔가 사랑하는 사람일 수도 있잖아요." 컬리가 말했다. 목소리에서 절박함이 살짝 비쳤다. 컬리는 자기가 의도치 않게 지핀 불을 끄려고, 자신이 간절하게 바라는 대로 부모를 단단한 땅으로 돌려놓으려고 애썼다. 나는 아이 말을 듣고 있다는 뜻으로 다시 몸을 돌려 컬리를 보았다.

"엄마 아빠가 그렇게 말했잖아요, 누구랑 무슨 일이 있었는지 우리는 모른다고."

"나도 그렇게 믿고 싶어, 컬. 진짜로." 휴가 말했다. 우리를 향한 짜증이 사라지고 목소리가 침착해져서 마음이 놓였다. "하지만 시어셔에게 조금이라도 그런 기미가 있었다면 에이미가 알았을 거야. 시어셔는 에이미한테 모든 걸 얘기했잖아. 그런데 아무 일도 없었다고 에이미가 이미 말했어."

"에이미가 아는 한은 그렇죠, 맞아요. 하지만 아빠, 우리 모두 비밀이 있잖아요, 네? 모르겠어요, 내 말은 그냥 그 가능성을 완전히 배제할 수는 없다는 거예요."

"저 말이 맞아, 휴. 컬리 말이 정말 맞다고." 내가 응원하듯, 포기하지 말고 다시 싸우자는 듯 미소를 지었다.

"좋아, 알았어. 그럼 두 사람은 그 러브스토리를 계속 믿든지." 휴가 주머니에 손을 넣고 신문 헤드라인을 보는 것처럼 고개를 숙였다. 나는 잠시 후에야 휴가 울고 있음을 깨달았다. 구부린 어깨가 살짝 흔들리고 있었다.

"아아, 휴. 괜찮아." 내가 달려가서 끌어안았지만 예상과 달리 휴는 내 어깨에 고개를 묻지 않았다.

"시어셔는 돌아오지 않아, 로지." 그가 조용히 말했다. "절대 돌아오지 않아."

"괜찮아, 휴." 컬리가 아빠의 말을 들었나 싶어서 아들을 흘끔 보니 들은 것이 분명했다. "당신은 지친 것뿐이야. 잠을 좀 자야 해. 이리 와." 나는 그의 허리를 감싸안고 돌려세운 다음 문 쪽으로 이끌었다. 우리는 계단으로 가서 우리 침실까지 천천히 올라갔다. 나는 휴를 침대에 눕히고 신발을 벗기고 이불을 덮어주었다. "좀 쉬어." 내가 말했다. "쉬면 괜찮아질 거야."

아래층으로 돌아가니 컬리가 아직 식탁에서 두 손으로 머리를 감싸쥐고 있었다.

"제길. 미안해요, 엄마." 컬리가 나를 올려다보며 말했다. "정말 기분을 상하게 할 생각은 아니었어요."

"괜찮아, 컬리. 나도 알아. 우리 모두 신경이 곤두서 있는 것뿐이야." 내가 부엌을 가로질러 아들을 감싸안고 정수리에 입을 맞췄다. "다 괜찮아질 거야." 하지만 나는 변화가 생겼음을 알았다. 우리도 모르는 사이에 휴와 나 사이에 생겨난 균열은 그 뒤로 계속 커져만 갔고, 어느새 우리 눈앞에는 협곡이 놓였다.

몇 주 후 시어셔의 졸업시험 결과가 나왔다. 시어셔는 해냈다. 그토록 열심히 준비했던 영화제작과정에 합격했다. 수많은 주말을 투자해서 〈둑〉 〈이 식용의 삶〉 같은 단편영화를 애써 만든 보람이 있었다.

나는 시어셔의 이메일로 입학 제안이 오자 수락했다.

"왜, 로지?" 휴가 물었다.

"왜냐니 무슨 뜻이야?" 나는 휴가 묻는다는 사실조차 믿을 수가 없었다. 우리는 침대에 있었고, 내 허벅지에 노트북이 위태롭게 놓여 있었다. "휴." 내가 한숨을 쉬었다. "당신 요즘 힘든 거 알아, 그래도 괜찮아. 지난 몇 달 동안 당신이 나를 지탱해줬잖아. 이제 내 차례가 된 거야. 이제는 나도 할 수 있어. 이 배가 가라앉게 두지 않을 거야. 당신은 걱정할 필요 없어. 내가 이끌 테니까 당신은 쉬어." 나는 이것으로 대화가 끝나기를 바랐다. 이 대화가 어디로 이어질지 알았기 때문이다.

"로지, 당신이 알아야 할 건—"

"하지 마, 휴." 내가 날카롭게, 하지만 미소를 지으며 말했다. "몰라도 돼. 난 포기하지 않아, 시어셔는 돌아올 거야. 당신 말처럼 누가 시어셔를 막고 있을지도 모르지만 시어셔는 아직 살아 있어, 난 알아. 패치가 그렇게 말했기 때문만이 아니라—"

이 말에 휴가 혀를 찼다.

"들어봐. 이 안에서 너무나도 완전하게 느껴져." 내가 가슴에 손을 얹었다. "바로 여기서. 난 시어셔를 느낄 수 있어, 시어셔는 숨을 쉬고 있어. 당신이 다른 말을 하게 내버려두지 않을 거야. 나랑 컬리 앞에서는 안 돼. 알았지? 내가 그렇게 두지 않을 거야. 그럴 수 없어."

나는 나도 모르는 사이에 내 뺨을 적신 눈물을 닦았다.

"당신이 그렇게 생각하고 싶어하는 걸 내가 막을 수는 없어,

휴. 하지만 시어셔를 위해 입학 제안을 수락하는 정도는 할 수 있잖아. 시어셔를 계속 찾는 것도 할 수 있는 일이고. 나는 시어셔에게 집으로 돌아오라고 계속 말할 거야."

그 말을 하고 나니 단호하던 태도가 살짝 누그러졌다. 나는 너무 날카롭게 말한 것을 후회하기 시작했다.

"제발, 휴. 제발 이 정도는 하게 해줘. 희망이 있다는 걸 당신한테 증명하게 해줘. 그래줄 수 있지?"

나는 그의 손을 잡고 애원했다. 하지만 휴의 얼굴에는 아무 표정도 없었다. 이마를 찌푸리지도 않고, 입술도 움직이지 않고, 단지 내가 잡은 자신의 손만 내려다보았다.

결국 휴가 내 손을 꽉 잡는 게 느껴졌다.

"알았어." 그가 조금이라도 미소를 지으려고 애쓰며 말했다. "알았어."

다음해에도 시어셔가 돌아오지 않자 나는 대학 총장을 찾아가 규정에 어긋나는 일이지만 시어셔의 자리를 한 번만 더 남겨달라고 부탁했다. 나는 총장의 책상 위에 놓여 있던 물건을 치우고 내가 가져간 시어셔의 스케치북과 공책을 올려놓은 뒤 시어셔가 해낸 것을 보여주었다. 그는 책상 모서리에 위태롭게 놓여 있던 유리 문진을 안전하게 치우면서 알겠다고 대답했다. 나는 다음해에도, 그다음해에도 총장을 찾아갔다. 그는 매번 시어셔의 자리는 그대로 있다고 나를 안심시켰지만 그가 약속을 지켰는지 아닌지 내가 어떻게 알겠는가? 어쩌면 고통에 찬 얼굴로 애원하는 여자를 차마 볼 수 없어서, 총장실에서 내보내려고 그렇게 말했을 뿐일지도 몰랐다. 삼 년이 지나자 휴는 나에게 그만하라고 했지만 나는 그럴 수 없었다. 사 년 동안 그 남자는 매번 미소를 지으며 약속했고, 나는 그 말을 믿었다.

믹 멀론이 '실종자 가족'이라는 단체에 대해 이야기해주었다. 시어셔가 실종된 지 일주일 정도 지나고 그가 이 사건이 긴 여정이 되지 않을까 생각하기 시작했을 무렵이었다.

휴가 곧장 단체에 연락했다. 관리자로 자원봉사하는 제리 콘로이는 피델마의 남편이자 이십 년 전에 사라진 타이그의 아버지였다. 그는 휴에게 경찰을 어떻게 상대해야 하는지 값진 조언을 해주었다. 제리는 계속 재촉하라고, 마음껏 다그치라고 말했다. 그는 단체의 미디어와 웹사이트에 시어셔의 사진을 게시하고 국제 결연 단체들에도 사진을 보냈다. 저희를 만나러 오시죠. 그가 제안했다. 일 년에 한 번 모임을 갖습니다. 항상 즐거운 외출이죠. 당신이 무슨 일을 겪고 있는지 정확히 아는 사람들과 함께해서 나쁠 건 없어요.

10월에 우리가 직장에 복귀하고 컬리도 학교로 돌아갔을 때 나는 제리의 초대를 받아들여 그해에 칼로에서 열리는 모임에 참석하자고 제안했다. 휴는 아무 말 하지 않았지만 온 식구가 같이 가게 되었고, 컬리의 새 여자친구이자 우리와 항상 함께하는 니나도 동행했다.

우리가 킬리니 캐슬 코트 호텔의 북적거리는 대연회장 앞에서 약간 당황한 표정으로 서 있을 때 실종된 클레어의 어머니 매기가 제일 먼저 우리를 보았다. "정말 환영해요." 그녀가 오랜 친구 사이라도 되는 것처럼 나를 끌어안으며 말했다.

"고마워요." 내가 이 거대한 여성에게 말했다. 매기는 키가 무척 컸고, 나는 얼굴이 그녀의 겨드랑이에 파묻히지 않게 힘껏 젖혀야 했다. 그녀가 포옹을 풀자 나는 매기가 우리를 다른 사람으로, 자기가 정말 아는 가족으로 착각했을지도 모르니 우리가 누구인지 정확히 말하는 게 좋겠다고 생각했다. "저는 로지 던이고 여기는—"

"휴." 매기가 나보다 먼저 말하면서 휴를 끌어안았다. "그리고 넌 컬리겠구나. 잘생겼네." 또다시 포옹을 나눴고, 또다시 던가의 일원들은 어리둥절했다.

"저는 니나예요." 니나가 매기를 힘껏 끌어안았다. "저도 참석할 수 있게 해주셔서 감사해요."

"어머, 세상에. 당연한 일인걸." 매기가 포옹을 끝내고 우리 앞에 서서 한 사람 한 사람에게 미소를 보내더니 휴와 나를 바라보았다. "우린 여러분이 오기를 바라고 있었어요. 제리가 혹시 모르니까 여기서 당신들이 오는지 기다려보라고 했죠. 난 매기예요."

"제리에게 도움을 많이 받았습니다." 휴가 말했다.

"음, 서로를 위해 곁에 있어주는 게 우리 일인걸요. 우리의 암묵적인 모토예요, 곁에 있자. 그게 다예요, 간단하고 명백하죠. 자, 당황스럽겠지만 이게 바로 우리예요, 실종자의 가족. 부모, 자녀, 친척 아저씨, 아주머니, 할아버지와 할머니, 사촌, 친구, 전부 여기 있어요." 매기가 손을 뻗어서 모여 있는 사람들을 가리켰다. 다들 어떻게 지냈는지 서로 즐겁게 근황을 나누느라 북적였다.

"이 사람은 울탄이에요." 그녀가 근처에 모여 있던 사람들 틈에서 한 명을 끌고 왔다. "내 반쪽이죠, 좋은 사람이에요. 어쩌다가 케리 남자를 만나게 됐는지는 묻지 마세요."

"순전히 운이 좋았죠." 울탄이 대답하더니 우리와 악수를 나누고 이 정신없는 모임에 온 것을 환영한다고 말했다.

그날 나는 호텔 바에서 휴를 지켜보았다. 그는 사람들 사이에서 어리둥절해하는 것처럼 보였다. 나는 이 사람들이 휴를 무감각에서 깨어나도록 도와줄 거라고, 적어도 다시 희망을 줄 거라고 생각했다. 휴는 저멀리에서 울탄과 두 남자, 한 여자와 대화를 나누려고 안간힘을 쓰고 있었다. 그의 얼굴에는 아무 감정도 나타나 있지 않았고, 누가 질문을 해야만 대답하면서 열의 없이 억지미소만 지었다. 컬리와 니나는 어디에 있는지 보이지 않았다. 마지막으로 봤을 때는 한쪽 구석에서 젊은 사람들과 같이 웃고 있었다. 하지만 지금은 거기 없었다.

"괜찮은가요?" 매기가 턱짓으로 휴를 가리키며 물었다.

"휴는, 음…… 솔직히 말하면 우린 간신히 버티고 있어요."

"당연히 그렇겠죠. 어떻게 안 그럴 수가 있겠어요?"

"매기?" 그날 나는 너무 친절하게 대해주는 이 여자를, 내 곁을 떠나지 않고 최대한 많은 사람에게 소개해주는 여자를 믿기로 마음먹고 이렇게 물었다. "어떻게 그렇게 확신하죠? 클레어가…… 음, 죽었다고요."

조금 전에 들은 이야기에 따르면 매기는 딸이 나이가 두 배는 되는 남자, 그녀에게 푹 빠진 남자에게 살해당했다고 굳게 믿었다.

"처음부터 알았어요. 엄마의 직감이죠. 울탄은 내가 그런 말을 할 때마다 듣기 힘들어했지만 증거가 점점 쌓이자 결국에는 믿게 됐어요."

"우리한테는 아무것도 없어요. 무슨 일이 있었는지 아무 증거도 없어요, 전혀요. 하지만 난 시어셔가 어딘가에서 살아 숨쉬고 있다는 걸 알아요."

"믿음을 저버리지 말아요." 매기가 나를 향해 몸을 반쯤 돌리고 진토닉을 든 채 검지로 나를 가리켰다. 나에게도 진토닉을 권했지만 거절한 참이었다. "그 직감에 계속 귀를 기울여요. 그리고 믿어요. 그 직감이 이 혼돈 속에서 당신을 이끌어 줄 거예요. 있잖아요, 앞으로 길이 더 평탄해지지는 않을 거예요, 정말이에요. 그래서 그 직감이 필요한 거예요."

"시어셔가 아직 살아 있다는 내 믿음이 틀렸다고 생각하지 않아요?"

"믹 멀론이 시어셔가 죽었다는 절대적인 증거를 들고 오지 않는 이상 당연히 살아 있을 가능성도 있죠."

"클레어의 경우에는 믹이 증거를 가져왔나보군요."

"그런 셈이죠. 이제 그 자식이라는 걸 확실히 입증해야 해요." 매기가 술을 한 모금 마셨다. "그런데 남편은 당신이랑 생각이 다른가보죠?" 매기가 다시 휴 쪽을 보았다.

"네, 이제는 서로 생각하는 게 달라요. 남편은 내가 사건 이야기를 하면 듣지도 않아요. 하지만 처음에 휴가 어땠는지 당신도 봤어야 해요. 대단한 전사였죠. 휴가 없었으면 내가 어떻게 해나갈 수 있었을지 정말 모르겠어요."

"넵, 역할 전환이죠. 아주 잘 알아요. 그리고 말다툼은—말도 꺼내지 마세요. 하지만 남편이 설령 소파에서 잔다고 해도 집안 어딘가에 있는 한 우리는 괜찮아요."

"휴는 요즘 다른 방을 쓰고 있어요."

"으. 인생은 돌이 잔뜩 든 자루 같죠. 하지만 우린 헤쳐나갈 거예요. 장담해요. 이 사람들보다 더 확실한 증거가 어디 있겠어요?"

우리는 이 대연회장에서 서로에게 의지하며 지혜를 나누고, 눈물을 허락하고, 실종된 멋진 이들을 추억하며 함께 웃는 사람들을 둘러보았다. 나는 넉 달 만에 처음으로 희망에 가까운 무언가를 진정으로 느꼈다. 분명 휴도 느꼈을 것 같았다.

하지만 우리가 모임을 마치고 돌아갈 때 보니 휴는 오기 전보다 더 심기가 불편한 듯했다.

집으로 돌아가는 차 안에서 우리는 모두 녹초가 되어 있었다. 우리는 니나를 이제 막 알아가는 단계였는데, 지루하기 짝이 없는 것에 대해서도 열의를 불태우는 능력을 가진 니나조차 조용했다. 하지만 컬리는 가만히 있지 못했다. 나는 운전을 하면서 룸미러로 보았다. 그 익숙한 징조를 잘 알았다. 왼쪽의 삐친 머리카락을 끊임없이 쓸어넘기는 손.

"있잖아요." 내가 호기심을 참지 못하고 물어보려는 순간 컬리가 말했다. "그 사람들 중에서―이름이 샌디였나?" 그가 확인하듯 니나를 보았다.

"머리를 파랗게 염색한 사람? 응, 맞아."

"샌디가 그러는데 그 사람, 이름이 데이비드 월시였나 뭐 그랬는데, 아무튼 웩스퍼드 해안에 그 사람 시체가 떠밀려 올라왔대요. 몇 달 전에 실종된 사람인데."

 컬리는 더이상 말하지 않았지만 나는 아들이 나를 보며 내 반응을 기다리고 있다는 것을 느꼈다.

 "그렇구나." 나는 도로에서 시선을 떼지 않은 채 고개를 끄덕였다. 휴가 조수석에서 나를 향해 고개를 돌리는 것이 느껴졌지만 나는 정면만 응시했다. 내가 대답하든 컬리가 더 자세히 설명하든 해야 할 것 같았다. 그래서 내가 말했다. "데이비드 가족에게는 아주 슬픈 일이네."

 "네. 하지만 이제 찾았잖아요. 내 말은, 무슨 일이 생겼는지 이제 안다는 거예요. 어디 있는지 더이상 걱정할 필요가 없으니까, 그게 이렇게 마냥 기다리는 것보다는 확실히 나을 거라는 말이에요."

 "있잖아, 컬리." 나는 말을 꺼내다가 잠시 망설였다. 하지만 아까 매기와 나누었던 대화를 떠올리며 힘을 끌어모았다. "우리도 이 기다림이 끝나기를 원하지만 시어셔가 아직 어딘가에 살아 있다고 믿어야 해. 이미 얘기했잖아. 우린 시어셔를 되찾을 거야."

 나는 컬리의 반응을 가늠하려고 시선을 왼쪽으로 돌려 룸미러를 살폈다. 컬리는 아무 말 없이 창밖을 보면서 불쌍한 엄지를 다시 물어뜯고 있었다. 니나가 얼른 컬리 무릎을 다정하게 쓰다듬는 것이 보였다. 내 아들도 자기 아버지처럼 시어셔가 죽었다고 생각하게 된 것 같았다.

그후 몇 년 동안 믹은 이 사건에 다시 관심을 환기시키려고 여러 번 애쓰면서 나에게 인터뷰를 더 하라고 권했다. 휴는 이제 그런 것에 관심을 두지 않았다. 처음에는 조용하고 수줍었던 내가 흔들리지 않고 확신에 찬 사람이 되었다.

나는 〈프라임 타임 인베스티게이츠〉에 나갔을 때 미리엄 오캘러헌에게 물었다. "그러니까, 아무도 시어셔를 못 봤다는 말씀이시잖아요? 하지만 그건 말이 안 돼요. 누군가는 분명 뭔가를 알 거예요." 이제 로지 던에게 이런 감정적인 표현은 아무것도 아니었다.

내가 프로그램에 출연한 직후 어떤 남자가 가르다* 익명 제보 센터로 전화를 걸어와서 시어셔가 실종된 날 자기가 던 리어리에서 웩스퍼드타운까지 태워주었다고 말했다. 경찰 수사를 기다리는 동안 나는 손톱을 물어뜯고, 아무 의미도 없이 난로 위 선반의 물건을 이리저리 옮기고, 아무 이유도 없이 주전자에 물을 끓였다. 하지만 그의 제보는 거짓이었다. 그날 그는 더블린 근처에도 가지 않았다고 그의 부인이 확인해주었다. 그는 아내와 집에 있었다. 두 사람은 자동차 사고로 일곱 살짜

---

* Garda Síochána. 아일랜드 경찰.

리 딸을 잃었다고, 그 이후로 남편의 상태가 좋지 않았지만 해를 끼치려는 것은 아니었다고 아내가 말했다. 그런 다음에는 에니스케리에 사는 한 여자가 시어셔가 실종된 즈음 방치된 옆집 앞에 어떤 차가 서는 것을 보았다고, 운전자가 묵직한 것을 가지고 들어갔다가 잠시 후 빈손으로 나왔다고 제보했다. 경찰이 그 집을 샅샅이 뒤졌다. 믹은 휴에게 음파탐지기까지 가져가서 시멘트 바닥 밑에 묻힌 것이 없는지 확인하겠다고 말했다. 하지만 아무 성과도 없었다. 이렇게 막다른 골목에 다다르자 휴는 어느 때보다도 좌절한 것 같았고, 그가 지내는 방에 틀어박히더니 다음 월요일에는 출근도 하지 않으려고 했다. 결국 엘리가 와서 문을 두드리자 동생을 안으로 들였다.

컬리가 메이누스대학에 들어가 니나와 함께 시내의 하숙집으로 거처를 옮긴 해의 11월, 믹이 초인종을 울렸다. 늦은 시간이었다. 휴와 나는 믹과 마주앉았다. 믹은 시어셔가 실종되기 몇 달 전에 어떤 남자가, 한 성범죄자가 열두 살짜리 남자애를 차에 억지로 태우려다 실패했고, 또 시어셔가 실종된 지 몇 달 후에는 열세 살짜리 여자애를 납치하려다 실패했다는 이야기를 들려주었다. 2009년 여름의 보고서들을 검토하다 우리 사건과 연관되었을 가능성을 발견했다고 했다.

"하지만 시어셔는 열일곱 살이었어요. 애가 아니라 어른에 가깝죠—음, 그건 아니에요." 나는 그 연관성이 이해가 가지 않았다.

휴는 고개를 숙이고 믹의 이야기를 들으면서 오른쪽 다리를 덜덜 떨었다.

"이런 놈들이 항상 특정 타입을 노리는 건 아닙니다." 믹이 말했다. "당장 눈앞에 있고 약해 보이면 아무나 노리기도 해요, 금방 잡을 수 있는 사람을요."

"하지만 그날 우리 골목에서 차를 봤다는 사람이 아무도 없었던 것 같은데요."

"네, 그렇다고 차가 없었다는 뜻은 아니죠, 로지."

"그리고 자전거가 있었잖아." 휴가 말했다. "그냥 쓰러져 있었어."

내가 손으로 입을 막았다. "하지만 호스랑 말라하이드라고요? 거긴 더블린 반대편이잖아요."

"그래도 가능성을 살펴볼 수는 있죠." 믹이 말했다. "이런 자들은 행동반경이 넓거든요. 프로파일에 맞는 용의자 이름이 벌써 한두 개 나왔어요. 추적조사중입니다. 힘든 건 알지만 신문에 보도될 경우에 대비해서 두 분에게 미리 알리고 싶었어요."

"아니에요." 내가 고개를 저으며 말했다. "시어셔 사건과 관련있을 것 같지 않아요."

"세상에, 로지. 믹은 지금 우리 허락을 구하는 게 아니야."

휴가 양손으로 자기 얼굴을 쓸어내리며 화를 냈다. "그냥 할일을 하시게 둬. 알겠어?"

"알았어." 휴의 격렬한 반응에 놀라 내가 물러섰다.

그때부터 밤이 길어지고 잠을 이룰 수 없었다. 나는 아래층 복도를 서성이고, 부엌을 들락거리고, 사건 이야기를 처음부터 다시 듣는 것처럼 귀를 막았다. 제발 죽었기를. 나는 내가 지나다니는 벽에다 대고, 휘적휘적 걸어가는 빈 공간에 대고 그렇게 말했다. 제발 죽었기를. 내가 우주를 향해 이런 부탁을 한 것은 오직 그때뿐이었다. 정말로 그런 일이 일어났다면 그 괴물이 시어셔의 고통을 끝내주었기를. **제발**. 나는 지켜보고, 귀를 기울이고, 코를 킁킁거리며 내 부탁이 이루어지기를 기다렸지만 아무 일도 일어나지 않았다.

믹은 자신이 언급했던 용의자 가운데 누구도 사건과 연관 짓지 못했다. 둘 다 알리바이가 있었다.

"정말 다행이야." 믹이 전화로 소식을 알려준 날 저녁 나는 휴의 목에 얼굴을 파묻고 울었다. "내가 항상 말했잖아, 시어셔가 아직 어딘가에 있다고."

하지만 그의 목에서, 나의 안전한 피난처에서 내가 고개를 들었을 때 휴는 아무 말도 하지 않았다. 나는 그의 옆모습을 보면서 우리가 정말 멀어졌음을, 생각이 완전히 달라졌음을 서글프게 실감했다.

쓰러졌어.
그래, 쓰러졌어.
여자가 딴생각을 하며 말했다.

시어셔의 실종 7주기 직전에 휴가 거실 문을 두드렸다. 피아노를 산 뒤여서 휴는 퇴근하면 늘 그러듯 내가 차려놓은 저녁식사를 먹고 곧장 피아노를 치러 갔기 때문에 나는 그가 들어와도 되는지 잘 모르겠다는 듯 서 있는 모습을 보고 깜짝 놀랐다.

"왜?" 내가 물었다. 혹시 무슨 일이 생겼는지, 휴가 조심스럽게 알려주러 온 것은 아닌지 걱정이 들었다.

"아니, 아무 일도 없어. 옆에 앉아도 돼?"

"당연하지."

나는 뒤적이던 신문을 내려놓고 텔레비전 소리를 죽였다. 사건이나 실종자 가족 단체와 관련된 일 때문에 바쁘지 않을 때면 나는 자연 다큐멘터리를 봤다. 내가 감당할 수 있는 것은 다큐멘터리뿐이었다.

"여기 앉을래?" 세월이 흐르면서 내가 휴의 회전의자를 차지했다. 나는 신문이 떨어지지 않게 가슴에 바짝 끌어안고 의자에서 반쯤 일어났다.

"아니야. 난 여기 소파에 앉으면 돼."

휴가 소파에 앉아 나를 슬쩍 보았다.

"휴?" 결국 내가 신문을 내려놓으며 물었다. "말해봐, 무슨 일이야?"

"남편이 자기 아내 옆에 와서 앉지도 못해?"

"물론 앉아도 되지." 내가 다정하게 미소를 지었다. "그래서 아내는 무척 기쁜걸. 하지만 그 남편이 아주 오랫동안 옆에 앉고 싶어하지 않았기 때문에 약간 초조하기도 해."

휴가 곁에 오고 나서야 내가 마음속으로 그를 얼마나 그리워했는지 깨달았다. 조용하고 안정적인 그의 존재. 예전에는 아내가 마시고 싶다는 티를 내지 않아도 광고가 나오는 잠깐 동안 와인이나 차를 챙겨오던 남자.

"음, 특별히 하고 싶은 말이 없으면, 내가 당신한테 나쁜 소식을 하나 전할게. 별거 없어. 적어도 내가 보고 싶은 건 없어. 그래도 당신이 직접 봐봐." 내가 TV 가이드를 넘겨주었다. "하지만 곧 라디오에서 〈독 온 원〉이 나올 거야. 당신이 듣고 싶다면 들어. 아니면 나를 도와줘도 되고. 올해 모임 장소를 내가 정해야 하거든."

나는 처음 참석했던 그때 이후 연례 실종자 가족 모임에 빠지지 않았다. 가끔은 휴와 컬리도 함께했지만 가끔은 혼자 갔다. 작년에는 대통령이 우리 모두를 관저로 초대했다. 우리는 마이클 D 대통령과 영부인 사비나와 함께 둘러앉았다. 두 사람은 우리의 예상대로 친절하고 사려 깊었고, 마치 보좌관의 브리핑을 듣지 않은 것처럼 우리 이야기에 귀를 기울였다. 우리는 카나페를 먹은 다음 정원으로 나갔고, 현관문 바로 앞에 그 자리에 오지 못한 실종자들을 위해 나무를 심었다. 마이클 D 대통령은 개를 산책시킬 때마다 실종자들을 기억하고 그들이 돌아오기를 바라는 사람이 있다는 것을 되새길 수 있게 현관 바로 앞에 심고 싶다고 했다. 그런 때를 제외하면 우리가 돌아가면서 모임 계획을 세웠다. 그해는 내 차례였다.

휴는 잡지를 집어들고 책장을 넘겼지만 건성건성이었다.

"로열 마린은 어때?" 그가 제안했다.

"좀 비싸지 않아?"

"음, 건축가협회가 거기서 행사를 몇 번 했는데, 그 사람들이 돈 쓰는 걸 별로 좋아하지 않는다는 점을 생각하면 아마 당신 생각만큼 비싸지는 않을 거야."

"좋아. 음, 내일 전화해봐야겠다." 내가 말을 멈췄다. "아,

잠깐. 그런데 주차시설은 어때?"

휴가 고개를 들고 한쪽 눈을 가늘게 뜨며 생각해내려 애썼다. "솔직히 전혀 모르겠어. 난 보통 걸어가거든."

"콘로이 부부 알잖아. 주차시설이 불편하면 안 올 거야. 피델마가 요즘 골반이 별로 안 좋아. 난 콘로이 부부가 꼭 참석하면 좋겠어. 두 사람은 즐거운 외출을 즐길 자격이 있으니까. 다들 그렇지만. 우리가 그 비용을 부담하면 어떨까? 휴, 어떻게 생각해?"

휴가 내 말을 못 들었나 싶을 정도로 오래 대답이 없었다. 아니면, 우리가 여러 가지 일 때문에 완전 파산 상태였으므로 내가 제정신이 아니라고 생각했을지도 몰랐다. 우리의 은행 잔고는 조금씩 줄어들고 신용카드 결제액이 늘어났으며, 그동안 지출이 너무 많아 남은 것이라고는 집과 휴의 사업밖에 없었다. 하지만 집은 다시 저당잡혔고 사업은 그의 충실한 직원들 덕분에 간신히 굴러가는 상황이었다. 그의 주장에 따르면 지금도 마찬가지였다. 휴는 "난 예전의 내가 아니야"라고 자주 말했다.

"로지, 한 가족이 비용을 전액 부담하는 선례를 만드는 건 좋은 생각이 아닌 것 같아. 다음 모임을 주관하는 사람이 자기도 그래야 한다고 생각할 테니까. 게다가 이 사람들이 제일 싫어하는 게 동정이야. 그건 바깥에서도 충분히 겪고 있잖아."

그가 잡지로 창문을, 우리가 어떤 일을 겪고 있는지 전혀 알지 못하고 알고 싶어하지도 않는 타인들의 세상을 가리켰다. "괜찮은 연회장을 빌린 다음 늘 그렇듯이 각자 비용을 분담하자."

휴는 마지못한 듯이 말했는데, 내가 모임 사람들에게 뭔가를 선물할 수 있다면 얼마나 기뻐할지 분명 알았기 때문이다. 하지만 휴의 말이 옳았다. 우리 실종자 가족은 남들을 쫓아가려 애쓰는 것 말고도 걱정거리가 많았다.

하지만 다른 한 가지에 대해서는 휴가 틀렸다.

"동정이 아니야, 휴. 고마움을 표시하는 방법이지. 우리를 이해해주고 친절하게 대해준 매기, 제리, 울탄, 모두에게 말이야. 그 사람들이랑 함께 있으면 내가 이상한 사람이 아니라는 생각이 들어. 그 사람들한테는 무슨 이야기든 할 수 있고, 다들 내 말을 이해해줘. 우리에게는 그 사람들밖에 없어."

휴는 바로 얼굴을 들지 않았지만 고개를 끄덕이며 대답했다. "알아."

나는 다음날 해야 할 일 목록에 로열 마린에 전화하기를 추가했다. 목록에는 대통령 비서관, 총리 집무실, 법무부에 전화하기도 있었다. 내가 그 사람들에게 전화를 한 것은 꽤 오래전이었다. 사람들한테 우리가 아직 포기하지 않았다는 걸 계속 알릴 필요가 있었다.

"있잖아, 로지······" 바로 그때, 휴의 말투가 바뀌었음을 알아차렸다. 내가 옳았다는 뜻, 휴가 찾아온 이유가 있다는 뜻이었다. 그가 마침내 소파 옆자리에 잡지를 조심스럽게 내려놓더니 자기가 서두르면 잡지가 다친다는 듯 톡톡 쳤다. "믹이랑 얘기한 게 있는데, 당신한테도 말해야 할 것 같아서."

우리는 잠시 마주보았다.

"그래?" 내가 의심을 풀지 않은 채 재촉했다.

"오래전에 제리 콘로이가 했던 말 기억나? 정말 초기였을 거야. 실종 이후 칠 년이 지나면 그 사람을, 음…… 그러니까, 어, 사망선고를 할 수 있다고 했잖아. 물론 가족이 원하면 말이야. 우리가 그래야 한다는 말은 아니야. 그냥 당신이 기억하고 있는지 알고 싶었어, 그뿐이야."

물론 나는 기억하고 있었다. 실종자 가족이라면 누구나 알았다. 하지만 실종자의 재산을 처분하거나 생명보험금을 신청할 때 주로 쓰인다는 것도 알았다.

"왜?" 내가 말을 시작했다. "내가 기억하고 있는지를 왜 알고 싶은데? 나한테 그런 질문을 하는 이유가 뭐야?"

"제발, 로지. 그러고 싶은 게 아니라고 이미 말했잖아—"

"그러면 그 말을 왜 꺼내는데? 우리가 그걸 고려해야 할 법적인 이유가 있는 것도 아니잖아. 시어셔한테 우리가 챙겨야 할 숨겨진 재산이 있는 것도 아니고. 걘 열일곱 살이야, 휴. **열일곱 살.**"

바로 그때 나의 너무도 분명한 대실수가 강렬한 메아리처럼 거실에서 이리저리 튕겨다녔다. 어찌나 요란한 실수였는지, 산울타리 너머 옆집 벽에까지 부딪쳐서 캐시디 가족도 들었을 게 분명했다. 시어셔는 더이상 열일곱 살이 아니었다. 이제 곧 스물네 살이었다.

"무슨 뜻인지 알잖아." 내가 고개를 젓고 스스로에게 실망해서 눈을 감았다.

"그러고 싶다는 게 아니야, 로지. 난…… 난 그냥 너무 힘들어. 그러니까 내 말은, 이제 시어셔가 없다는 사실을 받아들이는 게 그렇게 잘못된 일일까?" 이렇게 호소하는 휴의 목소리는 너무나 지친 것 같았고, 어쩌면 입 밖으로 나온 자기 말을 듣고 약간 부끄러워하는 것 같기도 했다.

"시어셔가 **없다는** 건 나도 알아, 휴. 난 그저 시어셔를 되찾으려고 애쓸 뿐이야." 반대로 내 목소리는 흐트러짐 없이 침착했다. 나는 약간 냉랭할지는 몰라도 이성적이라고 생각했다.

"그래, 하지만 당신은 시어셔가 살아 있다고 생각하잖아." 휴가 자리에서 일어나 한 손을 내밀며 강조했다. "당신은 너무나 명백한 것을 보려고 하지 않아."

"휴, 제발." 나는 그의 모습을 차마 볼 수 없었다. 그 말을 차마 들을 수 없었다. 우리가 각자 어느 편에 서 있는지 둘 다 알았다. 휴는 우리가 오랫동안 그래온 것처럼 그냥 각자의 자리에 서서 조용히 각자 원하는 것을 믿게 내버려둘 순 없는 걸까?

"아니." 그가 거의 속삭이듯 대답했다. 나는 항변이 쏟아지리라 생각했다. 이렇게 단순하고 조용하고 단도직입적으로 아니라고 말할 것이라고는 예상하지 못했다. 나는 소파에 다시 털썩 주저앉는 휴를 물끄러미 보았다. "너무 힘들어, 로지. 당신의 망상을 보는 게."

"내 **망상**이라고."

휴는 고개를 숙인 채 좌우로 흔들면서 몇 년째 똑같은 거실 러그를 응시했다. 시어셔가 저 문으로 다시 들어올 때를 위해 이 집의 모든 것을 그대로 남겨두었다. "너무 고통스러워. 당신이 자꾸 이러면 나는 당신이 맞을 수도 있다고, 전부 괜찮아질지도 모른다고 생각하는 그 끔찍한 자리로 다시 끌려가. 그러다가 다시 정신을 차리고 절대 그렇지 않다는 사실을 깨달아. 나는 그러지 않을 거야—아니, 이런 식으로 계속할 순 없어. 솔직히 난 당신이 온 세상에 뭐라고 떠들고 다니든 스스로는 알고 있다고 생각해. 시어셔가 지금, 빌어먹을 지금 이 순간 어디 있든 숨쉬고 있지 않다는 걸 말이야. 결말은 하나밖에 없어, 로지. 난 당신이 그걸 정말로 받아들이면 좋겠어. 왜냐면…… 내가 이걸 얼마나 계속할 수 있을지 모르겠으니까."

그러더니 휴가 눈물을 흘렸다. 크고 통통한 눈물이 러그에 떨어지고 울부짖는 소리가 나에게 달려들었다. 하지만 나는 견딜 수 없어서 눈을 감았다. 나는 휴의 요구에 충격받은 나머지 할말을 잃었다. 그의 부탁에 망연자실했다. 어떤 식이든 그를 위로하려고 들면 내가 자신의 설득에 넘어갔다고 생각할지도 몰랐다. 내가 조금이라도 물러서면 그는 집요하게 파고들 것이고, 나는 결국 무너져 시어서가 죽었다고 받아들일 것이었다. 우리 두 사람은 칠 년 동안 그 집에서 각자 한구석에 앉아 잔뜩 긴장한 채 무엇이 됐든 우리를 지탱해주는 것에 매달렸고, 그의 방어막이 그렇듯 나의 방어막 역시 얇디얇았다. 나는 휴가 내게 이런 요청을 하리라고는 단 한순간도 생각하지 못했다. 내가 포기하기를 바랄 정도로 내 입장이 그를 아프게 한다고는 상상도 못했다.

하지만 나는 그럴 수 없었다.

나는 자리에서 일어나 거실 문 쪽으로 걸어갔다. 얼핏 보니 내가 그를 지나쳐갈 때 휴는 고개를 들지 않았다. 내가 나가는 데도 아무런 항변을 하지 않았다. 나는 침실 문을 닫고 몸을 잔뜩 웅크린 채 누워 한참 동안 눈물로 이불을 적셨다. 그리고 휴가 여전히 소파에 앉아 있는 모습을 떠올리며 이제 우리는 어떻게 되는 걸까 생각했다.

다음날 아침식사를 할 때 휴가 나를 쳐다보았지만 나는 고개를 돌리지 않았다. 우리는 침묵 속에서 식사를 했다.

휴가 자전거 짐바구니에 짐을 싣고 사이클 장비를 착용하고 출근 준비를 마친 다음 다용도실 문틀에 몸을 기댔다.

"로지, 당신이 이해해야 해."

나는 대답하기 싫었다, 다시 그런 생각을 해야 하는 것이 싫었다. 그래서 차단해버렸다. "오늘 저녁엔 닭요리를 할까 하는데, 당신도 괜찮아?" 나는 최대한 밝게 말했지만 휴 쪽으로는 고개도 돌리지 않았고, 냉장고 문을 열고 일부러 그 안에 든 내용물을 빤히 쳐다보았다.

곁눈으로 보니 휴가 나를 응시하고 있었다. 나는 그의 믿을 수 없다는 표정을, 약간 벌어진 입을, 한숨을 쉬면서 눈을 감거나 혀로 아랫입술을 쓰는 모습을 상상했다. 잠시, 또 잠시 시간이 흐르는 동안 나는 휴가 포기하기를, 이제 그만 가버리기를, 이런 이야기를 다시는 꺼내지 않기를 간절히 바랐다.

"그래, 닭요리 좋지." 마침내 그가 낙심한 듯, 비꼬듯이 대답했다. 내가 용기를 내서 휴 쪽을 흘끔거리자 그가 사이클용 신발만 뚫어져라 쳐다보는 모습이 보였다. 그런 다음 휴는 아무 말도 하지 않고 나에게 눈길도 주지 않은 채 돌아서서 덜컹덜컹 소리를 내며 뒷문으로 나갔다.

길고 거친 숨이 새어나왔다. 나는 나도 모르게 주저앉아 쓰러지지 않으려고 거미처럼 손을 내밀어 바닥을 짚었다.

그후 며칠 동안 나는 휴를 보아도 그날 저녁의 일이 아예 없었던 것처럼 굴었다. 차단해버렸다. 계속 주절거리면서 그가 틈을 절대 찾지 못하도록 우리 사이의 모든 공간을 메웠다. 믹이 이렇게 말했어, 저렇게 말했어, 이런 인터뷰를 하고 저런 인터뷰를 했어. 포스터, 웹사이트, 포럼, 제보 전화, 온갖 이야기를 꾹꾹 쑤셔넣었다. 내가 하고 있는 일, 하고 싶은 일, 앞으로 할일로 허공을 채웠다. 휴가 내 앞에서 시어셔가 죽었다는 말을 다시는 꺼내지 못하게 했다.

우리가 그 대화를 나누고 일이 주쯤 지난 어느 날, 아들이 집으로 찾아왔다.

"컬리, 왔구나. 방금 알티이 방송국의 그 남자랑 이야기했는데, 이름이 뭐더라. 으. 너도 알지 그 사람…… 캐러밴 비슷한 이름이었는데." 내가 컬리를 향해 손가락을 두세 번 딱딱 울리면서 기자의 이름을 기억해내려 애썼다. 나는 컬리가 열쇠로 문을 열고 현관문을 반쯤 들어왔을 때 그 기자의 전화를 끊은 참이었다. "맞다, 가빈이다."

"나도 반가워요, 엄마."

"그래, 그래, 미안. 들어와, 어서 들어와." 내가 컬리의 어깨에 손을 얹고 가까이 끌어당겨 뺨에 입을 맞췄다. "그래, 차 마실래? 저기 포트에 있어. 몇 시간 전에 만들어둔 거긴 하지만.

지금 몇시니? 너 왜 출근 안 했어?"

"어, 오늘밤엔 클럽을 안 여니까요. 화요일은 쉬잖아요." 컬리는 약간 화난 것 같았다. "지금 여섯시 반이에요."

화요일, 그래, 맞아, 화요일이었다. 금요일을 제외한 평일 밤에 청소년 클럽이 열렸지만 화요일에는 닫았다. 왜 항상 컬리가 상기시켜줘야 할까? 왜 나는 이런 소소한 일을 항상 잊어버리는 걸까?

"여섯시 반? 그럴 리가. 마지막으로 시계를 봤을 때 겨우 한시였는데. 차를 다시 내릴게. 아니 잠깐만, 저녁 먹어야지. 뭘 좀 만들어줄게. 파르메산 치즈 파스타는 어때? 금방 만들어. 너 파르메산 치즈만 넣은 파스타 좋아하잖아. 적어도 파르메산 치즈는 있을 거야. 요즘은 장을 통 안 봐서."

내가 부엌으로 서둘러 돌아갔고 컬리가 따라왔다.

"네, 네 살 땐 좋아했죠. 엄마, 아무것도 안 해도 돼요. 벌써 먹었어요."

"정말? 내가 뭐든 좀 만들어서 밀폐용기에 담아줄 테니까 가져가서 니나랑 먹어."

"엄마, 진짜예요. 그냥 있어요. 그만 좀 하면……" 컬리가 손가락으로 나를 가리키며 빙글빙글 돌렸다. "……계속 움직이고 있잖아요."

나는 선생님에게 혼나는 아이처럼 컬리가 시키는 대로 양손을 늘어뜨렸다.

"미안해요, 엄마. 하지만 가끔 엄마는 꺼짐 버튼이 없는 사람 같아요."

컬리가 재킷을 벗어 아일랜드식탁 앞 스툴에 놓고 앉았다.

그렇게 순식간에 지쳐 보이는 사람은 처음 보았다. 나 모르게 메이크업아티스트가 슬쩍 와서 헤어라인부터 턱까지 브러시로 회색 틴트를 칠한 다음 컬리의 저 커다란 눈 밑에 어두운 색조를 한 겹 더 칠한 것 같았다. 나 때문이었다, 내가 컬리를 지치게 만들었다.

처음은 아니지만 컬리에게서 휴가 보였다. 해가 지날수록 컬리는 점점 더 아빠를 닮아갔다. 이제 컬리가 그 미소를, 입술을 안으로 말아넣고 나 지금 노력하고 있어, 엉망진창일지도 모르지만 그래도 나쁜 뜻은 없어, 라고 말하는 듯한 휴 특유의 미소를 지었다.

"있잖아요, 엄마. 아빠랑 얘기했는데……" 나는 공상에 빠져 시어셔도 세월이 흐르면서 점점 더 나를 닮게 되었을까 생각했다. 나는 컬리의 말을 들었지만, 사실은 나머지 말을 듣고 싶지 않아 주의를 딴 데로 돌리려 애썼다. 하지만 결국 그 말이 나왔다. "……음, 아빠가 칠 년 어쩌고 하는 얘기를 꺼내서 미안해하는 거 엄마도 알잖아요. 아빠도 절대 안 할 거예요. 아빠가 서툴렀어요, 그뿐이에요. 아빠는 그냥 둘 다 알고 있는지 확인하고 싶었을 뿐이에요."

"제발, 컬리. 이런 이야기는 안 하는 게 최선이야." 컬리의 부탁에도 불구하고 나는 다시 움직였다. 이제는 주전자에 물을 채우는 중이었다. 차든 커피든 뭐든 요즘 컬리가 마시는 것을 마시는 게 이런 이야기를 나누는 것보다 나았기 때문이다. 나는 그 이야기를 또다시, 그것도 컬리와 나눌 수는 없었다. "니나는 어떻게 지내?" 나는 물소리 때문에 목소리를 높이며 쉬지 않고 말했다.

"엄마."

"분야가 다시 달라지지 않았어? 지금은 홍보나 뭐 그런 일을 하나?"

"엄마, 니나 이야기 안 하면 안 돼요?"

"이런, 니나가 그 말을 들으면 안 좋아할걸. 하지만 니나는 정말 밝아, 안 그러니? 지적으로도 그렇지만 존재 자체가 빛나. 아주 절묘해ethereal, 맞는 표현인가? 니나는 알 텐데—어휘력이 정말 뛰어나잖아, 응? 우리 대신 라디오에 더 많이 나가야 하는데." 그러면서 나는 핸드폰에 '절묘하다'를 입력했다.

"엄마, 제발요."

"아, 그래. 이런 뜻이구나. 아, 잠깐. 어쩌면 딱 내가 말한 뜻은 아닐—"

"세상에, 엄마."

컬리의 목소리에서 분노가 느껴졌지만 나는 고개를 들어 아들을 쳐다보지 않았다. 주의를 돌리려던 시도가 실패했으므로 나는 아일랜드식탁에 핸드폰을 내려놓고 주전자 쪽으로 돌아서서 차를 탔다. 그리고 머그잔과 우유, 설탕을 컬리에게 건넸지만 그러는 동안 한 번도 컬리를 보지 않았다.

나는 컬리 옆에 말없이 앉아 내 머그잔에 든 티백을 빙글빙글 돌리며 색이 진해지는 것을 지켜보았다. 나는 마시지 않으리란 사실을 알았다. 이제는 연한 차만 마셨다, 아일랜드식은 아니었다. 내 주의를 끄는 것은 빙빙 도는 티백이지 그 맛이 아니었다.

"계속 이럴 수는 없다는 거 알잖아요, 엄마. 끊임없는 그 초조한 에너지 말이에요."

"난 시어셔를 포기 안 해, 컬리. 포기하라고 이러는 거라면 말이야." 내 말은 단호했다, 어쩌면 지나치게 단호했을지도 몰랐다.

"누가 엄마더러 시어셔를 포기하래요?"

"네 아버지가. 듣고 보니 너도 그런 것 같고."

"정말요? 우리가 포기한다고 생각해요? 내가 웹사이트를 매번 업데이트하는 게 포기하는 거예요? 다른 실종 사건 메시지를 리트윗하는 것도요? 하루 휴가를 내서 콘로이 가족과 벨로 가족을 만나는 게 포기하는 거예요? 무슨—그러면 온 가족이 돌아다니면서 온 세상을 향해 시어셔가 아직 살아 있다고 말해야 하는 거예요? 우리가 시어셔를 위해 싸우는 방법이 그것뿐이에요? 로지 던의 방식이 아니면 틀린 거예요? 그런 말씀이세요?"

나는 컬리가 손도 대지 않은 차에 시선을 고정한 채 아무 말도 하지 않았다.

"나도 시어셔가 살아 있으면 좋겠어요, 엄마. 정말 그러면 좋겠어요. 아빠는 그걸 원하지 않는 것 같아요?"

나는 여전히 컬리의 시선을 피한 채 머그잔 속의 티백을 다시 빙빙 돌렸다. 그러자 컬리가 식탁에 머리를 대고 이마를 좌우로 살짝 굴리며 한숨을 쉬었다. 나는 그제야 마음이 살짝 누그러져 검고 부드러운 컬리의 머리카락을 어루만지는 모습을 상상했다. 컬리가 너무 금방 몸을 일으키는 바람에 내 생각을 알아챘나 싶었다.

"우린 엄마가 걱정이에요. 아빠랑 나는 엄마한테 결말이 다를 수 있다는 말도 할 수가 없어요, 엄마가 질겁할 테니까요. 우리는 말을 조심해야 하죠. 엄마 앞에서는 우리를 검열해요. 여기 오는 게 점점 더 힘들어져요. 해가 갈수록 엄마는 하나의 답에만 더 깊이 파고들어요. 엄마도 알잖아요, 네? 그렇게 끝나지 않으리란 거 말이에요. 그런데도……" 컬리가 잠시 말을 멈추고 눈을 깜빡이더니 식탁을 보았다. 다시 한번 머리를 대고 쉬려나 싶었지만 그러지 않았고, 말을 마무리할 의지를 어딘가에서 찾아냈다. "……엄마 내면의 무언가가 놓으려 하지 않잖아요." 그런 다음 잠시 말을 멈춘 컬리의 표정이 풀리면서 점점 증폭되던 분노가 조금 가라앉았다. "그리고 엄마, 나도 알아요. 정말이에요. 하지만 우리도 이 게임에 동참할 거라고 생각하지 마세요."

"게임? 이건 게임이 아니야, 컬리."

"네, 알아요." 컬리는 자기 실수가 부끄러웠는지 한숨을 쉬고 한 손을 들어 피곤한 듯 눈을 문질렀다. "당연히 게임이 아니죠, 엄마. 그런 뜻은 아니었어요. 멍청하게 표현을 잘못 골랐어요."

실수가 뻔한데 진심이었다는 듯이 달려든 내가 부끄러웠다. 내가 손을 빼자 컬리가 자기 손을 내밀었다. 내 손을 감싸는 손가락의 온기가 느껴졌다. 우리는 용서한다는 뜻으로 서로의 손을 꽉 쥐면서 더없이 슬픈 미소를 지었다.

그 순간의 교감, 컬리와 가까워진 느낌, 그 연약함 때문에 시어셔가 아직 살아 있다는 내 확고한 생각의 고삐가 처음으로 잠시 느슨해졌다.

"있잖아, 난 끊임없이 생각해. 시간이 흐르면 쉬워질 거라고 말이야. 정말이야. 하루하루 지날수록 점차 받아들이게 될 거라고. 하지만 그렇지가 않네. 난 절박함이 싫어, 알아? 내가 아주 쓸모없는 존재라는 기분 말이야. 뭔가를 주거나 바꾸거나 움직이고 싶어. 하지만 날이 가고 달이 가고 해가 가도 아무 일도 일어나지 않아. 어떻게 해도 더 가까워지지가 않아. 무엇에 가까워지느냐고? 그건…… 그건……" 나는 할 수 없었다, 그 말을 감히 할 수 없었다. 시어셔에게 어떤 현실이 닥쳤을지, 어떤 잔인한 일을 당했을지, 그 모욕, 부당함, 야만성. 아니, 그렇게 되지 않을 것이다. 내가 그렇게 두지 않을 것이다. 눈물이 너무 빠르고 격렬하게 쏟아져서 나는 손으로 얼굴을 가려야 했다. 컬리가 스툴을 밀고 일어나더니 나를 끌어안았다. 나는 컬리의 품에 안겨 비통해하며 며칠 전 휴가 나에게 어떤 위로도 받지 못하고 그랬던 것처럼 울부짖었다.

"못하겠어, 컬리. 난 못해."

"쉬이, 엄마. 괜찮아요."

"그러지 마. 내가 그 말을 하게 만들지 마."

"미안해요. 미안해요."

나는 신음하며 울었고, 컬리는 나를 안고 몸을 가볍게 흔들며 사과했다. 시간이 얼마나 흘렀는지 짐작조차 할 수 없었다. 결국 나의 괴로움과 눈물이 썰물처럼 물러나고 우리는 침묵과 함께 남겨졌다. 그 침묵이 얼마나 힘들면서도 위안이 되었는지, 나는 컬리의 두 팔이 영원히 나를 지켜주기를, 아들이 항상 내 곁에 남아주기를 바랐다.

하지만 컬리가 내 머리에 입을 맞추면서 주문이 깨졌고, 아들이 포옹을 살짝 풀고 나를 내려다보았다. 나는 그 팔을 붙잡아 다시 내 어깨에 두르고 싶은 충동을 느꼈지만 미소를 짓고 눈가를 닦으며 이제 괜찮다고 말해야 했다.

"내가 오지 말았어야 하는데. 엄마한테 그러지 말았어야―"

내가 고개를 저으며 손가락을 들어 컬리의 말을 막았다. "아니야." 나는 겨우 이렇게만 말했다. 사과할 필요 없다고 컬리에게 말하고 싶었다. 네가 잘못한 게 뭐가 있느냐고 말하고 싶었다. 하지만 더이상 말이 나오지 않았다. 나는 너무나 지쳤고, 두 아이로 인한 슬픔에 익사할 것만 같았고, 뭘 해야 할지 몰랐기 때문이다. 컬리가 다시 나를 안으려 했지만 이번에는 내가 의지와 힘을 그러모아 그를 밀어냈다.

"니나가 걱정하겠다, 컬리. 돌아가야지."

"하지만 엄마. 이대로 엄마를 두고 갈 수는 없어요."

"난 괜찮아. 그리고 네 아빠랑 나도 괜찮아질 거야. 아빠랑 얘기할게. 약속해. 우리가 방법을 찾아낼게." 나는 눈물을 닦고 미소를 지었다. 아니, 그러려고 최선을 다했다. 나는 컬리와 휴가 진실이라고 믿는 현실을 마주할 방법을 찾겠다고 정말로 안심시키고 싶었다. 우리 모두가 같은 생각을 하면서 앞으로 나아갈 것이라고.

나는 스툴에서 일어나 정리를 시작했다. 컬리가 그러지 말라고 진지하게 부탁한 지 오 분도 안 되어 나는 다시 분주한 엄마처럼 굴고 있었다.

"컬리, 네가 와줘서 도움이 됐어." 내가 말했다. "지금은 그렇게 보이지 않겠지만 솔직히 나한테 정말 큰 도움이 됐어. 자, 내가 차려주는 저녁을 먹고 싶은 게 아니면 이제 그만 멋진 여자친구한테 돌아가렴."

나는 굳이 컬리를 쳐다보지 않아도 아이가 내 말을 믿지 않는다는 것을 알았지만 잠시도 멈추지 않고 식탁을 닦고 우리가 쓴 머그잔을 치웠다.

마침내 컬리가 재킷을 들어서 휙 돌리며 소매에 팔을 꿰었다. 그 순간 컬리가 너무 어려서 혼자 외투를 입지 못하던 때가 떠올랐다. 결국 우리는 방법을 찾아냈다. 내가 컬리의 발치에 모자가 놓이도록 외투를 복도 바닥에 거꾸로 펼쳐놓으면 컬리가 몸을 숙이고 소매에 팔을 넣은 다음 머리 위로 휙 뒤집어서 입었다. 컬리가 집을 나서면서 아주 슬픈 표정으로 나를 바라보았다. 정말로 가기 싫은 아이의 표정이었다. 결국 컬리는 문을 닫았고, 나는 복도에서 흔들리는 문에 닿지 않게 떨어져 있었다. 십팔 년 전 처음으로 컬리의 외투를 내려놓았던 바로 그 자리였다. 내가 방법을 말해주자 컬리는 웃었고, 낑낑댈 필요 없이 소매에 팔이 들어간 것을 보고 다시 웃었다. 나는 학교에서는 이 방법을 쓰면 안 된다고 말했다. 다섯 살짜리 아이들이 하나같이 바닥을 향해 몸을 숙이다가 머리를 부딪치고, 지퍼와 단추가 달린 외투를 휙 뒤집다가 눈에 맞는 것을 선생님이 바랄 것 같지 않았기 때문이다. 그것은 우리만의 비밀이었다. 오직 이 집에서만, 우리끼리만 하는 우리만의 게임이었다.

하지만 에이미는 댈키의
집으로 가는 길이었는데.
왜 던 리어리 쪽에 있었을까?

어머니는 다음해 10월에 세상을 떠났다. 내가 남편과 아들한테 시어셔가 죽었다고 생각하자는 말을 듣고 석 달이 지났을 때였다. 나는 엄마가 마음이 아파서, 시시의 실종이 짓누르는 무게를 더이상 견딜 수 없어서 돌아가셨다고 생각한다. 어머니는 시어셔가 태어난 순간부터 시시라고 불렀다. 마음에 너무나 많은 슬픔이 가득차서 흘러넘치다가 결국 엄마가 도서관에서 마지막으로 그림책을 정리하려고 몸을 숙였을 때 둑이 터져버렸다. 사서인 다시는 엄마가 『잠이 안 오니, 작은 곰아?』를 들고 있었다고 했다. 시어셔가 어렸을 때 제일 좋아했던 책이다. 시어셔는 다른 아이들이 마구 뒤섞어놓은 책들 사이에서 늘 그 책을 찾아내서 읽었다. 가끔 시어셔는 컬리와 같은 빈백에 앉아 한 단어 한 단어 읽었는데, 사실 읽는다기보다 외우는 것에 가까웠다. 엄마는 데스크에 앉아 두 아이를 바라보며 할머니로서 무척 자랑스러워했다.

"빈백에 앉아 계셨어요." 다시가 나에게 전화해서 긴장하고 당황한 목소리로 말했다. "주무시는 줄 알았어요. 그래서 그냥 뒀죠. 제가 그때 가봤어야 하는데. 하지만 무척 평화로워 보이셨어요. 그래서 방해하고 싶지 않았어요. 아, 로지. 정말 미안해요."

나는 매기와 함께 리버풀의 컨퍼런스에 참가하던 중이었다. 그즈음 나는 국내외 컨퍼런스에 점점 더 많이 참가하고 있었다. 실종자 컨벤션에서 시어셔의 이야기를 알렸다. 나는 연단에 서서 스크린에 비친, 그 무렵 시어셔가 어떤 모습일지 그린 그림을 가리켰다. 나는 뛰어난 연설가였다. 사람들의 주의를 끌고, 시어셔뿐만 아니라 아일랜드의 다른 실종 어린이에 대해 이야기하고, 우리의 노력과 내가 서 있는 그 나라의 노력을 비교했다. 사라진 우리 아이들을 찾는 데 힘을 보태달라고 촉구했다.

핸드폰에 도서관 번호가 떴을 때 나는 내가 좋아할 만한 새 책이 들어와서 엄마가 보내주겠다는 말을 하려는 줄 알고 무시했다. 엄마는 책을 통해 나를 구원하려고 했다. 책이 내 마음에 안식을 줄 거라고 했다. 내가 벗어날 수 있게 도와줄 거라고. 그게 무슨 소용이 있어요? 나는 대답하곤 했다. 엄마가 보내준 책을 매번 의무감으로 집어들고 어수선한 마음을 누그러뜨리려고 애썼지만 소용없었다. 내 생각은 내가 원하는 곳으로, 시어셔의 곁으로 다시 흘러갔다. 그래서 나는 그날 호텔 로비에 서서 수신 거부를 눌렀지만 전화가 다시 울렸다. 실종된 지 일 년 삼 개월이 지난 레니라는 열 살짜리 남자애의 가족과 이야기를 나누던 나는 잠시 양해를 구하고 자리를 옮겼다.

"엄마, 나 지금 영국이에요. 나중에 전화드려도 돼요?" 내가 말했다.

하지만 전화기 속 목소리는 내가 생각했던 사람이 아니었다. 내 말을 마음대로 무시하고 자기 할말을 계속하는 목소리가 아니었다. 겁먹은 목소리였다.

"저예요. 다시요."

불쌍한 다시. 그녀는 그 소식을 전해야 했던 경험을 결코 잊지 못할 것이다.

나는 전화를 끊자마자 리버풀을 떠났다. 매기가 같이 가겠다고 우겼다. 혼자 더블린으로 돌아가겠다는 내 말을 들으려 하지 않았다. 매기가 비행기표를 변경하는 동안 나는 멍하니 앉아 검정색 벨트를 걸어 사람들을 줄 세우는 은색 기둥을 바라보았다. 한 줄이 얼마나 금방 닫히고 다른 줄이 얼마나 쉽게 열리는지 목격했다. 그 기둥이 얼마나 중요한지, 그것이 없었다면 혼돈 그 자체였을 곳에서 어떻게 질서가 만들어지는지 홀린 듯 바라보았다. 매기가 데리러 와서 달래는데도 나는 움직이지 않았다. 나는 영원히 그 단순함 속에 잠겨 있고 싶었다. 하지만 결국 잠시 후 매기가 손을 잡고 이끄는 대로 보안 검색대를 통과했다.

내가 더블린에 착륙했을 즈음 아빠가 페리 일을 끝내고 집으로 돌아왔고, 드디어 통화가 연결됐다. "떠났어." 아빠가 숨과 눈물을 삼키는 중간중간 되풀이해서 말했다. "올 거니?" 아빠가 물었다.

"갈 거예요." 내가 말했다. "갈게요."

휴가 운전하고 나는 조수석에, 컬리는 뒷좌석에 앉았다. 우리는 교통 상황이나 신호등, 교통경찰에 대해서만 이야기했다. 그리고 코크시 순환도로의 모스필드 쇼핑센터에 들렀다. 우리는 푸드코트에서 식사를 하면서 말없이 쇼핑객들을 바라보았다. 아마 무슨 음식을 시켰는지 셋 다 몰랐을 것이다. 페리에서 내릴 무렵 나에게는 아무런 에너지도 남아 있지 않았다. 그날 틀림없이 리엄이 배를 몰았을 테지만—달리 누가 있었을까?—기억이 나지 않는다. 나는 사람들이 내 손을 붙잡고 흔들어도 가만히 있었다. 마이클프랜 삼촌의 랜드로버에 오르면서 겨우 고개만 까딱했다.

본인 전용 의자에 앉아 있던 아빠는 나만큼이나 무력해 보였다. 나는 아빠 옆에 쪼그리고 앉아 무릎에 머리를 기댔다. 아빠는 바닥에서 자고 있는 어고노믹스에게 하듯 내 머리를 쓰다듬었고, 손님은 휴와 컬리와 마이클프랜 삼촌이 맞이했다. 우리는 아이들처럼 구석에 모여앉아 문이 열릴 때마다 간신히 고개만 끄덕여 인사했다. 다음날 아침에야 나는 겨우 일어나서 아빠와 로스본에서 오신 마이클 신부님과 함께 장례 절차를 정했다. 마이클 신부님은 우리 섬의 주임신부로, 일요일 저녁마다 페리를 타고 와서 미사를 집전했다. 나중에는 클론킬에서 온 장례지도사 이그네이셔스 컬런과 함께 관을 정했다. 아빠가 마호가니 관을 가리켰을 때 나는 차마 말이 나오지 않아서 고개만 끄덕였다.

나흘 뒤에 어머니를 매장할 때—엄마의 아름다운 아들들이 미국에서 돌아올 때까지 기다려야 했다—내가 할 수 있는 일은 미사를 드리는 내내, 그리고 무덤가에 서 있는 내내 내 양옆에 서서 허리를 감싸안은 휴와 컬리에게 기댄 채 숨쉬는 것밖에 없는 것 같았다. 젊을 때 이 섬을 떠난 대니얼과 네이선은 이제 어깨가 마이클프랜 삼촌의 술집 카운터만큼 넓고 머리카락은 희끗희끗했다. 두 사람은 나를 꽉 끌어안고 슬픔을 쏟아냈다. 그런 다음 아빠와 악수를 나누고 끌어당겨 고개를 숙이자 아빠의 흰머리가 오빠들 이마에 닿았고, 아빠는 그 거대한 근육 장벽에 기댄 채 몸을 들썩이며 오빠들의 부축을 받았다. 나중에 오빠들이 지갑과 핸드폰을 꺼내 장성한 자식들과 손주들의 사진을 보여주었는데, 대부분 우리가 만나고 사랑하고 생일 때마다 선물을 보냈던 아이들이었다. 우리가 전부 한방에 다시 모인 것을 보고 엄마가 얼마나 좋아했을까.

나중에 디어미드가 섬사람들을 위해 차린 뷔페를 먹으러 퍼진스에 갔더니 설 자리도 거의 없을 만큼 북적였다. 섬사람들과 배를 타고 온 본토 사람들로 만원이었다. 코크 카운티 도서관 관장까지 왔는데, 엄마가 좋아했을 만한 대단한 일이었다. 가게가 꽉 차서 사람들이 항구 담장과 저 아래 디어미드네 벤치까지 가서 앉을 정도라 휴가 디어미드와 직원들이 너무 지쳤으니 자기가 도와야겠다고 농담하기까지 했다. 디어미드는 이 말을 제안으로 받아들이고 휴에게 도자기 그릇이 다 떨어졌으니 가게에 가서 비상용으로 비치해둔 종이 접시를 가져오라고 했다. 작은 접시까지 모두 쓰고 없었다.

그 사람들이 모두 모인 것에는 중요한 의미가 있었다. 나는 지금은 힘들어도 나중에는 고맙게 여기리라는 것을 알았다. 하지만 그날은 우리만, 직계가족만 있으면 좋겠다고 생각했다. 우리 가족이 테이블을 하나 차지했지만 아빠와 나만 자리에 앉았다. 다른 남자들은 서서 뭔가를 하고, 인사를 나누고, 껄껄 웃다 금세 숙연해졌다. 나는 자리에 앉아 그들을 지켜보면서 내가 리버풀의 연회장에서 이와 비슷한 일을 한 지 일주

일도 안 됐는데 정말 멀리 왔다고 생각했다. 나는 가끔 아빠의 손을 잡고 괜찮은지 물었다. "아, 너도 알잖니." 아빠가 고개를 살짝 들고 말했다.

나중에 사람들이 모두 돌아가고 가까운 친척과 문 열린 술집의 인력에 저항할 수 없었던 이들만 남았다. 오빠들이 테이블로 돌아와서 지친 얼굴을 손으로 쓸어내리고, 하품을 하고, 녹초가 되어 술을 마셨다. 그날 나도 술을 한두 잔 마시긴 했지만 그때는 마시지 않았다. 오빠들은 나이들어 보였다.

정확히 어느 순간이었는지 모르겠지만 대니얼이 술에 취해 눈이 풀린 채 테이블 위로 몸을 숙이더니 내 손을 향해 손을 뻗었다. 나도 손을 내밀었다. 오빠의 손은 시어셔를 찾으러 더블린에 왔던 그날 밤보다 부드러웠지만 가벼운 바람만 불어도 발갛게 갈라질 것 같았다.

"왜, 대니얼?" 내가 미소를 지으려 애쓰면서, 평생 너무나 많은 것을 지은 그 귀한 손을 문지르며 물었다.

"정말 어떻게 지냈어, 로지?"

"아, 뭐, 바빴지."

"아직도 시어셔를 찾아 밤거리를 돌아다니니?"

"아직도 시어셔에게 돌아오라고 호소하고 있어. 오빠가 묻는 게 그거라면."

"정말이야, 로지? 이렇게 오랜 시간이 지났는데도 시어셔가 돌아올 거라고 생각해?"

나는 대니얼이 자기가 무슨 말을 하는지 정확히 이해하지 못할 만큼 취했다는 걸, 어리석은 만용을 부리고 있다는 걸 알았다. 하지만 그렇다 해도 그냥 넘어갈 수는 없었다. 상황을 생각하면, 즉 엄마가 돌아가시고, 오빠들이 먼 길을 오고, 종일 사람들과 술을 마시고 서로 등을 두드리며 농담하고 추억을 나누었으니 그냥 흘려보내야 했지만 그럴 수 없었다.

내가 손을 거둬들였다.

"로지, 너를 생각해서 이러는 거야. 현실을 직시해야지. 우리 모두 알아. 엄마도 시어셔가 더는 살아 있지 않다는 걸 아셨어."

내가 눈을 가늘게 떴다. "무슨 뜻이야, '엄마도 아셨다'니?"

"로지, 어, 있잖아. 그러지 마—"

"'엄마도 아셨다'는 게 무슨 말이냐니까?"

"로지?" 갑자기 되살아난 딸이 걱정된 아빠가 몸을 숙이고 대화에 끼어들었다. 슬픔에 빠져 느릿느릿 활기 없이 움직이던 내 심장이 눈 깜짝할 사이에 분노에 찬 엄마의 격렬한 엔진으로 변하는 것이 느껴졌다.

"아빠, 엄마가 시어셔는 죽었다고 생각했어요?"

"이런, 로지, 화내지 마라. 오늘은 그러지 마. 지금도 충분히 힘들잖니." 나는 아빠의 애원을 무시하고 계속했다.

"엄마가 그랬다잖아요, 대니얼. 정말 그랬어요, 엄마가?"

"로지, 널 화나게 하려는 건 아니었어." 대니얼이 나를 달래려고 애쓰며 부드럽게 말했다.

내 오른쪽에 앉아 네이선과 대화를 나누던 휴가 말을 멈추고 돌아앉아서 내 팔에 손을 올렸다.

"하지 마." 내가 사납게 말한 다음 다시 대니얼을 똑바로 쳐다보았다. "난 오빠 말 안 믿어." 나는 어디 한번 항변해보라며 대니얼을 쳐다보았지만 오빠는 아무 말도 하지 않았다. "그리고 엄마가 아니라고 말할 수도 없는 상황에서 그런 거짓말을 하는 건 불공평해. 엄마는 시어셔에 대해 절대 그렇게 말하지 않았을 거야. 절대로. 엄마는 시어셔가 어딘가에 아직 살아 있다고 믿었어. 내 말 들려, 대니얼? 다들 내 말 들려요?" 내가 목소리를 높여 테이블에 둘러앉은 모두에게, 나를 둘러싼 모든 남자를 향해 말했다. 남편, 아들, 오빠들, 아빠, 삼촌에게.

나는 자리에서 일어났다. 힘이 들어가 팔이 뻣뻣했다. 손가락을 구부려 주먹을 꽉 쥐고 모두의 얼굴을 차례차례 보았다. 다들 겁먹은 표정―아니면 충격에 가까웠을까?―으로 다른 사람이나 바닥으로 시선을 돌리며 내 눈길을 피했다.

"이 자리에서 모두에게 마지막으로 딱 한 번만 말할 테니까 두 번 다시 그 빌어먹을 질문은 하지 마. 내 딸은 아직 살아 있어. 살아 있다고." 나는 배신자들을 차례차례 쳐다보면서 이 이야기를 두 번 다시 꺼내면 안 된다는 것을 모두가 이해했는지 확인했다.

"시어셔를 믿는 건 나밖에 없어. 식구들이 엄마를 묻은 것처럼 시어셔도 묻어버렸다는 말을 걔가 들으면 기분이 어떨 것 같아?" 칠 년 동안 쌓였던 분노가 흘러넘치면서 이 말이 함께 튀어나왔다. "게다가 이중 한 사람은 판사한테 시어셔의 사망선고를 받자고 하고."

내가 휴를 가리켰다. 휴는 이제 자리에서 일어나 내 등에 손을 올리고 있었다.

"로지, 왜 이래. 이러지 마."

"내버려둬." 내가 그의 손을 탁 쳐냈다. "다른 사람도 아니고 당신이, 어떻게 당신이 시어셔한테 그럴 수가 있어?"

"아, 이런. 로지." 왼쪽에서 아빠가 눈물이 그렁그렁한 눈으로 올려다보았지만 그 모습도 나를 말리지 못했다.

"로지, 길고 힘든 날이었잖아." 휴가 나를 달래려고 애썼다. "이제 그만 집으로 올라가자."

"난 괜찮아, 제기랄, 휴. 난 괜찮다고. 여기 이 남자들이랑 남았는데 어떻게 안 괜찮을 수가 있겠어? 내 인생의 두 여자는 이제 없어. 빼앗겼어. 빌어먹을 약해빠진 남자들만 남았다고. 여자가 왜 더 강한지 알아? 우리는 믿음이 있고 배짱이 있고 버티는 힘이 있으니까. 부끄러운 줄 알아, 시어셔를 포기하다니."

테이블 앞에 선 내 몸이 긴장으로 굳었다. 나는 손가락으로 한 사람 한 사람, 심지어 내 아들까지 가리키며 비난했다.

"나갈 거야. 세상에, 빌어먹을 여기서 나갈 거야." 나는 왼쪽을 보고, 오른쪽을 보고, 다시 왼쪽을 봤다. 왼쪽에 앉은 아빠는 빨리 움직일 수 없고 오른쪽에서는 휴가 나를 막고 있었기 때문에 나는 테이블 위로 올라가 접시와 잔이 다 떨어져도 상관하지 않고 반대편으로 발을 내렸다. 대니얼이 일어났지만 나를 막을 수는 없었다, 눈빛을 보면 알았다. 대니얼이 비틀거리며 옆으로 비켜섰고, 나는 오빠 어깨에 손을 짚고 테이블에서 내려오다 넘어질 뻔했다. 나는 술집 끝까지 달려간 다음 문 앞에 멈춰 서서 양복 차림의 남자들을 돌아보았다.

"배신자들." 나는 이렇게 외친 다음 다른 사람보다 휴를 조금 더 오래 노려보고 보슬보슬 내리는 밤비 속으로 뛰쳐나갔다.

다음날 아침 동이 틀 무렵, 카후나 비오그 해변의 바위 틈에 웅크리고 있던 나를 사람들이 발견했다. 전날 밤 손전등을 들고 찾아다녔지만 못 찾았다고 했다. 내가 바위 틈으로 기어들어가서 몸을 웅크리고 해초를 덮어서였다. 나는 기억이 나지 않는다. 그렇게까지 했다니 상상할 수 없다. 술집과 카후나 비오그 사이 어딘가에서 정말로 정신을 잃었다. 나는 그저 시어셔의 곁으로, 시어셔가 어렸을 때 놀던 곳으로 가고 싶었을 뿐이었다. 시어서가 아직도 바다에 돌을 던지고 바위 사이의 작은 웅덩이에 생물체가 없는지 샅샅이 살펴보고 있다고 상상하고 싶었을 뿐이었다. 예전에 시어서가 손을 모으고 여름 소나기를 맞으며 빗물을 아무리 받으려고 해도 자꾸 빠져나간다고 속상해하며 말하던 곳으로 가고 싶었을 뿐이었다.

내가 의식이 없었다고 한다. 차가웠다고. 사람들이 제일 가까운 신부님의 집으로 달려가서 담요를 가져와 나를 감싸고 억지로 물을 먹이려 했다고. 내가 숨을 쉬는데도 마이클 신부님이 기도를 드렸다. 자던 간호사를 깨워 불러왔고, 간호사는 숙취를 참으며 겨우 와서 맥박을 잰 다음 구명보트를 불렀다.

그뒤 며칠이 아예 기억에 없다. 제일 먼저 기억나는 것은 클론킬 병원에서 정신을 차렸을 때 팔에 수액이 꽂혀 있고 컬리가 내 손을 잡고 있었다는 것이다. 나는 컬리에게 말해야 했다, 너와 아빠를 약해빠졌다고 해서 미안하다고. 하지만 말이 나오지 않아 다시 눈을 감았다. 나는 삼 주 동안 입을 열지 않았다.

더블린의 세인트 패츠 정신병원으로 옮겨진 나는 아침마다 겨울 햇살이 밝게 비추는 방을 혼자 썼다. 평소에는 그 멋진 광경에 미소를 지었지만 그때는 햇살에 등을 돌렸다. 휴는 거의 매일 찾아와서 침대 옆에 삼십 분 동안 말없이 앉아 있다 일어나 걸어나갔고, 다음날 다시 와서 똑같은 행동을 되풀이

했다. 컬리와 니나는 병원에 와서 나도 같이 대화에 참여하고 있는 것처럼 각자의 일에 대해 이야기했지만 시어서 이야기는 절대 꺼내지 않았다. 나를 다시 자극해서 내가 테이블에 올라가고 사람들을 배신자라고 부르게 만들 화제는 꺼내지 않았다. 니나는 꽃을 가져다주고 내가 혼수상태라도 되는 것처럼 가끔 음악을 틀어주었다. 하지만 나는 그곳에 있었다. 살아서 숨쉬며 듣고 있었지만 니나가 해주는 그 무엇도 원하지 않았다. 무반주 첼로곡이 흘러나오자 나는 눈을 감고 눈물이 뺨을 타고 흘러내리도록 놔두었다. 그 곡을 듣자 골웨이에서 면허를 따려고 교육받을 때 어떤 음악가와 같이 집을 썼던 일이 떠올랐다. 그녀는 런던을 떠나, 수중의 돈으로 올 수 있는 제일 먼 곳으로 온 것이었다. 텅 빈 해변을 발견한 그녀는 그곳에서 악기를 연주했다. 그녀는 내가 집에 있으면 절대 연주하지 않았다. 관중 앞에 서면 뻣뻣하게 굳었다. 하지만 딱 한 번, 내가 면허증을 따서 집으로 돌아가기 전에 끈질기게 조르자 우리의 그 초라한 부엌에서 의자에 앉아 다리 사이에 첼로를 놓고 연주를 시작했다. 그리고, 아아, 정말이지 나는 누가 내 심장을 반으로 가른 줄 알았다. 뺨이 전혀 축축하지 않았는데도 내가 분명 울고 있다고 생각했다. 나는 보통 공포를 느낄 때 그러듯이 숨을 헉 들이마셨고, 가슴에 손을 올리고 내가 인생의 크나큰 상실에 슬퍼하고 있는 것이 분명하다고 생각했다. 낮게 울리는 음이 내 영혼으로 파고들어 그 중심을 녹였기 때문이다. 나는 그렇게 감동적이고 연약한 소리를 들어본 적이 없었다. 연주가 끝났을 때 그녀는 눈에 띌 정도로 떨고 있었다. 손이 떨리는 모습이 내 눈에도 보일 정도였다. 그녀는 남의 손을 보듯 자기 손을 내려다보면서 두 번 다시 다른 사람 앞에서 연주하지 않겠다고 맹세했다. 마틸드, 그녀의 이름이었다. 마틸드. 그후 그녀의 소식을 듣지 못했다. 마틸드는 아예 만난 적도 없는 것처럼 내 인생에서 사라졌다. 그 병실에서 니나와 함께 그녀가 틀어준 음악을 들으면서 나는 그 슬픔을, 심장이 쪼개지는 듯한 기분을 다시 느꼈고, 흐르는 눈물을 멈추려고 손가락 하나 움직이지 않았다.

휴가 나를 집으로 데려가 침대에 눕혔다. 그는 사무실에 있다 사흘 연속 노라 캐시디의 전화를 받고 일찍 퇴근했다. 노라는 길에서, 시어셔의 자전거가 쓰러져 있던 곳에서 나를 발견하고 집안으로 들여보내려 했다. 그때마다 휴는 나를 부드럽게 안아들어 우리 침대에 눕혔고, 나는 창문으로 고개를 돌려 바깥을 내다보면서 한때 시어셔가 있던 곳에 있는 나를 상상했다. 나는 그날을 처음부터 다시 살려고 했다. 컬리의 빈방에서 시작해 우리가 사는 막다른 골목으로 이어지는 도로에서 시어셔가 자전거를 타고 오는 모습을 보고, 우리의 삶이 바뀐 그날 그랬어야 하는 것처럼 계단을 달려내려가 현관문을 활짝 열고 보도로 달려가서 자전거가 쓰러져 있던 바로 그 자리에 앉았다. 시간을 쟀다. 삼십 초, 그다음에는 이십팔 초, 결국 이십오 초를 기록했다. 시어셔를 구했을 이십오 초. 우리 모두를 구했을 이십오 초.

그 자리에서 나를 세번째로 발견한 휴는 2층 침실로 데려가는 대신 부엌 스툴에 앉히고 이제 그만하라고 말했다. 화를 내지는 않았다. 얼굴을 찡그리지도, 눈살을 찌푸리지도 않았다. 삶이 그를 떠나버렸고, 휴는 이제 주어진 대본을 읽고 있었다. 너무나 무표정하고 그 자리에 없는 사람 같았다. 자신도 더는 견디기 힘들다고 했다. 나 때문에 죽을 것 같다고, 시어셔를 잃은 것보다 더 힘들다고, 그보다 힘든 일이 있을 줄 몰랐다고 했다. 내가 그만두지 않으면 자기도 파자마 차림으로 시어셔가 실종된 곳에 나가 앉아 있을 거라고도 했다. 그러더니 부엌에서 나가 피아노 앞으로 갔다. 피아노 연주 소리가 바로 들릴 줄 알았는데 들리지 않아 내가 문으로 살금살금 다가가 귀를 대자 숨죽여 눈물을 삼키는 소리가 들렸다. 숨을 꾸륵거리며 코를 훌쩍이는 소리. 하지만 나는 문을 열고 용서를 비는 대신 바닥에 주저앉아 나 스스로에게 노력해보라고 애원했다.

그후 나는 거의 늘 침대에 누워 있었다. 아직 말은 하지 않았다. 하지만 적어도 바깥에 나가 앉지는 않았다. 휴는 침대맡에 내가 먹을 음식을 놔두었고 나중에는 내가 가끔 일어난다는 것을 깨닫자 아일랜드식탁에 차려놓았다. 그가 저녁으로 먹을 음식을 포장해오거나 스크램블드에그나 파스타를 만들면 나는 깨작이며 먹었다. 하지만 나는 여전히 입을 열지 않았다. 어느 날 저녁 늦게 휴가 나를 위해 만든 샌드위치 옆에 놓인 데이지 한 송이를 발견할 때까지는. 그가 집에 돌아왔을 때 나는 여전히 꽃을 보며 앉아 있었고, 샌드위치는 접시에 그대로 놓여 있었다. 내가 고개를 들고 말했다. "고마워." 그 단순한 말 한마디에 휴가 조심스럽게 다가와서 내 뺨에 입을 맞추었다. 그가 잠시 내 머리에 머리를 기댔고, 나는 그가 울고 있다는 걸 깨달았다. 나는 사랑이 담긴 입맞춤이었다고 믿지만 작별 인사처럼 느껴졌다. 휴는 내가 돌아와서 기뻐했지만 그에게는 아무것도 남지 않았다. 내가 다시 살아가게 만들려고 애쓰느라 결국 그에게서 모든 것이, 한때는 무조건적이었던 사랑까지 모조리 빠져나갔다.

그후 나는 건강을 완전히 되찾은 것처럼 보였지만 결코 예전 같지는 않았다. 나는 걸어다니고, 말하고, 저녁식사를 준비했지만 싸우려는 열의를 잃었다. 내가 병원에서 잠들어 있던 밤에 의사들이 나도 모르게 그 부분을 제거한 것 같았다. 하지만 나의 확신은 절대 변하지 않았다. 나는 여전히 시어서가 살아 있다고 믿었지만 휴나 컬리에게는 결코 그런 이야기를 하지 않았다. 휴와 나는 같은 집에서 각자 한구석을 차지하고 예의바른 타인처럼 진행중인 일에 대해서만 이야기하고 다른 이야기는 하지 않았다. 각자의 방에서 살았지만 열원熱源과도 같은 서로의 존재를 느끼면서 상대방이 움직이거나 위치를 바꾸면 알아차리고, 문이 열리는 소리가 들리는지 귀를 기울이고, 어디에 가는 걸까 벽장에서 무엇을 찾는 걸까 궁금해했다. 하지만 접촉할 마음도, 능력도 없었다.

나를 가장 사랑했던 남자들, 아빠와 남편과 아들이 계략을 꾸며 나를 섬으로 보냈을 때, 휴가 나에게 제발 가라고 했을 때, 나는 휴가 옳다는 사실을 알았다. 우리는 구석에 몰려 더이상 움직일 수 없었다. 우리는 앞뒤로 서서 꼼짝 못하는 상태로 움직이지도 않고 뚫을 수도 없는 텅 빈 벽을 마주하고 있었고, 우리 인생은 너무나 얇고 빈약해져 서로는커녕 각자 자신을 지탱하기도 힘들었다.

3부

몰라. 그냥 본 대로 말하는 거야.

지난 9월 휴를 두번째로 떠나 아빠의 집으로 돌아온 날, 나는 문고리를 요란하게 흔들고 매트에 신발을 거칠게 턴 다음 큰 소리로 인사하며 안쪽 문을 열었다. 전용 의자에 앉아 있던 아빠는 고개를 들었지만 내가 온 것을 믿지 못해 어리둥절해하면서 잠시 꼼짝도 하지 않았다. 하지만 곧 읽고 있던 종이 뭉치를 얼른 계단으로, 차가 담긴 머그잔 옆으로 치웠다. 아빠는 천천히 일어섰는데, 다행히도 움직임이 뻣뻣해 보이지는 않았다. 아빠가 내 이름을 부르며 거실을 가로질러왔다.

"왜 돌아왔어?" 아빠가 조용히 물었다. 나는 두 팔을 벌려 아빠를 안은 채 아빠 어깨에 머리를 얹고 울었다.

"괜찮다." 아빠가 말했다. "괜찮아."

우리가 끌어안은 채 서 있자 어고가 아빠 다리 옆으로 와서 앉더니 헐떡이며 우리 둘만의 비밀에 자기를 언제 끼워줄까 생각하는 듯 가끔 올려다보았다.

"그냥 시간이 조금 더 필요해서요." 나는 가까스로 대답했다.

"그래. 이브니스도 네가 와서 기뻐할 거다. 기뻐하고말고."

우리는 고요한 거실에서 조금 더 그렇게 있었다. 나는 가만가만 흔들리는 아빠의 품에서 위로를 받았다. 그래서 아빠가 움직임을 멈추고 소파로 나를 이끌자 아쉽기도 했다. 나는 소파에 앉아 눈물을 그치려고 애썼다. 페리를 타러 차를 몰고 오는 내내 썼던 티슈 뭉치를 주머니에서 꺼냈다.

"윽." 내가 말했다. "꼴이 엉망이죠. 내가 돌아오고 싶어할 줄 몰랐죠?"

"자, 자." 아빠가 내 무릎을 토닥이며 대답했다. "넌 패치 리건이 나한테 와서 네가 딸이라고 말한 그날처럼 아름다워. 그때 넌 정말 멋졌고, 지금도 멋져."

"그만 좀 하세요." 내가 나도 모르게 미소를 지었다.

어고가 코를 들이밀며 우리 다리 사이로 비집고 들어와 앉으며 반가움을 표시했다.

"네 엄마가 옆에 있으면 좋을 텐데. 엄마라면 모든 상황을 호전시킬 방법을 알았을 거야."

내가 아빠의 어깨에 머리를 기댔다.

"나도 엄마가 있으면 좋겠어요. 하지만 아빠, 모든 상황을 호전시킬 방법은 없어요. 아빠도 나도 알잖아요. 우린 그저 견뎌내고 있다는 걸."

"하지만 네 엄마는 상황에 알맞은 말을 하는 재주가 있었지, 안 그러냐? 나는 피하기만 하지. 적절한 말을 찾지 못해. 결과가 너무 두려워서."

내가 고개를 들었다.

"무슨 뜻이에요, 아빠?"

"아, 이제 너무 늦은 것 같구나."

"뭐가 너무 늦어요?"

"일을 바로잡기에 말이다."

"무슨 말인지 모르겠어요."

"음, 사실 오래전에 말했어야 했는데. 네가 이번 여름에 섬으로 돌아오기 전에 말이야. 하지만 나한테 그런 용기가 있었겠니? 말도 안 되지."

아빠는 소파에 앉아 안절부절못하며 이제라도 그것을, 뭔지 모르지만 아빠가 겁을 먹고 입을 닫게 만든 그것을 말할 용기를 끌어올리려고 애썼다.

"장례식 날 시어서 이야기가 나왔을 때 네 편을 들어주지 않아서 미안하다. 네 엄마가 부끄러워했을 거야. 그냥, 네 엄마를 그렇게 잃으니 멈춰버렸다, 네가 얼마나 아픈지 안 보였어."

"아, 아빠." 내가 아빠의 손을 잡았다. "안 그래도 돼요. 우린 괜찮아요. 아빠랑 나 말이에요. 항상 그랬잖아요. 아빠가 날 위해 한 것, 나를 여기로 다시 부른 것이 바로 내게 필요한 것이었어요. 아빠, 이 섬이, 이브니스가, 아빠가 날 살렸어요."

수줍고 불안한 아빠의 눈이 내 눈을 보며 깜빡거렸다.

"너랑 휴는 어떠냐?"

"저랑 휴요?" 나는 천장을 보며 이 질문에 대한 답을 찾으려 했다. "우리는…… 음, 우린 지쳤어요. 아빠. 정말 너무너무 지쳤어요."

올겨울에 쓸 장작에 덮어둔 방수포 밑으로 바람이 들어가 펄럭거리는 익숙한 소리가 밖에서 들려왔다. 눈에 선했다. 나는 마음속으로 눈을 찌푸렸다가 커다랗게 뜬 다음 진정했다. 내가 코를 닦고 괜찮다는 듯 미소를 지었다.

"난 괜찮을 거예요, 아빠. 솔직히 여기서 아빠랑 이브니스만 있으면 잘 지낼 수 있어요."

방수포가 불안하게 다시 펄럭거렸다.

"그래 괜찮지, 괜찮아." 아빠도 내 말을 인정하고 응원하듯 내 어깨를 꼭 쥐었다.

어고가 날카롭게 낑낑거리더니 일어나 앉아 불안하게 몰아치는 바람 소리에 귀를 쫑긋 세웠다.

"왜 그래?" 아빠가 대답을 기대하는 표정으로 어고에게 물었다. 어고가 살짝 짖더니 벌떡 일어나서 기대에 찬 표정으로 문 앞에 섰다. "무슨 일인지 나가보고 싶어? 그런 거야?"

아빠가 내 무릎을 살짝 두드리고 일어나 문을 열었다.

"토끼는 쫓지 마라." 아빠가 어고를 풀어주며 말했다. "내 동생이 나한테 다 일러준다."

자리로 돌아온 아빠는 이제 어떻게 해야 할지 몰라 가만히 서 있다가 하늘에서 엄마가 재촉이라도 한 것처럼 입을 열었다. "대니얼이 한 말은 사실이 아니야. 네 엄마는 시어셔가 집으로 돌아오리라는 믿음을 한 번도 버린 적이 없었고, 나도 마찬가지야."

밖에서 어고가 컹컹 짖어서 나는 토끼를 봤나보다 생각했다. 토끼가 얼마나 떨고 있을지 느껴졌다. 나는 침을 꿀꺽 삼키고 고개를 끄덕였다.

"고마워요." 우물거리면서도 소리 내어 말했다.

잠시 시간이 흐른 뒤 아빠가 손뼉을 딱 치며 말했다. "차. 차를 마시자꾸나."

차는 언제나 모든 것에 대한 반가운 대답이었고, 그 순간도 마찬가지였다.

"그래요." 내가 순순히 따랐다. 하지만 솔직히 난 이제 차 같은 것은 마시지 않기 때문에 물 한잔이 더 좋았겠지만 우리 둘 다 그 의식이, 적어도 평범한 일은 할 수 있다는 느낌이 필요했다.

아빠가 부엌으로 가고 곧 주전자에 물 채우는 소리가 들렸다. "참, 새로운 선원이 왔다." 아빠가 소리쳤다.

"그래요?" 내가 얼굴을 닦고 문간으로 걸어가서 기댔다.

"필런이 없어. 예전에 말했지, 피오르를 보러 간다고. 사실 좀 걱정이었다. 마이클프랜한테 도움을 청해야 하나 생각했지만, 그러면 일이 얼마나 잘 굴러갈지 우리 모두 잘 알잖니. 그런데 지난주 토요일에 젊은 여자가 일자리를 찾는다며 왔지 뭐냐. 네가 떠난 직후에. 에일리시라고 하는데, 당연히 리엄은 채용하고 싶어했지. 이아몬이나 셰이머스랑 기꺼이 바꾸겠다더라."

"걘 부끄러운 줄도 모른대요? 자기 가족인데?"

"그래, 모르는 것 같더라." 아빠가 물을 끓이려고 주전자의 가열 버튼을 눌렀다. "친척들이랑 시작이 별로 좋지 않았지, 그건 분명해. 하지만 이제는 어른이니 스스로 선택하고 요구할 수 있다 이거지." 아빠가 조리대에 편안하게 몸을 기대고 자기 말에 토를 달면 당장이라도 반박하겠다는 듯 팔짱을 꼈다.

나는 지금이 기회라고 생각했다.

"무슨 일 있었어요, 아빠? 제가 어렸을 때는 무조건 리엄을 감싸더니 이젠 안 좋아하시는 것 같아서요." 내가 마침내 용기를 내서 아빠가 리엄에 대한 마음을 바꾼 이유를 물었다.

아빠는 조리대에서 몸을 떼고 머그잔 두 개를 꺼내 식탁에 내려놓고 냉장고를 요란하게 뒤지며 우유를 찾았다. "도대체 어디……"

"저기 있네요." 내가 식탁을 가리켰다. 파란색과 크림색 줄무늬 저그가 지금 부엌에 흐르는 불편함만큼이나 빤히 보이게 놓여 있었다. "말해보세요, 아빠." 아빠가 주의를 돌리려 했지만 나는 놔주지 않았다.

물이 다 끓어서 전기주전자가 저절로 꺼지자 아빠가 티포트를 꺼내 티백을 넣고 최대한 시간을 끌었다. "빌어먹을 여름 운행 일정 때문에." 아빠가 식탁을 향해 돌아서며 제일 먼저 떠오른 생각인 것처럼 불쑥 내뱉었다.

"정말요? 오랫동안 그렇게 일했으면서 갑자기 근무 당번 때문에 불만이시라고요?"

아빠가 내 머그잔에 차를 따랐.

"빌어먹을 오 키어시 놈, 세상이 자기 마음대로 돌아가야 한다고 생각하거든. 자." 아빠가 머그잔 손잡이를 내 쪽으로 돌려주고 한숨을 쉬며 의자에 앉았다. "괜찮으면 오늘 리엄 얘기는 그만하자."

"알았어요, 알았어요." 내가 항복의 표시로 한 손을 들고 아빠 맞은편에 앉았다. 나는 한마디도 더 할 생각이 없었다.

"일은 잘해요? 새로 왔다는 선원이요." 잠시 후 내가 안전한 화제로 이야기를 돌렸다.

"자기 말로는 그렇다는구나. 시험도 일부는 벌써 쳤대. 페리 관련 일을 하는 집안인가봐. 케리 북부의 태리포어 출신이래." 아빠가 차를 한 모금 마시고 다시 창밖으로 시선을 돌려 본토 쪽을 바라보았다.

"그렇군요." 나는 감탄하듯 말한 다음 곧바로 하품했다. 더블린에서 휴랑 컬리와 온갖 일을 겪느라 어마어마한 피로에 짓눌려 에일리시가 어느 집안 출신인지, 누구의 딸인지, 어떤 배에서 일했는지 같은 중요한 내용을 물어볼 수 없었다. 나는 아빠의 시선을 좇아 하늘에 흩어져 있던 구름이 빠르게 합쳐지는 모습을, 희고 작고 따로따로 떨어진 구름이 거대한 덩어리를 이루는 모습을 보았다. 나는 차를 다 마시고 나면 계단을 올라가 내가 어렸을 때 쓰던 침대에 누워 나를 여기 돌아오게 만든 모든 것을 피해 다시 깊은 잠을 자야겠다고 마음먹었다.

다음날 아침, 내가 페리에 도착하자 에일리시는 흥분을 감추지 못했다. 내가 지프를 세웠을 때 그녀가 기다리고 있었다.

"세상에." 내가 차에서 내리자마자 에일리시가 악수를 청하며 말했다. "저는 당신이랑 일하려고 일부러 여기에 왔어요.

우리집에서 당신은 전설이에요. 저희 아버지는 태리포어에서 배를 타는 맥 피너티예요. 제가 어렸을 때 아빠가 골웨이에서 알고 지냈던 어떤 젊은 여성 이야기를 해줬어요. 아빠처럼 공부해서 면허증을 땄지만 오래전에 페리 운전을 그만뒀다고요. 그런데 그분이 돌아오셨다는 소식을 듣고 계획을 전부 바꿔서 여기로 온 거예요."

"맥이라고?" 내가 이브니스를 향해 걸어가면서 말했다. 이 젊은 여성이, 그리고 그녀가 일깨워준 추억이 나를 기분좋게 해주었다. "와, 세상에. 당신이 아버지랑 비슷하다면 같이 일하는 게 정말 즐거울 거야. 내가 교육받을 때 여자가 선장이 되려 한다고 뭐라 하지 않은 사람은 당신 아버지밖에 없었어. 뭐, 겁먹어서 아무 말 안 한 걸 수도 있지만. 그 남자들은 진짜 거칠었거든."

우리는 계단을 내려가 이브니스의 문을 열었다.

"여기 왔는데 안 계셔서 정말 실망했었어요." 에일리시가 내 뒤에 어찌나 가까이 붙어 있는지 우리 둘 다 걸려 넘어질 것 같았다. "말 그대로 떠나신 날 제가 도착했거든요, 믿어지세요? 하지만 대니 선장님이 정말 잘해주셨어요. 저에게도 가르쳐주겠다고 약속하셨죠. '누구 덕분에 걔가 그렇게 똑똑해졌을 것 같아? 바로 나지'라고 하셨어요." 에일리시가 아빠를 꽤 비슷하게 흉내내서 재미있었다. "그래서 어쨌든 여기서 몇 주 지내보기로 했죠. 그런데 오신 거예요." 그녀가 활짝 웃으며 서 있었다. 즉각적으로 전염되는 미소였다.

"그래." 내가 선교를 올려본 다음 눈을 감고 한숨을 쉬었다. "내가 왔지."

"이번에는 완전히 돌아오신 거예요?"

"에일리시." 나는 엔진 룸으로 통하는 해치를 열었다. "내가 오래전에 배운 한 가지는 이 세상에 확실한 건 없다는 거야. 하지만 기적이라도 일어나지 않는 한 당분간은 여기 있을 거야."

"휴우." 에일리시가 과장되게 눈썹을 훔치며 웃었다.

"참, 퍼걸은 만났어?"

"아니, 아직이요."

"음, 조금 기다려야 할 거야. 퍼걸은 너랑 달리 아슬아슬한 걸 좋아하는 모양이니까. 자 엔진 점검해야지. 시작할까?"

내가 입구를 가리키자 에일리시가 뛰어들다시피 들어갔고, 나도 웃으며 따라 들어갔다.

나중에 점심시간이 되었을 때 나는 엄마의 무덤을 찾아갔다. 오랜만이었다. 원래는 에일리시, 퍼걸과 함께 부두 안벽에 있어야 했기에, 특히 에일리시가 처음 일하는 날이었기에 아주 잠시 미안한 마음이 들었다. 하지만 나는 퍼걸이 부두에 급히 온 순간부터 두 사람 사이의 뭔가 수줍은 분위기를 알아차렸다. 퍼걸은 운항 내내 에일리시의 곁을 떠나지 않았다. 그래서 나는 괜히 불청객이 되어 두 사람을 방해하고 싶지 않았다. 예전에 휴와 부두 안벽에 앉아 있을 때 그 마법 같은 느낌을 희석시킬 다른 사람 없이 단둘이만 있고 싶어했던 게 떠올랐다.

나는 엄마 무덤 앞 벤치에 앉았다. 그 벤치는 엄마가 돌아가신 뒤 아빠가 엄마와 시간을 보낼 수 있도록 마이클프랜 삼촌이 만들어놓은 것이었다. 묘지는 도서관과 부두 위에 위치해 있어 운이 좋으면 새소리뿐만 아니라 아래에서 지나가는 사람들의 웅웅거리는 말소리도 들렸다. 나는 구멍이 숭숭 난 오래된 묘비와 새로 생긴 묘비를 찬찬히 살펴보았다. 우리가 엄마를 위해 세운 묘비는 책을 펼쳐놓은 모양이었다.

"저 돌아왔어요, 엄마." 내가 엄마에게 말했다. 뼛속까지 편안했고, 그 느낌을 잃을까봐 조금도 움직이고 싶지 않았다. 왼쪽에서 누가 다가오는 소리가 들려 돌아보니 이기였다.

이기가 벤치에 앉자 내가 인사로 그와 어깨를 부딪쳤다.

"돌아왔네요." 그가 말했다.

"그래요."

"오늘 아침에 기다렸는데." 이기가 바다를 가리켰다.

"그랬어요?"

"괜찮아요. 당신이 최고의 수영과 최고의 커피를 놓치긴 했지만."

내가 미소를 지었다. "내일은 놓치지 않을게요."

"커피랑 수영 둘 다?"

"음, 봐서요."

저 아래 계선장에 정박해 있는 작은 요트가 보였다. 개인 요트를 소유할 만큼 돈 많은 사람들이 본토에서 당일치기로 섬에 오기도 했는데, 그런 이들을 위해 삼 년 전에 만든 곳이었다. 젊은 청년이 요트에서 뛰어내리더니 던져둔 밧줄을 안전하게 묶었다.

"당신을 다시 만나 썩 행복하지 않은 남자가 하나 있네요." 이기가 나를 툭툭 치더니 퍼진스 앞 주유 펌프에서 트럭에 기름을 채우는 리엄을 발로 가리켰다.

"응, 그렇겠죠."

"사실은 테리사가 나한테 겨울 동안 클론킬 수영장에서 애들에게 수영을 가르치면 어떻겠느냐고 했어요. 강사료도 지급하겠다면서요. 애들이 수영을 할 줄은 아는데, 아주 잘하진 않는대요. 테리사가 애들한테 아빠처럼 바다에서 일하려면 수영을 더 잘해야 한다고 했대요. 수영장 강습반에는 안 들어가려고 하나봐요. 아홉 살짜리들이랑 같이 배우면 바보 같아 보인다고. 라르가 나한테 배우겠다고 했대요. 겨울에는 수영장에서, 여름에는 바다에서 하기로 했어요."

리엄의 아들 라르와 폴은 착한 아이들이었다. 나를 어려워하지도 않고 성격이 거칠지도 않았다. 리엄보다 테리사를 닮은 것 같았다. 아이들은 이제 부끄러움도 타지 않고 자신감이 넘쳤다. 여름에 내가 담장에 앉아 있을 때 다가오더니 그날 항해는 어땠느냐고 물었다. 아이들이 각자 할일을 하러 떠난 다음 나는 저애들이 열여섯 살이 되면 여름에 선원으로 써도 괜찮겠다고 생각했다. 내가 오 키어시에 대해 그렇게 말하게 될 줄은 생각도 못했다.

"잘됐네요."

"그리고 퍼진은 이번 겨울에 리머릭에 사는 딸한테 가서 좀 쉴 생각이라고 나한테 주말에 바에서 일해달래요. 그래서 퍼진스에서 일하고 수영을 가르치는 틈틈이 디어미드네 가게에서 몇 번 일하면 굶어죽진 않을 것 같아요."

"잘됐네요."

다시 대화가 멈추었고, 우리는 크리오스토어가 새 아이스크림 한 통을 가지고 디어미드의 가게에 들어가는 모습을 보았다. 이제 철이 다 끝났다. 곧 아이스크림은 자취를 감추고 내년 5월이나 돼야 다시 나올 것이다.

"겨울에는 쉽지 않을 거예요. 바다 수영 말이에요." 이기가 말했다.

내가 눈을 부라렸다. "솔직히 가끔 나를 대하는 태도를 보면 당신은 내가 여기 산 적이 없다고 생각하는 것 같아요."

"그냥 익숙해지는 데 시간이 조금 더 걸릴 뿐이죠." 이기는 내가 한마디도 하지 않은 것처럼 말을 이어나갔다. "얼른 들어갔다 나오면 돼요. 면역에 아주 좋아요."

"음, 전문가다운 조언 고마워요."

"그래서 이번에는 당분간 있을 생각이에요, 아니면……?"

"갈 때가 됐다 싶을 때까지 있을 거예요. 지금으로서는 그게 언제가 될지 모르겠어요."

이기가 동감이라는 듯, 그게 바로 자기 전략이라는 듯 고개를 끄덕였다. 나는 이기가 상처를 가진 사람이라 나 역시 내 행동을 설명하거나 정당화할 필요 없이 상처받은 채 있을 수 있어 좋았다.

"저기 대니가 왔네요." 이기가 발로 다시 부두 꼭대기를 가리켰다. 아빠가 주변을 둘러보다 퍼걸에게 말을 걸러 갔다.

"날 찾고 계시네요. 내가 괜찮은지 확인하러 오셨나봐요."

"그래서, 괜찮아요?"

"좋아요."

"어어, 대니가 리엄한테 들켰어요."

이기가 비밀공작원처럼 자리에 푹 주저앉았다.

나는 그의 연기에 웃다 리엄이 펌프 옆에서 아빠를 부르는 모습을 보았다. 아빠는 마지못해 걸어가면서도 여전히 나를 찾는 듯 주변을 살폈다. 내가 아빠를 부를 수도 있었다. 내 목소리가 아빠한테 들릴 만한 거리였지만, 나는 두 사람이 무슨 얘기를 나눌지 궁금했다.

아빠는 리엄과 30센티미터 정도 떨어져서 한동안 이야기를 나눌 뿐 별다른 일이 없었는데, 갑자기 아빠가 리엄에게 한 발짝 다가서며 손가락질을 했다. 리엄이 물러서더니 최대한 허리를 꼿꼿하게 세우고 양손을 주머니에 찔러넣은 채 고개를 젖히며 아빠에게 날카로운 말을 쏟아냈다.

내가 이기의 팔을 잡았다. "내려가야겠어요."

"잠시만요, 잠깐 기다려요."

"주먹질이라도 할 것 같아서요."

이기가 나를 붙잡았다. "로지, 당신이 내려간다고 나아질 건 없을 거예요."

"그래도 때리면 어떻게 해요?"

"리엄이 당신 아버지를 치는 일은 없을 거예요."

"그 반대를 말한 건데요."

"정말요?" 이기는 놀란 것 같았다.

"어제 분위기로 봐서는 그럴 수도 있을 것 같아요."

"잠깐만. 봐요, 리엄이 가네요."

자동차 문이 쾅 닫히는 소리가 울렸다. 리엄은 부두 꼭대기를 지나 디어미드네 가게 옆으로 올라갔고, 아빠는 그런 리엄을 향해 눈을 부라렸다.

"도대체 이게 다 무슨 일일까요?" 내가 말하며 아빠에게 내려가려고 자리에서 일어서는 순간, 크리오스토어가 아빠 옆에 차를 세웠다. 그가 조수석 문을 열자 아빠가 올라탔다. 나는 어쩔 줄 몰라 털썩 주저앉았다.

"분명히 말하지만 이 섬이 늘 넷플릭스보다 낫다니까요." 이기가 웃었다.

"넷플릭스요? 도대체 넷플릭스를 어떻게 봐요? 맥주 살 돈도 없으면서."

"디어미드 걸 같이 써요. 본인은 모르지만. 언젠가 디어미드가 쉬는 시간에 로그인할 때 어깨너머로 봤을 거예요."

"음, 저 밑에서 무슨 일이 있었는지 모르겠지만 상황이 심각해요. 뭔가 안 좋은 일이 있는 것 같아요. 아빠가 리엄한테 화가 난 것 같은데, 무슨 일인지 말을 안 하세요."

"마이클프랜이 알까요?"

"어쩌면요. 필런은 알 거예요."

"아, 그 피오르 사냥꾼 말이죠. 사실은 요즘 무슨 노르웨이 유튜버 영상을 보고 있거든요. 아니카 룬드라고. 아, 잠깐, 스웨덴일지도 몰라요. 구분을 못해서."

"그렇군요." 나는 이기의 말을 반쯤 흘려들었다.

"사실 무슨 내용인지는 잘 몰라요. 스웨덴어든 노르웨이어든 다 모르지만 그 여자가 말하는 소리가 좋아요. 억양이 오르락내리락하는데 아주 섹시하더라고요."

어느새 나는 아빠에 대한 걱정을 잊고 이기가 하는 이야기로 주의를 돌렸다. "여기가 아니라 거기로 이주하지 그랬어요. 거기에서는 다들 수영을 할 텐데." 나는 이기가 아무리 멀리 떨어져 있는 사람이라도 다른 여자에게 흥미를 보여 아주 약간 질투하고 있음을 깨달았다.

"뭐요? 감자를 깎으면서 생계를 꾸릴 기회를 놓치라고요? 말이 나왔으니 말인데요." 이기가 가게 문 앞에 선 디어미드를 고갯짓으로 가리키더니 시계를 확인했다. "그게 다가 아니에요." 그가 자리에서 일어서며 말했다. "언젠가 아니카가 날 찾아올 거라는 꿈을 꾼다고요."

"당연히 찾아오겠죠." 내가 다음 운항을 위해 이브니스로 돌아가려고 같이 일어서며 말했다. "그때 우리 항구에 대형 바이킹 선박을 세울 자리가 넉넉하면 좋겠네요."

그날 저녁 근무가 끝난 다음 내가 이기의 접영 속도보다 빠르게 현관을 지나 텔레비전 소리를 낮추자 아빠가 짜증을 냈다. 하지만 나는 이제 아빠가 더는 회피하지 못하게 하겠다고, 리엄과의 사이에 무슨 일이 있는지 알아야겠다고 말할 생각이었다. 바로 그때 우리집 진입로 입구의 캐틀그리드*에서 덜컹거리는 자동차 소리가 들렸다.

내가 거실 창문을 내다보았다. "제길, 리엄이에요."

현관문을 두드리는 소리가 났지만 우리 둘 다 반응하지 않았다. 아빠가 일어서기도 전에 리엄이 들어와 문간에서 서성거렸다.

아빠가 눈에 띄게 불편한 표정으로 불청객을 빤히 쳐다보면서 나에게 부엌에 가서 주전자 스위치를 켜라고 말했다.

"아뇨, 대니 아저씨, 괜찮아요." 리엄이 조금 앞으로 나왔다. "오늘 아저씨만 보러 온 건 아니니까 로지도 있는 게 좋겠어요. 로지도 알 권리가 있어요." 리엄이 처음으로 내 쪽을 쳐다보았고, 나는 허리를 펴고 앉았다.

"**로지도 알 권리가 있다는 그 내용이 뭔데**?" 내가 물었다.

"세상에, 리엄. 이렇게 쳐들어오다니 정말 **뻔뻔하구나**." 아빠가 믿을 수 없다는 듯 고개를 젓고 다시 앉았다. "삼촌도 네가 여기 온 걸 알겠지?"

"알고 계세요."

"음, 세상에, 토미도 참 대단한 배신자야." 아빠가 마룻바닥

---

* 구덩이를 파고 쇠창살 모양의 철판을 덮어 자동차는 지나갈 수 있지만 가축은 지나가지 못하게 만든 장애물.

에 침을 뱉었다. 아빠는 절대, 절대로 집 안에서는 침을 뱉지 않았다. 나는 경악한 나머지 자리에서 일어나 2미터쯤 떨어진 곳에서 거품이 부글거리는 하얀 침을 바라보았다. "아니. 너희 둘 다 배신자야. 너랑 토미 둘 다. 지금까지 두 사람이 누구 덕에 생계를 꾸렸는데 이제 내 걸 훔치겠다니." 아빠가 굵은 손가락으로 리엄을 찌르듯 가리켰다.

"무슨 일이에요, 아빠?" 하지만 빈방에 대고 질문을 던진 것처럼 아무 대답도 돌아오지 않았다.

"댄. 우리가 한 제안은 정당해요."

"정당하다고? 넌 그걸 그렇게 부르나보지?"

아빠가 역겹다는 듯 웃으며 고개를 저었다. 내가 일어나 마룻바닥을 가로질러가 아빠 앞에 쪼그리고 앉아 눈을 들여다보자 놀랍게도 아빠가 눈물을 글썽이고 있었다.

"아빠. 무슨 일인지 말해주세요." 내가 아빠 무릎에 손을 올렸다. "말해주세요. 무슨 일이든 우리가 해결할 거예요. 내가 해결할게요."

"몇십만이 있지 않은 한 안 될걸." 리엄의 말이 거실에 고요히 스며들었다.

심장박동이 빨라졌다. 내가 아빠 쪽으로 몸을 숙이고 귓가에 속삭였다. "말해줘요, 아빠. 제발 말해주세요."

하지만 아빠는 꿈쩍도 하지 않았다.

"요 몇 년 사이에 이브니스 상태가 점점 나빠졌어." 리엄이 말을 이었다. "운항을 계속하려고 이 집이랑 아저씨가 가진 땅까지 모조리 저당 잡혔지만 오래 버티시지 못할 거야. 내 계산이 틀리지 않았다면 이제 시간이 없어."

나는 움직이지 않았다. 근육 하나 꿈쩍하지 않았다. 무슨 말을 해도 나는 리엄을 마주보지 않을 생각이었다. 나는 아빠를, 아빠 목의 힘줄을, 셔츠 목깃을 뚫어져라 쳐다보다 왼쪽 단추가 떨어진 것을 발견했다. 아빠는 보통 단추를 손수 달았다. 램프를 옆에 켜둔 채 바로 저 의자에 앉아 바늘을 찌르고 빼는 행위에 집중하던 아빠가 떠오르자 나는 고개를 숙였다. 나는 한때 너무나 능숙하게 움직이던 그 손을 잡고, 이제는 바닥에 떨어진 단추를 주워 바느질해 달기는커녕 저 작은 단추를 잠그지도 못하는 다 닳은 관절에 입을 맞추었다.

"가, 리엄." 내가 말했다.

"로지, 나랑 토미 삼촌이랑 다른 투자자가 전부 떠맡을 의향이 있어. 아저씨 빚을 충분히 청산할 수 있을 거야."

내가 고개를 들자 아빠가 용서를 비는 듯 미소를 지었다. 나는 아빠의 손을 더 세게, 어쩌면 아플 정도로 세게 쥐었다. 아빠가 용서받을 일은 하나도 없다고 알려줄 방법이 그것밖에 생각나지 않았다.

"내가 가라고 했을 텐데."

"정당한 거래야, 로지. 사기를 치려는 게 아니야. 대니 아저씨한테 산출 내역을 드렸으니 네가 한번 살펴봐."

나는 전날 도착했을 때 아빠가 계단으로 치웠던 종이 뭉치가 생각났다. 지금은 거기 없었다. 내가 보지 못하게 아빠가 방에 숨겨놓은 것이 분명했다.

리엄이 한 발짝 다가왔다. "그리고 로지, 선원은 늘 필요해. 네가 같이 일하겠다면 우리는 환영이야."

"하." 내가 웃었다, 참을 수가 없었다. "나는 절대 고용하지 않을 거라며. 기억 안 나? 네가 학교 운동장에서 그 바보 같은 페리 게임을 할 때 그랬잖아."

"로지, 그때 우린 일곱 살이었어."

"그래. 이제는 다 컸다 이거지. 아주 어른스럽고 이성적이네. 그런데 넌 우리 드리스콜 가문이 가진 게 탐나서 포기가 안 되나보지, 응? 나한테 일자리를 주겠다고?" 내가 코웃음을 쳤다. "세상에, 진짜 너 기분좋겠다, 그렇지?"

리엄은 내가 던진 미끼를 물지 않았고, 불미스러운 말이 튀어나올까봐 입술을 안으로 말아 물었다. 그것만큼은 인정해줘야 했다, 그렇게 꾹 참다니 리엄답지 않았다. 내가 배에 필요하다는 확실한 표시였다. 내가 고개를 한 번만 끄덕이면 아빠는 분명 팔 것이었다.

"이제 가, 리엄." 내가 말했다. "안 가면 마이클프랜 삼촌한테 전화해서 디어미드랑 사람들을 불러와 너를 끌어낼 거야."

"하지만—"

"배는 우리 거야. 오 키어시네 것이 아니라 드리스콜네 거라고. 이제 가."

나는 일어서서 그를 똑바로 쳐다보았다. 늘 우리의 것을 탐내던 남자를 정면으로 보면서 내가 물러서지 않을 것임을, 그날 밤 그가 무슨 말을 해도 자신의 계획에 도움이 되지 않을 것임을 알려주었다.

리엄이 안주머니에서 둘둘 말린 A4 크기의 갈색 봉투를 꺼내 손바닥을 톡톡 치더니 번쩍 들었다. "한번 살펴봐, 로지. 내가 부탁하고 싶은 건 그게 다야."

리엄이 소파 팔걸이에 서류를 조심스럽게 내려놓은 다음 우리 둘을 쳐다보지 않고 나갔다. 나는 바깥 문이 닫히고 시동이 걸리고 캐틀그리드가 덜컹거릴 때까지 기다렸다가 마침내 아빠에게 말을 걸었다. "아빠?"

아빠의 걱정 가득한 눈은 나를 오래 보지 못하고 곧바로 자기 손을 물끄러미 바라보았다. "아무것도 아니야, 로지. 리엄은 신경쓰지 마라."

"알았어요. 그러니까 제가 저 봉투 안에 든 걸 봐도 전부 거짓말밖에 없다는 거죠?"

아빠가 소파를 잠시 보았다. "아니, 그건 아니야."

"그럼 정말 이브니스에 문제가 생긴 거예요?"

"그래, 빚이 조금 있어."

"집은요? 담보대출을 다시 받았어요? 리엄 말이 맞아요?"

아빠가 내 질문을 곰곰이 생각했다. "내가 투자를 좀 했다."

"**투자**를 얼마나 했는데요? 가치의 사분의 일, 아니 절반이에요?"

아빠는 아무 대답 없이 손을 입으로 가져가 턱을 쓸어내리더니 고개를 들고 좌우로 저었다.

"세상에, 아빠. 제발 전부는 아니라고 말해주세요."

"엔진이 고장났었어, 로지." 마침내 아빠가 괴로워하며 인정했다. "너도 잘 알겠지만 겨울 몇 달은 쪼들리잖니. 정부 보조금은 얼마 되지도 않고. 그리고 요 몇 년 동안 관광객이 예전의 반도 안 됐어, 이유는 아무도 모르지만."

"빚이 얼마예요, 아빠?"

아빠가 다시 입을 다물었다.

"아빠?"

"삼십." 거의 속삭이듯 대답했지만 나는 놓치지 않았다.

"**삼십만**이요?"

"삼십 유로일 리가 있겠냐. 당연히 삼십만이지."

"하지만 이 집은 그 정도의 가치가 안 돼요. 기껏해야 이십만이죠."

"땅도 잡혔다."

"이 돌밭에 삼십만이나 줬다고요? 세상에, 아빠, 은행에 아는 사람이라도 있어요?"

"이제 그만하자."

나는 손으로 입을 막고 돌아섰다. 내가 돌아온 이유, 내가 되찾으려고 했던 모든 것을 빼앗길 침이었다. 나는 바로 뒤돌아서서 다른 질문을 던졌다.

"얼마나 남았어요?"

"무슨 소리냐, 얼마나 남았냐니?"

"대출금이요, 얼마나 남았어요?"

아빠는 지금까지 뭘 들었느냐고 묻는 듯 놀란 표정이었다.

"전부 다."

"하나도 안 갚았다고요?"

"이자만 내고 있었다."

나는 이 소식을 감당할 수 없어서 비틀비틀 소파로 돌아갔다. 봉투가 오른쪽에 놓여 있었고, 나는 어깨를 축 늘어뜨리고 무릎에 팔꿈치를 얹었다. 여름 내내 이 집에서 지냈는데 어떻게 이 모든 것을 몰랐을까.

"그런데 왜 나한테 말을 안 했어요?" 숨을 헐떡이며 믿기 어려울 만큼 높아진 목소리로 물었다.

아빠가 고개를 젓더니 손으로 머리를 감쌌다. 아빠가 점점 숱이 적어질 흰머리를 손가락으로 문지르며 머리카락을 헝클이더니 정수리를 만졌다. "넌 다른 일 때문에 마음이 복잡했잖니, 로지." 마침내 다시 고개를 든 아빠의 뺨이 젖어 있었다. "난 네가 여기에 와서 그저 행복하기만 했어. 너에게 짐을 지우고 싶지 않았어. 게다가 다 괜찮아질 줄 알았고. 상환할 수 있다고 생각했어. 하지만 태풍이 심하게 불고 관광객이 줄어들면서 내 생각대로 흘러가지 않았다."

"아, 아빠." 이번에는 내가 아빠를, 평생 나를 사랑하고 보살펴준 남자를 실망시켰다는 느낌이 들었다. 나는 다가가서 다시 아빠 옆에 무릎을 꿇었다. "내가 알아챘어야 하는데. 적어도 물어봤어야 했어요. 왜 안 그랬는지 모르겠어요."

"안다." 아빠가 내 손을 톡톡 치고 미소를 지었다. 꼭 엄마가 함께 방안에 있는 것 같았다.

"그래서 은행에서는 뭐래요? 대출 기한을 무한정 연장해준대요?"

아빠가 빙그레 웃었다. "꼭 그렇진 않아. 찾아오라고 연애편지를 몇 통 보냈더구나."

"알았어요, 언제 가요?"

"아직 못 정했다."

"음, 내가 전화할게요. 같이 가요. 상황을 설명하고 변제 계획을 수정하면 돼요."

아빠는 아무 대답 없이 걱정스러운 눈빛으로 나를 보았다.

"우리가 할 수 있는 게 있을 거예요, 아빠." 내가 아빠를 안심시키며 다시 일어났고, 해결책이 머릿속을 떠다니자 기분이 좋아졌다. "제가 탐조인들을 위해 셸리섬으로 가는 배편을 만들자고 말했었잖아요? 베이 랜딩이랑 판로 등대는 어때요? 물개랑 돌고래 투어도 할 수 있어요. 가족 단위 관광객이 아주 좋아할 거예요. 이미 오래전부터 했어야 하는 게 아주 많은데 그 빌어먹을 놈이 '나는 이 배를 로스본까지 몰고 갔다가 돌아오려고 여기 있는 거야, 그게 전부야'라면서 들으려 하지 않았잖아요. 뻔뻔하기도 하지. 내가 제안하는 건 하나도 안 하겠다고 해놓고 자기가 무슨 대단한 영웅이라도 되는 것처럼 여기서 우리를 빚에서 구해주겠다고 하다니. 걔가 이브니스를 손에 넣으면 어떻게 할지 아빠도 아시죠." 나는 아빠가 리엄이라도 되는 것처럼 손가락질했다. "이브니스를 망가뜨리기만 하겠어요? 내 아이디어를 갑자기 자기 아이디어로 둔갑시켜 엄청난 돈을 벌걸요. 지금 당장 가서 엿이나 먹으라고 말해줄까봐요."

아빠가 빙그레 웃었다. 그날 저녁 처음으로 즐거운 모습이었다. "이미 그렇게 한 것 같은데, 로지. 어떻게 했는지는 몰라도 리엄이 완전 졸았어."

나도 살짝 웃으면서 분위기가 잠시 가벼워졌지만 내 안에서 뭔가가 무너지는 것을, 지난 몇 달간 나를 지탱해준 벽돌이 하나하나 무너지는 것을 느낄 수 있었다.

"로지, 속상해하지 마라, 알겠니? 난 그게 제일 싫다."

"걘 이브니스를 가질 수 없어요, 아빠." 눈물이 났다. 소파 팔걸이로 손을 뻗어 리엄이 두고 간 봉투를 구기는데 눈물이 뚝 떨어졌다. "이브니스를 잃을 순 없어요." 나는 조용히 말하면서 바닥에 주저앉았다. "나한테는 이브니스가 필요해요, 아빠. 난…… 난 그냥─"

"쉬. 자, 로지." 아빠가 내 옆으로 다가오더니 허리가 불편할 텐데도 몸을 굽혀 나를 감싸안으며 갈라진 목소리로 말했다. "일을 이 지경으로 만들 생각은 아니었다. 바로잡으려고 정말 애썼어. 하지만 점점 나빠지기만 하고 나는……"

나는 고개를 저으며 아빠 잘못이 아니라고 말하려 했다. 나는 아장아장 그 뒤를 쫓아다닐 때부터 이 남자를 너무나 사랑했고, 내가 배의 시동을 처음 걸었을 때도 그랬다. 그리고 몇 년이 흘러 어느 날 오후 둘이서 작은 낚싯배를 타고 나갔다가─당시 나는 열여덟 살이었을 것이다─서쪽 저멀리에서 흰 구름이 회색으로 변하고 주변에서 바람이 일기 시작하자 아빠가 돌아가야 할 것 같으냐고 물었을 때도 그랬다. 그날 아빠가 원한 것은 내 생각이었다. 아빠는 나를 존중하고 내 의견을 중요하게 여겼다. 나는 그렇다고 대답했고, 아빠는 다시 묻지도,

반박하거나 난처해하지도 않고 해안을 향해 배를 돌렸다. 나는 아빠를 조금도 탓하지 않을 것이다.

"우리가 해결할 거다." 아빠가 나를 안고 앞뒤로 몸을 흔들면서 울었다. "그놈이 뺏어가게 두지 않을 거다."

아버지라는 사람은 말이 없었다.
하지만 가끔 룸미러로 그녀를 쳐다보았다.

우리가 클론킬의 은행에 앉아 있던 날 아빠는 양복 차림이었다. 오랫동안 입어온 바로 그 양복, 결혼식이나 세례식, 장례식 때 꺼내서 솔질하는 옷이었다. 우리가 유리 칸막이 안에서 기다리는 동안 아빠는 거의 일 초에 한 번씩 셔츠 목깃을 잡아당겼다.

"목이 짧아졌어."

"안 짧아졌어요, 아빠." 나는 손바닥에 땀이 나서 검정 슬랙스에 손을 문질렀다. 마음을 다잡고 기업가로 변신하려 애쓰는 중인데 아빠가 부산스럽게 굴어서 살짝 짜증스러웠다.

"분명히 말하지만 길이가 예전의 반도 안 돼. 커다란 럭비선수처럼 한 덩어리로 찌그러졌어. 예전에는 목 두께가 38센티미터였는데 지금은 최소 43센티미터야."

"그럼 맨 위 단추를 푸세요."

"안 돼. 성의 없어 보일 텐데, 그런 인상을 주면 안 되지 않을까?"

"음, 난 아빠가 숨을 쉴 수 있으면 좋겠어요, 지점장도 분명 그럴 거예요."

"그래, 하지만 은행에서 우리 제안을 거절해도 나랑 단추 풀린 옷깃 책임은 아니다."

"아빠 복장을 이유로 거절할 수는 없어요."

"정말 순진하구나."

아빠는 헛기침을 하고 고개를 뒤로 젖히더니 얼굴을 찡그리며 단추를 풀려고 애썼다.

"제가 할게요." 내가 팔을 뻗어 마침내 아빠를 구해주었다.

"고맙다, 로지." 아빠가 벌어진 틈을 감추려고 타이를 높이 올리고 고개를 움직여보더니 무거운 한숨을 쉬었다.

곧 지점장이 등장했다, 40대 여성이었다. 아빠는 나보다 움직임이 조금 느렸지만 우리 둘 다 일어서서 그녀와 악수를 나누었다.

"정말 아름다운 날씨네요." 지점장이 얼굴을 빛냈다. "오시는 여정이 참 좋았겠어요."

나는 그녀가 좋은 사람인 것 같다고 생각했다. 은행에서 일하지만 않는다면 믿을 수 있는 사람 같았다.

지점장이 밝고 경쾌하게 용건을 물었고, 나는 사업 구조를 조정하고 싶다고, 관광객을 위한 새로운 배편을 시험 운영해보고 싶다고 말했다. 내가 사업계획안과 재정기획서를 꺼냈다. 우리가 요청한 것은 대출 기한 연장이었다. 그래야 상환액을 줄이고 새로운 사업을 활용해 이자만 내는 것이 아니라 빚을 완전히 갚을 수 있었다. 그녀는 내가 건넨 자료를 잠깐 훑어보다 바로 내려놓은 다음 화면에 우리 파일을 띄우고 장황해 보이는 기록을 자세히 살폈다. 아빠와 나는 말없이 앉아서 왼쪽에서 오른쪽으로 움직이는 그녀의 눈을 지켜보았다. 침묵이 어찌나 짙은지 손가락을 내밀어서 거기에다 내 이름을 쓸 수도 있을 것 같았다.

"자." 마침내 지점장이 말했다. "이 제안서는 틀림없이 상부에 전달해서 검토하도록 할게요. 하지만 솔직히 상부에서는 사업 대출 연장을 꺼려요. 특히 부분 상환밖에 하지 않은 경우에는 더욱 그렇죠."

"하지만 재정 관리가 달라질 거예요. 제가 맡을 거거든요. 완전히 책임질 겁니다. 이제 매달 대출금을 상환할 거예요, 약속드려요. 우리가 부탁드리는 건 새 투어를 준비하는 몇 달 동안만 여유를 달라는 거예요."

잠시 우리의 시선이, 애원하는 시선과 안쓰러워하는 시선이

얽혔다. 그녀가 A4 크기의 내 제안서를 미사 예물처럼 두 손으로 다시 들었다.

"말씀드린 것처럼 상부에 전달할게요. 하지만 여기서 두 분께 헛된 희망을 드릴 수는 없어요. 그건 제 일이 아니에요. 제가 두 분이라면 제안서를 최대한 빨리 실행에 옮겨서 최대한 빨리 전액 상환을 하도록 노력할 거예요. 그동안 이 제안서를 시스템에 등록할 거고, 검토가 끝나기 전까지 몇 주 시간을 벌 수 있어요. 제가 해드릴 수 있는 건 그게 전부예요."

나는 바로 반응하지 못했다. 멍한 상태에 빠져 애를 써도 목소리가 안 나올 것 같았다. 먼저 움직인 사람은 아빠였다. 아빠가 자리에서 일어나더니 어느새 책상 너머로 손을 내밀고 시간을 내줘서 고맙다고 말했다. 안쪽에 앉아 있던 아빠는 내가 움직이지 않자 일어나자며 내 어깨를 톡톡 쳤다. "로지." 아빠가 아주 조용하게 말했다.

"그러니까, 이게 끝이에요?" 마침내 내가 물었다. "사업을 살려보려고 협상하러 여기까지 왔는데 쓱 보고 안 된다고 하시네요. 계획안을 읽지도 않았잖아요."

"네." 지점장이 나의 무례한 태도에 억울하다는 듯 말했다. "읽을 거예요. 약속할게요. 면밀히 살펴보고 추천할 거예요. 하지만 최종 결정은 제가 내리는 게 아니에요. 전 그냥 솔직하게 말씀드리려는 거예요. 헛된 희망을 갖지 않으시도록."

"직무교육 매뉴얼에 있나봐요? '희망을 키우지 마라' 챕터인가요?"

"로지." 아빠가 다시 자리에 앉아 말허리를 잘랐다. "내 생각에 이제―"

"아뇨, 아빠. 우리는 지금 이 상황을 알 권리가 있어요. 그리고 우선 저는 **정말** 실망했어요. 전 이걸 밤낮으로 열심히 준비했다고요." 내가 계획안을 가리켰다. "그리고 이건 아주 괜찮은 계획안이에요. 현실적이고 실현 가능해요. 그게 당신네 유행어 아닌가요? 난 평생 페리 운항 사업에 몸담아왔어요. 더블린에서도 페리 일을 했는데 어떻게 한순간에 나한테 아무것도 모른다고 할 수 있죠?"

"제 말은 그게 아니라―"

"우리 인생을 마음대로 할 수 있을 것 같죠? 아니에요? 얼마나 재미있을까. 짜릿하겠어요. 우리한테서 기회를 빼앗아서."

"미즈 던, 제 이야기 좀 들어보세요―"

"아뇨, 당신이나 들어요. 사채를 써야 한다면 쓸 거예요. 우리는 배를, 우리에게 남은 유일한 기쁨을 잃을 수 없으니까요. 배는 우리가 아침에 일어나서 밖으로 나가게 만드는 유일한 존재예요. 얼굴에 미소가 떠오르게 만들어주는 존재라고요."

나는 감정의 동요 없이 차분함을 유지하는 지점장의 태도를 지켜보았다. 지점장은 의자에 기대앉아 내 제안서는 다시 내

던진 채 나를 주의깊게 바라보았다. 아마도 책상 아래 비상 버튼을 언제 누를까 생각하고 있을지도 몰랐다. "그러고 싶어요?" 내가 말을 이었다. "당신 고객이 더 많은 빚을 지게 하고 싶은 거예요? 은행, 사채업자—당신들 전부 한통속이에요? 분명 그렇겠죠. 끼리끼리 어울리니까. 거물들 돈이나 불려주면서."

"자, 로지." 아빠가 교통경찰처럼 손을 허우적대며 나를 멈추게 하려고, 이 사태를 중단시키려고 했다.

"흥, 아무도 이브니스는 못 건드려요. 당신이랑 더블린에 있는 당신 상사들은 이브니스를 빼앗지 못할 거예요. 내 말 들었어요?" 나는 이제 어떻게 할까 생각하면서 손가락으로 책상을 탁탁 두드렸다. "내가 누군지 알아요?"

그녀는 영문을 모르겠다는 표정이었다.

"로지." 아빠가 끼어들었지만 나는 또다시 무시했다.

"시어셔 던의 엄마 로지 던이에요. 이제 누군지 알겠어요?" 나는 이 여자 앞에서 내 딸을 이용하는 것이 부끄러웠다. 하지만 그 순간 나는 시어셔의 존재를 생생히 느끼게 해주는 마지막 남은 장소를 지키기 위해서라면 무엇이든 했을 것이다. "맞아요, 아시는군요. 실종된 딸의 어머니죠. 당신 파일에 그것도 덧붙이는 게 좋겠어요. 그리고 나를 더 세게 짓밟는 게 좋겠다는 의견도 덧붙이시고요. 그러면 당신들 모두 한바탕 웃으며 즐길 수 있을 테니까요. 안 그래요?"

"됐다, 로지. 일어나. 그 의자에서 당장 일어나."

아빠가 일어나더니 이미 오래전에 사라진 줄 알았던 강한 힘을 사용해 의자에 앉은 나를 잡아당겼다. 이렇게 힘을 써버리면 일주일 내내 큰 대가를 치러야 할 것이다, 꼼짝 못하고 누워만 있어야 할 것이다.

"죄송합니다." 아빠는 너무 부끄러운 나머지 지점장과 눈도 제대로 맞추지 못했다.

"아뇨, 그건—"

"그건 뭐요? 그게 뭔데요?" 내가 받아쳤고, 아빠가 나를 유리 칸막이 밖으로 억지로 밀어냈다. ATM과 창구 앞에 사람들이 줄을 서 있었다. 기다리던 사람들은 높아진 내 목소리, 내가 누구라는 이야기, 내가 선택한 말투를 못 들은 척했다. 적어도 그 사람들은 품위가 있었다.

"이건 범죄예요, 범죄." 나는 은행 출입구까지 가면서 계속 소리쳤다. 경비원이 와서 이 상황에 개입해야 하느냐고 묻듯 자기 상사를 쳐다보았다. 하지만 지점장은 손을 들어 그를 말리면서 아무 문제 없다고 말했다. 지팡이 짚은 노인이 정신 나간 딸을 건물 밖으로 잘 끌어내고 있다고. 다 괜찮다고. 전부 다 최고라고.

우리가 출입구에 다다랐을 때 지점장의 마지막 말이 날아왔다. "조심해서 가세요."

아빠는 그녀를 돌아보려 하다 내가 다시 목소리를 높이자 지팡이를 들어 인사에 답한 다음 나를 끌고 계단을 내려갔다.

은행 임원들에게는 한가한 주였는지, 아빠는 일주일도 채 되지 않아 현재의 대출 계약에 변경 사항은 없으며 전액을 시체 없이 갚기 바란다는 편지를 받았다. '지체 없이'라는 단어를 쓰지는 않았지만 그 말을 쓸 기회를 놓친 것이 분명했다.

그날 내가 로스본에서 마지막으로 출항할 때 아빠가 전화해서 소식을 알려주었다. 나는 차를 몰고 집으로 돌아가는 길에 딴생각을 하다 협곡 도롯가의 검은딸기와 가시나무에 너무 가까이 붙는 바람에 지프 문이 세게 긁혔는데도 신경쓰지 않았다. 뺨에 흐르는 눈물을 쓱 훔치자 손등이 축축했다. 왜그테일을 지날 때에도 평소와 달리 낮은 담벼락에 앉아 있는 사람에게 경적을 울려 인사하지 않았다. 마지막 굽이를 돌 때는 핸들을 바짝 꺾지 않아 반대편에서 오던 차가 나를 피해야 했고, 타이어가 끼익 소리를 내며 멈추면서 가드레일에 부딪치거나 협곡 골짜기로 떨어지는 것을 겨우 피했다.

차 두 대가 급정거하자 먼지가 피어올랐고, 리엄이 내 창문을 거세게 두드렸다.

"도대체 무슨 짓이야? 너 때문에 추락할 뻔했잖아."

여름이 물러가면서 이미 오래전에 진 우리 섬의 푸크시아처럼 그의 얼굴이 분홍색으로 물들었다.

"로지. 내 말 들었어? 네가—"

나는 그의 나머지 말을 흘려들으며 리엄의 자동차 바퀴 주변에서 먼지가 마지막으로 소용돌이친 후 천천히, 우아하게 내려앉는 것을 보았다. 그런 다음에야 차창을 열었다. "그래, 리엄. 들었어."

"그래서?"

"그래서 뭐?" 내가 지친 목소리로 물었다.

"뭐하고 있었던 거야?"

"아무것도 안 했어, 리엄. 아무것도 안 하고 있었다고."

"차선을 침범한 건 빼고 말이지." 차창이 다 내려가자 리엄은 문을 꽉 쥐며 자신이 얼마나 짜증났는지 강조했다.

"네 말이 맞아." 내가 물러섰다. "미안해." 리엄과 말다툼을 해봤자 무슨 소용이 있겠는가? 빌어먹을 무슨 소용이 있겠는가?

"차가 뒤집혀서 협곡으로 떨어질 수도 있—"

"알았다고." 내가 잘못한 경우라도 리엄을 상대할 때면 분노가 사라질 줄 몰랐다. "미안하다고 했잖아. 실제로 다친 사람도 없으니까 그냥 각자 가던 길 가면 안 될까?"

리엄은 손을 치웠지만 내가 언제든 시동을 걸고 자기를 향해 돌진할 수 있다는 듯 의심스러운 눈으로 나를 지켜보았다.

"사실 말이야." 리엄이 마음을 바꿔 화기애애한 대화라도 나누려는 것처럼 몸을 숙였다. "어쩌면 네가 나를 쳐서 떨어뜨릴 뻔한 게 하늘의 뜻이었을지도 몰라."

"설마. 그랬다면 내가 해냈겠지." 나는 최선을 다해 비꼬는 미소를 지었다.

"네가 내 전화를 안 받잖아, 로지."

"세상에, 리엄. 이번 한 번만 좀 내버려두면 안 돼? 그게 그렇게 힘들어?"

"그거야 네가 전화를 받거나 너희 아버지가 문만 열어주시면—"

"우리 아빠 또 괴롭혔어?" 나는 간신히 유지하던 침착함을 잃고 말았다. "잘 들어." 내가 그의 코 앞으로 손가락을 들이밀었다. 사실은 리엄의 눈을 찔러 그가 우스꽝스럽게 허둥대는 꼴을 보고 싶은 충동을 느꼈다. "우리 아빠 그만 괴롭혀. 툭하면 나이 많은 노인 코 앞에다 매수 계획안을 들이밀다니 그게 할 짓이야? 네가 그러는 걸 테리사가 내버려두다니 놀랍다."

리엄이 갑자기 몸을 펴더니 하면 안 되는 짓을 하다 들킨 사람처럼 약간 움찔했다.

"아, 세상에!" 내가 믿을 수 없어서 웃음을 터뜨렸다. "네가 뭘 하고 돌아다니는지 테리사는 모르는구나?"

"당연히 알지." 리엄이 지나치다 싶을 만큼 크게 화를 냈다.

"하지만 못마땅해하겠지, 널 보니 알겠다. 진짜 믿을 수가 없네." 나는 쓴웃음을 지으며 고개를 저었다. 이브니스를 손에 넣기 위해 가정불화까지 불사하는 이 남자의 의지가 놀라웠다.

"아무튼." 내가 드디어 내 코트로 넘어온 공을 최대한 이용할 기회를 놓치지 않고 말을 이었다. "내 말이 틀렸으면 정정해, 리엄. 너는 우리한테 제안을 할 수 있을 뿐 뭘 어떻게 하라고 강요하거나 네 일정에 억지로 맞출 수는 없어."

"로지. 투자자들이 기다리고 있어. 그 사람들이 기다리는 데도 한계가 있다고."

"아, 그래? 불쌍한 리엄. 말을 하지 그랬어. 그러면 내가 그 빌어먹을 대형 은행 지점장한테 결정을 좀 서두르라고 했을 텐데."

리엄에게 그런 정보를 갖다 바치다니 나 자신을 발로 차버리고 싶었다. 우리가 누구에게 애원하러 간 것은, 특히 그런 다음 거절당한 것은 리엄이 상관할 일이 아니었다.

"아, 그래. 참도 그렇게 되겠다." 그가 코웃음을 쳤다. "은행은 대니 아저씨의 대출을 절대 연장해주지 않아. 로지, 난 상황이 얼마나 심각한지 다 알아. 그걸 잊지 마."

"그래? 말해봐, 언제 재정 전문가가 된 거야? 내 기억에 중

고등학교 경제 수업 시간에 네 손가락은 콧구멍이나 바지 속에 들어가 있었는데 말이야."

그 순간, 나는 리엄의 말문을 멋지게 막아버렸다. 천국 같았다. 나는 작게 웃으며 혀로 윗니 안쪽을 쓸었다.

"그거 알아?" 리엄이 지지 않겠다는 듯 다시 자동차 문으로 힌 발짝 다가오며 말했다. "오만함이 하늘을 찌르는 너힌테 정말 질렸어. 넌 평생 내가 아무것도 아니라는 듯이 대했지. 하지만 지금 똥무더기 속에 서 있는 건 누구지, 로지? 말해봐."

내 뒤에 차가 한 대 와서 섰지만 분위기를 읽은 운전자는 현명하게도 도와줄 일이 있는지 보려고 내리는 대신 이 상황이 정리되기를 참을성 있게 기다렸다.

"내가 너를 똥 취급했다고? 망상까지 있는 거야, 리엄? 시작한 건 너였어. 네가 나한테 절대 선장이 못 될 거라고 했잖아. 내가 선장이 됐을 때도 너는 틀렸다고 인정하지 않았어. 그 대신 끊임없이 내가 하는 말이나 행동에 사사건건 시비를 걸었지." 내 목소리가 속삭임에 가까울 만큼 낮아졌다. "분명히 말하지만 넌 이브니스를 절대 못 가져. 나한테서 못 빼앗아. 나한테는 빌어먹을 돈이 있어, 리엄. 그러니까 가서 투자자들한테 너의 귀여운 음모는 끝났다고 말해." 나는 그의 눈에서 시선을 떼지 않았다. 내가 먼저 시선을 피할 수는 없었다.

전적으로 거짓말은 아니었다. 비굴하게 은행을 찾아가기 전에 이미 제안을 받았다. 하지만 거절했다. 당황한 나는 은행에 제출할 사업계획안을 쓰는 데 도움을 받으려고 휴에게 전화를 걸었다. 내가 아는 사람 가운데 재정 문제를 잘 아는 사람이 달리 누가 있었겠는가? 우리는 아직 그런 사업적인 대화는 나눌 수 있었고, 솔직히 나는 절박했다. 휴가 조언을 해주다가 돈을 주겠다고 제안했다. 우리도 재정 상태가 썩 좋지 않았으므로 휴가 개인적으로 주는 것이 아니라 회사에서 빌려주겠다는 것이었다. 우리가 은행 대출을 상환하고 새로운 페리 투어를 시작할 수 있게 도와주겠다고 했다. 나는 거절했지만 충분히 강경하지 않았는지 휴는 물러서지 않았다. 하지만 우리가 못 갚으면 어떻게 해? 나는 그런 관대함을 누릴 자격이 없다는 느낌이 들었다. 당신은 갚을 수 있어. 휴가 말했다. 갚을 거야. 나에 대한 그러한 믿음이 어디서 나왔을까? 휴는 자신을 떠난 아내를 몰랐을까? 거의 칠 년 동안 우리 삶을 전략적인 전쟁터로 만들어놓고 결국 전쟁에서 패배하자 사라져야 했던 아내를? 그후 세상을 피해 숨은 아내를? 왜 나를 믿을까? 내가 그 믿음에 어떤 근거를 준 것일까?

내 마음도 여전히 달라지지 않았다. 휴에게 돈을 빌리지 않겠지만 그걸 위협 수단으로 쓸 수는 있었다. 어쩌면 지난주에 은행을 나올 때 지점장한테 우리 사업계획에 대한 "면밀한 검토" 같은 건 집어치우라며 깜짝 놀라게 만들었어야 했는지도 모르지만, 그러는 대신 리엄을 상대하는 이 멋진 순간을 위해 아껴두었다.

리엄은 눈을 가늘게 뜨고 자신의 패배를 이해하려 애썼다. 승리가 내 손아귀에 들어온 것 같았고, 그 온기가 내 몸을 따라 흐르는 것을 느낄 수 있었다. 어찌나 따뜻했는지 나는 손가락과 발가락을 쭉 펴고 순수한 기쁨을 만끽하며 한숨을 쉬고 싶었다.

하지만 순식간에 모든 것이 변했다. 리엄의 표정이 바뀌면서 싱글거리는 웃음이 박장대소로 변하더니 가슴에서부터 진심 어린 굉음이 터져나와 우리 둘 사이의 공간을 채웠다.

"아, 로지, 깜빡 속을 뻔했네. 솔직히 정말 대단했어." 내 얼굴에서 뭘 보고 거짓말임을 깨달았을까. 움찔거림, 귀를 잡아당기는 손, 말아 문 입술? 아니면 내가 너무 건방졌나? 어머니는 항상 내가 목숨이 달린 상황에서도 거짓말로 위기를 모면하지 못할 거라고 말했다.

리엄이 비밀을 이야기하려는 듯이 다시 몸을 숙였다.

"있잖아, 내가 아는 건 이거야. 너는 돈이 없고 나만이 너의 크나큰 희망이라는 거. 정말 멋지지 않아?" 리엄이 그랜드 내셔널 경마의 확실한 우승 정보라도 입수한 것처럼 손을 맞부딪치고 문질렀다. "하지만 분명히 말해두는데 로지, 이번주 안으로는 답을 줘야 해. 늦어도 금요일까지, 알았어? 전화 안 하면 내가 다시 아저씨를 찾아가서 문을 두드릴 거야, 알았지?"
빌어먹을 놈이 나에게 윙크하더니 경쾌한 작별 인사로 내 차문을 두 번 두드리고 우리 뒤에서 참을성 있게 기다리던 사람에게 인사한 다음 자기 차에 올라탔다. 그러고 나서 살짝 후진한 다음 신나게 엔진 소리를 부릉대며 내 옆을 지나쳐갔다.

"제기랄." 리엄이 마침내 모퉁이를 돌아 사라지자 나는 고개를 떨구었다. 떨리는 손을 진정시키기 위해 운전대를 꽉 잡았다.

내 뒤에서 기다리던 차가 친절하게도 작게 경적을 울렸고, 나는 미안하다는 뜻으로 룸미러를 통해 손을 흔든 다음 시동을 걸고 다시 집으로 향했다.

그날 저녁, 아빠는 난롯불에서 피어나는 빛에 위안을 얻을 수 있다는 듯 불을 피우자고 고집을 부렸다. 아빠와 나는 풀죽은 채 불가에 앉아 거의 아무 말도 하지 않았고, 둘 다 서로를 실망시켰다고 생각했다. 우리는 일찍 잠자리에 들었다. 금요일이 되면 어떻게 할지 아무 해답도 찾지 못한 채 실망한 스스로를 질질 끌고 각자의 방으로 갔다. 나는 천장을 보고 누웠다. 은행은 내가 매달려 있던 작은 구명정이었지만, 이제는 그것마저 빼앗겼기 때문에 물에 빠져 죽는 것 외에는 선택지가 없었다.

결국 잠이 들었지만 자정이 지났을 때 깜짝 놀라 잠에서 깼다. 이유를 알 수 없었지만 창가로 이끌려갔더니 다른 누구도 아닌 패치 리건이 우리집을 바라보고 있었다. 그림을 보면서 이해하려 애쓰는 것처럼 우리집을 눈으로 샅샅이 훑었다. 어머니가 늘 하얗게 표백했지만 이제 조금씩 누레지기 시작한 망사 커튼을 들추려는 순간 패치가 돌아서더니 맥스 힐에서 내려가는 도로를 따라 걸어갔고, 첫번째 모퉁이를 돌자 달빛을 받은 그녀의 하얀 머리카락이 더이상 보이지 않았다.

나는 패치가 뭔가 이야기하려고, 내가 이브니스를 구할 수 있는 어떤 선견지명을 가르쳐주러 온 것이라고 확신했다.

나는 나무 계단을 쿵쾅쿵쾅 내려갔다. 불이 꺼져가는 화격자 앞에서 어고가 모험을 떠날 준비를 마치고 꼬리를 흔들며 서 있었다. 아빠가 방에서 무슨 일이냐고 외쳤다. 하지만 나는 아무 말도 못 들은 것처럼 현관 포치로 나가서 걸쇠를 열고 맨발로 도로를 달려갔다. 나는 어고와 함께 패치가 이끄는 대로 따라갔고, 쭉 뻗은 길에서 분명 그녀를 따라잡을 수 있을 거라고 생각했다. "패치." 내가 소리쳤다. "패치, 기다려요. 이브니스 때문이죠? 이브니스를 구할 방법이 있어요?"

하지만 거기에는 아무도 없었다. 당황한 나 때문에 깜짝 놀라서 돌아보는 패치는 없었다. 마이클프랜 삼촌의 암소 한 마리가 음매 우는 소리가 들려올 뿐, 돌아오는 대답도 없었다.

패치는 거기 없었다. 그녀는 80대치고는 정정했지만 줄지어 늘어선 산울타리를 넘거나 벌써 도로 끝까지 걸어갔을 리는 없었다. 그래도 혹시 몰라 나는 도로 끝까지 달려갔고, 협곡 길을 따라 내려가 항구에 도착했다. 거기에도 패치는 없었다. 나는 바다가 내려다보이는 패치의 캄캄한 집 앞에 서서 문을 두드리려고 손을 들었다가 꿈을 꾼 게 분명하다는 생각이 들어 멈추었다. 어고는 기대에 찬 얼굴로 나를 바라보며 앉아 있었고 우리 둘 다 숨을 헐떡거렸다. 남풍이 우리를 감싸며 파자마 틈새로 스며들자 처음으로 추위가 느껴졌다. 나는 얼마나 한심한 꼴인지 깨닫고 한 걸음 물러섰다.

멀리서 아빠 차의 낡은 배기관이 내는 익숙한 소리가 언덕을 따라 내려왔다. 내가 돌아서자 구불구불한 길을 따라 내려오는 헤드라이트 불빛이 산울타리 사이로 보였다 사라졌다 하더니 마침내 아빠의 포드 코르티나가 패치의 정원 앞 긴 산책로 앞에 멈췄다. 아빠가 조수석 창문을 열고 나를 불렀다.

"타라, 로지." 아빠가 재촉했다. 자동차 소리보다 크지만 최대한 조용한 목소리였다. "동네 사람들 다 깨우겠다. 토요일에는 다들 아침 늦게까지 자고 싶어하는데."

어고와 내가 순순히 차에 오르자 아빠가 다정한 미소를 지었다. 내가 지금 느끼는 이 기분만큼이나 어쩔 줄 모르는 표정이 내 얼굴에 떠올라 있을까 궁금했다. "이제 괜찮아." 아빠가 핸드브레이크를 풀더니 본토에서 러시아워의 붐비는 도로로 들어서는 사람처럼 룸미러를 확인했다. 뒷좌석에서 어고가 심하게 헉헉거렸다. 나는 패치의 환영을 본 거라고 생각했지만 혹시나 그녀가 어디 빠지지는 않았을까 싶어서 계속 수로를 들여다보았다.

"이제 다시 침대에 가서 누워라, 로지." 집에 도착하자 아빠가 말했다. 새벽 한두시쯤이었지만 나는 위층으로 올라가는 대신 난롯가 옆 소파에 앉았다. 어고는 이미 매트에 누워 잠들었다. "널 여기 두고 들어가지 않을 거다. 내가 가운도 입지 않은 널 여기 두고 들어갔다는 걸 네 엄마가 알면 가만있지 않을 거야."

"아빠, 난 괜찮아요." 내가 소파 끝에 놓여 있던 울 담요로 무릎을 감쌌다. "됐죠?"

아빠가 마지못해 전용 안락의자로 물러났다.

"도대체 무슨 일이냐?"

"아, 아시잖아요." 섬에서는 누구나 그런다는 듯, 있지도 않은 것을 보고 새벽 한시에 맨발로 도로를 뛰어다니느라 발바닥의 살갗이 다 벗겨져도 전혀 후회하지 않는다는 듯 내가 말했다.

"'아, 아시잖아요'가 뭐냐?" 시간이 시간이니만큼 아빠는 말이 안 되는 대답을 그냥 넘어가지 않았다.

"아무것도 아니에요, 아빠. 요즘은 몽유병 증세만 보여도 혼나는 거예요?"

"원래 몽유병이 없었던 사람이 거의 2킬로미터를 달리면 그럴 수밖에 없지."

나는 담요를 보면서 잠시 손가락으로 올을 쓸다가 멋쩍게 대답했다. "패치가 도로에 서 있는 줄 알았어요. 꿈을 꿨나봐요. 누구나 악몽을 꾸다 갑자기 깨면 헷갈릴 수 있잖아요. 이제 정말 괜찮아요. 그만 주무세요. 저는 조금만 더 있다 올라갈게요."

아빠는 엄마한테 무언가를 하거나 하지 말라고 설득할 때 자주 짓던 표정으로, 예를 들면 엄마가 도서관 일자리에 지원하면 어떻겠느냐고 처음 말을 꺼냈을 때 지었던 표정으로 나를 쳐다보았다. 아빠는 엄마가 사서로 일하는 것이 마음에 들지 않았다기보다 항구에서 바람을 정통으로 맞는 이동식 건물에서 일하면 썩 따뜻하지 않을 것이라고 생각했을 뿐이었다.

"선장이 밤을 새도록 놔둘 선주가 어디 있겠니? 난 승객의 안전과 건강을 생각해야 하는 입장이야. 피곤해서 초주검이 된 네 손에 승객들의 목숨을 맡길 순 없지." 아빠가 내 손을 가리켰다. 나도 손을 내려다보면서 아빠가 이 섬의 작은 도서관을 위대한 문학작품으로 채우겠다는 엄마의 꿈을 단념시키지는 못했지만 나를 설득하는 데에는 성공했음을 깨달았다.

"알았어요." 내가 상당히 짜증 섞인 목소리로 말했다. "올라갈게요, 됐죠?"

"좋아." 아빠가 힘들게 의자에서 일어났다.

"부축해드려요?" 나는 말은 그렇게 하면서도 아빠를 도우려고 벌떡 일어나지 않았다.

"난 괜찮다. 걱정하지 마라. 어서 올라가서 자."

"그렇게 쿠션을 잔뜩 쌓아둘 게 아니라 리모컨으로 조작하는 리클라이너를 들여야 하는 거 아니에요, 아빠?"

"로지." 아빠가 마침내 자리에서 일어나 단단한 마룻바닥을 가로질러 침실로 향하며 말했다. "내가 한밤중에 그 문제에 대해 이야기할 거라고 생각한다면 넌 나를 전혀 모르는 거다. 어서 자."

"제가 다섯 살짜리예요?"

"얼른."

아빠의 방문이 닫혔고, 결국 나도 마지못해 계단을 올라가기 시작했다.

나는 얼마 후 잠들었다. 하지만 그전에 모든 일을 곱씹어보았다. 내가 어쩌다가 속아서 유령을 따라갔는지, 애초에 무엇이 나를 깨웠는지. 무슨 꿈을 꾸었기에 갑자기 잠에서 깨어 누군가가 나를 급히 필요로 한다고, 누군가 또는 무언가가 아주 중요한 말을 하려고 기다린다고 확신했을까? 하지만 기억나지 않았다. 아무리 이리저리 뒤척이고, 이불을 머리 위로 덮어쓰고 어둠의 가장 깊은 곳에서 기억을 캐내려고 애써도 아무것도 기억나지 않았다. 잠시 후 나는 불안한 잠에 빠져들었다. 계속 선잠을 자는 느낌이었지만. 그 몽롱한 상태는 나를 다시 잠으로 끌어들일 만큼 강력했다.

아, 잘됐다. 너 핸드폰이 있었구나.
그녀가 어머니에게 문자메시지를 보내려고
핸드폰을 꺼내자 여자가 말했다.
여자가 손을 뻗어 핸드폰을 낚아챘다.
고마워. 엄마한테 늦는다고 알려야 하는데
내 전화기는 방금 배터리가 나갔거든.

다음날 아침 나는 부엌에 서 있었다. 평소 아침식사를 할 때 늘 그러듯 토스트 한 장에 구석구석 버터를 발랐지만 잠을 설쳤기 때문에 속에서 받지 않으리란 사실을 알았다. 나는 토스트를 들고 리놀륨 바닥을 가로질러가 뒷문을 열었다.

"어그." 내가 맑고 푸른 아침을 향해 불렀지만 사방이 고요했고, 지난밤에 같이 도피극을 벌였던 친구는 흔적도 없었다. 어고는 내가 아까 아래층으로 내려와서 문을 열어주자마자 나갔다. "어그." 다시 불러보았다. 어디에도 보이지 않았지만 어고는 분명히 올 것이었다. 나는 문틀에 기대어 서서 오늘은 또 무슨 일이 기다리고 있을까 생각했다. 고요해 보이는 겉모습이, 그 차분한 모습이 내 뼛속에 스민 끔찍한 슬픔을 가렸다.

정원—지나가는 새가 떨어뜨리거나 토끼 똥에 섞여 있던 씨앗이 자라는 들판에 더 가까웠다—아래쪽에 줄지어 늘어선 산울타리가 흔들렸다.

"이리 와, 어그." 내가 재촉했다.

곧 까만색과 흰색이 섞인 어고의 주둥이가 산울타리 아래쪽에서 나타났다. 어고는 훈련중인 신병처럼 엎드려서 나를 보며 혀를 내밀고 앞발을 벌린 채 돌격 준비를 했다.

"이리 와." 내가 토스트를 흔들었다. 어고가 풀숲을 껑충껑충 뛰어오더니 내 발치에 딱 멈춰 완벽한 자세를 잡고 나를 올려다보며 기다렸다.

내가 엄지와 검지로 토스트를 잡은 채 팔을 쭉 뻗었다. "먹어." 내가 명령했다. 어고가 펄쩍 뛰어 이빨로 토스트를 완벽하게 물고 발레리나처럼 우아하게 착지하더니 이 섬의 자동차들처럼 요란하게 토스트에 달려들었다. 고개를 맹렬하게 흔들고 으르렁거리다가 결국 떨어뜨렸다. 어고가 버터 바른 토스트 가장자리를 씹으며 행복하게 쩝쩝거리는 소리에 내 얼굴에도 미소가 떠올랐다.

"착하지." 나는 어고의 머리를 얼른 쓰다듬은 다음 다시 안으로 들어갔다.

아빠는 일부러 깨우지 않았다. 새벽에 그런 일이 있었으니 그냥 둬야 할 것 같았다. 요즘도 아빠는 내가 일어날 때 같이 일어나 나를 배웅했다. 그리고 내가 이미 알고 있는 것을, 예를 들면 로스본 부두에 튀어나온 돌을 항구 관리자가 아직 손보지 않았으니 조심하라는 등의 잔소리를 하는 걸 좋아했다. 아빠는 행운을 비는 주문이라도 되는 것처럼, 그렇게 하면 나와 이브니스와 모든 승객이 안전해지는 것처럼 계속 잔소리를 늘어놓았다. 나는 그런 아빠에게 화를 내기도 하고, 어떨 때는 아빠의 마음을 이해할 수 있어 걱정에 시달리는 부모를 참아주는 아이처럼 "네, 아빠"라고 말하기도 했다.

나는 출발하기 전에 집을 마지막으로 돌아보고 아빠가 거기 있는지, 혹시 아빠에게 손을 흔들어 인사할 기회를 놓치지 않았는지 확인했다. 쪽지를 남겨 지난밤 일에 대해 사과했지만 그래도 손을 흔들어 인사하는 것은 중요했다. 나는 차를 몰고 우리집 대문을 천천히 나서면서도 룸미러를 통해 현관문과 커튼이 내려진 창문에서 시선을 떼지 않았다. 도로로 나서자 집 앞에 아무도 없는지 마지막으로 확인했다. 그런 다음 잠시 차를 세우고, 나오기 전에 아빠 방문을 두드리고 다녀오겠다고 말했어야 하는 게 아닐까 생각했다. 아빠가 일어나서 서둘러 나왔다가 내가 사라진 것을 발견하면 어쩌지? 잔소리로 나를 축복해줄 기회를 놓쳐서 당황할 텐데. 하지만 쪽지가 있잖아, 내가 나 자신에게 반박했다.

깨우고 싶지 않았어요. 다 괜찮아요. 이따 밤에 봐요. 로지.

하지만 그것으로 충분할까? 다시 돌아가야 하나? 이브니스 문제와 내가 도로를 뛰어다닌 것 때문에 스트레스를 받아 밤새 심장마비로 돌아가셨으면 어떻게 하지?

내가 기어를 중립으로 바꾼 후 운전석 문을 열고 집으로 달려가려고 하는 순간 아빠의 목소리가 들렸다. "엔진오일." 아빠가 현관문에서 손가락으로 북쪽 힝구를 가리키며 외쳤다. 겨우 오른쪽 어깨에만 가운을 걸친 상태였다. "잊지 말고 엔진오일 확인해라."

"그럴게요." 나는 이렇게 소리치고 손을 흔들면서 아빠도 참 대단하다는 생각에 고개를 절레절레 저었다. "이제 들어가서 쉬세요."

아침 일곱시, 이기와 나는 항구에 도착했다. 나는 패치의 집 창문을 흘끔거렸지만 생명체의 흔적은 없었다. 커튼이 아직 내려져 있었다.

"보통은 지금 일어나 있는데." 내가 고갯짓으로 패치의 집을 가리켰다.

"응, 패치답지 않네요. 하지만 나한텐 잘됐어요. 접영을 하고 싶지 않은데 패치를 실망시키긴 싫거든요. 당신만 힘든 밤을 보낸 건 아니에요. 잘못 자는 바람에 어깨에 디어미드의 스콘만한 혹이 생겼거든요. 오늘은 간단하게 개헤엄만 쳐야 할 것 같아요." 이기가 어깨를 단단히 붙잡고 돌렸다.

해안으로 내려오면서 나는 리엄의 최후통첩과 밤중에 봤던 이상한 유령에 대해 이야기했다. 이기는 그런 초자연적인 일에 별로 신경쓰지 않았다. 그는 섬에 그런 게 잔뜩이라고 대꾸했다.

"맞아요, 당신 어깨가 아픈 거랑 내가 귀신 들린 여자처럼 온 섬을 뛰어다닌 건 아주 비슷한 일이죠."

"혹시 테니스공 가진 거 없죠?"

"보통 트렁크에 가지고 다니는데, 골프채랑 하키 도구랑 같이."

내가 비꼬아도 이기는 아무렇지 않은 듯했다. "음, 어고를 위해 하나 마련하는 게 좋아요. 개는 테니스공 주워오는 걸 아주 좋아하니까요."

"당신은 테니스공이 왜 필요한데요?"

"가게 벽에 테니스공을 대고 어깨를 문지르려고요."

나는 패치의 집 창문을 다시 보았다. "진짜 이상하네요, 안 그래요? 내가 패치의 꿈을 꾼 다음날 아침에 패치가 일어나지 않다니. 전부 다 상상은 아니었나봐요. 정말로 이브니스 문제 때문에 우리를 도우려고 온 게 아닐까요. 어쩌면 나한테 전할 말이 있는 건지도 모르고요, 내가 이브니스를 구할 수 있게 말이에요."

우리는 패치의 집을 살펴보았지만 커튼이 전혀 움직이지 않았다. 이기가 물었다. "그래서 어떻게 하려고요? 패치를 깨울 거예요, 가서 수영할 거예요?"

"수영해야겠죠." 하지만 내키지 않았다. "수영이 끝날 때쯤 패치가 일어날지도 몰라요."

그날 아침 나의 수영 실력은 이기만큼이나 엉망이었다. 이기는 잠깐 수영한 다음 한 팔만 움직여 헤엄쳤다. 우리는 물에 들어갔다가 2분 만에 포기했지만 이기는 차가운 물 때문에 정신이 들었다고 큰소리쳤다. 하지만 샌들이 사라져버렸다. 내가 알기로는 이기의 유일한 신발이었다. 이기는 들어주는 사람만 있으면 11월까지 샌들을 신고 다녔다고 자랑스럽게 말했다. 샌들은 여름 내내 내가 앉아서 그를 지켜보았던 바위에 올려놓았었다. 하지만 무슨 이유에선지 그날 아침 못된 파도가 바로 그곳을 덮쳐 이기의 유일한 여름 신발을 가져가기로 마음먹었다. 우리는 항구 어귀 쪽으로 둥둥 떠내려가는 샌들을 지켜보았다.

"페리를 출발시킬게요." 내가 제안했다. "배 밖으로 몸을 내밀고 장대로 낚아요. 하지만 당신이 물에 빠지면 내가 끝장날 수도 있어요."

"당신을 고소하진 않을게요."

"내가 걱정하는 건 당신이 아니에요. 배랑 내 면허죠. 지금

같으면 내가 한 발만 삐끗해도 리엄이 달려들걸요."

"놔둬요."

"카후나 해변에서 카누를 가져올까요?"

"당신이 돌아왔을 때 이미 샌들은 사라지고 없을 거예요. 이제 샌들은 바다 거예요. 내가 바다의 보답을 바라고 바다한테 줬어요."

"보답이라니, 갈 곳 잃은 그물 같은 거 말이에요? 바다에 그런 건 엄청 많을 텐데."

"읔." 이기가 쯧쯧 혀를 찼다. "갑자기 우울해지네요. 커피가 필요해요."

패치가 일어났다는 신호는 여전히 없었다. 우리는 이기의 집 지붕으로 올라가 담요를 둘렀고, 나는 태양을 피해 눈을 감았다. 고요한 공기 중에서 새들의 노랫소리가 들려오고 놀랍게도 망치 소리가 울렸다. 누군가가 벌써 일어나 열심히 일하고 있었다.

이기는 내가 착각한 것이 아니라면 원래 크리오스토어의 것이었던 남색 카고바지와 목부분이 해진 흰색 스웨트셔츠로 갈아입고, 여름에 그의 어머니 도라가 와서 퍼진스에서 아들과 함께 너바나와 낸시 그리피스의 곡을 연주했을 때 두고 갔다는 흰색 운동화를 신었다. 복장이 무척 조화로웠다. 의도적인 것은 아니었지만 이런 적은 확실히 처음이었다.

"무슨 생각 해요?" 이기가 지붕 끝에서 달랑거리는 새 신발을 보며 물었다. 신발이 너무 작아 뒤꿈치 부분을 잘라내고 신발 끈을 꿰는 구멍에 신축성 있는 끈을 묶어 발목 뒤로 걸쳤다. 일종의 플립플롭이나 클로그*를 흉내낸 것 같았다. "이걸 플로그라고 부를까 생각중이에요. 인기를 끌 수도 있을 것 같아요." 나는 다시 한번 우리가 통할 때가 종종 있다고 생각했다. 그가 발을 이리저리 움직여보며 자기 솜씨를 감상했다.

"꼭 특허 내요." 내가 농담삼아 제안했다.

"그래야겠어요." 이기가 만족스럽게 한숨을 쉬고 커피 첫 모금을 마셨다.

"있잖아요, 로지." 잠시 후 그가 말했다. "이브니스 문제에 대해 많이 생각해봤어요. 어제 리엄이 끼어들기 전부터요."

나는 리엄이 처음 우리집에 찾아와서 소동을 피운 이후 이기와 단둘이 있을 때마다 리엄의 제안에 대해 전부 털어놓았다. 내가 이기의 부엌 끝에서 끝까지 왔다갔다하며 리엄을 성토하는 동안 그는 참을성 있게 들어주었고, 나는 매번 힘이 다 빠져 짝이 맞지 않는 의자 가운데 하나에 털썩 앉았다. 에너지가 고갈되어 욕할 힘도 없었다.

---

* 밑창이 두꺼운 나무나 코르크로 된 신발.

"리엄한테 이브니스를 넘겨요."

"뭐라고요?" 나는 이기가 농담하는 줄 알고 웃었다. 하지만 이기는 내 기대와 달리 소리 내어 웃지도 않고 미소를 짓지도 않았다. "정말 진심이에요, 이기?"

"음……" 그가 말했다. 그의 높아진 목소리가 이 제안이 끝이 아니라는 걸 암시했다.

"세상에, 이기." 내가 정말로 그 빌어먹을 놈이 우리 눈앞에서 이브니스를 빼앗아가도록 놔둘 거라고 생각하다니, 정말 놀라웠다. 아니 역겨웠다.

"당신 아버지가 은퇴하는 게 그렇게 나쁜 일일까요? 그리고 당신도…… 모르겠어요, 걱정거리를 덜 수 있잖아요?"

어떤 사람에 대해 어쩌면 그렇게 잘못 알았을까 생각하는 순간이 있는데, 그때가 바로 그런 순간이었다. 아니, 그 사람이 어쩜 그렇게 나를 잘못 알았을까, 나를 모를까, 나의 귀중한 부분부분을 잘못 짜맞췄을까 생각한 순간이었다.

"하지만 내가 가진 건 그것뿐이에요. 페리를 빼앗기면 나한테는 아무것도 남지 않아요."

눈물이 흐르려는지 눈이 따가워서 어쩔 수 없이 눈을 감았다. 나는 그 찰나의 어둠 속에서 지나가는 바다오리의 울음소리를, 내 기억보다 더 시끄러운 꽥꽥 소리를 들었다. 그리고 그것을, 이브니스를 빼앗기면 나를 집어삼키고 말 광기가 우르릉거리는 것을 느꼈다.

"내가 해나 이야기 한 적 없죠?"

이기가 자기 아내의 이름을 꺼낸 게 너무 예상 밖이어서 나는 그 이름을 얼른 그와 연결시키지 못했다. 하지만 마침내 생각해냈다.

"내가 다 망쳤어요. 내가 계속 고집을 부렸죠, 멍청하게. 솔직히 내가 해나에게 호텔을 떠맡으라고 부추기지 않았다면 우린 아직 괜찮았을지도 몰라요. 여기서 신발도 돈도 없이 사는 게 아니라 아직 거기서 살고 있겠죠."

이기가 자리에 앉아 새 신발을 꼼꼼하게 살폈는데, 그렇게 약해 보이는 모습은 처음이었다. 나는 이기가 예전의 자신에게 이 정도로 실망했을 거라고는 생각지도 못했다. 우리가 친구로 함께 지낸 몇 달 내내 이기는 그런 모습을 아주 잘 숨기고 긍정적인 태도와 유머로 상처를 가렸다. 그런데 호텔이라고? 호텔 이야기는 처음 들었지만 나는 아무 말 하지 않고 그가 자기 이야기를 털어놓을 수 있게 내버려두었다.

"해나 집안이 소유한 호텔이었어요. 우리가 함께한 세월 동안 호텔은 계속 망해가고 있었죠. 절망적이었어요. 정말 아름다운 곳이었는데. 당신도 봤으면 좋았을 텐데. 아름다운 고딕 양식 건물이었죠." 추억을 떠올리면서 그의 얼굴이 환해졌다. "사진을 보면 얼마나 멋졌는지 알 수 있을 거예요. 난 호텔을 원했어요. 다시 멋지게 만들고 싶었죠. 해나의 가족이 우리한테 제안하기도 했고요. 하지만 해나는 거절했어요, 자기한테는 슬픔으로 가득한 곳이라 돌아가고 싶지 않다면서요. 그런데 내가 계속 밀어붙였어요. 십 년이나요. 아이들이 태어나기도 전부터. 결코 포기하지 않았어요. 온 힘을 다해 해나를 설득했고, 우리가 가진 얼마 안 되는 돈으로 건축가들에게 호텔을 보여주고 사업계획까지 세웠죠. 아, 그래요, 그때 난 성공밖에 보이는 게 없었어요. 지금 내 모습을 보면 상상도 안 가겠지만 사람은 변하는 법이니까요. 해나가 말렸지만 나는 해나의 부모님께 계획서를 보여드렸어요. 그분들은 솔깃해하면서 자신들은 입구 부근에 있는 작은 별채로 거처를 옮기겠다고 했죠. 싱크홀에서 빠져나간 거예요. 그분들이 그렇게 말한 건 아니고, 해나가 한 말이에요. 두 분은 썩 좋은 부모가 아니었어요. 세 자녀 가운데 도니골에 남은 건 해나밖에 없었어요—해나는 웃으며 나한테 발목이 잡혔다고 말하곤 했죠. 우린 그 말이 농담이라고 생각했지만, 아니었어요. 결국 나에게 시달리다 지친 해나가 양보했어요. 내 계획을 보더니 어쩌면 다를지도 모른다고, 나와 아이들이 있으니 이번에는 거기서 행복할지도 모른다고 마음을 바꾼 거예요. 이 작디작은 변화가 끔찍한 기억을 날려주고 그곳을 행복하고 따뜻하게 만들어줄지도 모른다고요. 우리는 반도에 가지고 있던 작은 주택을 팔았어요. 세상에, 나는 완전히 눈이 멀었던 거예요. 그전에도 그후에도 우리한테는 땡전 한푼 없었어요. 호텔 운영은 순조롭지 못했어요. 계속 대출을 끌어와 막고 또 막아도 가라앉기만 했죠. 해나는 호텔을 싫어했고, 내가 구멍을 막으러 정신없이 뛰어다니는 동안 혼자 아이들을 키워야 했어요. 하지만 구멍은 점점 커져만 갔어요. 어느새 우리 사이에는 대화도 사라졌고, 어쩌다 몇 마디 나눌 때도 빚의 무게에 짓눌려 있었죠. 그러던 어느 날 다용도실의 차가운 돌바닥에 앉아 돌아가는 세탁기를 멍하니 바라보는 해나를 발견했어요. 빨랫감이 들어 있지도 않았는데. 그냥 틀어놓았더라고요. 얇은 잠옷만 입고서. 저녁 여섯시가 다 된 시간이었는데, 해나를 만져보니 얼음장 같았어요. 내가 재킷을 둘러주고 일으키려 했지만 해나는 꿈쩍도 하지 않았어요. 그래서 내가 옆에 앉아 손을 잡고 제발 나를 쳐다보라고 애원했죠. 마침내 해나가 나를 보더니 가라고 했어요. 내가 가진 모든 것을 싸서 떠나라고, 다시는 돌아오지 말라고요.

그후 해나는 호텔을 팔았어요. 해나의 부모님은 지역 요양원에 들어갔지만 돈은 충분했죠. 사실 우리에게 소유권을 넘기는 서류에 서명하지 않은 상태였거든요. 그 똑똑한 노친네들은 호텔을 팔고 남은 돈으로 요양원 비용을 냈어요. 지금 해나는 작은 임대주택에 살아요. 내가 보내는 돈은 전부―아,

난 아직도 돈을 보내고 있어요—전부 다 애들한테만 썼어요. 물론 지금은 손주들을 위해 쓰고요. 내 돈으로는 커피 한잔 사 먹지 않으려 했죠. 내가 아직 그쪽에 살 때 그 집에 가면 해나는 나를 똑바로 쳐다보지도 못했어요. 문을 열어놓고 아이들에게 내가 왔다고 말했죠. 그때 아이들은 10대였어요. 전화를 걸면 해나는 한마디도 하지 않고 아이들한테 전화기를 넘겼어요. 아이들은 나와 말을 섞긴 해도 예전 같지는 않았죠. 애들도 극복하지 못한 거예요, 내가 아이들에게 겪게 한 것을, 아니 해나에게 겪게 한 것을 말이에요. 해나는 완전히 망가졌어요. 그래서 내가 손녀를 보지 않으려는 거예요. 나를 문전박대하지는 않겠지만 아이들이 나한테 느끼는 실망감을 도저히 내 눈으로 볼 수가 없어요."

수평선에 떠 있는 길고 느릿한 유조선이 시야에 들어왔다.

"그러니까 물건은, 그런 건 그만한 가치가 없다는 말이에요. 우리를 망칠 뿐이에요. 난 당신이나 대니가 그렇게 되는 걸 보고 싶지 않아요. 당신과 대니는 좋은 사람이에요. 당신이 이브니스를 사랑하는 건 알지만, 아무리 그렇다고 해도 빚이라는 전쟁까지 치를 가치는 없어요. 당신 아버지는 점점 연로해져 가요, 로지. 말년을 걱정 없이 보내게 해드려요."

"세상에." 마침내 내가 말했다. 목소리가 갈라졌다. "우린 정말 비슷해요, 그렇죠? 우리 둘 다 사랑하는 사람에게 떠나라는 말을 들었죠. 아무도 우리를 원하지 않아요."

"로지, 당신을 더 불행하게 만들려고 이런 이야기를 털어놓은 게 아니에요. 간단해요, 당신과 대니는 빚을 질 필요가 없어요."

"말해봐요, 이기. 우리가 리엄에게 이브니스를 넘기고 나면 뭘 할 것 같아요? 날이면 날마다 집에 가만히 앉아서 우리가 은행으로부터 구해낸 사방 벽을 바라보고, 창밖으로 리엄이 모는 이브니스가 하루 세 번 지나가는 것을 보면서 우리가 옳은 일을 했다고 느낄까요? 우린 두 가지를, 이브니스와 집을 바꾼 것에 불과해요. 당신 말대로라면 둘 다 '물건'이에요. 하지만 이브니스는 바로 나예요, 이기. 유일하게 남은 내 일부라고요. 알겠어요?"

나는 이기의 표정을 읽을 수 없었다. 내 말을 알아들었는지 아닌지도 알 수 없었다.

"하지만 당신한테는 내가 있잖아요, 로지. 디어미드랑 패치도 있고요."

내가 고개를 저었다. "당신은 정말 이해를 못하는군요, 그렇죠?"

"로지, 난—"

"이기, 당신 인생이 망한 건 나도 마음 아파요, 알겠어요? 당신이 당신 잘못이라고 생각하는 것 때문에 아내가 껍데기만 남았다는 것도 가슴 아프고요. 하지만 설교는 집어치워요. 당신 인생과 내 인생은 달라요. 내가 어떤 느낌인지 당신은 절대 몰라요. 당신이 나에게 뭘 포기하라고 하는 건지 절대 모른다고요. 아무리 내 입장이 되어보려고 해도 알 수 없어요, 이기. 난 배를 포기하지 않을 거예요. 절대로. 그러니까 그만둬요. 제기랄, 내버려두라고요."

말이 거칠게 나와서 나조차도 놀랐다.

하지만 이기는 아랑곳하지 않고 이야기를 계속했다.

"당신을 위해 지켜온 거 알죠, 로지? 당신 아버지는 여지껏 당신을 위해서 지켜온 거예요."

"아빠는 이브니스를 사랑해요. 아빠도 이브니스가 없으면 죽을 거예요."

"아뇨, 로지. 대니는 당신이 없으면 죽을 거예요. 배는 그냥 배일 뿐이에요."

내가 숨을 크게 들이마셨다 내쉬었다. "그냥 배가 아니에요, 이기. 그건 우리 드리스콜 가문 자체예요. 나에게 기쁨을 주는 유일한 것이라고요." 화가 나서 숨이 가빠지고 호흡이 빨라졌다. "모르겠어요, 정말 모르겠어요. **우리 원래 이러지 않잖아요**, 이기. 서로의 인생을 판단하지 않잖아요. 이브니스는 늘 나의 일부였어요. 내가 이 섬에 살지 않을 때에도 내 머릿속에 있었어요. 이브니스는 지금 이 끔찍하고 거지 같은 인생에서 내가 유일하게 평화를 느끼는 곳이에요. 그 배는 내가 유일하게 죄책감을 느끼지 않는 곳이에요. 시어셔가 내 곁에 있다고 느낄 수 있는 유일한 곳이라고요. 시어셔는 바로 거기에 있어요. 난 거기서 시어셔에게 말을 걸고 시어셔와 함께 웃어요. 그걸 포기할 순 없어요, 포기하지 않을 거예요."

내가 말을 멈추고 두 팔로 나를 꼭 감싸안았다. 아무리 한순간이라고 해도 내게 남은 단 하나의 소중한 존재를 없애라고 하는 이 남자에게 화가 나서 고개를 저었다.

"당신이 도대체 뭘 안다는 거예요, 이기." 그가 나에게 상처를 준 것처럼 나도 상처를 주고 싶어서 이렇게 반격했다. "지금까지 그 배가 우리에게 어떤 의미였는지 어떻게 안다는 거죠? 여기 온 지 얼마 되지도 않았잖아요."

"아." 이기가 코웃음을 쳤다. "그렇게 나오는군요. 우리는 원래 그런 사람이 아닌 줄 알았는데. 출신지로 상대방을 깔보는 건 외지인 배척주의자나 하는 짓인 줄 알았어요."

그 순간 우리는 멈췄다. 그가 한 말 때문에 우리는 더욱 멀어졌다.

"이런 이야기는 안 하는 게 상책일 것 같아요, 이기. 내가 한 말은 잊어버려요."

"로지, 난 당신이 좋아요. 그뿐이에요."

"그러면 그만해요. 이런 건 합의한 적 없어요."

"합의라고요? 뭔가 **합의**한 기억은 없는데요."

"무슨 뜻인지 알잖아요, 이기. 우린 이런 거 안 하잖아요. 서로에게 의견을 내지 않잖아요."

"하지만 우린 친구예요. 친구는 서로를 위해 이런 말을 하는데, 당신은 모르나보네요."

"아뇨, 이기." 나는 아이에게 외투를 바닥에 던져놓지 말라고 백번째 말할 때 느낄 법한 분노를 느꼈다. "날 좋아하지 않아도 돼요. 나한테 아무것도 느끼지 말아요. 우린 그냥……" 거기서 말문이 막혔다.

"그냥 뭐요?"

나는 하늘을 보면서 우리 관계를 설명할 올바른 정의를 찾으려고 했다. "아무 보답도 바라지 않으면서 서로를 있는 그대로의 모습으로 인정하는 사이요."

"음, 우정을 만드는 환상적인 레시피를 아나봐요, 로지." 그가 진저리치며 지붕에서 돌을 던졌다.

우리 사이의 침묵이 점점 커지자 나는 그만 일어날까 생각했지만—달리 무슨 할말이 더 있을까?—그는 아직 끝나지 않은 것 같았다.

"로지, 오늘 새벽에 당신이 본 환영이 뭐라고 생각해요? 그건 뭔가를 포기해야 한다는 경고예요."

"그게 이브니스는 아닐 거예요, 그건 분명히 말할 수 있어요. 그리고 어쨌든, 당신은 지금 우리 아빠에 대해, 또 이 모든 것에 대해 무슨 말을 하고 있는지 몰라요."

"내가 모른다고요?"

이기가 나를 향해 다시 돌아섰지만 나는 그를 상대하지 않을 작정이었다. 그래서 드디어 섬의 가장자리를 괴롭히기 시작한 바람을 맞으며 눈을 감았다. 팔의 털을 스치는 그 부드럽고 깃털 같은 느낌이 내게 이제 그만하라고 말했다.

"이런 이야기는 그만할래요, 이기."

나는 몸을 일으켜 손바닥으로 엉덩이의 먼지와 모래를 쓸어냈다. 내가 사다리를 내려갔지만 이기는 그대로 앉아 있을 뿐 꼼짝하지 않았다. 하지만 내가 이제 우리 사이에 할말이 남아 있지 않다고 생각하며 지프 문을 여는 순간 이기가 경고했다.

"난 틀리지 않았어요, 로지. 당신은 뭔가 포기해야 해요."

다 마른 그의 곱슬머리가 바람에 흔들렸다. 이기가 그렇게 심란해하는 모습은 여간해서 볼 수 없는 일이었다. 나는 우리가 처한 이 새로운 상황, 우리가 지금까지 겪었던 모든 상황과 관련해 어떤 미래가 펼쳐질까 궁금했다. 나는 운전석에 올라 후진하기 시작했다. 그러다 잠시 멈추고 기어를 1단으로 넣으면서 한번 더 위를 올려다보았지만 흰색 새 운동화만 보일 뿐이었다. 한 발이 다른 발 위에 반항하듯 올라가 있었다.

몇 분 뒤 나는 항구로 돌아가려고 해안도로를 돌면서 필요 이상으로 빠르게 달렸다. 패치의 집 앞에 차를 세우느라 브레이크를 세게 밟자 몸이 앞으로 튕겨나갔다.

커튼이 열려 있었다.

오전 여덟시 이십분이었고, 원래라면 내가 페리에 타고 있어야 할 시각이었지만 그냥 지나칠 수 없었다. 깊은 우물에 끌리듯 패치에게 자꾸 끌렸다. 나는 문을 두드리기 전에 패치가 나를 볼 수 있게 지프 문을 쾅 닫았다. 그런 다음 잠깐 서서 숨을 고르며 이기와의 일을 전부 몰아냈다. 선견지명을 가진 패치에게 물어야 할 것을 정리하기 위해서였다.

그때 왼쪽에서 퍼걸의 차가 다가왔다. 나는 몇 가지 궁금한 것이 있어 그를 불러세웠다. 퍼걸은 보통 이렇게 일찍 출근하지 않았고, 게다가 누가 같이 타고 있었다. 퍼걸이 차를 세우고 차창을 내렸지만 언제나처럼 무표정했다. 그는 인사도 없이 팔꿈치를 문에 걸치고 내가 원하는 것을 말할 때까지 기다렸다.

이와는 대조적으로 조수석에서 "안녕하세요, 로지"라는 열정적인 인사가 들려왔다.

나는 여전히 나를 보지 않으려는 퍼걸을 보고 씩 웃은 다음 대답했다.

"그래, 좋은 아침이야, 에일리시."

"퍼걸이 오늘 아침에 태워주겠다고 해서요." 에일리시의 얼굴이 반짝였다.

"정말 잘했네, 퍼걸. 프리지아 젖소를 두고 이렇게 일찍 나오느라 엄청 힘들었겠어."

"뭐, 아시잖아요." 퍼걸이 부끄러워하며 몇 년째 룸미러에 걸려 있는 소나무향 방향제를 만지작거렸다.

"그럼, 알지. 알고말고." 무언가가 시작되는 그 놀라운 느낌, 이른 아침의 정해진 일과가 어긋난다고 해도 상대방을 위해 무엇이든 하고 싶은 그 마음을 내가 어떻게 잊을 수 있을까? "아무튼, 오 분 뒤에 간다고 말하고 싶었어. 엔진오일이랑 냉각수 좀 점검해줄래?"

"걱정하지 마세요." 에일리시가 열심히 대답했다.

퍼걸이 미소를 지으며—그에게는 드문 일이었다—나를 향해 고개를 살짝 끄덕이고 핸드브레이크를 풀더니 가버렸다.

나는 패치의 집으로 향하는 길에 들어섰는데 도착하기도 전에 빨간색으로 페인트칠한 문이 열렸다.

"왔네. 네가 오나 보고 있었어." 패치의 얼굴이 빛났다.

"정말요? 아까도 왔었어요. 차 못 보셨어요?"

"자, 들어와." 그녀가 나를 안으로 들였다. "어젯밤에 잠을 설쳐서 늦잠을 자는 바람에 일어난 지 15분밖에 안 됐어. 꼴이 말이 아니지."

"완벽해요, 패치. 늘 그렇듯이요."

나는 그녀를 따라 복도 깔개에 놓인 꽃무늬 고무장화와 빨간 테두리가 둘린 워킹화를 지나쳐갔다. 기껏해야 2사이즈밖에 안 돼 보였다.

거실에 들어서자 패치가 자기 맞은편 의자로 나를 불렀다. 등받이가 높고 보라색 새틴을 씌운 안락의자였는데 어찌나 편안해 보이는지 거기서 하룻밤 잘 수도 있을 것 같았다. 우리 사이에는 낮은 커피 테이블이 놓여 있었고, 그 뒤에 있는 안뜰로 통하는 문으로 산울타리가 내다보였다. 파도를 피해 찾아오는 새들에게 피난처가 되어주는 산울타리는 많이 높지 않아 항구와 부두와 거기서 일어나는 일이 전부 보였다.

"차 마실래? 아니면 커피를 더 좋아하던가? 깜빡했네." 패치는 부엌으로 가려다 걸음을 멈추고 미소를 지었다. "기억하니? 네 엄마가 책을 찾으러 오면 나는 귀찮을 정도로 커피를 권해야 했어. 책을 어디다 뒀는지 전혀 기억나지 않았거든. 내가 책을 빌린 건 그냥 그래야 할 것 같아서였어. 네 엄마가 이 섬의 교육을 위해 그렇게 애를 쓰는데, 이동식 건물 앞을 지나가면서 들어가지도 않으면 죄책감이 들었지. 나는 책을 전혀 빌리고 싶지 않았어. 안 읽거든. 스도쿠를 더 좋아해. 하지만 네 엄마랑 이야기를 나누는 건 정말 좋았어. 정말 흥미로운 여성이었지. 세상을 보는 시각이 늘 약간 달라서 아무리 이야기를 들어도 질리지 않았어."

 나는 패치에게서 엄마 칭찬을 듣자 웃음이 났고, 그날 아침 처음으로 안정되고 편안한 기분이 들었다.

 "패치, 그냥 앉으세요. 이기랑 커피 마시고 왔어요."

 "아, 이기. 오늘 아침에 이기를 놓쳤어. 이기가 저기서 헤엄치는 걸 보는 게 좋아." 패치가 바다를 가리킨 후 다시 자리에 앉았다. "프론시아스 오빠가 생각나거든. 어렸을 때 오빠는 거의 매일 아침 저기서 헤엄을 쳤지. 나는 담벼락에 앉아서 오빠를 지켜봤어. 난 수영을 못했거든. 아빠는 오빠가 수영하는 걸 별로 좋아하지 않았어. 어부가 되고 싶으면 수영하는 법을 모르는 게 제일 좋다고 늘 말씀하셨지. 그래야 바다가 데려가려 할 때 그 힘에 맞서 싸우지 않을 거라고." 패치는 나를 잠시 잊고 바로 그 운명을 맞이한 오빠를 생각했다. 집으로 돌아오는 그의 저인망어선을 태풍이 덮쳤다. 프론시아스와 동료 존조는 바다에 빠져 익사했다.

 "오빠는 저항하지 않았어. 음, 약간 저항하긴 했지만 자신이 무엇에 맞서고 있는지 깨닫고 곧 그 힘에 자신을 내맡겼지. 아무튼 늙은 내 머릿속에서 보이는 건 그래. 얌전히 받아들였어. 그런데 내 말 좀 들어봐. 이것 때문에, 내가 늘어놓는 시시한 얘기를 들으려고 온 건 아니지, 맞지?"

 "시시하지 않아요, 패치. 당신을 시시하다고 말할 수 있는 사람은 아무도 없어요."

"많아. 나나 내 '방식'이 모두에게 인기 있다고 할 순 없지."

"음, 전 아니에요." 내가 숨을 들이마시고 말을 꺼냈다. "사실은요 패치, 최근에 뭐 느낀 건 없는지 궁금해서요. 잠을 설쳤다고 하셨죠?" 나는 하마터면 패치에게 몽유병에 걸려서 밤에 돌아다니지 않았느냐고 물어볼 뻔했다.

"맞아, 사실은 너랑 관련이 있어."

나는 미소를 지었고, 내가 틀리지 않아서 무척 마음이 놓였다. 어쩌면 아직 이브니스에 희망이 있을지도 몰랐다.

"전화가 울려서 잠에서 깼어. 아마 새벽 한시였을 거야. 손을 뻗어서 수화기를 들었지. 침대맡에 전화기가 한 대 있거든, 아주 편해. 그런데 신호음밖에 안 들렸어. 그래서 생각했지. 패치, 또 그러는구나, 꿈이랑 현실을 구분 못하고 말이야. 그런 다음 다시 잤어. 그런데 또 전화가 울리는 거야. 똑같았어, 전화벨이 울리더니 신호음만 들렸지. 그래서 따뜻한 우유를 마셔야겠다고 생각했어. 그래야 떨쳐낼 수 있으니까. 나는 아래층으로 내려와 정신을 좀 차린 다음, 잠시 앉아서 바다를 보며 프론시아스랑 이야기나 할 생각으로 여기에 들어왔어. 그런데 블라인드를 걷으니까 네 친구가 담장에 앉아 있는 거야. 바다가 아니라 우리 정원을 정면으로 보면서. 거기서 경치를 즐기며 행복해하는 것 같았어. 어쩌면 연노랑솔새가 날아드는 모습을 보려고 기다리는 거였을지도 몰라."

나는 패치가 그녀의 집을 보며 서 있는 나를, 아니면 나를 데리러 오는 아빠의 차를 봤다고 말할 거라고 생각했다. 하지만 아니었다. 내가 우리집 앞에 서 있다고 생각했을 때 그녀는 다른 사람이 담장에 앉아 있다고 생각한 것이다.

"어떤 친구요, 패치?" 새로운 사람이 누구인지 궁금해서 내가 물었다.

"키 큰 사람. 너랑 텔레비전에 나온 걸 봤는데. 관자놀이가 희끗희끗한 더블린 남자. 시어셔랑 관계가 있고."

"시어셔요?" 내가 당황하며 말했다. 그러다가 문득 깨달았다. "믹 말이군요, 사건 담당 경찰이었던?"

패치가 손가락을 딱 튕기고 나를 가리켰다. "바로 그 사람이야." 그녀가 의자에서 몸을 약간 앞으로 내밀어 가장자리에 걸터앉았다. "이름이 안 떠올랐지만 시어셔와 관련된 건 알았어. 그 사람이 지금 이 섬에 있는 건 아니지?"

"네." 내가 대답했다. 믹의 이름이 나오자 멍해졌다.

"그럴 줄 알았어. 하지만 그 사람이 거기 있었어, 아주 확실하게."

"그가 무슨 말을 하던가요?" 내가 물었다. 이 모든 것이 무슨 의미인지 아직 이해되지 않았다. "뭔가 말하려는 것 같았어요?"

"음, 약간 멀어서 쌍안경을 대고 봤는데, 분명 입술을 한 번도 달싹이지 않았어. 거기 그냥 앉아만 있었어. 무슨 말을 **했으면** 좋았을 텐데. 나는 잠시 그 사람을 바라보며 서 있었어. 그런데 아무것도 안 통해서 우유가 식는데도 내버려두고 눈을 감고 집중했지. 그 사람이 텔레파시로 나한테 무슨 말을 하고 싶은 게 아닐까 싶었거든. 하지만 아무것도 없었어. 그 사람은 나를 빤히 보면서 잠시 거기 있었어. 그런 다음 일어나서 미소를 짓더니 손을 흔들고 돌아서서 부두로 걸어내려갔어. 그러고는 안갯속으로 걸어들어간 것처럼 사라졌는데, 사실 어젯밤에는 안개가 끼지 않았거든. 오늘 아침 디어미드한테 확인했는데—여름에 잠을 못 이루는 건 그 사람밖에 없거든—자기 가게 문의 유리처럼 맑았대. 너도 알지, 디어미드는 유리를—"

"패치." 나는 디어미드와 깨끗한 유리에 대해서 이야기하려는 패치의 말을 끊었다. "그게 무슨 의미인지 아직도 이해가 안 가요."

"아, 나도 모르겠어. 네가 무슨 일인지 알고 있기를 바랐지. 최근에 진전이 있었니?"

"아뇨, 아무것도 없어요."

"아, 그렇구나."

나는 거기에 답이 있다는 듯이 커피 테이블을, 창문을, 내 손을 보았다.

"하지만, 패치." 내가 말했다. 뭔가 생각이 떠올랐다. "시어셔가 처음 사라졌을 때, 나한테 아이 모습이 보이지는 않지만 오고 있다고 말했던 거 기억나요?"

"그래, 그 말을 듣고 보니 기억나."

"그럼 이게, 음, 어쩌면 이게 그거 아닐까요? 당신이 믹을 본 게 신호가 아닐까요?"

"무슨 신호 말이니, 로지?"

"마침내 시어셔가 오고 있다는 신호요."

"아, 그래." 패치는 내가 바랐던 것보다 확신이 덜한 목소리로 말했다.

"하지만 말이 되잖아요, 안 그래요?"

내가 바짝 다가앉았다. 지금까지 나눈 모든 대화가, 내가 지금 생각하고 있는 모든 것이 놀라웠다. 드디어 모든 조각이 제자리를 찾아가고 있었다.

"패치, 정말 그런 것 같아요. 시어셔가 집으로 오는 중인 것 같아요."

"로지, 그럴 가능성도 있지만 성급하게 결론을 내려도 될지 모르겠구나. 난 믹이 너한테 전화하거나 뭐 그럴지도 모른다는 뜻이라고만 생각했어."

"내가 완전히 잘못 생각했지 뭐예요. 어제 당신이 이브니스를 구할 방법을 말해주려고 우리집에 온 줄 알았는데, 그게 아니라 시어셔였어요."

"너희 집? 나는 간 적 없는데."

"이렇게 오랜 시간이 지났지만 시어셔는 살아 있었어요. 정말 살아 있었던 거예요."

내가 이렇게 단언하자 패치는 당황하며 깜짝 놀란 표정을 지었다. 그녀는 뭔가 말하려고 입을 열었다가 다물었다. 그런 다음 미소를 지었는데, 상냥한 미소였지만 내 눈에는 동정으로밖에 보이지 않았다.

"로지, 제발. 이러는 건 좋지 않아. 너무 흥분했어."

하지만 패치는 더이상 애쓸 필요가 없었다. 나는 이제 그녀의 말이 아니라 바로 그때 페리에서 나를 부르는 세 번의 짧은 신호음을 듣고 있었다.

"패치, 시어셔는 괜찮을까요? 그러니까 시어셔가 행복할까요, 아니면……" 나는 적당한 말을 찾으려 애썼고, 기쁘다기보다 걱정스러운 미소를 지었다. "……다쳤을까요? 누가 시어셔를 다치게 했을까요?"

"있잖아 로지, 너무 신경쓰지 않는 게 좋을 것 같아."

하지만 나는 패치의 경고를 듣지 않았다. 팔 년, 나는 팔 년이라는 길고 끔찍한 시간을 기다렸다.

나는 자리에서 일어나 성큼성큼 걸어가다가 다시 돌아와서 앉았다. "제가 어떻게 해야 할까요? 여기서 기다리는 게 좋을까요? 믹에게 전화해야겠어요."

"잠깐만, 로지, 제발. 미안하지만 내가 말을 너무—"

"아니면 휴한테. 진짜 휴한테 전화해야겠어요."

그러고 싶었다. 휴와 컬리에게 전화해서 시어셔가 집에 거의 다 왔다고 말하고 싶었다. 지금까지 줄곧 내가 옳았다고, 우리가 시어셔를 잃지 않았다고 말하고 싶었다.

"아니에요." 패치가 말을 시작하기도 전에 내가 먼저 대답했다. "아니, 휴는 내 말을 믿지 않을 거예요. 둘 다 안 믿을 거야. 나는 시어셔가 살아 있다고 계속 믿었지만 두 사람은 나와 생각이 달랐어요."

다시 페리에서 고동이 울렸고, 나는 힘이 빠졌다.

"어떻게 해야 할지 모르겠어요, 패치." 내가 호소했다.

패치가 내 손을 잡더니 나를 꽉 끌어안았다. 그녀에게 그 정도의 힘이 남아 있을 줄 몰랐다. "내 말 들어, 로지 드리스콜. 내가 본 그 무엇도 많은 것을 알려주지는 않아. 그렇게 흥분하지 마, 알겠지? 숨을 쉬어. 크게, 깊이 숨을 마셔봐." 패치가 숨을 들이마시며 나에게도 따라 하라고 시켰다. 나는 눈을 감고 시키는 대로 하면서 마음을 진정시키려고 애썼다.

"다시." 그녀가 말했고, 우리는 네 번 더 숨을 쉬었다.

"잘했어. 좋아, 로지. 이제 눈을 뜨고 내 말을 잘 들으렴." 나는 순순히 따랐다. "이 일을 너무 깊이 생각하지 마. 나도 믹이 내 머릿속에 떠오른 이유를 설명할 순 없어. 이제 집으로 돌아가, 오늘은 페리에 안 타는 게 좋겠어. 내가 네 아버지한테 전화할게. 이번만큼은 리엄이 기꺼이 대신해줄 거야."

"안 돼요." 내가 버럭 소리를 지르자 패치가 살짝 놀랐다. 나는 그 강력한 손아귀에서 벗어났다. "걘 이브니스를 차지할 수 없어요. 안 돼요, 난 이브니스가 필요해요. 시어셔를 찾을 거예요."

나는 이 말을 끝으로 벌떡 일어나 현관문으로 갔다. 누구보다 먼저 이브니스와 시어셔에게 가고 싶었다. 시어셔가 저기에서, 저 너머 본토에서 나를 기다리고 있었고, 이브니스와 내가 가고 있었다.

"아, 로지, 이게 무슨 일이니." 나는 패치를 뒤로하고 걸쇠를 더듬더듬 연 다음 달려내려가다가 흔들리는 포장석에 발이 걸렸다. "천천히 가." 패치가 소리쳤다.

나는 손을 흔들면서 괜찮다고 안심시키려 했지만, 내가 지프에 오르자마자 패치가 아빠에게 전화할 거라는 사실을 잘 알았다. 하지만 지금은 그 무엇도 중요하지 않았다. 아직 시간이 있었다. 누가 나를 막기 전에 이브니스에 올라 드넓은 바다로 떠나버릴 수 있었다.

나는 패치를, 나에게 너무나 많은 것을 준 그녀를 한 번도 돌아보지 않았다. 오랫동안 휴의 눈빛을 어둡게 만들었던 의

심과 걱정을 다시 보고 싶지 않았다. 나는 지프에 시동을 걸고 급히 출발해 곧 부두계단에 도착했다.

페리에 오른 나는 퍼걸과 에일리시를 스쳐지나쳤고, 두 사람이 엔진오일 상태와 승객 수를 보고했지만 듣지 않았다.

"밧줄. 이제 밧줄 풀어." 나는 조타실 계단을 두 단씩 올라가서 이브니스에 시동을 걸고 반쯤 회전시킨 다음 출발했다. 이제 섬으로부터, 누가 나를 막을 가능성으로부터 멀어졌다. 바다 어귀에 도착하자 나는 숨을 천천히 내쉬었다. 패치의 집에서 나온 이후 처음으로 심장박동이 느려졌다.

"지금 갈게, 시어셔." 나는 딸에게 말했다. "기다려, 예쁜 우리 딸. 거의 다 왔어."

그녀는 목걸이 줄에 걸린 스마일리 펜던트를 위아래로 움직이면서 차례차례 스쳐지나가는 거리를 보았다. 던 리로이에서 점점 더 멀어졌다.

나는 계속해서 나아갔다. 굳게 마음을 먹고 집중력을 잃지 않았다. 시선은 정면을 향한 채 주의깊게 살피며 로스본 항구로 접근했다. 해리와 부표, 지형지물을 일일이 확인했다.

내가 배에 오른 후 퍼걸은 나를 방해하지 않았지만, 에일리시는 항구를 떠나자마자 내가 언제 폭발할지 모르는데도 아랑곳하지 않고 다가와서 승객 수를 보고했다. 나는 항로에 집중하면서도 에일리시가 나를 지켜보며 무엇이 잘못되었는지 알아내려 한다는 것을 분명하게 느꼈다.

"로지." 결국 에일리시가 말했다. 그녀가 손을 내밀어 아주 가볍게, 거의 아무런 무게도 느껴지지 않을 정도로 살짝 내 팔에 얹었다. "괜찮아요?"

"모든 게 더할 나위 없이 완벽해." 내가 대답했다.

"확실해요? 평소랑 다른 것 같아서요."

"다르지, 정말 고맙게도 말이야. 난 그 모습이 아주 오랫동안 마음에 들지 않았거든."

"로지, 정말 오늘 배를 몰아도 괜찮은 거 맞아요? 제가 여기 필요할지도 몰라요. 도울 수 있어요. 이제 시험도 거의 마쳤고, 음, 오늘 로지가 조금……"

"조금 뭐? 행복해 보여?"

"그런 뜻이 아니라—"

"잘 들어, 에일리시. 난 괜찮아." 거친 파도가 창문에 물을 뿌렸고, 나는 에일리시에게 날 혼자 내버려두라고 설득하느라 짜증이 났다. 나는 그냥 혼자 있고 싶었다.

"퍼걸한테 다시 내려가고 싶지 않아?" 내가 물었다. 나의 무신경함에 당황한 에일리시가 고개를 돌렸다. "뭘 그래. 부끄러워할 거 없어. 사랑이 피어나는 중 아니야?"

에일리시는 장하게도 꿋꿋이 버티며 나의 놀림에 반응하지 않았다.

"어서 가." 명령하지 않는 한 에일리시가 나가지 않으리란 사실을 깨닫고 내가 말했다. "다시 내려가. 전부 문제없는지 확인해."

에일리시는 마지못해 나가면서 걱정스러운 표정으로 제어

반과 그 너머의 바다를 보았다. 베이비시터에게 아기를 처음 맡기는 엄마 같았다. 하지만 십 분 뒤 항로를 반쯤 지났을 때 열린 조타실 문을 두드리는 소리가 또다시 들렸다.

"정말이야, 에일리시. 나는 아주 괜찮아." 내가 퉁명스럽게 소리쳤다.

"그렇다니 다행이네요." 도니골 억양의 부드러운 목소리가 대답했다.

나는 얼어붙었다. 내가 부두를 떠나 로스본으로 배를 돌리는 데 고작 오 분밖에 걸리지 않았는데, 그사이에 패치가 마법을 부려―아까의 말다툼을 생각하면 여러 사람 가운데 하필― 이기를 이브니스에 태운 것이 놀랍고 당황스러웠다.

그 플로그인지 뭔지가 내 쪽으로 다가왔다.

"당신이 왜 사랑하는지 알겠네요." 이기가 바다를 내다보며 말했다. "선장인지 뭔지 나도 한번 해볼까봐요. 그렇게 어려울 리 없잖아요, 안 그래요?"

나는 그의 놀림에 말려들지 않았다.

"그래서, 전화 받고 왔어요?" 내가 물었다.

"누가 전화를 해요?"

"패치요. 패치가 보냈죠?"

"아뇨, 아무도 안 보냈어요."

내가 그 말이 정말인지, 이기가 정말 자발적으로 왔는지 확인하려고 흘끔 쳐다보았다. 이기가 항상—적어도 오늘 아침까지는—나를 편안하게 만들어주었던 특유의 차분하고 멋진 미소를 지었다.

"음, 이기, 그럼 뭔지 몰라도 빨리 끝내면 안 될까요? 나는 인생을 어떻게 살아야 하는지 설교를 듣는 것 말고도 할일이 많거든요."

"그래요, 그거 말인데, 우리가 제대로 마무리를 못했잖아요. 안 그래요? 당신과 나는 원래 그런 건 안 하잖아요. 그건······ 아슬아슬했죠."

"그래요, 우린 그런 건 안 하죠. 보통 당신이 내 인생에 대해 그렇게 확고한 의견을 이야기하지도 않고요."

나는 압력계를 톡톡 쳤고, 이기가 바라는 대로 일이 쉽게 풀리게 두지 않았다.

그는 내가 보여주지 않으려는 것을 찾는 듯 묵직한 시선으로 나를 짓눌렀다.

"내가 도울 수 있을지도 모른다는 생각이 들었어요." 이기가 포기하고 다시 파도를 보며 말했다.

"돕는다고요? 어떻게 도와요?" 내가 방어적으로 물었다. 그가 생각하는 **도움**의 정의가 무엇일지 걱정스러웠다. 배를 빼앗아서 리엄에게 팔아버리는 걸로 돕는다는 걸까? 아니면 로스본의 병원에 다시 입원하게 만들어서?

"음, 오늘 저녁에 당신이 돌아오면 우리 둘이 앉아서 이브니스-리엄 문제의 해결 방법을 고민해볼 수 있지 않을까 생각했어요. 난 정말 돕고 싶어요, 로지. 정말, 정말 그래요. 오늘 아침에 내가 분위기를 제대로 파악하지 못하고 조금 심하게 이야기한 건 알아요. 어깨 때문이었어요. 아직 상태가 안 좋거든요." 이기가 어깨를 꽉 쥐었다. "그러니까, 내가 사업 머리는 썩 나쁘지 않거든요. 사업 실패 경험이 한 번밖에 없잖아요. 빌 게이츠도 실패했어요, 맞죠? 그런데 지금은 떼돈을 벌었잖아요. 그러니까 내가 뭘 할 수 있을지 누가 알겠어요?"

"아." 나는 지난 몇 달 동안 수없이 그랬던 것처럼 그의 정직함과 배려에 마음이 누그러졌다. "그건…… 음, 뭐, 정말 고마워요, 이기. 하지만, 음, 미안하지만 오늘 저녁에는 안 돌아갈 거예요."

"오늘 안 돌아간다니 무슨 뜻이에요? 그러면 이브니스는 어떻게 돌아가죠?"

"모르겠어요." 이브니스와 승객들이 로어링 베이로 어떻게 돌아갈지 나 역시 몰랐다. "시어셔 때문에요." 내가 설명했다. "시어셔를 찾을 거예요."

"시어셔요?"

"시어셔가 집으로 오고 있어요."

"세상에, 로지. 진심이에요?"

"난 알아요." 내가 그의 격려에 힘입어 미소를 지었다. "패치가 어젯밤에 느꼈대요. 내가 패치의 집에 찾아간 것과 비슷한 시각에요. 믿어져요? 온 우주가 힘을 합쳐서 시어셔가 돌아온다고 내게 말해주고 있어요."

"잠깐, 기다려요. 패치가 그래요? 오늘 아침에 날 만난 뒤에 패치가 그렇게 말했어요?"

나는 고개를 끄덕였지만 갑자기 회의적으로 변한 그의 태도를 알아차렸다.

"정확히 뭐라고 했는데요?"

"이기, 당신이 뭘 하려는지 알지만 이제 포기하는 게 좋을 거예요. 난 당신 말을 듣지 않을 거예요. 말려도 소용없어요. 패치도 말리려고 했어요. 지난 팔 년 동안 그런 건 충분히 겪었어요."

이기가 양손을 들었다. "아니, 아니, 그런 게 아니에요. 난 그냥 이해하려고 애쓰는 거예요."

나는 패치가 했던 말을 최대한 간단하게 설명했다.

"세상에." 내 이야기가 끝나자 이기가 말했다.

"알아요. 하지만 전부 사실이에요, 이기. 나는 시어셔를 느끼거든요. 정말로 느낄 수 있어요. 그러니까 내 말은." 그때부터 나는 울기 시작했다. "난 여기에서, 이 조타실에서 늘 시어셔를 가장 많이 느꼈어요. 하지만 이건 달라요. 시어셔가 지금 본토에 있다는 걸 난 알아요. 시어셔에게 가야 해요."

"알았어요." 이기가 고개를 끄덕였다.

"그리고 이제 돌아오지 않을 거예요, 이기. 더블린으로 가서 시어셔와 함께할 거예요, 시어셔가 더블린으로 올 거예요. 최대한 빨리 가야 해요. 시어셔가 기다릴 거예요. 내가 거기 있기를 바랄 거예요. 그러니까 내 말은, 시어셔가 먼저 도착해서 내가 이제 거기 살지 않는 걸 알게 되면 어떻게 해요? 내가 자기를 포기했다고 생각할 거예요."

"그렇게 생각하지 않을 거예요, 로지. 안 그럴 거예요."

이기가 내 어깨에 손을 올리고 괴로워하는 나를 달래려 애썼다.

"아, 그리고 우리 아빠." 나는 리엄이 귀찮게 쫓아다니는 지금 내가 아빠를 저버리는 것이 얼마나 엄청난 일인지 깨닫고 잠깐 멈췄다. "우리 아빠를 지켜봐줄래요?" 내가 애원했다. "내가 아빠한테 최대한 빨리 전화할게요. 아빠는 이해하실 거고, 시어셔가 돌아와서 정말 기뻐하실 거예요. 하지만 리엄 문제도 있으니까요."

"물론이죠, 로지. 물론이죠, 문제없어요. 내가 지켜볼게요."

"그냥…… 알겠지만 난 지금 가야 해요." 나는 아빠를 떠나야 하는 변명을 댈수록 점점 더 기분이 나빠졌다. "여기 머물 순 없어요. 선택의 여지가 없어요."

"물론이죠, 로지. 자, 괜찮아요."

나는 지켜보겠다는 이기의 약속에 안심하며 고개를 끄덕였다. 노 맨스 헤이븐을 지날 무렵에는 어느 정도 마음이 가라앉았다. 다시 기분이 가벼워졌고, 시어셔를 생각하니 다시 미소가 떠올랐다. 항구 입구를 통과해 부두에 다가가면서 나는 속도를 살짝 늦추었다.

기다리는 승객들을 보고 있으니 내 생각과 달리 시어셔가 더블린이 아니라 승객들 사이에 있을지도 모른다는 생각이 들었다. 부두가 가까워지면서 기대에 찬 여행자들을 훑어보니 그들의 발이 바쁘게 움직이고 곧 출발하려는 듯 벌써부터 가방을 집어들고 있었다. 물론 시어셔는 거기 없었다.

그때, 내가 이브니스를 정박하는 일에 다시 집중하려는 그 순간, 낯익은 두 얼굴이 보였다. 단번에 내 마음을 아프게 했던 두 사람이 조타실을 똑바로 보고 있었다.

"아, 세상에." 내가 말했다. 무릎이 바로 휘청거렸다.

"왜 그래요?" 이기의 시선이 내 시선을 따라 남편과 아들에게로 향했다.

"새로운 소식이 있나봐요."

이 길이 아닌데.
그녀가 운전석과 조수석 사이로
몸을 내밀고 말했다.
하지만 두 사람은 못 들은 체했다.

팔에 힘이 빠져 혹시나 키를 놓쳐서 이브니스를 안전하게 정박하지 못할까봐 걱정이었다. 그 말을 하려고 주변을 둘러보았지만 이기밖에 없었다. 그는 배를 어떻게 모는지 전혀 몰랐다. 나는 흐느끼면서 안벽에 집중하라고, 아래에 승객들이 있고 나는 그들을 안전하게 상륙시켜야 하는 선장이라고 되뇌었다. 나는 필사적으로 정박 과정을 차례차례 외쳤지만 하나도 머리에 들어오지 않았다. 말은 그냥 흩어져버렸고, 나는 이브니스를 조심스럽게 살살 들여보내야 하는 순간을 놓쳤다. 너무 빨랐다, 아직 너무 빨랐다.

이기가 큰 소리로 나를 부르더니 문밖의 에일리시를 불렀다. 그녀는 달려와서 이기를 옆으로 밀어내고 방향타를 잡은 뒤 내 자리에 섰다. 나는 팔을 축 늘어뜨린 채 조타실 한가운데 서서 휴의 우울한 얼굴을 쳐다보았다. 이기가 나를 부축해 주었다. 마침내 배가 안전하게 정박했고, 에일리시는 퍼걸을 도와 밧줄을 묶은 다음 승객들을 안내하기 위해 서둘러 나갔다. 휴와 컬리는 가방을 잔뜩 든 승객들이 지나갈 수 있게 부두 안벽 쪽으로 물러섰다.

선원들과 이기만 남았을 때 에일리시가 돌아와서 아주 걱정스러운 표정으로 나를 살폈다.

"어떻게 하실래요?" 그녀가 물었다. "이제 운항을 종료해도 될까요?"

내가 쓰러지다시피 한 이후로 이기는 줄곧 나에게 말을 걸어주었다. 그의 말이 하나도 귀에 들어오지 않았지만 다정하다는 느낌만은 알 수 있었다.

나는 목소리가 나오는지 가다듬어보았다. "종료해." 내가 쉰 목소리로 말한 다음 기침했다.

마침내 나는 조타실에서 나갔고, 두 사람은 그제야 나를 완전히 볼 수 있었다. 진지한 얼굴에 신경이 곤두선 컬리가 무슨 말이 하고 싶은 듯 입을 달싹였지만 마음을 바꿔 바로 다물었다. 내가 두 사람을 향해 조심스럽게 손을 흔들자 두 사람도 비슷한 느낌으로 손을 흔들었다. 거의 동시였다. 두 개의 손이 싱크로나이즈드 수영선수의 움직임처럼 완벽한 조화를 이루며 올라갔다. 나는 내 발이 콘크리트판에 닿는지 확인하면서 천천히 부두계단을 올라갔고, 결국 두 사람 앞에 섰다. 이기가 어디 있는지 몰랐지만 신경쓰지 않았다. 오전 아홉시 사십오분에 여기 와 있다니, 더블린에서 아주 일찍 출발한 것이 분명했다. 두 사람은 바로 입을 열지는 않았지만 동시에 나에게 다가왔다. 컬리가 내 손을 잡았다.

"로지." 휴가 내 귀에 입술을 대고 조용히 속삭였다. "시어셔를 찾았대."

그 드넓은 만에서 내 주변 공기가 도망치는 것 같았, 빨려나가는 것 같았다. 공기는 노 맨스 헤이븐을 지나 더 멀리 사라졌고, 나는 그 공기가 셸리섬과 로어링 베이 해안 사이를 휩쓸고 지나가는 것을 상상했다. 내 가슴이 산소를 들이마시려고 아무리 노력해도 산소가 없었기 때문이다.

아들이 우는 소리가 들렸다. 그 오랜 세월 동안 처음이었다. 그렇다, 컬리는 걱정스러운 표정을 지은 적은 많았지만 결코 울지 않았다. 나는 그게 나쁜 징조라고 늘 생각했지만 지금은 그 무엇도, 그 쓸모없는 걱정도 중요하지 않았다. 컬리가 내 허리에 팔을 두르며 나를 끌어안고 고개를 숙여 내 어깨에 머리를 묻었다. 내가 손을 들어 등을 문지르며 아들을 위로했다. 하지만 정작 내가 컬리에게 내 머리를 더 오래, 더 묵직하게 기대고 내 무게를 실은 채 흔들렸다. 나는 컬리에게 계속, 계속해서 쓰러지고 있었다. 팔다리의 긴장이 풀리는데도 전혀 애쓰지 않고 그냥 늘어지도록, 무너지도록 놔두었다. 나는 무중력 상태로 둥둥 떠 있었다. 나는 사라졌다. 내 눈이 세상을 몰아내며 감겼다.

그리고 시어셔가 거기 있었다. 마침내 다른 차원에서 미소를 짓고 있었다.

"엄마." 시어셔가 말했다. "엄마, 나 노력했어요. 내가 노력한 거 알죠." 시어셔는 아주 걱정스러운 표정을 짓고 있었다. 나 때문이었다. 내가 시어셔를 걱정시켰다. 그래서 나는 미소를 지으면서, 웃으면서 내가 안겨준 불안을 달래려고 했다.

"알아, 시어셔, 나도 알아. 걱정하지 마. 걱정하지 마." 내가 시어셔의 얼굴을, 주름 하나 없이 완벽하게 매끄러운 열일곱 살짜리의 얼굴을 어루만졌다.

"우리 모두 노력했어." 내가 말했다. "우리 모두 최선을 다했어, 그렇지? 우리가 너한테 원한 건 그게 전부야, 알지? 시험 때를 생각해봐, 네가 시험을 걱정할 때 우리가 그랬잖아. '시어셔, 너는 최선을 다하기만 하면 돼.' 그 이상을 할 수는 없어. 그리고 넌 항상 최선을 다했지, 시어셔. 넌 훌륭해. '자기 분야에서 뛰어남.' 할아버지가 그렇게 말씀하시잖니?" 그런 다음 우리는 이마를 맞댄 채 같이 웃었고, 나는 손으로 시어셔의 목덜미를 쓰다듬었다. 우리의 뺨에 눈물이 흘러내리고 슬픔과 싸우느라 입술이 안으로 말려들었다. 나는 시어셔가 떠나야 한다는 사실을 알았다. 그래서 우리는 이 소중한 순간을 놓치지 않으려고 애썼다. "멋지구나." 내가 다시 말했다. 나는 시어셔의 파란 눈을 보며 내 머리에 새겼다. 앞으로도 계속 그 아름답고 환한 눈을 절대 잊지 않으려고, 절대 시야에서 놓지 않으려고 그 기억을 마음에 심었다.

내 핸드폰 돌려줄래요?

하지만 남자는 웃기만 했다.

그날 오후, 나는 더블린의 우리집 거실에 서 있었다. 로스본에서 더블린으로 오는 여정에 대해서는 묻지 않았으면 한다. 나는 전혀 기억이 없다. 남쪽으로 난 거실로 여름 햇살이 들어왔다. 나는 햇살이 섬에서처럼 밝지 않다고 생각했다. 믹의 자동차가 멈춰 서는 것이 보였고, 휴가 현관문을 열자 그가 집안으로 들어오는 발소리가 들렸다. 바깥에는 하루종일 카메라가 진을 치고 있었다. 우리가 도착한 지 삼십 분도 안 되었는데 이미 카메라들이 우리를 엿보려고 자리잡고 있었다. 우리는 이제 거실에, 진입로의 각도와 산울타리 때문에 사유지에 침입하지 않는 한 우리를 볼 수 없는 곳에 숨어 있었지만 기자들이 침입할 가능성도 무척 높았다.

"로지." 휴가 불렀다. 나는 여기 있다고, 잘 견디고 있으며 계속 견딜 거라는 뜻으로 살짝 미소를 지었다.

우리는 자리에 앉았다. 믹이 무언가를 찾느라 안주머니를 뒤졌다. 그의 손가락이 찾던 것을 꺼낼 때 재킷 천이 움직였다. 믹이 꺼낸 것은 작은 비닐 지퍼백이었다. 믹은 내가 더블린으로 오면서 휴에게 이미 들은 이야기를 설명하기 시작했다.

"어제 더블린의 산지에서 시체가 한 구 발견되었습니다. 땅이 파헤쳐져서 사람 팔처럼 보이는 것이 드러났어요. 얼마나 오랫동안 드러나 있었는지는 모릅니다. 등산로를 벗어난 등산객이 오후 일곱시쯤 발견했어요." 믹이 말을 멈추고 기침을 한 번 하더니 힘겹게 침을 삼키고 계속 설명해나갔다. "다행히도 오늘 아침 휴가 당신을 만난 다음 뉴스에 보도됐습니다. 물론 DNA가 일치하는지 확인하려면 기다려야 하지만, 이게 발견돼서 이른 시각에 휴에게 연락했습니다."

믹이 휴에게 비닐 지퍼백을 건넸고, 그것을 받아드는 아주 짧은 순간 남편의 얼굴이 일그러졌다. 비닐 지퍼백이 바닥에 떨어지기 전에 컬리가 얼른 잡아 들여다보고 고개를 끄덕였다. 그런 다음 일어나서 거실을 가로질러와 내가 이미 알고 있는 것을 보여주었다. 시어서의 스마일리 목걸이였다. 컬리가 옆에 쭈그리고 앉아 내 등에 손을 올렸다.

"더 많은 사실을 확인하려면 검사를 해야 합니다. 우리가 찾는 것은 시어셔가 거기 얼마나 오래 있었느냐가 아니라 어떻게 그곳에 묻히게 되었는지에 대한 증거, 또는 누가 그랬는지에 대한 단서입니다. 우리는 시어셔가 스스로 거기에 갔다고 생각하지 않아요." 믹이 사과하듯 고개를 숙였다. 나는 그가 엄지와 검지로 코 양옆을 누르는 모습을 지켜보았다. 그런 다음 믹은 신음을 내면서 계속 말할 용기를, 의지를 찾으려 애쓰며 어깨를 폈다. "법의관이 상해 여부와 사인을 파악하기 위해 시어셔를 살펴볼 텐데, 미리 말씀드리지만 시간이 좀 걸릴 겁니다. 하지만 지금으로서는 살인사건이라는 게 꽤 확실합니다."

우리가 그 단어를 곱씹는 동안 거실에 잠시 침묵이 흐르고 딸각하며 시간이 삼켜졌다. 오랫동안 매기가 자기 딸 클레어에 대해 설명할 때 그토록 자주 썼던 단어. 내가 의식에 절대 들여놓지 않았던 단어가 이제 내 딸을 정의하고 있었다. 나는 그 단어를 붙잡고 목을 졸라 그것이 우리에게 행사하는 힘을 빼앗고 우리를 가만히 내버려두라고 말하고 싶은 생각밖에 들지 않았다. 하지만 이제 그 단어는 우리의 것이 되었다. 영원히 우리의 것이었고, 우리 딸이 아니라 그 단어에 집을 내주어야 했다.

나의 한 손에는 목걸이 펜던트가 들려 있고 다른 손은 컬리에게 잡혀 있었다. 컬리가 내 손을 더 세게 잡았는데 그 손이 떨리고 있었다. 컬리도 자기 손이 아닌 것처럼, 자기 손이 왜 그렇게 움직이는지 모르겠다는 듯이 내려다보았다. 컬리는 그 위에 자기 오른손을 포갰지만 역시 떨리고 있었다. 컬리의 얼굴이 빨개지면서 눈물이 점점 차올랐다. 내가 목걸이를 무릎에 떨어뜨리고 컬리의 축축한 뺨을 만졌다. "아, 컬리." 내가 말했다. "가여운 우리 멋진 아들."

 나는 너무나 용감했던, 나와 우리를 위해 아주아주 용감했던 컬리를 끌어안았다. 휴와 내가 우리 주변에 그어놓은 무수하고 까다로운 선 사이를 부드럽게 넘나들던 배려심 많은 아이. 우리의 상실과 아픔 때문에 함께하기는커녕 부모 노릇조차 하지 못하는 우리를 이끌던 그 다정한 마음을 생각하자 가슴이 찢어질 듯 아팠다. 내가 원하는 것은 컬리에게 용서받는 것뿐이었다. 컬리가 매달려오자 나는 컬리를 안고 앞뒤로 몸을 흔들었다. 다 큰 아들이 밀려오는 커다란 파도 앞에서 자신을 구할 바위에 매달리듯 나에게 매달렸다.

 "정말 미안해, 컬리. 세상에, 엄마가 정말정말 미안해."

 그런 다음 나의 울음이, 울부짖음이, 신음이 시작되었다. 누군가 소중한 딸을 훔쳐가서 상처 주고 해치게 놔둔 나 자신에게, 선의와 희망으로 가득하고 더없이 밝은 미래가 있던 아이에게 상상할 수도 없는 고통을 가하게 놔둔 나 자신에게 분노가 치밀어 괴로웠다. 딸의 무방비한 몸에 가해진 타격을, 그

사악한 행위를 전부 지우고 내가 대신 겪고 싶었다.

나한테 해. 그애를 돌려주고 나한테 해.

나는 이런 말을 하고 있다고 생각했다. 소리치고 있다고 생각했다. 그 소리가 너무 커서 집 앞에 진을 친 기자들이 다 듣고 한마디도 빼놓지 않고 적는 바람에 다음날 신문에 실릴지도 몰랐다.

상관없었다.

전부 실으라지.

휴가 나를 끌어안았다. 내가 생각했던 것과 달리 휴는 그만하라고 말하지도, 마음을 가라앉히고 진정하라고 달래지도 않았다. 그는 몸을 기울여 사랑과 슬픔으로 우리를 감싸안았다. 휴는 나와 함께 울부짖었다. 그의 울음소리가 내 울음소리를 덮었다. 나도 그에게 손을 내밀었다. 한 팔로는 컬리를, 다른 팔로는 휴를 끌어안았다. 나는 두 사람을, 셔츠를, 살갗을 꽉 잡았다. 부서진 우리 세 사람의 영혼을 꼭 붙들었다.

신호등 앞에서 그녀가 차 문을 열려고 했다.

하지만 잠겨 있었다.

한 달 전 대니얼이 집으로 돌아와 아빠와 함께 살고 있었다. 조기퇴직을 했다고 말했다. 내가 더블린에서 시어셔를 돌려받으려고 기다리고 있을 때 대니얼이 초조한 목소리로 전화해서 이브니스를 어떻게 하고 싶으냐고 물었다. 리엄과 이야기를 나눈 것 같았다. 대니얼은 아빠와도 대화했지만 나랑 이야기하기 전에는 아무것도 하지 말라는 말을 들었다고 했다. 아빠는 이브니스가 내 것이라고 말했다.

"보내줘." 내가 대니얼에게 말했다. "리엄은 이브니스를 손에 넣을 때까지 포기하지 않을 거야, 대니얼. 리엄이 원하는 건 오직 이브니스뿐이고, 난 더는 리엄과 싸울 생각이 없어. 보내줘."

우리가 직면한 상황을 생각하면 이제는 배를 두고 싸우는 게 우스꽝스러워 보였다. 지금 당장 키를 잡을 수 있다 해도 이브니스는 내가 지금 겪고 있는 일에서 나를 자유롭게 해줄 수 없음을 나는 알았다. 이제 나에게 전혀 중요하지 않은 불가피한 일을 막으려고 애쓸 이유가 뭐가 있겠는가?

시어셔를 돌려받아 매장할 때가 다가오자 예전과는 달리 이브니스가 드리스콜 가문의 것이 아니라고 생각해도 죽을 것 같지 않았다. 아니, 다른 것이 그런 아픔을 주었다. 가여운 시어셔의 유해에 시행된 검사, 그 마지막 모독 때문에 나는 몸이 움츠러들었고 시어셔를 그만 쉬게 해달라고 애원했다.

"하지만 경찰은 그렇게 할 수밖에 없어, 로지." 휴가 말했다. "그럴 수밖에 없어."

마침내 다 끝났다는 소식을 듣고 나는 시어셔를 보겠다고 고집을 부렸지만 경찰이 강력하게 반대했다. 그들은 내가 시어셔를 안 보여주면 장례식에서 관 뚜껑이라도 비틀어 열겠다고 하자 마지못해 물러났다. 휴와 컬리, 나, 우리 셋은 그들이 그나마 감당할 수 있을 거라고 여겨 보여주는 부분을 만나러 갔다. 근육도, 살갗도, 털도 없이 뼈만 부검대에 놓여 있었다. 나는 몸을 떨며 간신히 꽉 다문 입술 사이로 깊은 숨을 내뱉었다. 시어셔가 나를 느끼기를. 내가 시어셔를 버리지 않았음을, 그런 상태라도 자기를 버리지 않을 것임을 알기 바랐다. 시어셔는 나의 딸이었다. 내 뼈가 시어셔의 뼈였다. 시어셔는 나에게서 나왔다.

우리 셋은 다 같이 손을 잡고 시어셔 곁에 서 있었고, 나는 한 걸음 다가가 시어셔에게 입을 맞추고 시어셔의 상완골과 대퇴골을 어루만졌다. 상처입지 않은 온전한 뼈. 경찰은 시어셔가 숨과 생명을 빼앗기면서 부러진 쇄골을, 역시 망가진 골반뼈와 너무 심하게 부서진 다른 부분을 건드리기는커녕 보지도 못하게 했다. 시어셔는 납치되고 하루이틀 내에 사망했을 가능성이 크다고 했다. 경찰은 예전에 제외되었지만 믹이 다시 용의선상에 올린 범죄자들의 알리바이를 다시 살피고 있었다. 경찰은 대중에게 당시 그 지역을 다시 떠올려보라고, 의심스러운 장면을 목격하지 않았는지 생각해보라고 다시 호소했다. 믹이 한 가지는 분명하다고 말했다. 최소한 한 사람은 무슨 일이 있었는지 정확히 알고 있었다. 믹은 사실을 알아낼 때까지 쉬지 않을 것이었다.

나는 사흘 전 아빠의 집으로 돌아왔다. 시어셔가 발견되고 두 달이 지난 후였다. 나는 겨울 외투로 몸을 감싸고 뒤뜰 끝에 앉아 바다를 보고 있었다. 부엌에서 들고 나온 의자 다리가 축축한 땅속으로 빠졌지만 신경쓰지 않았다. 나는 그레이스톤 섬을, 그곳에 서 있는 나무를 보고 싶었다. 왠지 우리는 비슷한 영혼 같았다. 나는 옆에 조용히 엎드린 어고의 머리를 가끔 쓰다듬었다. 어고는 그럴 자격이 충분했다.

뒤에서 젖은 긴 풀을 스치는 발소리가 들렸다. 나는 휴나 컬리, 아니면 니나일 거라고 생각했다. 우리는 다 같이 시어셔를 묻으러 왔다. 하지만 마이클프랜 삼촌 집에서 올라온 대니얼이었다. 대니얼은 아내 엘런과 함께 삼촌 집에서 지내고 있었다.

"다 같이 지내기에는 집이 좁아." 내가 전화를 걸어서 시어서를 데리고 간다고 하자 대니얼이 말했다. "삼촌은 같이 지낼 사람이 생기면 아주 좋아하실 거야."

"삼촌네 가축이 집에서 쫓겨나는 걸 어떻게 생각할지 모르겠네." 내가 살짝 웃으며 대답했다. 슬프고 지친 웃음으로 금세 사라지긴 했지만 그래도 몇 번은 웃을 수 있었다.

나는 의자에서 일어나 대니얼을 끌어안았다. 물론 대니얼이 미국에서 돌아온 후 몇 번 만나긴 했다. 더블린의 우리집에서 오빠 부부와 하룻밤을 같이 보냈지만 이제야 대니얼이 정말 돌아왔다는 실감이 났다. 대니얼은 훨씬 늙어 보였다. 더블린에서 봤을 때보다 더욱 그랬다. 살도 더 쪄서 벨트가 배에 깊숙이 파묻혔다. 하지만 여전히 나를 내려다볼 만큼 키가 컸다. 오빠가 왜소한 나를 끌어안았다. 대니얼이 나를 꼭 끌어안자 오빠의 슬픔에 압도당하는 기분이 들었다.

"있잖아, 미안해, 로지. 엄마 장례식 때 그런 말을 해서."

"알아, 대니얼. 알아." 내가 말했다. "이제 시어셔가 왔잖아." 시어셔는 클론킬의 컬런 장례식장에서 우리를 기다리고 있었고, 나중에 섬으로 데려와 묻을 예정이었다. "그러니 괜찮아, 대니얼." 내가 몸을 떼고 오빠의 눈을 보며 미소 지었다. "괜찮아."

대니얼이 주변을 둘러보더니 한때 빗물을 받는 데 사용한 듯한 반으로 잘린 나무통을 발견했다. 나무통이 언제 어떤 이유로 그 자리에 놓였는지는 알 수 없었다. 오빠가 나무통을 가져와 거꾸로 뒤집었다. 나는 의자에, 대니얼은 낮은 나무통에 앉았다. 나는 나무통이 버틸 수 있을까 생각했다.

"축축한 데 앉으면 감기 걸려. 엄마가 여기 있었으면 뭐라고 하셨을걸."

"괜찮을 거야."

잠시 우리는 눈앞의 바다에 시선을 집중했다.

"난 여기가 참 좋아." 잠시 후 대니얼이 말했다.

"젊었을 때는 네이선이랑 둘 다 얼른 여기를 벗어나고 싶어 안달이었던 걸로 기억하는데."

대니얼이 웃었다. "그건 그때 얘기고. 지금은 달라. 이제 나이가 들었잖아." 오빠가 맞장구치듯 고개를 끄덕였다. "참, 네이선도 오는 중이래. 내일이면 도착할 거야."

"아빠한테 들었어."

그런 다음 우리 둘 다 이브니스를 바라보았다. 이브니스가 북쪽으로, 로어링 베이 해안선을 뒤로하고 망망대해로 나아가고 있었다.

"에일리시가 면허를 땄다니 믿을 수가 없어." 내가 말했다. "내가 떠날 때 면허를 따기 직전이었다는 걸 잊고 있었어."

그날 아침 에일리시가 우리를 섬으로 실어다주었다. 나는 배에 오르면서 그녀를 올려다보고 미소를 지었다. 시어셔가 발견된 이후 나는 에일리시를 보지 못했다. 돌아서서 작별 인사도 하지 않고 떠났었다. 에일리시가 계단을 내려와 나를 꼭 끌어안았다. "축하해." 내가 에일리시의 귓가에 속삭였다.

"로지, 무슨 말을 해야 할지 모르겠어요."

"알아." 최근 나는 이 말을 무척 많이 한 느낌이었다. "얼른 가." 내가 에일리시를 놓아주고 선교를 재빨리 올려다보며 말했다. "우릴 집으로 데려다줘."

"그래, 정말 대단하더라." 대니얼이 흥분하며 말했다. "배에 미쳤더라고. 누가 생각났지."

대니얼이 나를 보며 미소를 짓더니 다시 북쪽을 보았다.

"사실은 로지, 배 말인데, 네가 알아야 할 게 있어."

나는 몸을 움찔거렸다. 발을 살짝 끌며 등을 구부렸다. 이브니스가 어떻게 되었는지 듣고 싶지 않았다. 섬으로 돌아오자 이브니스가 우리 것이 아니라는 현실에 약간 가슴이 아프기 시작했다. 예전처럼 비참하지는 않았지만 내 마음속 작은 실밥을 잡아당기면 구멍이 점점 커질 것 같았다.

"모르는 게 나아, 대니얼."

"아니, 아니, 잠깐만. 장례식 때 이런 이야기를 해서 미안하지만, 앞으로 며칠 사이에 누가 네 앞에서 말을 꺼내기 전에 알아두는 게 좋을 것 같아서. 도대체 무슨 소린가 하겠지만, 넌 그것 말고도 신경쓸 일이 많잖아. 어떻게 됐는지 들어야 해. 하지만 내가 얘기하진 않을 거야." 대니얼은 초조해 보였다.

내가 호기심에 끌려 대니얼을 향해 몸을 굽혔다. 처음에는 안에서 휴와 컬리와 대화중인 아빠를 말하는 줄 알았다. 하지만 대니얼이 말했다. "만나봐야 할 사람들이 있어."

대니얼이 집을 돌아보며 손짓했다. 미소를 띤 이기가 있고, 그의 뒤에 리엄과 테리사도 있었다.

이기가 리엄과 테리사에게 뭔가 말하자 두 사람은 뒤에 남았다. 이기가 다가와서 대니얼과 악수했다.

"이제 난 이 남자랑 너한테 맡기고 갈게. 여기까지 와준 사람들이랑 뭐라도 간단히 먹어야겠다." 대니얼이 이기의 등을 툭 치더니 리엄과 테리사에게 다가가며 "주전자에 물을 올리죠"라고 기분좋게 외쳤다.

나는 이기를 보고 진심으로 기뻐서 미소를 지었다.

"잠깐 자리를 비운 동안 이렇게 됐네요." 내가 집으로 들어가는 사람들을 고갯짓으로 가리켰다. "평화가 찾아왔군요. 전부 당신이 한 일인가요?"

이기가 나를 끌어안았고, 나는 그의 머리에 내 머리를 기댔다.

"세상에, 로지." 그가 말했다. "너무 가슴 아파요."

아무 말도 뒤따르지 않았다. 이기는 가슴 깊이 그 말을 간직한 채 나를 안고 부드럽게 다독였다. 나는 눈을 감고 나를 어르는 이기의 품에 가만히 안겨 있었다.

"지난번에는 일을 완전히 바로잡을 기회가 없었는데, 그렇죠?" 마침내 이기가 말했다.

나는 그의 팔을 가볍게 누르면서 몸을 떼고 괜찮다고, 이미 오래전에 지나간 일이니 괜찮다고 말했다. 이기가 대니얼이 앉았던 나무통에 앉았다.

"나는 진심이었어요. 난 당신 말을 들었어요, 로지. 그날 당신이 무슨 말을 하려는 건지 들었어요."

"이기, 솔직히 말할게요." 내가 말을 시작했다. "이제는 상관없어요―"

"아뇨, 들어봐요. 리엄이 나오기 전에 얼른 말해야 해요. 리엄이 설명하게 해주겠다고 내가 약속했거든요. 그게 거래 조건이었어요."

"거래요?"

"당신이 떠난 후 난 가만있을 수가 없었어요. 나랑 상관없는 일이지만 끼어들어야겠다고 결론을 내렸죠. 매일 저 항구에서 헤엄치며 생각했어요, 온갖 해결책을 생각해봤죠. 예전의 호텔에 대한 멋진 생각이랑은 다르게 이번에는 정말 괜찮은 생각을 해낸 것 같아요. 그래서 테리사에게 이야기했어요."

"테리사요?"

"당신 말이 맞았어요, 테리사는 정말 사업 수완이 좋더라고요. 수영장에서 애들한테 수영을 가르친 다음 가끔 그녀와 같이 커피를 마셨어요. 커피는 정말 별로였지만 사람이랑 좀 어울려야 하니까요. 내가 테리사에게 이브니스는 사실 우리 모두의 생명줄이니까 모두의 것이라는 생각이 든다고 했어요. 그리고 모두가, 아니면 적어도 관심 있는 사람이 이브니스를 소유하면 어떻겠느냐고 제안했어요. 회사를 만들면 어떠냐고요."

내가 얼떨떨한 표정을 짓자 이기가 한층 고무되어 설명을 이어나갔다.

"그러니까, 섬사람 누구나 지분을 살 수 있게 하자는 거예요. 그러면 당신 아버지는 빚을 청산하고, 은행은 돈을 받고, 모두가 행복해지는 거죠."

"그렇군요." 내가 이기가 알려준 정보를 곱씹으며 천천히 말했다.

"지금까지 주주가 거의 서른두 명이나 모였다는 게 믿어져요? 다들 매트리스 밑에 현금을 그렇게 숨겨놓고 있었다는 걸 누가 알았겠어요? 나도 푼돈을 좀 긁어모았죠. 아직 투자받을 데도 더 남아 있어요."

"잠깐." 내가 말했다. "잠깐만요. 이미 진행중이라는 거예요?"

"음, 거의 다 끝났어요. 한두 가지만 해결하면 돼요. 한 달, 최대 두 달이면 마무리돼요."

"리엄이 화도 안 내고 동의했다고요?"

"그 부분이 놀라울 줄 알았죠."

"그게 어떻게 가능했던 거예요?"

"테리사요. 테리사는 바로 알아들었어요. 내가 설명을 끝내자 날 끌어안기까지 했죠. 안심한 것 같았어요. 그날 밤 테리사가 집으로 가서 리엄에게 얘기했죠. 몇 주 걸렸지만 테리사는 리엄에게 제국을 건설하는 것은 이렇게 작은 공동체에서 아들들을 키우는 좋은 방법이 아니라고 지적하면서 지금까지 아이들을 분별 있게 잘 키웠고, 앞으로도 그러고 싶다고 말했어요. 리엄이 찬성하지 않으면 로어링 베이가 정말 아이들을 키우기에 제일 좋은 곳인지 진지하게 다시 생각하겠다고도 했고요. 테리사네 가족이 티퍼레리에 침실 네 개짜리 집을 지을 만한 땅을 가지고 있잖아요. 내가 알아야 할 이야기는 아니지만요. 테리사가 꼭 비밀을 지키라고 했어요."

뒤에서 발소리가 다가오기에 돌아보니 머그잔 네 개가 올려진 쟁반을 든 테리사와 곧 다리에 진흙을 덕지덕지 묻힐 부엌 의자를 두 개 든 리엄이 보였다.

두 사람이 도착하기 전에 이기가 몸을 굽히고 속삭였다. "당신은 아무것도 모르는 거예요. 하나도요. 리엄이 직접 말하겠다고 우겼거든요. 내가 개인적으로 당신과 정리할 일이 있다고 말해서 두 사람이 잠시 자리를 피해준 거예요. 그러니 아무 말도 말아요."

"차 마실 시간이에요." 테리사가 경쾌하게 외치더니 쟁반을 이기에게 넘기고 나를 끌어안았다. 이제 나는 이런 포옹에, 평범한 포옹보다 오래 걸리고 필요한 경우에는 상대방이 울고 나서 마음을 다잡을 시간을 주는 포옹에 익숙했다. 테리사가 눈물을 훔치고 물러서자 리엄이 손을 내밀었다.

"이런 경우에는 보통 뭐라고 하지?"

"다양해. 마음에 드는 걸로 골라봐."

잠시 리엄이 망설였다. "정말 너무 잔인한 일이라 가슴이 아파. 누군가를 그런 식으로 잃는 건 옳지 않은데."

나는 리엄의 눈을 마주볼 수 없어서 고개를 숙였다.

테리사가 머그잔을 나눠주었다. 이기가 미소를 지으며 잔을 받더니 나무통 뒤쪽에 몰래 숨겼다. 나중에 아무도 모르게 풀밭에 내용물을 쏟아버릴 것이다.

다들 자리를 잡자 테리사가 리엄을 흘깃거리고 고갯짓으로 나를 가리키며 시작하라고 재촉하는 게 뻔히 보였다.

"그래, 음, 우리가 이렇게 와서 불편하지 않았으면 좋겠어, 로지. 지금 신경쓸 일이 많을 텐데."

나는 조금 전 리엄의 손을 잡았던 손을 흔들며 이 일에 대한 악감정을 모두 털어냈다.

리엄이 헛기침을 하고 나서 말을 꺼냈다. "오래전에 너랑 내가 몇 번 얘기했던 거래를 마무리하기 직전에 테리사랑 이야기를 나눴어. 기억하지? 너희 아버지랑—"

"응, 또렷하게 기억해."

"그래, 맞아." 리엄이 의자에 앉은 채 몸을 살짝 움직였다. "음, 우리가 다시 생각해보니 사실 이 섬에 필요한 건 지역사회 참여라는 생각이 들더라고. 이렇게 말해도 될지 모르겠지만, 이 섬의 심장인 이브니스를 어느 한 가족의 이름으로 두는 건 옳지 않다고 말이야. 그건 퇴행적인 생각이었어. 결국 배는 모두의 것이니까."

"와." 내가 말했다. 나는 리엄에게는 보이지 않게 손으로 이기의 다리를 톡톡 쳤다. "정말 믿기 힘들 만큼 진보적인 생각이야, 리엄."

"바로 그거야. 우리는 관심 있는 섬사람들을 모아서 회사를 만드는 게 좋겠다고 결론을 내렸어. 참여하고 싶은 사람은 누구나 참여할 수 있게 하자고. 믿기 어렵겠지만 이제 주주가 서른한 명이나 돼. 그렇게 많은—"

"사실은 둘이죠." 이기가 리엄의 영웅적인 이야기를 중간에 뚝 끊고 끼어들었다. "서른둘이에요."

리엄은 깜짝 놀랐지만 당황하지 않았다. "그거 봐, 매일 인기가 높아진다니까."

"그래, 정말 놀랍다." 내가 덧붙였다.

"당연하지. 그리고 다들 드디어 이브니스한테 걸맞은 투자를 할 때가 됐다고 생각해."

"잠깐 끼어들어도 돼, 리엄?" 비꼬는 말처럼 느껴져서 내가 한 손을 들고 말했다. "우리 아빠는 훌륭한 도선 사업가야. 아빠가 이브니스나 이 섬에 대한 의무를 다하지 못했다는 암시로 아빠 이름을 더럽힌다면 내가 가만있지 않을 거야. 너도 잘 알다시피 아빠는 섬사람들에게 충실한 서비스를 제공해왔어. 그러니까 아닌 척은 하지 말자."

정적이 뒤따랐고, 나는 어디 한번 반박해보라는 눈빛으로 리엄을 쳐다보았다. 테리사가 그의 무릎에 손을 뻗는 모습이 힐끗 보였다.

"리엄의 말은 그런 뜻이 아니야." 테리사가 말했다. "그렇지, 여보?"

"그럴 생각은 전혀 없었어."

나는 평화로운 분위기가 되살아나도록 그냥 넘어갔다.

"내가 하려던 말은 이거야." 리엄이 다시 말을 이었다. "주주들이 위원회를 선출해. 위원회는 전략에 관련된 결정을 내리고 일상적인 관리는 매니저한테 맡길 거야. 아직 매니저를 임명하지는 않았어."

"테리사의 아이디어였죠." 이기가 열심히 끼어들었지만 리엄이 다시 방해를 받아 부루퉁해지자 이기의 활짝 핀 미소가 사그라들었다.

테리사가 수줍게 미소를 짓고는 끼어들어도 되는지 허락을 구하듯 리엄을 보았다. 리엄은 그러라고 했지만 내가 보기에는 약간 탐탁지 않아하는 것 같았다. 그는 각광받을 기회를 나누는 것을 좋아하지 않았다.

"음, 학교에서 하는 방식이랑 똑같아. 중요한 문제는 선출된 위원회가 투표로 결정하지만 일상적인 운영은 교장인 내가 하는데, 전체적으로 아주 잘 돌아가. 나는 위원회의 물음에 항상 답해야 하지만 어느 정도 재량권도 가지고 있어. 누구든 매니저에 지원할 수 있어." 테리사의 얼굴이 반짝였다.

"그럼 네가 유력한 후보겠네." 내가 리엄을 보며 말했다.

"음, 두고 봐야지. 아직 지원할지 말지 결정 안 했어."

나는 코웃음을 칠 뻔했지만 제때 참았고, 리엄이 진지한 눈빛으로 테리사를 보았다. 삼 개월 전에 이기가 나에게 하려던 말을, 즉 가족이 걸려 있을 때에는 힘도 땅도 부도 재산도 중요하지 않다는 말을 보여주는 표정이었다.

나는 흥미진진해진 새로운 상황을 탐색하며 말했다. "그럼 내가 그 '매니저' 자리에 지원하고 싶으면 어떻게 되는 거야, 그래도 괜찮아?"

"물론이죠. 위원회가 환영할 겁니다." 이기가 나를 보며 얼굴을 빛냈다.

"당연히 그럴 거라고 생각했어." 리엄이 나를 똑바로 보며 말했다. 포기라기보다는 리엄도 이제 누가 배를 소유하는지, 또는 누가 배를 관리하는지 중요하지 않다고 인정하는 것 같았다. 중요한 것은 언제나처럼 이브니스가 우리 두 사람의 일부로 남아 우리가 공유한다는 사실, 어쩔 수 없이 인정하자면 우리 둘 다 이브니스를 사랑한다는 사실이었고, 또 우리 둘 사이의 전쟁이 마침내 끝났다는 사실이었다. 적어도 우리가 사사건건 으르렁거리거나 쏘아붙이지 않으려고 노력한다면 그렇게 될 것이다. 사십 년이라는 긴 세월에 걸친 간헐적인 싸움 끝에 리엄이 휴전을 제안하고 있었다.

"그래." 진심으로 감동한 내가 말했다. 나는 우리의 바다를 미끄러지듯 나아가는 이브니스를, 우리의 진정한 심장박동, 우리의 구원자를 다시 바라보았다.

"이 일을 두고 우리 아빠는 뭐라고 하셨어?"

"음, 직접 여쭤봐."

리엄은 대니얼이 나 몰래 서 있던 뒷문 쪽을 보았다. 리엄이 고개를 끄덕이자 대니얼이 안으로 들어가 아빠의 팔짱을 끼고 질척거리는 땅을 걸어왔다. 아빠는 내가 한 번도 본 적 없는, 목도리를 감고 모자를 쓴 차림으로 나와 나를 쳐다보더니 장남의 보살핌을 받으며 하늘을 올려다보았다.

"와." 내가 옆에 앉은 세 사람에게 말했다. "정말 준비를 잘했네. 리허설을 아주 잘한 연극 같아."

이기가 웃음을 터뜨렸고, 나는 그를 힐끗 보며 씩 웃었다.

아빠가 도착하자 리엄이 의자를 내주었다. "여기 앉으세요, 캡틴." 리엄이 이렇게 말하더니 아빠가 편하게 앉을 수 있게 의자를 잡아주었다.

나는 혼자 미소를 지었다. 리엄의 입에서 캡틴이라는 호칭이 나온 것은 처음이었다. "그래서요, 아빠." 내가 물었다. "이 모든 일에 대해 어떻게 생각하세요?"

"글쎄다, 로지." 아빠가 말을 꺼냈다. "네가 이브니스를 잃는다고 생각하니 가슴이 찢어질 것 같았지만 다른 방법이 보이지 않았는데, 이 착한 사람들이 찾아와서 새로운 아이디어를 말해줘서 울 뻔했다. 사실 거의 울었어, 맞지?" 아빠가 세 사람을 보았고, 테리사가 살짝 웃었다. 아빠가 다시 나를 보며 말을 이어나갔다. "이렇게 하면 네가 여전히 이브니스를 가질 수 있어. 넌 너무 많은 것을 잃었어, 귀여운 우리 딸." 아빠의 목소리가 약해지고 맞잡은 우리 손을 빤히 내려다보는 눈에 눈물이 차올랐다. "그리고 그게…… 음, 나한테 중요한 건 그것밖에 없었다."

나는 팔을 뻗어 아빠를 꽉 끌어안고 늘 나를 먼저 생각해주는 아빠에게 고마움과 사랑을 전했다. 내가 이 섬을 떠났던 스물두 살 때나, 섬에 돌아온 나를 반기고 시어셔와 함께하는 소중한 시간을 선물해준 마흔아홉 살 때나 그 마음은 여전했다. 내가 울고 있으려니 등을 감싸는 오빠의 손이 느껴졌다. 나머지 한 손은 아빠의 어깨에 올려져 있었다.

우리가 얼마나 오랫동안 그러고 있었는지 알 수 없었다.

"자." 내가 아빠를 놓아주고 코를 훌쩍이면서 눈앞의 문제를 다시 꺼냈다. "우리 드리스콜 지분도 있어요?"

"아, 그럼요. 디제이가 전부 처리했어요." 이기기 대답했다.

"내 얘긴 것 같네." 대니얼이 나에게 윙크하며 미소 지었다.

"흐음. 좋아." 나는 그 말과 지금까지 들은 모든 이야기에 대해 생각해보았고, 다른 사람들은 자기들이 설명한 모든 것에 대한 내 의견을 기다렸다.

"음, 솔직하게 말할게." 내가 이기, 테리사, 그리고 리엄을 차례차례 바라보며 인정했다. "아주 좋은 계획이야." 안도의 한숨은 들리지 않고 각자 살짝 미소만 지었다. "하지만 난 매니저에 지원하지 않을 거야. 오해하지 마, 제안이 들어온다면 이브니스의 선장이 될 기회를 마다하지는 않겠어. 하지만 리엄, 난 네가 그 일의 적임자라고 생각해."

리엄이 미소를, 정말로 진심 어린 미소를 지었다. 그제야 이런 생각이 떠올랐다. 리엄이 거의 오십 년 동안 질투했던, 그와 달리 사랑을 아낌없이 주는 부모님과 자기 것이라고 부를 수 있는 배를 가진 내가 더 큰 사람이었다면, 그에게 선장이라는 이름이 어울린다고 가끔 인정해주었다면 우리가 이 오랜 세월 동안 해묵은 싸움에 갇히지 않았을지도 몰랐다.

"아니면 이기는 어때요?" 내가 그를 보며 말했다. "이제 보니 사업 쪽으로는 나쁘지 않은 것 같은데."

"윽, 그만해요." 이기가 수줍게 웃었다.

"나중에는 라르나 폴이 할 수도 있고." 내가 덧붙였다. "그 애들도 아주 잘해낼 거야, 분명 이브니스를 잘 돌볼 거야."

"에일리시도 있어." 리엄이 내가 아니라 이브니스를 바라보며 말했고, 우리 둘 다 그 말에 대해 생각했다.

"그래, 에일리시도 있지." 내가 동의했다. "세상에, 이브니스한테는 선택지가 아주 많겠는걸."

우리 네 사람은 우리의 공동 운명에 만족하며, 이브니스가 노 맨스 헤이븐을 돌아 사라질 때까지 미소를 지으며 지켜보았다.

에필로그

지금 우리는 어머니의 무덤 앞에 서 있다. 모두가 모인 가운데 시어셔를 땅속으로 내리는 중이다. 아빠, 오빠들, 삼촌, 컬리와 손을 잡고 있는 니나, 휴의 가족, 믹과 그의 동료들, 매기, 실종자 가족들, 시어셔의 친구인 에이미와 로스, 시오, 이제 다들 나이가 들어 진짜 어른이 된 이들이 우리를 둘러싸고 12월의 휘몰아치는 바람을 막아준다. 섬사람들도 왔다. 패치, 이기, 디어미드, 필런, 에일리시, 퍼걸, 테리사, 리엄, 라르와 폴, 그 뒤로 다른 사람들도 보인다. 오늘은 시어셔를 기리는 뜻에서 페리가 운항하지 않는다.

나는 만에 조용히 멈춰 있는 이브니스를 흘깃 내려다본다. 마치 이 위에서 벌어지는 일에 귀를 기울이며 유심히 쳐다보고 있는 것 같다. 마이클 신부님의 노랫가락 같은 기도, 웅얼거리는 신자들의 대답. 나는 조타실이 예전에 자신을 무척 사랑했던 소녀를 기리며 고개를 숙인다고 상상한다.

시어셔가 땅속으로 내려가고, 나는 내게서 시어셔를 빼앗아가는 광경을 지켜본다. 이번 생에서 시어셔와 함께한 시간이 너무나 짧았지만 나는 딸을 놓아준다, 어머니의 품으로 시어셔를 보낸다. 휴의 제안이었다. 나도 그 생각을 했지만, 팔 년이나 떨어져 있었는데 휴에게 시어셔와 또다시 헤어지라고 요구할 권리가 나한테 있는지 확신이 서지 않았다. 나는 휴가 시어셔를 더블린에 두겠다고 고집부릴 거라고, 나도 그 말에 동의할 거라고 생각했다. 하지만 휴는 시어셔가 여기에서 외할머니와 함께 있어야 할 것 같다고, 그러면 외할머니가 손녀에게 좋아하는 이야기를 전부 들려주고, 같이 바다를 보고, 원할 때마다 이브니스를 볼 수 있을 거라고 말했다. 그리고 도서관도. 도서관을 잊지 마. 내가 눈물을 삼키고 웃으며 덧붙였다. 그래, 도서관도. 휴가 다정하게 미소 지으며 말했다. 두 사람이 도서관도 같이 볼 수 있어. 그리고 나도 섬에 더 자주 오고 싶어. 그 말에 내가 고개를 들고 미소를 지었다. 휴가 내 손을 잡고 자기 입으로 가져가더니 입을 맞춘 다음 놓아주었다.

그것이 무슨 의미인지, 우리 둘이 어떻게 될지 휴도 나도 몰랐지만 그것은 중요하다. 우리에게 주어진 이 관계, 우리가 놓아버릴 수 없는 이 관계의 새로운 모습이다. 나는 휴가 더블린을 완전히 떠나 로어링 베이에서 영영 살 것이라고는 생각하지 않지만, 이제 시어셔가 돌아왔는데 내가 이 섬을 다시 버리는 것도 상상할 수 없다. 우리는 그 사이 어딘가에서 우리만의 장소를 찾을 것이다.

시어셔의 관이 시야에서 사라지고 주변 사람들이 마지막 기도를 드릴 때 나는 휴의 손을 잡고 있다. 시어셔를 삼킨 커다란 구멍에 나무로 된 임시 덮개가 놓이고 정말 많은 사람이 선물한 꽃으로 뒤덮인다. 나는 휴의 손을 절대로 놓고 싶지 않은 기분이다. 하지만 조문객과 포옹을 나누느라 어쩔 수 없이 떨어진다. 나는 그에게 한순간이라도 더 다가가기 위해, 그의 입술에 키스하며 미안하다고 말하기 위해 애쓴다. 우리가 겪은 모든 일 때문에 미안하다고, 너무 오랫동안 그를 멀리해서 미안하다고, 그의 손을 잡고 위로했어야 했는데 그렇게 하지 않아서 미안하다고, 우리가 항상, 영원히 견뎌야만 하는 상실에 대해서 미안하다고.

그 여름의 항해

초판 인쇄 2025년 7월 9일
초판 발행 2025년 7월 23일

지은이 앤 그리핀
옮긴이 허진

펴낸곳 복복서가(주)
출판등록 2019년 11월 12일 제2019-000101호
주소 03720 서울특별시 서대문구 연희로 28길 3
홈페이지 www.bokbokseoga.co.kr
전자우편 edit@bokbokseoga.com
마케팅 문의 031) 955-2689

ISBN 979-11-91114-91-1 03840

이 책의 판권은 지은이와 복복서가에 있습니다.
이 책 내용의 전부 또는 일부를 재사용하려면 반드시 양측의 서면 동의를 받아야 합니다.
이 책의 일부를 어떤 방식으로든 인공지능 기술이나 시스템 훈련 목적으로
사용하거나 복제할 수 없습니다.
No part of this book may be used or reproduced in any way
for the purpose of training artificial intelligence techniques or systems.

잘못된 책은 구입하신 서점에서 교환해드립니다.
기타 교환 문의: 031) 955-2661, 3580